HANNELORE SCHLAFFER

POETIK DER NOVELLE

Verlag J. B. Metzler
Stuttgart · Weimar

Die Deutsche Bibliothek – CIP-Einheitsaufnahme
Schlaffer, Hannelore:
Poetik der Novelle / Hannelore Schlaffer. – Stuttgart ; Weimar :
Metzler, 1993
ISBN 3-476-00957-2

Gedruckt auf säure- und chlorfreiem, alterungsbeständigem Papier

ISBN 3-476-00957-2

Satz: Typobauer Filmsatz GmbH, Ostfildern
Druck: Gulde Druck, Tübingen
Printed in Germany

Verlag J.B. Metzler Stuttgart · Weimar

EIN VERLAG DER SPEKTRUM FACHVERLAGE GMBH

Inhalt

Teil I: Die Form und ihre Tradition

Teil II: Die Auflösung der Form in neuen Stoffen

Teil I

Die Form und ihre Tradition

Die Niederste der Gattungen – Istilo Umilissimo

Eine Gattung ohne Poetik

Für die Freunde Heinrich von Kleists war es vor allem der erfolgreiche Novellenautor, der sich 1811 am Wannsee erschoß. Über die Ursache seines Todes mutmaßt Brentano in einem Brief an Achim von Armin: »Überhaupt werden seine Arbeiten oft über die Maßen geehrt, seine Erzählungen verschlungen. Aber das war ihm nicht genug; ja Pfuel sagte mir, daß sich vom Drama zur Erzählung herablassen zu müssen, ihn grenzenlos gedemütigt hat.« [1] Gerade der Erfolg, den seine Erzählugen beim Publikum hatten, sei für Kleist ein Mißerfolg gewesen. In der Art und Weise, wie das Publikum das Werk aufnahm, sieht Brentano den Grund für Kleists unerwartete Reaktion. Erzählungen, die das Publikum »verschlang«, konnten nichts anderes sein, als betäubender Zeitvertreib. Für Kleist war, so schließt Brentano, das Vergnügen seines Publikums der Beweis dafür, daß er in einer minderwertigen Gattung reüssiert hatte.

Tatsächlich war auch noch um 1800, als, nicht zuletzt durch Kleists Werk selbst, ein neuer Höhepunkt in der Geschichte der Gattung erreicht wurde, die Novelle für Autoren und Leser eine belanglose Unterhaltung am Rande des täglichen Ernstes, die nicht mit den hohen literarischen genera zu vergleichen war. Brentano konnte in A. W. Schlegels »Vorlesungen über schöne Literatur und Kunst« seine Meinung über die Ursache von Kleists Tod bestätigt finden: »Die Novelle, als ein poetisches Gegenbild [zur politischen Historie], ist vielmehr der Erhohlung gewidmet, die Unterhaltung muß in der Erscheinung oben auf seyn.« [2] Tieck generalisiert die Erfahrung, die Brentano beschreibt, und überträgt sie auf alle Novellenautoren. »Wir brauchen jetzt das Wort Novelle für alle, besonders kleineren

Erzählungen; manche Schriftsteller scheinen sogar in diese Benennung eine Entschuldigung legen zu wollen, wenn ihnen selbst die Geschichte, die sie vortragen wollen, nicht bedeutend genug erscheint.« [3] Noch für Gottfried Keller ist sie eine Gattung, die so nichtswürdig ist, daß jeder Halbpoet sich darin üben könne: »Mich beschleicht,« schreibt er an Paul Heyse, »das Gefühl, daß die Novelliererei zu einer allgemeinen Nivelliererei geworden sei, einer Sintflut, in der herumzuplätschern kein Vergnügen und bald auch keine Ehre mehr sei.« [4]

Nun aber ist, und das begriffen die Autoren besser als die Theoretiker, die Minderwertigkeit kein Defizit der Gattung – sie ist ihr erstes Stilmerkmal. Der Autor läßt sich bewußt auf sie ein und vermeidet Ernsthaftigkeit und Belehrung in seinem Werk. »Die Belehrung [muß]«, so argumentiert A. W. Schlegel, »sich nur von selbst einstellen.« [5] Kleist wollte zunächst die Sammlung seiner Novellen »Moralische Erzählungen« nennen. Mit diesem Titel stellt er sich zwar in die Tradition der »Contes Moraux« des Marmontel. Gleichwohl scheint er den Titel nicht nur im Sinne der französischen Aufklärung benutzt zu haben, um damit Sittengemälde für eine müßige Leserschaft anzukündigen. Seine Orientierung am Drama legt vielmehr die Lesart nahe, die etwa durch die Schriften Schillers vorgegeben war: der »moralischen Anstalt«, zu der das Theater sich neuerdings erhoben hatte, sollte nun auch eine »moralische Lektüre« im privaten Raum hinzugewonnen werden. Ein gedankenloser Genuß seiner Werke konnte daher in der Tat Kleist ebenso wie der Mißerfolg seiner Dramen darin bestätigen, daß seine Absicht, sich an der Bildung der Nation zu beteiligen, gescheitert sei.

Mit der Hochschätzung des Dramas bewegt sich Kleist ganz in der Tradition der genera dicendi. Tragödie und Epos zählten zu den hohen Gattungen. Die Tragödie vor allem war durch die Tradition geheiligt und durch die Begründung der Nationaltheater aufs Neue belebt worden. Kleist mußte also, wie es Brentano vermutete, sein Scheitern als Dramatiker für das Scheitern als Dichter überhaupt nehmen. Mit dem Drama hätte er sich einer Ahnenreihe großer Namen einfügen können, die bis in die Antike hinabreicht. Die Geschichte der Novelle hingegen wäre überhaupt erst noch zu schreiben gewesen. Große Namen kamen in ihr kaum vor. Auch hatte die Gattung keine antike Legitimation. Boccaccio galt als ihr Begründer, doch waren seine Person und sein Werk, auch wenn seine Nachfolge bis ins 18. Jahrhundert nie abgerissen war, kaum bekannt. Obgleich die Tradition der Gattung fortgewirkt hatte, mußten August Wilhelm und Friedrich Schlegel den Autor für Deutschland erst wiederentdecken. [6] Die Novelle war nicht nur eine junge Gattung, die erst vor vierhundert Jahren entstanden war, sie war auch eine, deren Wertschätzung ganz dem Urteil der Zeitgenossen oblag: Novellen-Schreiben war zu allen Zeiten nie mehr als eine Mode, mit der man Bekanntheit, nicht aber Ruhm erwarb.

Nicht allein aber die Jahrtausende währende Tradition war es, die den hohen Gattungen, Epos und Tragödie, Würde und Ansehen verlieh. Seit ihrer Entstehung begleitete die Tragödie eine Poetik; der Novelle hingegen fehlte der Aristoteles. Weder die Poetiken aus der Entstehungszeit der Novelle, noch die späteren von Scaliger, Boileau, Opitz oder Gottsched wiesen ihr einen Platz in der Hierarchie der genera an. Es ging so wenig an, sie der urbanitas des genus medium wie der rusticitas des genus humile zuzuordnen, denn schließlich wurde schwankhaft von florentiner Patriziern erzählt. Aus der Rangordnung der genera dicendi fällt die Novelle heraus. Auch wenn es längst eine Tradition berühmter Texte in dieser Gattung gab, so umgab doch jede einzelne Erzählung noch immer das Mißtrauen, sie könne gerade erst erfunden und wie zufällig entstanden sein. Jeder Autor mußte – und das blieb bis ans Ende der Geschichte der Novelle eines ihrer bestimmenden Merkmale – betonen, daß er das Ereignis, das er erzählte, eben erst gehört habe. Die Auslegung des Gattungsbegriffs novella, Novelle als Neuigkeit sollte die Neugier des Publikums reizen und war gerade deshalb dazu angetan, die Wertschätzung der Gattung herabzusetzen.

Außerdem macht die fingierte Mündlichkeit des Erzählten, die selbst eine Folge der Forderung ist, immer mit Neuigkeiten aufzuwarten, die Novelle zum Produkt der Fabulierlust, nicht der Inspiration. Erzähler und Hörer bilden *eine* Gesellschaft, der Dichter hingegen, der *schreibt*, ist von seinen Lesern getrennt und über sie erhaben. Der Novellenautor ist ein guter Unterhalter, kein Genie. Die Nähe zu den vielerlei mündlichen Formen – Exemplum, Kasus, Legende, Fabliau –, aus denen die Novelle entstand, und zu den anderen, aus denen sie im Laufe ihrer Geschichte, stoffhungrig, wie sie ist, immer neue Motive bezog – Feenmärchen, Abenteuerroman, Pikaroroman –, ging zudem nie verloren und befestigte die abschätzige Meinung von einer marginalen, wenngleich populären Gattung.

Die Niederste der Gattungen

Eine Definition der Gattung fehlte jedenfalls. Die Tragödie hat im Laufe ihrer Geschichte mindestens ebensoviele Veränderungen erfahren wie die Novelle seit ihrer Entstehung durch Boccaccios Werk. Alle diese Variationen der Tragödie aber weiß man auf das Abstraktum einer Grundform zu beziehen, ihnen eigene Namen beizulegen und in die Geschichte der Gattung einzureihen. Die Novelle hingegen konnte schon deshalb keine Geschichte haben, weil noch nicht einmal klar war, welche kurzen Prosaformen ihr zuzuzählen seien. Das 19. Jahrhundert müht sich damit ab herauszufinden, was überhaupt eine Novelle sei. Letztlich fehlt sogar ein Name für das, was gelegentlich erzählt wird. Das Trauerspiel war längst von der Tragödie unterschieden, das Lustspiel von der Komödie, als sich noch immer die literarische Welt darüber nicht im Klaren war, was eine Novelle, was eine Erzählung zu nennen sei. Noch heute schwanken die Herausgeber literarischer Werke bei der Zuordnung kurzer Prosatexte zu einer der beiden Formen; noch heute muß es dem Gefühl überlassen bleiben, ob man von Kleists Erzählungen oder von seinen Novellen spricht. Tieck, der dichtende Poetiker der Novelle, auf den sich das 19. Jahrhundert, Autoren wie Literaturgeschichtsschreiber, beriefen, drückt die Verlegenheit der Definition oft genug in Schriften und Gesprächen aus: »Es ist nicht leicht zu sagen, was eigentlich die Novelle sei, und wie sie sich von den verwandten Gattungen, Roman und Erzählung, unterscheide.« [7]

Die Vorbilder: Boccaccio und Cervantes

Die Form mit dem unbestimmten Namen und der vagen Identität hat denn auch nur eine wilde Geschichte. Ihr Fortgang ist, sieht man von späten wissenschaftlichen Zusammenfassungen ab, nie festgehalten worden. Gleichwohl ist der Stammbaum der Gattung lückenlos und geht eindeutig auf Boccaccio zurück: Die Novelle ist die Gattung, die nach seinem Vorbild, nicht aber nach einer festgeschriebenen Regel entstanden ist. Gerade weil ihre Statuten nicht verbrieft sind, ist die Nachahmung des *einen* Archetypus umso unausweichlicher. Das Muster etwa für Lessings, für Schillers Dramen wäre so leicht nicht auszumachen: sind es die Dramen des Sophokles, Seneca oder Lohenstein, dem diese Dichter folgen, oder widerlegen sie sie gar? Ihre Werke markieren vielmehr zuerst einmal einen bestimmten

Ort in der Entfaltung der Gattung Tragödie. Kleists Erzählungen hingegen sind – der Beweis dafür soll später erbracht werden – ganz ausschließlich auf das Vorbild Boccaccios zurückzuführen. Aber auch E. T. A. Hoffmann, Mérimée, Poe und Thomas Mann arbeiten nach dem von Boccaccio geschaffenen Muster.

Kurz: Die Geschichte der Novelle ist die Geschichte von Boccaccios Nachleben. [8] Das ist die Grundthese dieses Buches, die nicht allzu neu zu sein scheint. Die Anrufung des Stifternamens nämlich ist bis in die Mitte des 18. Jahrhunderts bei Dichtern und bis an das Ende des 19. bei Literaturhistorikern und -theoretikern der Gattung verbindlich. Die Art und Weise aber, wie sich die Nachahmung vollzieht, ist kaum je beschrieben worden. Sie ist willkürlich, okkasionell und daher schwer nachvollziehbar. Gleichwohl sind die wesentlichen Elemente, die von Boccaccio – wenngleich manchmal nur rudimentär – übernommen wurden, fast immer auszumachen. Die poetische Praxis also soll nachgezeichnet, nicht das ausdrückliche Bekenntnis wiederholt werden.

Die Kontinuität der boccaccesken Tradition hat nur eine Störung: die Novelle des Cervantes. Gewohnt, nach einem bestimmten Vorbild zu arbeiten, gelingt es den Novellendichtern allerdings kaum einmal, die beiden Muster zu mischen. Boccaccio und Cervantes sind Alternativen.

Cervantes wird im 17. Jahrhundert vor allem durch die Vermittlung Frankreichs der europäischen Literatur bekannt gemacht. Schon damals bedeutete es für die Autoren eine Entscheidung, ob sie ihm oder Boccaccio folgten. 1623 verfaßt Sorel *Les nouvelles françaises où se trouvent les divers effets de L'amour et de la Fortune*, womit er sich, mit Liebe und Glück, Amor und Fortuna im Titel, ausdrücklich in die Nachfolge des Boccaccio stellt. Ouville wechselt zwischen beiden Ahnen, legt aber im Titel seiner Novellensammlung durch die Einführung einer spanischen Erzählerin den Akzent auf Cervantes: *Les nouvelles amoureuses et exemplaires composées en Espagnol par Doña Maria de Zayas y Sotto Maior* (1656). Scarron folgt mit seiner Sammlung von 1655 *Les nouvelles oeuvres tragi-comiques tirées des plus fameux Autheurs Espagnols* Cervantes und fügt auch in seinem *Roman comique* drei Novellen-Übersetzungen aus dem Spanischen ein. Gleichzeitig wirkt aber durch die Vermittlung der Margarete von Navarra die Tradition Boccaccios auch in Frankreich weiter und bringt im 18. Jahrhundert den Ruhm des Novellendichters Cervantes zum Erlöschen. A. W. Schlegel entdeckt Boccaccio und Cervantes für das 19. Jahrhundert wieder. Wenngleich Boccaccio deutlicher in der Novellenliteratur dieser Epoche wirkt, so gibt es doch Autoren, die, wie zum Beispiel Gottfried Keller, nach beiden Mustern arbeiten. In der Geschichte der Novelle jedenfalls gelingt es Cervantes nie auf längere Zeit, den Vorrang Boccaccios in Frage zu stellen.

Implizite Theorie

Cervantes selbst schließt sich – zumindest vorgeblich – in vielen seiner Absichten an Boccaccio an, der ja sein Vorbild sein mußte, wie er das aller anderen Novellendichter jener Epoche auch war. Die Zitate, mit denen Cervantes in den *Exemplarischen Novellen* (1613) sein Programm in der *Vorrede an den Leser* vorstellt, sind fast wörtlich Boccaccios Vorrede zum 4. Tag des *Decameron* entnommen. Die Poetik der Gattung, die hier in nuce entsteht, ist eine Apologie, und sollte es von nun an bleiben. Boccaccio führt die Scheinheiligkeit als den Wesenszug des Novellenautors ein. Der Novellenautor sei, so heißt es, zwar nach Jahren, doch nicht dem Geiste nach alt. Der Gegenstand seiner Erzählungen, die Liebe zu den Frauen, verrate daher keine Lüsternheit. Boccaccio verteidigt sich gegen die, »die ihren Reden ein reiflichers Urteil zuerkannt haben wollen [und die gesagt haben], meinem Alter stehe es nicht wohl an, noch immer hinter Dingen herzusein, wie es das Sprechen von Frauen und die Absicht, ihnen zu gefallen, seien.« (342) Cervantes bezeugt von vornherein, wenngleich nur scheinbar, eine sittlichere Gesinnung, jedoch mit ungefähr denselben Worten wie Boccaccio: »Überzeugte ich mich auf irgendeine Art, daß die Lektüre dieser Novellen ihren Leser zu einem bösen Wunsch oder Gedanken verleiten könnten, so wollte ich mir lieber die Hand, womit ich dieselben geschrieben habe, abhauen, als sie der Öffentlichkeit übergeben; mein Alter ist nicht mehr so, daß ich mit der andern Leben Spaß treiben dürfte, denn ich stehe im vierundsechzigsten Jahr und lebe von meiner Hände Arbeit.«(7)

Die Novellenvorrede ist ein notwendiger Bestandteil der Novellensammlung, solange keine eigene Poetik und Geschichte der Gattung existiert. Sie verkümmert erst, als im 19. Jahrhundert die Literaturhistoriker beginnen, eine Theorie zu formulieren, die dem einzelnen Werk vorausliegt. [9] Für die alteuropäische Novelle enthält die Vorrede die Theorie ihrer Theorielosigkeit. Boccaccio hat mit den über das *Decameron* verteilten Anreden an sein Publikum, vor allem aber mit der Vorrede zum 4. Tag, eine Poetik der Novelle geschaffen, die aber dem Werk immer implizit bleiben sollte.

Die anti-aristotelische Gattung

Diese implizite Poetik behauptet trotzig die Unwürdigkeit von Autor, Leser und Form. Boccaccio, der Autor, ist dreist genug einzugestehen, daß er, gerade wie es ihm die Neider vorwerfen, aus der Rolle fällt durch die Diskrepanz von Charakter und Thema, von Alter und Liebesgeschwätz. Ja, er steigert seine Vertraulichkeit noch, indem er sich zu seinem Publikum auf eine Weise herabläßt, wie es für den hohen Dichter bislang nicht denkbar gewesen wäre. Nie spricht Boccaccio eine andere Leserschaft an als die »teuresten Damen«. Diese Adresse ist ihm zwar aus der höfischen Literatur des Mittelalters geläufig, doch setzt er seinem weiblichen Publikum nun keine gefühlvollen Minneerzählungen mehr vor. Bei Boccaccio ist die Anrede an die Damen ein Hohn auf die Erwartungen, die in einen Dichter gesetzt werden. Außerdem unterscheidet sich auf jedenfall seine Gattung auch diesesmal von den hohen Formen. Diese richteten sich an ein männliches Publikum: das Epos an die kriegerische Jugend oder die sich erinnernden Veteranen, die Tragödie an die männlichen Mitglieder der Polis. Boccaccios Anrede an die Damen ist der zynische Verzicht auf ein solch würdiges Auditorium, sie ist trotzige Selbstbescheidung. Wer die Selbstverspottung, die Boccaccio sich zumutet, durchschaut, kann die Damenanrede nicht länger aus der cortesia der höfischen Gesellschaft herleiten. Die Nörgeleien, die der Autor, ein alter Galan unter jungen Damen, provoziert hat, entwerfen ein wenig schmeichelhaftes Gemälde von der Gesellschaft, für die er schreibt.

Auch die bis in die Gegenwart währende Ratlosigkeit bei der Einschätzung eines Werkes als Erzählung oder Novelle hat Boccaccio gestiftet. Er verweigert diesem ersten, von ihm geschaffenen literarischen Typus selbst den Namen. Er übernimmt stattdessen die abfälligen Bezeichnungen, die seine Feinde, die Nörgler und Neider, dafür finden. Diese nennen seine Erzählungen »Firlefanz« (342) (»queste frasche«, 346) oder »Geschwätz« (»queste ciance«). Nur schwer war gegen solch abschätziges Urteil, das Boccaccio geradezu lustvoll zitiert, ein klangvoller, ein assoziationenreicher Name durchzusetzen. An der fortwährenden Verlegenheit der Literaturgeschichte zeigt sich die Entschiedenheit von Boccaccios versteckter Gesetzgebung.

Das Geschwätz (»ciance«), das der Autor hererzählt, macht ihn zum Mitglied der Gesellschaft der »donne«. Diese mögen seinen Redefluß mit Nachrichten speisen, *inspiriert* wird er deshalb noch lange nicht sein. Die Damen sind die unwürdigen Musen des Novellendichters: »Daß ich bei den Musen auf dem Parnaß weilen soll, das ist, gebe ich zu, ein weiser Rat; da wir aber nicht allwege bei den Musen bleiben können, ebensowenig wie sie bei uns, so ist nichts dabei auszusetzen, daß sich der Mann, wann es geschieht, daß er von ihnen scheidet, daran erfreut, Wesen zu sehn, die ihnen ähneln. Die Musen sind Frauen, und vermögen auch die Frauen nicht das, was die Musen vermögen, so haben sie doch auf den ersten Blick eine Ähnlichkeit mit ihnen: wenn mir daher die Frauen aus keinem andern Grunde gefielen, so müßten sie mir schon deshalb gefallen, ganz zu schweigen davon, daß mir die Frauen schon Anlässe zu tausend Versen gegeben haben, die Musen noch nicht zu einem einzigen.« (347) Den Musenanruf ersetzt in dieser unwürdigen Gattung die Anrede an die Damen, mit der denn auch das *Decameron* beginnt.

Die der geschriebenen Novelle vorangehende Mündlichkeit, in der sich die Plaudersucht der Damengesellschaft verewigt hat, ist für Boccaccio ein weiterer Anlaß, sein Werk zu degradieren. Nicht den höfischen Redestil und noch viel weniger die antike Rhetorik, sondern das heimische Idiom wählt er, um seine Geschichten zu erzählen, »die ich nicht nur in der Sprache des florentinischen Volkes (»fiorentin volgare«) in ungebundener Rede (»in prosa«) und ohne Namen eines Urhebers (»senza titolo«), sondern überdies in möglichst bescheidenem und schlichtem Stile (»in istilo umilissimo«, 345) geschrieben habe«.(341) Mit dem »istilo umilissimo« spielt Boccaccio auf die Genuslehre an, mit der Steigerung »umilissimo« rangiert er sein Werk noch unterhalb des dort beschriebenen genus humile. Bis zu Cervantes, der sich damit noch einmal ausdrücklich an Boccaccio anschließt, bleibt das Gebot bestehen, daß die Novelle im niedersten nur denkbaren Stil, im Dialekt – oder zumindest in einer erst jüngst literaturfähig gewordenen Hochsprache – zu schreiben sei: »ich glaube«, so betont Cervantes, »– wie es denn auch wirklich ist – der erste zu sein, der in kastilianischer Sprache Novellen geschrieben hat«.(7) Die Novelle vermeidet also gerade jede durch die antike Tradition geprägte Literatursprache und, obgleich sie für und unter Damen erzählt wird, den höfischen Ton. Nicht cortesia ist ihr Stil, sondern vulgaritas.

In den ersten Sätzen der Vorrede nennt Boccaccio seine Erzählungen »senza titolo«. Wie Branca überzeugend nachgewiesen hat, spielt damit Boccaccio weder auf sich selbst an, der auf die Nennung als Autor verzichtet, noch auf die Dedikation. Vielmehr weist die Floskel auf die Fülle des Materials hin, das in seine Novellen eingegangen ist, und die so groß ist, daß *ein* »titolo« dafür nicht zu finden sei. [10] Die Plaudersucht der Damen trägt dem Autor so viele Nachrichten und Neuigkeiten, so viel üble Nachrede und dramatisiertes Ereignis zu, daß es unter einem Begriff und Besitztitel nicht zu fassen ist. Damit bezeichnet aber Boccaccio ein weiteres Stilmerkmal der Novelle: die Beliebigkeit des Stoffes. Diese trägt nicht nur dazu bei, daß ein Name für die Gattung schwer zu finden ist. Sie macht es auch fast unmöglich, hinter der Vielfalt der Stoffe die eine Form und ihre Kontinuität zu fassen. Die Struktur der Novelle ist unter der Fülle der amüsanten Neuigkeiten so verborgen, wie das Gewebe eines Wandteppichs unter den mille fiori seines Musters.

Die Namenlosigkeit, Theorieunwürdigkeit, die vorgegebene Traditionslosigkeit des »Geschwätzes«, die Geselligkeit des Erzählers, seine Lüsternheit, seine Neugier und Plaudersucht, die Beliebigkeit dessen auch, was überhaupt erzählenswert zu sein scheint, und die Seichtigkeit des Stoffes machen die Novelle zur Parodie aller hohen Gattungen. Walter Pabst hat das Programm des Antiaristotelismus im Werk Boccaccios beschrieben. Er führt ihn auf die »Epos-Müdigkeit« der Epoche zurück und beobachtet in vielen Proömien auch der Nachfolger Boccaccios eine gedichtete Kritik der gängigen Epostheorien. [11]

Parodie des Horaz: Der lasterhafte Leser

Boccaccio setzt sich zwar nicht ausdrücklich, doch durch eine eigene Poetik aus der Tradition des Aristoteles heraus; explizit hingegen richtet er sich gegen Horaz. Er will nämlich nicht nur die Erzählungen aus der ehrwürdigen Tradition der Antike herausrücken; auch der Leser soll aus einer verehrenden Haltung der Poesie gegenüber, wie sie von den Dichtern immer wieder aufs neue mit dem Blick auf die Antike gestiftet worden ist, befreit werden. Gegen das horazische »delectare et prodesse«, das den Leser zum Ernst verpflichtet, legitimieren Boccaccios Vorreden eine neue Lesehaltung.

Sein Leser flieht mit der brigata, den sieben Damen und den drei Herren der Rahmenszene, vor der Pest in traumhafte Gärten und gibt sich den Bildern seiner Phantasie hin, die der Widerschein des Schreckens illuminiert; Boccaccio schafft die Vorstellung von Frieden und Glück und macht den chaotischen Hintergrund ganz vergessen. Bis zum Schluß weckt er seine Leser und Figuren nicht mehr aus ihren Illusionen, denn selbst am Ende seines Werkes gedenkt er des schrecklichen Anfangs mit keinem Wort mehr. Dichten ist Verführen und lesen Träumen. Zerstreuung ist die Haltung, in der sich das Gebot des »delectare et prodesse« auf eine parodistische Weise erfüllt und verflüchtigt hat: Die Novelle ist die Gattung, deren Nutzen die Unterhaltung ist.

Boccaccio hat den Ton angegeben, in dem die Novellendichter aller Jahrhunderte die Brauchbarkeit ihrer Nebensächlichkeiten verteidigen sollten. Mit der Bereitwilligkeit, sein Werk herabzuwürdigen, macht sich der Autor zum Verführer des Lesers. [12]

Zunächst versteckt er sich allerdings hinter seinen Figuren. Dioneo, den Schalk in der Runde der geflüchteten Damen und Herren, veranlaßt er, den Freundinnen und dem Leser einzureden, daß man jetzt, zur Zeit der Pest, nichts Besseres tun könne, als »zu scherzen und zu lachen und zu singen«.(27) Jeder erliegt den Einflüsterungen eines, der sich hinter einem anderen verbirgt, und gibt sich dem Genuß der Erzählungen ohne Schuldbewußtsein hin. Das Versteckspiel des Autors aber ist dazu angetan, die Katastrophe als den Ursprung seines Werkes vergessen zu machen. So nimmt jeder als Vergnügen, was die Ausgeburt einer existentiellen Not ist: Novellen erzählen heißt, sich um den Tod herumreden, Novellen hören oder lesen, das Leben verzetteln. Mit der Novelle begründet Boccaccio die literarische Form, die Lesen als Laster legitimiert.

Jede Parodie ist eine Provokation der Tradition. Auch Boccaccio verstört mit seinen Novellen die Ordnung der ihm vorausgehenden Literatur. Er macht die Anarchie literaturfähig. In der alteuropäischen Novelle freilich geht der provokative Gestus Boccaccios zunächst wieder verloren. Entweder sinkt die Gattung – wie bei Sacchetti oder in den *Hundert neuen Novellen* – gänzlich in den Schwank zurück (aus dem sich ja auch Boccaccio so viele Motive geholt hatte), oder sie wird zur höfischen Unterhaltung verharmlost. Boccaccios Nachfolger im 16. und 17. Jahrhundert vernehmen von ihm nur die Botschaft des Amüsements. Die Anarchie verkommt zur Unverbindlichkeit, das Erzählen im »fiorentin volgare«, das für gar nicht so sehr feine Damen gedacht gewesen war, wird zum »bel parlar gentile«. Von einem durchtriebenen Einfall wird die Novelle zur kurzweiligen Plauderei.

Die großen Veränderungen, die die Literatur im 18. Jahrhundert erfährt, betreffen auch die Novelle. Der Wandel macht sich in der Reflexion über die theoretischen Voraussetzungen der Gattung bemerkbar. Inzwischen hat sich so viel Geschichte in dieser literarischen Form angereichert, daß die Dichter selbst sich zu ihren Geschichtsschreibern entwickelten. Diderot und Goethe sind die ersten dichtenden Historiker, die eine Epoche des reflexiven Interesses an der Form einleiten, das schließlich in die Literaturwissenschaft münden sollte.

Wie zufällig hängt Diderot an *Die beiden Freunde von Bourbonne* – eine der erfolgreichsten Erzählungen des 18. Jahrhunderts, ohne die Schillers *Verbrecher aus verlorener Ehre* und all die anderen Räuber-Viten nicht denkbar wären – eine Typologie von Erzählungen an, in der er aber, wie es von nun an zur Regel werden sollte, ganz vom Inhalt der Werke ausgeht und von den Dichtern, die den Stoff autorisiert haben. Diderot unterscheidet »dreierlei Erzählungen« (164): die »in der Manier des Homer, Vergil, Tasso«, die »in der Manier von Lafontaine, Vergier, Ariost, Hamilton« und die »Novellen von Scarron und Cervantes«. Die ersten beiden Formen haben für Diderot den Vorteil, daß sie ihre Fiktionalität eingestehen und daher auf einen höheren Sinn hin ausgelegt werden können. Auch ist die poetische Haltung – sei sie tragisch oder komisch –, die ihnen zuzuordnen ist, eindeutig. Die Novelle hingegen ist die lügnerische Gattung schlechthin, die wirkliche (»historische«) Geschichten berichtet, in Wahrheit aber mit der Illusion von Wirklichkeit spielt. Ausdrücklich bezieht sich Diderot auf die cervanteske Tradition. Die Wirkung des Novellenerzählers beruht bei Diderot, wie bei Boccaccio, auf dem Bündnis des Erzählers mit seinem Publikum: »er sitzt an Eurem Herd«, sagt Diderot, warnend und ganz im Sinne seines Jahrhunderts, das Aufklärung über die Welt, nicht schöne Illusionen haben will. Daher entwickelt er eine Kritik des realistischen Erzählens aus Boccaccios impliziter Novellentheorie: »Wie aber wird es dieser Erzähler anstellen, um Euch zu täuschen? So: Er streut in seinen Bericht kleine, so eng an den Gegenstand geknüpfte Umstände, so einfache, so natürliche, und doch so schwer vorstellbare Züge, daß Ihr gezwungen seid, Euch zu sagen: Meiner Treu, das ist wahr! Dergleichen Dinge erfindet man nicht!« (165f.) Die Erzählung in der Nachfolge Boccaccios und Cervantes' hat in der Epoche Diderots eine rührende Geschichte zu sein, die der Wahrheit der Natur folgt. Doch, so ermahnt Diderot den Leser, der sich vom realistischen Schein verführen lassen möchte, die Wahrheit dieser Erzählungen ist nichts als poetische Finesse. Diderot ist so gut Ironiker wie Boccaccio Zyniker: seine Lesekritik schließt an eine Erzählung an, die er im 10. Buch des *Decameron* gefunden hat. Ironisch ist sie deshalb, weil sie als *Nach*-Wort mit ihren Ermahnungen erst dann einsetzt, wenn der Leser die Geschichte schon genossen hat.

Diderots nachgelieferte, in manchen Passagen auch in sich widersprüchliche Theorie der Novelle ist eher als Indiz zu nehmen für ein erwachendes literaturhistorisches Interesse denn als Aufschluß über die Gattung selbst. Der erste, der nach einem jahrhundertelangen, wenig reflektierten und nur gelegentlichen Nachsprechen von Boccaccios Proömien das Programm als Ganzes bedenkt und seiner Zeit anpaßt, ist Goethe. In den *Unterhaltungen deutscher Ausgewanderten* ist er mehr Literaturhistoriker als Dichter. Die Langweiligkeit dieses Werkes, die schon Schiller, seinen ersten Herausgeber, verärgerte, rührt von den extensiven theoretischen Überlegungen her, die die Rahmengesellschaft anstellt, ehe es endlich ans Erzählen geht. Die *Unterhaltungen deutscher Ausgewanderten* gehören ebensogut in die Reihe der kunsttheoretischen Gespräche, wie sie die Jenenser Romantik gepflegt hat, wie in die Geschichte der Novelle.

Um das poetologische Gespräch zu arrangieren, verschmilzt Goethe die Vorreden mit dem Rahmen des *Decameron*, die Thematik des Autors mit dem Räsonnement der Rahmenfiguren. So kommt es, daß Goethes Personal nicht über die Erzählungen, sondern über das Erzählen spricht. Der Alte, Hausfreund der Baronesse und eigentlich der Geschichtenerzähler, entwickelt gegen Anschuldigungen und Einwände die Apologie der Novelle und ist gleichzeitig der wiedererstandene Geist Boccaccios, der in den *Unterhaltungen deutscher Ausgewanderten* umgeht.

Wie sein historisches Urbild begründet der Alte seine Erzähltheorie mit den banalen Erwartungen seiner Zuhörer. Die Novelle sei die neueste Nachricht, die im nachbarschaftlichen Kreis zirkuliert, und würdelos, wie das Publikum in all seiner Neugier und Schmähsucht, so sei auch die Erzählung selbst, eine Lästerrede, nichtswürdig.

> Ich habe selten bei einer Lektüre, bei irgendeiner Darstellung einer interessanten Materie, die Geist und Herz beleben sollten, einen Zirkel so aufmerksam und die Seelenkräfte so tätig gesehen, als wenn irgend etwas Neues, und zwar eben etwas, das einen Mitbürger oder eine Mitbürgerin heruntersetzt, vorgetragen wurde. Fragen Sie sich selbst und fragen Sie viele andere: was gibt einer Begebenheit den Reiz? Nicht ihre Wichtigkeit, nicht der Einfluß, den sie hat, sondern die Neuheit. Nur das Neue scheint gewöhnlich wichtig, weil es ohne Zusammenhang Verwunderung erregt und unsere Einbildungskraft einen Augenblick in Bewegung setzt, unser Gefühl nur leicht berührt und unsern Verstand völlig in Ruhe läßt. Jeder Mensch kann ohne die mindeste Rückkehr auf sich selbst an allem, was neu ist, lebhaften Anteil nehmen; ja, da eine Folge von Neuigkeiten immer von einem Gegenstande zum andern fortreißt, so kann der großen Menschenmasse nichts willkommener sein als ein solcher Anlaß zu ewiger Zerstreuung und eine solche Gelegenheit, Tücke und Schadenfreude auf eine bequeme und immer sich erneuernde Weise auszulassen. (141)

Aus »der großen Menge [der Erzählungen], die im gemeinen Leben unsere Aufmerksamkeit und unsere Bosheit beschäftigen«, sammelt der Alte die heraus, die »die menschliche Natur und ihre innere Verborgenheit auf einen Augenblick eröffnen« – womit er die Sittengemälde des zeitgenössischen Frankreich, die contes moraux, im Sinn haben mag – und »andere wieder, deren sonderbare Albernheiten uns ergötzen« – womit er sich in die Anfänge der alteuropäischen Novelle begibt. Ziel seines Erzählens ist »reine und ruhige Heiterkeit«. (142f.) Im Unterschied zu Diderot, der Boccaccios Theorie zur ironischen Kritik des Lesens heranzieht, scheint der Alte immerhin die Absicht zu verfolgen, Sinn und Unsinn zu mischen und gerade dadurch eine gewisse Nachdenklichkeit bei seinem Publikum zu wecken. Doch Luise, die Tochter der Baronesse und Repräsentantin des Damenpublikums, für das allein Boccaccio zu erzählen vorgibt, zeigt sich jeder Verfeinerung abhold und beharrt darauf, in den Geschichten »unsre Freunde und Nachbarn wiederzuerkennen.«

Jedenfalls mutet schließlich der Alte seinen Freunden nicht mehr als einen »leichten Nachtisch« zu, wenn »die Gesellschaft, nach einer ernsthaften Unterhaltung, auf eine kurze Zeit ausruhen« will. (145 f.) Nimmt man die Diskussion mit Luise über die Lüsternheit des Sujets hinzu, die den Vorwurf gegen Boccaccio wieder aufnimmt, daß er zu alt sei, um vor jungen Damen Liebesgeschichten zu erzählen, so wiederholt Goethe alle Polemik, die gegen Boccaccio gerichtet wurde, und alle Apologien, die Boccaccio dagegen gesetzt hat. Lediglich die Baronesse denkt über Boccaccio hinaus bis in die Epochen seiner Rezeption, die das Vulgäre des novellistischen Sujets stets nur als Vorwand des Autors nehmen konnte zum »bel parlar gentile«. Dem Alten so gut wie Boccaccio gegenüber, die ihrem Publikum vulgäre Stoffe vorsetzen und im vulgären Stil des Dialekts oder der Umgangssprache erzählen, legt die Baronesse nur Verständnislosigkeit an den Tag, wenn sie fordert: »lassen Sie uns wenigstens an der Form sehen, daß wir in guter Gesellschaft sind«. (167)

Der Untergang der Rahmengesellschaft

Die gute Gesellschaft aber ist es gerade, die im Augenblick des Revolutionsjahres 1795, da die *Unterhaltungen* erscheinen, untergeht und mit ihr das Publikum der alteuropäischen Novelle. In dem Alten ist Boccaccio nur auferstanden, um zu erfahren, daß in dieser fremden Welt der von ihm begründete Erzählstil nur noch ein mutwilliges Geplauder ist, das keine Wirkung hat. Die Zerstreuung, die der Nutzen seines Erzählens hatte sein sollen, nützt nichts gegen den Zusammenbruch einer ganzen gesellschaftlichen Ordnung. Die Französische Revolution beendet die Epoche der alteuropäischen Novelle, deren Rahmen in der Wirklichkeit wie in der Literatur die aristokratische Gesellschaft gewesen war.

Mit der Französischen Revolution hat Goethe als einziger Autor der Weltliteratur für die Flucht des Novellenpersonals einen Anlaß von gleicher Bedeutsamkeit und katastrophaler Wirkung gefunden wie Boccaccio. Sein Programm der Zerstreuung aber akzeptiert er nicht mehr. Bei Boccaccio ist die Pest eine schwarze Folie, die bunte Bilder übermalen und verdrängen. Bei Goethe hingegen verdrängt die Revolution die Poesie. Die Voraussetzung für die Entstehung der Rahmengesellschaft, die Katastrophe, dringt bei Goethe in den Rahmen ein und zerstört ihn: auf der Flucht vor der französischen Revolutionsarmee trifft sich eine Gruppe linksrheinischer Exilanten im Wagen, der sie in die sicheren Teile Deutschlands bringen soll. Die Ruhe der geselligen Unterhaltung ist ihnen durch die Unruhen der Politik geraubt. Ihre ganze Anstrengung geht dahin, die Situation wiederherzustellen, in der heiteres Erzählen noch möglich ist. Boccaccios Novellenfiguren sind gedankenlose Sünder, Goethe macht seine Novellenrunde zu Repräsentanten eines welthistorischen Umsturzes, in dem auch die Novelle untergeht.

Die Figuren des Boccaccio bekommen bei Goethe markante Züge, die allerdings – da das Thema des Rahmens der Umsturz ist – die Zeit geprägt hat. Die Typen vertreten Epochen, ihr Konflikt ist ein Generationenkonflikt. Die Baronesse, der Alte, der Geheimrat vertreten die aristokratische Heiterkeit, die untergeht, Karl, der Jüngling, ist der leidenschaftliche Parteigänger der Revolution. Luise, obgleich noch jung und daher der neuen Zeit zugehörig, die Novellen nicht mehr schätzt, ist doch das plappernde Nichts, das zum Publikum der alteuropäischen Novelle taugen würde. Die Baronesse und der Alte wollen das Erzählen aber aus der Bedeutungslosigkeit, die es für Luise hat, herausführen und zum Remedium gegen die Zeit machen. Was Öffentlichkeit ist, das politische Engagement, versuchen sie in den privaten Raum zu verbannen, was – zu Goethes Zeiten – längst privates Vergnügen geworden ist, Literatur und Lesen, in die Halböffentlichkeit der Gesellschaft zurückzuholen, um es nun aber mit einem Ernst zu betreiben, wie er bislang von der Gattung nicht gefordert war. Die Baronesse beschwört den aufkeimenden Konflikt.

> Auf euren Zimmern, auf Spaziergängen und wo sich Übereindenkende treffen, eröffne man seinen Busen nach Lust, man lehne sich auf diese oder jene Meinung, ja man genieße recht lebhaft die Freude einer leidenschaftlichen Überzeugung. Aber, Kinder, in Gesellschaft laßt uns nicht vergessen, wieviel wir sonst schon, ehe alle diese Sachen zu Sprache kamen, um gesellig zu sein, von unsern Eigenheiten aufopfern mußten, und daß jeder,

solange die Welt stehen wird, um gesellig zu sein, wenigstens äußerlich sich wird beherrschen müssen. Ich fordere euch also nicht im Namen der Tugend, sondern im Namen der gemeinsten Höflichkeit auf, mir und andern in diesen Augenblicken das zu leisten, was ihr von Jugend auf, ich darf fast sagen, gegen einen jeden beobachtet habt, der euch auf der Straße begegnete.« (137)

Der Lärm der Straße aber dringt mit der Stimme Karls in die mühsam bewahrte Ruhe der Gesellschaft hinein und übertönt das poetische Spiel.

Durch mehreres Hin- und Widerreden ward das Gespräch immer heftiger, und es kam von beiden Seiten alles zur Sprache, was im Laufe dieser Jahre so manche gute Gesellschaft entzweit hatte. Vergebens suchte die Baronesse, wo nicht einen Frieden, doch wenigstens einen Stillstand zuwege zu bringen; [...] Karl, der sich im Zorn nicht mehr kannte, hielt mit dem Geständnis nicht zurück, daß er den französischen Waffen alles Glück wünsche und daß er jeden Deutschen auffordere, der alten Sklaverei ein Ende zu machen, daß er von der französischen Nation überzeugt sei, sie werde die edlen Deutschen, die sich für sie erklärt, zu schätzen wissen [...]. Der Geheimrat behauptete dagegen, es sei lächerlich zu denken, daß die Franzosen [...] für sie sorgen würden; vielmehr würden diese Leute gewiß in die Hände der Alliierten fallen, und er hoffe sie alle gehangen zu sehen. Diese Drohung hielt Karl nicht aus und rief vielmehr, er hoffe, daß die Guillotine auch in Deutschland eine gesegnete Ernte finden und kein schuldiges Haupt verfehlen werde.« (133)

Die unverbindliche Heiterkeit der Poesie wird durch die explosiven Proklamationen der Parteilichkeit gestört. Die Neuigkeiten der alteuropäischen Novelle, die für den Alten Geistreichigkeiten, für Luise Klatsch waren, sind durch die neuesten Nachrichten aus der Politik ersetzt worden, den nachbarschaftlichen Tratsch hat der Krieg feindlicher Nachbarn zum Verstummen gebracht, die Politik die Poesie besiegt. Goethe leistet sich den Spaß, auch die neueste Politik zum Novellenereignis zu machen. Es ist nicht nur als eine psychologische Beobachtung zu lesen, wenn er Karls Engagement für die Revolution mit der Leidenschaft des Liebhabers vergleicht.

Wie Liebende gewöhnlich von ihrer Leidenschaft verblendet werden, so erging es auch Vetter Karl. Sie wünschen den Besitz eines einzigen Gutes und wähnen alles übrige dagegen entbehren zu können. [...] Vetter Karl überließ sich der Heftigkeit seiner Neigung und verhehlte sie nicht in Gesprächen. (127)

Im Kontext einer Novellentheorie macht diese Beschreibung Karl selbst zur Novellenfigur, denn – so wird noch zu zeigen sein – der vorrangige Stoff der Novelle ist die Anarchie, die die Liebesleidenschaft stiftet. Der Gegenstand der Leidenschaft hat sich für Karl geändert, nicht die Art des Verhaltens ihm gegenüber.

Die Politik hat damit nicht nur die Poesie verdrängt, sie ist selbst zum Inhalt der Novelle geworden. Die eigentliche Novelle der *Unterhaltungen deutscher Ausgewanderten*, die Neuigkeit, ist die Revolution. Was hingegen der Alte erzählt, ist abgestandene Literatur, mühsam wiederbelebt und eigentlich totgeboren. Sieht man von den Geschichten über Bassompiere und den Prokurator ab, so muß man sagen, daß Goethe sich tatsächlich keine Mühe gegeben hat, für die alteuropäische Novelle zu werben. Seine Sammlung ist eine Arche Noah, in die von jeder Art Prosa ein Exemplar hineingeraten ist: Gespenstergeschichte, conte moral, Exemplum, amour passion, wie es gerade so kam. Die *Unterhaltungen deutscher Ausgewanderten* sind ein Museum abgegriffener Prosaformen. Abgelegt, wie sie es hier nun sind, eröffnet sich an ihrer leergewordenen Stelle der Raum für eine neue Literatur, die über die Ideen der Zeit nicht hinwegsieht. Nach 1800 beginnen die Autoren, Goethe selbst, Kleist, Hoffmann, aus den Strukturen der alteuropäischen Novelle eine neue Form zu entwickeln, die durch eine zweite Lesart [dazu S. 105–121] den Sinn der Zeit der vergangenen Form, deren Struktur und Sujet gleichwohl weiterhin gebraucht werden, unterlegt. Das Lesen solcher Poesie kann nicht länger wie ein müßiges Laster gepflegt werden. Lesen heißt von nun an: Sinn suchen. Der Leser braucht zu diesem Zweck eine kenntnisreiche Unterstützung. In der neueren europäischen Novelle wird die Autorität des Dichters durch die des Interpreten verdoppelt. Der eine deutet die Welt, der andere deutet die Deutung der Welt.

Boccaccio: Die Elemente der Novelle

Der Grundriß: Apokalypse und Blasphemie

Die Figuren im Werk Boccaccios leben, als ob es den Tod nicht gäbe. Weder die Damen und Herren des Rahmens, die brigata, noch die Könige und Kaufleute, die Ritter und Stallknechte, Mönche und Straßenräuber in den Erzählungen samt den vielen »madonne«, mit denen sie es zu tun haben, scheinen zu ahnen, daß sie in einem Reigen tanzen, den der Tod anführt. Ihre übermütigen Gesichter und Grimassen haben es dahin gebracht, daß auch die Leser und Interpreten nur sie und ihr Szenarium – den Rahmen also und die Erzählungen – beachten und die Exposition, die Beschreibung der Pest von 1348, als eine eigenständige historische Beschreibung lesen. Dieser dritte Teil des Werkes aber ist sein eigentlicher Hintergrund.

Die Beschreibung der Pest ist kein historischer Vorspann, sondern ein integraler Teil des poetischen Werkes. Die Figuren Boccaccios in den Erzählungen entgehen nur scheinbar der Strafe, denn das Gericht Gottes ist längst auf sie herabgekommen. Nur wenige Novellendichter in der Nachfolge Boccaccios haben, wie etwa Poe, der viele Motive seiner Erzählungen gerade aus der Exposition heraus entwikkelt, dieses kompositorische Element wahrgenommen; aber auch die Interpreten haben es fast ganz übersehen. [1] Im allgemeinen akzeptiert der Leser die Vorspiegelungen der brigata, sie habe mit der Flucht den Tod hinter sich gelassen. Mit den Gärten betreten die Damen und Herren eine intakte Welt, hinter deren Mauern die Pest zurückbleibt. Die Entschiedenheit, mit der das Bewußtsein die Gefahr verdrängt, beweist aber ihre Macht. Die Heiterkeit der Runde ist Leichtsinn und, da die brigata weiß, daß das Gottesgericht sie verfolgt, Vermessenheit. Wenn das Publikum, das in den Vorreden angesprochen wird, die »donne« also, sich dem Lesen, »dem leichtfertigen Zeug« (945), nur zur Zerstreuung, »um [. . .]die Langeweile zu verscheuchen« (946), hingeben und Lesen Laster ist, so gilt das noch viel mehr für die brigata und ihr Amüsement. Es ist nichts weniger als unschuldig. Schließlich ist der Schwarze Tod nicht irgendeine Naturkatastrophe. Boccaccio gibt ihm alle Züge des Weltgerichts. Die Figuren unternehmen den wahnhaften Versuch, die Apokalypse zu zerreden.

Die Vermessenheit der Rahmenfiguren schlägt sich im Inhalt dessen nieder, was sie erzählen. Das Laster ist die Weltordnung der Novellen. Die Pest, die Boccaccio wie ein historisches Dokument den Fiktionen der Liederlichkeit vorangestellt hat, leitet die Apokalypse ein, die unausgesprochen das *Decameron* in allen seinen zehn Büchern offenbart. Boccaccio verfällt in einen biblischen Ton, sobald er mit der Beschreibung der Pest beginnt, und verkündet mit Prophetenstimme das Weltgericht. Das historische Ereignis weitet sich zum kosmischen: die »todbringende Pest« ist »entweder durch die Einwirkung der Himmelskörper oder wegen unseres schlechten Wandels von dem gerechten Zorne Gottes zu unserer Besserung über die Sterblichen geschickt« (9f.) worden. Die Herrlichkeit der Stadt Florenz – Spielplatz der Novellen – ist längst, ehe die Strafe sie trifft, von den Übeltaten seiner Bürger verunstaltet. Der »schlechte Wandel« (»le nostre inique opere«, 10) ist so gut der Inhalt der Erzählungen wie er als Ursache dem Gericht vorausliegt. Das epische Präteritum macht die Erzählungen der zehn Bücher zu Episoden der Vorgeschichte des Untergangs. Was die Damen und Herren in den schönen Gärten erzählen, ist Stadtgeschichte und Erinnerung an den Sündenfall, den jeder einzelne Bürger noch einmal für sich wiederholt hat.

Was forthin in der Geschichte der Novelle als das »unerhörte Ereignis« zur formalen Bestimmung der Form gemacht worden ist, hat seit Boccaccio das erzählte Laster zum Inhalt. Es gibt keine Novelle ohne Sünde. Ihre Gegenstände sind jene Taten, die das Gesetz verbietet, ohne sie zu richten. Die Novellenfiguren überschreiten die Grenze des Gesetzes nur so weit, daß sie strafrechtlich nicht verfolgt werden können. Sie bleiben Mitglieder der Gesellschaft, auch wenn sie nur scheinbar ihre sittliche Ordnung akzeptieren. Das Florenz des *Decameron* ist daher den Menschen »die herrliche Stadt [. . .], die alle andern italischen Städte an Schönheit überragt« (9), nur dem allwissenden Gott ist es ein Sodom und Gomorrha, denn er hat die Pest »wegen unsers schlechten Wandels [...] zu unserer Besserung [...] geschickt« (10).

Die erste Geschichte des *Decameron* stellt mit Ser Ciappelletto ein Pantheon des Lasters an den Anfang der Sammlung. Ciappellettos Gastgeber, so geht die Geschichte, fürchten um ihren guten Ruf, wenn sie ihm, den sie gerade beherbergen und der sich nun zu sterben anschickt, wegen seiner Übeltaten kein ehrenhaftes Begräbnis verschaffen könnten. Ciappelletto legt, um sie zu beruhigen, einem leichtgläubigen Priester eine Beichte ab, in der er es durch Wortglauberei dahinbringt, daß sich all seine Laster wie Tugenden ausnehmen. Er laßt einen Priester kommen, der alle Sünden mit ihm durchgeht, und einer jeden bekennt sich Ciappelletto für schuldig. Bei Wucherern kehre er ein, so gesteht er, aber nur »um sie zu ermahnen und zu schelten und von diesem abscheulichen Erwerbe abzubringen« (40); zornig wurde er, aber nur weil er »tagtäglich [sah], wie garstig es die Menschen treiben« (40). Ähnlich weiß er die Fragen nach Totschlag, übler Nachrede und Betrug mißverständlich zu beantworten. Boccaccio nennt seine Figur »ghirlanda« (34), den »Kranz, die Krone« [2] seiner Schöpfung. Im Kranz, den Ser Ciappelletto darstellt, sind alle Todsünden und noch einige mehr zusammengeflochten: Meineid, Verleumdung, Meuchelmord, Gotteslästerung, Jähzorn, Wollust, Diebstahl, Völlerei, Falschspielerei. »Er war vielleicht der schlechteste Mensch, der je geboren worden ist.« (35) Ciappelletto wäre dennoch in Florenz und Paris, wo er lebte und starb, unter seinesgleichen und nur ein armer Sünder, dessen Fleisch zu schwach ist für ein gutes Leben, wenn er eben nicht, ein erster Don Giovanni, seinen Übeltaten im Angesicht des Todes die Krone aufsetzte. So wird er zum Inbegriff aller Bösewichte und zur Allegorie ihres vielköpfigen Heeres, von dem das *Decameron* erzählt. Man trägt ihn in Ehren zu Grabe. Noch die letzte Sünde war, wie alle, die ihr vorausgingen, dazu getan und angetan, das Wohlwollen seiner Mitbürger zu gewinnen und die Gunst des Himmels zu verscherzen. Was Ciappelletto in sich vereint, verteilt sich in der Folge der Sammlung auf die einzelnen Figuren. Das *Decameron* ist der Dekalog der Apostaten. [3]

Doch wären die Geschichten nichts als Stadtgespräch und Klatsch, wenn nicht das Gottesgericht wäre, das sich aus all den kleinen und großen Sünden zusammengebraut hat. Wenn auch die brigata vor der Pest flieht, so erinnert sie doch in ihren Geschichten an den

Ursprung des Chaos. Als Phantasmagorie taucht in den Figuren der Erzählungen wieder empor, was die Vergangenheit der brigata selbst gewesen war und nimmt poetische Gestalt an.

Als dunkle Erinnerungen an eine lasterhafte Vergangenheit, die jene apokalyptische Bedrohung heraufbeschworen hat, wissen die Novellen nichts von Moral. Es ist nicht schwer, die Widersprüchlichkeit des Räsonnements darzutun, das sich die Novellenfiguren vorsagen. Einmal gilt es als »sicher [. . .], daß die Frau die Ehrbarkeit zu pflegen und ihre Keuschheit so zu hüten hat wie ihr Leben und sich durch nichts auf der Welt verleiten lassen soll, sie zu beflecken.« (660) In diese Ordnung gehört auch die Herrschaft des Mannes über sein Weib:

> Und will daher eine mit dem Manne, dem sie angehört, in Frieden und Ruhe leben, so muß sie demütig, geduldig und gehorsam sein, über alles aber die Ehrbarkeit bewahren, weil die der höchste und eigentliche Schatz eines jeden Weibes ist. (814f.)

Fiametta aber verteidigt bei Gelegenheit die unkeuschen Frauen, weil sie »die ganze Woche im Haus eingesperrt« sind, und weil sie daher »am Festtage etwas Freude und etwas Erholung haben« möchten:

> Um also den Schluß zu ziehn, sage ich, die Frauen sollten für das, was sie eifersüchtigen Männern zum Trotze tun, nicht verdammt, sondern gepriesen werden. (604)

Die Erzähler des *Decameron* folgen keiner außer ihnen liegenden moralischen Norm; sie haben sich eine eigene nach Lust und Laune geschaffen, die sie ihren Erzählungen anpassen. Ihre Moral ist die Redensart, jene aus der Erfahrung gewonnene Spruchweisheit, die einmal so und einmal anders lauten kann. Diese Redensartlichkeit der Erzählfiguren stützt ihre Selbständigkeit einer höheren Ordnung gegenüber, deren Gebote in den Codices von Kirche und Staat niedergelegt sind. Gegen diese Gesetzlichkeit steht die praktische Willkür der Gebräuche, Sitten und Sprüche, an die sich die Novellenfiguren halten, weil sie jene Ordnung darstellen, die sie selbst sich geschaffen haben. Moral und Redensart verhalten sich wie himmlische Weisheit und irdische Klugheit. Ein großer Teil der Novellen des *Decameron* sind inszenierte Redensarten. Die Erzähler bestätigen sich mit diesen Anekdoten die Brauchbarkeit ihrer eigenen Gesetze.

Die Redensartlichkeit ist vor dem Hintergrund der Pest Vermessenheit; im Angesicht der Katastrophe ist sie nichts weniger als eine spielerische Laune. Die Damen und Herren der brigata maßen sich ein falsches Richteramt an, indem sie über die Figuren, von denen sie erzählen, so pragmatisch urteilen; sie spotten dem Gericht, dem sie meinen entronnen zu sein. Insofern unterscheiden sie sich in nichts von Ser Ciappelletto, den sie denn auch zur Allegorie ihrer Sammlung erhoben und an ihren Anfang gestellt haben: im Angesicht des Todes beharren sie auf ihrer kleinen Welt und tun so, als gäbe es Himmel und Hölle nicht. Wenn Boccaccio zum Laster des Lesens verführt, so ist Erzählen bei ihm Gotteslästerung. Die Geschichten sind blasphemisch. Jede Novelle, die erzählt wird, um den Gedanken an die Gefahr der tödlichen Krankheit zu bannen, tritt an die Stelle eines Gebetes, mit dem ein guter Christ sich dem Gericht unterworfen hätte. In seinen letzten Worten empfiehlt denn auch Boccaccio seinen Zuhörerinnen, falls sie sich allzu gut amüsiert haben sollten, die Erinnerung an die christlichen Bußübungen, »so werden das Klagelied des Jeremias und die Passion des Heilands und die Buße der heiligen Magdalena den Schaden leicht heilen können.« (944) Mit diesem Schlußwort stimmt der Autor ein in den Spott seiner Figuren über Gott und Kirche. Sein Werk hat er ohnehin der Hölle vermacht. Das *Decameron* ist »Principe Galeotto«, dem Freund Lancelots, gewidmet, der die ehebrecherische Liebe zwischen diesem und Ginevra gestiftet hat und dafür von Dante in die Hölle verdammt worden ist.

Die Handlungsstruktur: Vergehen und List

Vor dem Hintergrund der Schrecken also, denen die brigata entflohen ist, wird Erzählen zur Vermessenheit. Der poetische Witz der Erzählungen brüskiert den sittlichen Ernst, der in der Stunde des Gerichts eigentlich angebracht wäre, die erzählte Burleske spricht der göttlichen Katastrophe Hohn. Die Komik des *Decameron* hat durchaus nichts Liebenswürdiges. Die Figuren in den Novellen sind nicht eigentlich witzig, sondern schlau, nicht wendig, sondern trickreich. Fast immer könnte man – ganz gleich, ob es sich um eine männliche oder weibliche Hauptfigur handelt – das Thema auf die Formel bringen: der Widerspenstigen Unbezähmbarkeit.

Die Handlung der Novelle ist im allgemeinen so strukturiert, daß eine Figur ein Gebot übertreten hat und der Verfolgung zu entkommen sucht. Meist gelingt es ihr zu entwischen. Die Novelle feiert den

Sieg einer Vitalität, die sich der Intelligenz als Mittel bedient. Schon die Ankündigungen und Auslegungen, die den Novellen voranstehen, heben jedesmal die geglückte Flucht hervor:

> Ein Mönch, der in Sünde gefallen ist, befreit sich von der schweren Strafe, die er dafür verdient hätte, indem er seinem Abte dasselbe Vergehn vorhält. (56)

> Andreuccio von Perugia, der nach Neapel gekommen ist, um Pferde zu kaufen, gerät in einer Nacht dreimal in arge Gefahr, entrinnt aber immer und kehrt mit einem Rubin in seine Heimat zurück. (123)

> Ein Stallknecht liegt bei der Gemahlin König Agilulfs; Agilulf entdeckt es, bleibt jedoch ruhig. Er findet den Schuldigen und schneidet ihm die Haare ab; der aber tut den andern desgleichen und rettet sich also. (243)

Und so geht es fort: einer rettet sich, einer entflieht, entgeht dem Tod, schließt ein Bündnis mit seinem Feind, fertigt den andern mit einer schlagfertigen Antwort ab, verwandelt den Zorn durch ein schnelles Wort in Gelächter, macht jemandem etwas weis, tut so, als ob, gibt ihm die Bosheit mit Stichelreden zurück, geht ohne Strafe aus, rächt sich.

Das Thema der Novelle ist immer die Flucht; die Figuren bewegen sich zwischen Missetat, Verfolgung und Entrinnen. Die Rahmengesellschaft projiziert damit ihren eigenen Zustand der Flucht in die Figuren ihrer Erzählungen. Die Abfolge der Handlung hat die Struktur: Vergehen – Strafandrohung – List und Befreiung. Es gibt, auch nach Boccaccio, keine Novelle, die nicht eine Gesetzesübertretung enthielte. Das »unerhörte Ereignis« bedeutet immer das Überschreiten einer Grenze, die die Gesellschaft ihren Mitgliedern gezogen hat. Die Anmaßung macht im allgemeinen den Beginn der Novelle, die Handlung selbst ist die Erzählung der *Folgen*, die das Laster hat, oder die es haben könnte, wenn sich die Figur nicht vor der Strafe retten würde.

Das unerhörte Ereignis: das sexuelle Faktum

Neunzig der hundert Novellen des *Decameron* sind Liebesgeschichten. [4] Nun scheint allerdings die Liebe das naheliegendste Thema der Literatur überhaupt zu sein. Während aber sonst die Liebe – in der Lyrik so gut wie im heliodorischen und selbst noch im bürgerlichen Roman – das Abenteuer zweier einander zugeneigter Personen ist, führt bei Boccaccio die Liebe drei oder mehr Figuren gegeneinander feindlich ins Feld. Die Liebe ist keine Intimität, sondern eine gesellschaftliche Unruhe, eine kurze Ausschweifung mit bösen Folgen. Boccaccio gilt sie als der Ursprung allen Lasters und die eigentliche blasphemische Energie. Neifile erzählt am 4. Tag eine frühe Version der späteren Tragödie von Romeo und Julia, »weil es unter den natürlichen Trieben die Liebe ist, die am wenigsten Rat und Widerstand leidet.« (408) Sieht man von wenigen Erzählungen vorläufig einmal ab – wie der von Heyse zu Unrecht zum Inbegriff der Boccaccio-Novelle erhobenen Falkennovelle (V 9) oder der Leidensgeschichte der keuschen Griselda (X 10), die wie keine andere Erzählung Boccaccios die Nachwelt gerührt hat –, so führt die Novellenliebe immer ins Chaos. Kern der Novellenhandlung ist das sexuelle Vergehen von Personen, denen Sexualität gesellschaftlich nicht erlaubt ist: der Jungfrauen, Ehefrauen, Mönche. Strukturell ist die Novellenliebe immer die Verletzung des sechsten Gebots und gelegentlich sogar eine Parodie der unbefleckten Empfängnis. Im Falle der Bibel gelingt mit göttlicher Hilfe die unglaubliche Verbindung von Keuschheit und Fruchtbarkeit. In der Novelle straft die göttliche Gerechtigkeit die Unkeuschheit mit Unfruchtbarkeit. Die Gnade des gesegneten Leibes ist dieser unseligen Liebe versagt.

Die 2. Erzählung des 4. Tages vom Bruder Alberto, der der einfältigen und eitlen Madonna Lisetta weismacht, der Erzengel Gabriel sei in sie verliebt und wolle sie des Nachts besuchen, parodiert das Heilsgeschehen. Freilich tritt Alberto an die Stelle des Verkündigungsengels: die himmlische Liebe wird für ihn zum Vorwand für den handgreiflichsten irdischen Genuß. Beide Sphären parodieren sich in dieser Novelle gegenseitig im Gebrauch der Verben »amare« und »piacere«. Der Erzengel liebt und verherrlicht, so hat er angeblich Alberto kundgetan, die Schönheit der Lisetta wie seinen Gott selbst: »le celestiali bellezze di madonna Lisetta, la quale io *amo*, da Dio in fuori, sopra ogni altra cosa.« (370) [»die himmlische Schönheit der Madonna Lisetta [...], die ich, nächst Gott, über alles liebe«, 366]. Sobald aber der Erzengel Gabriel die Reize dieser Frau genießen will, spricht er von »piacere«, gefallen: »voi gli *piacete* tanto« (ebd.) [»Ihr hättet ihm so gefallen«, 367]. Donna Lisetta versichert sich, daß sie die Eifersucht der Jungfrau Maria nicht zu fürchten habe und willigt erst dann ein, daß der Erzengel sie in Gestalt des Bruders Alberto heimsuche. Die Geschichte erzählt die blasphemische Inkarnation des himmlischen Wesens im irdischen Leib des Sünders Alberto. [5] Die Transsubstantiation Albertos in den Erzengel macht ihn zum Erzbösewicht, dem die Verdammnis gewiß ist. Seine Himmelfahrt der Liebe ist seine Höllenfahrt. [6]

Jede Liebe des *Decameron* ist, als eine sträfliche Liebe, die Wiederholung des Sündenfalls. Die Phantasie der erzählenden Rahmenfiguren, die sich auf der Flucht vor der Apokalypse und also vor dem Gericht über die sündenbeladene Stadt befinden, kehrt an den Ursprung der Gottesferne zurück.

Parodie der hohen Liebe

So blasphemisch, wie Boccaccios Figuren sich verhalten, so respektlos zerstört der Autor selbst mit den Erzählungen die Themen der hohen Literatur. Das *Decameron* ist das Buch, das zwar nicht als ganzes, wohl aber in den einzelnen Erzählungen das Eine Buch, die Bibel, immer wieder parodiert, und das sich traditioneller Themen bedient, um sie lächerlich zu machen. Boccaccio integriert nicht nur mündliche und niedere Formen der Literaur, um sie zu dem ihm eigenen Erzählmodell umzubauen. Auch kompliziertere, schriftliche Formen, wie etwa das Schema des Abenteuerromans, finden Eingang in seine Sammlung. Die verbotene Liebe aber schmuggelt er in noch so erhabene »Romane« ein und brandmarkt jegliches Liebesheldentum als Scheinheiligkeit.

Die Erzählungen des 2. Tages etwa sind nach dem Muster des Abenteuerromans gebildet, für den die Liebe auf den ersten Blick konstitutiv ist, die dann durch tausend Fährnisse – über Entführung, Schiffbruch, Gewaltandrohung – hindurch bewahrt wird bis zur endgültigen Wiedervereinigung der Liebenden. Die Ankündigung des Buches schon gibt das Schema dieses Romantyps zu erkennen, wenn sie Geschichten verspricht, »wo [...] von Menschen erzählt wird, die nach mancherlei Ungemach wider alle Hoffnung ein glückliches Ziel erreicht haben.« (89) Die Bewegung der Figuren in diesem Buch ist weiträumig, wie es sich für Abenteurer gehört, wenn diese gleichwohl gelegentlich recht zwielichtige Geschäfte betreiben. Die 6. Erzählung lehnt sich dem Muster des Abenteuerromans am engsten an. In seiner Substanz aber ist es zerstört, da die Intensität der Liebe von Nicolo und Spina nicht auf Entsagung, sondern Begierde beruht: »Diese Liebe blieb nicht lange ohne Erfüllung; und sie währte monatelang, ohne daß jemand etwas davon gemerkt hätte.« (145) Das Unglück bricht nicht als Schicksal über die Liebenden herein, sondern – nun ganz dem Modell der Novelle folgend – als Strafe:

> [so] ließ ihnen die große Lust die Zeit so schnell vergehen, daß sie zuerst von Spinas Mutter und dann von Currado überrascht wurden. Currado, der [...] über die Maßen erbost war, erteilte drei Dienern [...] den Befehl, sie [...] gebunden auf seine Burg zu führen. (146)

Da es aber zum Handlungsschema der Novelle gehört, daß die Sünder der Strafe entgehen, so endet auch diese Erzählung glücklich; scheinbar mündet sie wieder in den Erzählfluß des griechisch-byzantinischen Romantyps ein. In Wahrheit aber ist die heroische Standhaftigkeit hier nichts anderes als die Hartnäckigkeit des niedrigsten Triebes. Gerade an dieser Parodie der hohen Liebe enthüllt sich das Grundgesetz der Novelle: Die Handlung kreist stets um das Zentrum der Sexualität.

Weibliche Regie

Die literarische Parodie schlägt noch während des zweiten Tages in den puren Hohn auf die Männlichkeit um. Die siebte Erzählung macht ungewöhnlicherweise eine Frau, Alatiel, die Tochter des Sultans von Babylon, zur Heldin des Abenteuers. Das Schiff, das sie dem königlichen Gatten zuführen soll, erleidet Schiffbruch. Herumgetrieben in aller Welt, besteht Alatiel standhaft wie sonst nur der männliche Held alle Abenteuer, die ihr beschieden sind, die nun allerdings darin bestehen, daß sie sich in die Arme von acht Liebhabern geführt sieht. Nach der Heimkehr weiß sie ihre Geschichte so darzustellen, daß sie großes Mitleid erregt und ihr Vater sie noch einmal als Jungfrau an den vorgesehenen Gemahl vergeben kann:

> Darüber war der König von Algarbien [der Gemahl] ganz glücklich; er schickte in ehrenvoller Weise um sie und empfing sie mit herzlicher

> Freude. Und sie, die mit acht Männern vielleicht zehntausendmal geschlafen hatte, legte sich als Jungfrau zu ihm und machte ihn glauben, sie sei es. (180)

Boccaccio überläßt also auch in den heroischen Gattungen, die er zitiert, die Hauptrolle am liebsten den Frauen. [7] Die hohen Gattungen handeln sonst von den Geschäften der Männer: vom Staat, vom Krieg, von der Gesetzgebung, und wenn einmal, wie etwa in *Antigone*, in der Welt der Polis eine Frau agiert, so ist ihr Geschlecht Partei. Der Niedrigkeit aber der Gattung, die Boccaccio begründet, entspricht die Niedrigkeit der schwankhaften Sexualität, von der sie erzählt. Die Frau wird daher ausschließlich als Geschlechtswesen eingeführt und als solches zur eigentlichen Regisseurin der Handlung. Die Novelle ist eine weibliche Gattung.

Ohne Zahl sind denn auch die dupierten Ehemänner und genasführten Väter. Die Frauen haben die Männer in der Hand und stellen ihre Ordnung auf den Kopf; sie sind die Agentinnen einer sexuellen Anarchie. Alle sozialen Schichten bringen sie durcheinander; die Edelfrau verliebt sich in den freigelassenen Sklaven (V 7), der Stallknecht erobert die Königin (III 2), der Jüngling läßt sich vom Bauernmädchen umstricken, der impotente Alte vermählt sich mit einer liebeshungrigen Jungen. Das Florenz der Pest entpuppt sich als die babylonische Hure der Apokalypse. Die Macht des Triebes zerstört die göttliche Ordnung und die soziale Hierarchie. Das aber heißt gattungspoetisch: die Novelle kennt keine Ständeklausel.

In diesem Totentanz der Kaufleute und Könige, Mönche und Ritter akzentuieren die Frauen den Rhythmus; sie sind nicht Objekte der Männer, sondern Subjekte der Bewegung und Verführerinnen zum Untergang, von dem freilich niemand etwas ahnen will. Ihre Verworfenheit ist wesentlich, nicht zufällig. Lisica, eine alte Vettel, enthüllt die Gepflogenheiten der Novellenfrauen:

> Und der da [Tindaro] ist ein solcher Esel, daß er im Ernste glaubt, die Mädchen seien so dumm, ihre Zeit zu verlieren und so lange zu warten, bis es dem Vater und den Brüdern paßt, die ihre Verheiratung sechsmal unter sieben drei oder vier Jahre länger hinausschieben, als sie sollten. Da hätten sie was, Brüderchen, wenn sie so lange säumten! Gottstreu – und wenn ich schwöre, so weiß ich, was ich rede –, unter allen meinen Bekannten ist keine einzige, die ihre Jungfernschaft in die Ehe gebracht hätte, und von den Verheirateten weiß ich auch genau, wie oft und wie sie ihre Männer hinters Licht führen. (530f.)

Die Damen der Rahmengesellschaft erkennen sich in dieser Beschreibung wieder; sie lachen »aus vollem Halse, so daß man ihnen alle Zähne hätte ziehen können.« (531) Die Frau verschlingt das Männerglück. [8] Da sie zur Jungfräulichkeit nicht begabt ist, kann die jungfräuliche Geburt des Erlösers nur ein Männertraum sein. Tindaro jedenfalls, der noch naiv genug ist, daran zu glauben, wird von Lisica eines Bessern belehrt.

Die Frauen maßen sich denn auch eine eigene Gesetzgebung an. In VI 7 fordert die des Ehebruchs angeklagte Madonna Filippa Rechte, die »alle einschließen und mit der Zustimmung aller, die sie angehn, gemacht sein sollen.« (552) Das Gericht aber behandle sie nach einem Gesetz, dem »als es gegeben worden ist, keine Frau zugestimmt«(553) hat. Nun macht sie ihre eigene Verfehlung zum Kasus, der zu dem Schluß führt:

> Wenn er [der Ehemann] von mir immer alles das, was er gebraucht und gewünscht hat, bekommen hat, was sollte oder soll ich denn mit dem machen, was er übrigläßt? Es vor die Hunde werfen? Ist es nicht viel besser, damit einem Edelmanne, der mich mehr liebt als sich, zu dienen, als es zugrunde gehn oder verderben zu lassen? (553) [9]

Gegen die Behauptung des sexuellen Regiments der Frau im *Decameron* möchten sich Einwände finden lassen. Die Monna Giovanna der Falkennovelle ist eine keusche Frau (V 9), die Dame Elena wird von ihrem Verehrer Rinieri böse gestraft für ihre Lieblosigkeit (VII 7) und die Angebetete des Nastagio (V 8) wird erst durch Bilder der Folterung dazu gebracht, sich ihrem Liebhaber zu ergeben. Alle diese Frauen aber treiben Mißbrauch mit ihrer Macht, und der besteht gerade darin, zur Liebe *nicht* bereit zu sein. Der Typus der grausamen Geliebten versucht seine rechtmäßige Herrschaft durch Liebesentzug zu steigern. Im *Decameron* schreitet die Justiz gegen den Ehebruch nicht ein – dieses Recht hat ja Madonna Filippa mit ihrem schlauen Reden außer Kraft gesetzt–, das Strafgericht der Männer aber kommt über die Frauen, die sich der Liebe versagen. Die Männer selbst nämlich haben das sexuelle Angebot der Frauen in einem Maße akzeptiert, daß sie sich nur noch gegen seinen Entzug wehren. Dabei ist die Falkennovelle die einzige Geschichte, in der die grausame Geliebte ohne Strafe ausgeht; jedoch ist sie nicht ohne die vorausgehende Erzählung zu lesen. Dort findet Nastagio degli Onesti bei seiner Dame keine Gegenliebe und hat, als er sich in die Einsamkeit begibt, die Vision von einer Marterszene: ihm erscheint ein anderer, schon verstorbener Liebhaber, der seine ebenfalls längst gestorbene Geliebte quält, indem er sie mit Hunden hetzt. Sie sei von ihm, so erklärt der grausame Liebhaber,

> weil sie ihre Sünde, sich grausam an meinen Qualen geweidet zu haben, nicht nur nicht als Sünde erkannt, sondern noch für etwas Verdienstvolles gehalten hat, ob ihrer Unbußfertigkeit [...] zur Höllenpein verurteilt worden. (501)

Die Martern wiederholen sich jeden Freitag. Daher setzt Nastagio ein Gelage für seine Geliebte auf diesen Tag an und läßt das grausame Schauspiel noch einmal vor ihren Augen geschehen, so daß sie einsieht, daß es besser ist, sich der Liebe hinzugeben als sich zu versagen.

> Und so groß war die Angst, die deswegen in ihr entstand, daß sie, damit es ihr nicht ebenso ergehe, in raschem Wechsel von Haß zu Liebe die erste Möglichkeit, die sich ihr bot, und das war noch an demselben Abend, ersah und ihre treue Zofe heimlich zu Nastagio schickte und ihn bitten ließ, er möge es sich gefallen lassen, zu ihr zu kommen, da sie bereit sei, alles zu tun, was er wünsche. (504) [10]

Die der Erzählung folgende »Falken«-Novelle variiert dasselbe Sujet. Monna Giovanna, die unbeugsame Geliebte dieser Erzählung, erleidet zwar keine Martern, doch ist ihr mit dem Tod ihres Kindes, das aus Liebesschmerz zu Federigos Falken dahinsiecht, eine Prüfung auferlegt, die sie schließlich genauso wie ihre Vorgängerin in der achten Geschichte dem Verehrer gefügig macht. [11]

Punktualisierung der Handlung: Das Haus

Mit dem sexuellen Zentrum der Novellenhandlung sollte die Nachwelt – und das 19. Jahrhundert zumal – ihre Schwierigkeiten haben. Fast möchte man sagen: Die Geschichte der Novelle besteht in dem Versuch, den tollkühnen Entwurf Boccaccios rückgängig zu machen. Aber kaum ein Dichter in seiner Nachfolge kommt aus dem Odium der Weiblichkeit heraus. Wenn es überhaupt einmal in einer Novelle um die hohe Liebe zu gehen scheint, dann ist sie nicht, wie im heliodorischen Roman, in der Minnelyrik, in der Poesie Petrarcas, als ideeller Entwurf von vornherein gegeben; vielmehr wächst sie zu

Größe erst heran im Widerstand gegen die Versuchung. Die Liebe in der Novelle ist mächtig, aber nicht erhaben. Hinter der Entsagung, zu der es in der Geschichte der Novelle tatsächlich oft kommen wird, steht doch immer das sexuelle Begehren als das geheime Movens allen Geschehens: aus ihm erwächst alle Tragik, derer die Figuren in späteren Jahrhunderten fähig sind. Die Geschichte der Verschleierung dieses eigentlichen Ursprungs der Handlung soll einem eigenen Kapitel vorbehalten sein.

Während die Herrschaft der Weiblichkeit im Laufe der Zeit immer tiefer verborgen wird, bleibt doch ihr Spielplatz durch die Jahrhunderte hindurch konstant und sichtbar. Der Ort der Weiblichkeit und der Schauplatz der Novelle ist das Haus. Die Holzschnitte zur ersten gedruckten Ausgabe des *Decameron* von 1492 zum Beispiel sind sehr oft durch eine Wand in zwei Schauplätze getrennt, in den Innen- und den Vorraum. Die Schwelle zwischen beiden Spielplätzen ist der goldene Schnitt einer jeden Novellenhandlung. Das Unerhörte, das sich ereignet, ist das Überschreiten der Schwelle.

Der Übertritt über die Schwelle bedeutet die Verletzung der Intimität. [12] Wenn ein Außenraum vorhanden ist, so begibt sich doch die Figur, die von da kommt, in den Innenraum hinein. Auch der Abenteurer – und in der späten Reisenovelle wird er der Reisende sein – steuert, wie die Erzählungen des zweiten Tages zeigen, auf ein Haus zu. Im Innenraum selbst tritt noch einmal – auch das ist auf den Illustrationen von 1492 zu erkennen – eine Konzentration der Handlung um Tisch und Bett ein. Am Tisch wickeln die Bürger der Handelsstadt ihre unsauberen Geschäfte ab, im Bett sterben die Scheinheiligen und lieben sich die Lüsternen. Der Innenraum, sonst Ort der bürgerlichen Wohlanständigkeit, hat sich in der Novelle in den Umschlagplatz des Lasters verwandelt.

Die Bedeutsamkeit solcher Ortsbestimmung läßt sich nur ermessen im Horizont der alles umgreifenden Apokalypse. Bei anderen Naturkatastrophen ist das Haus der Zufluchtsort des schutzbedürftigen Menschen; die Pest aber macht davor nicht halt. Für die brigata ist die Wohnung zum Ort des Grauens geworden. Pampinea bewegt ihre Freundinnen zur Flucht durch die Schilderung der verpesteten Heime und verödeten Häuser:

> Und kehren wir in unsere Häuser zurück – ich weiß nicht, ob es euch ebenso geht wie mir, aber mich befällt Angst, wenn ich von dem zahlreichen Gesinde niemand mehr finde als mein Mädchen, und ich fühle, wie

sich mir die Haare zu Berge sträuben; und wo ich im Hause gehe und stehe, glaube ich die Schatten der Verblichenen zu sehn, und nicht mit ihren gewohnten Gesichtern, sondern sie erschrecken mich mit einem entsetzlichen Aussehn, von dem ich nicht weiß, wieso es ihnen auf einmal gekommen ist. (21f.)

Da der Tod in den Häusern wütet und die Menschen daraus vertreibt, imaginieren sich nun die Flüchtigen in ihren Geschichten Situationen, in denen sich gerade in den Häusern die pure Lebensenergie behauptet. [13]

Die Novelle tendiert zur Verengung des Spielplatzes; Tisch und Bett sind Verkleinerungen des Innenraumes. Schließlich aber hat diese Punktualisierung des Ortes ihr eigentliches Ziel in der Frau, die, selbst das Zentrum der Vitalität, wie ein Magnet alle männliche Lebensenergie auf sich konzentriert. Die letzte Schwelle schließlich, die überschritten wird, ist das Geschlecht. Haus und Frau sind metonymisch austauschbar. Der Eintritt ins Haus bedeutet den Eintritt in den Körper der Frau. [14] Die Geschichte von Peronella (VII 2), die den Liebhaber in ein Faß versteckt, als der Ehemann unerwarteterweise nach Hause kommt, und die behauptet, jener prüfe es gerade, um es zu kaufen, macht die Vertauschbarkeit von Figur und Raum, Mensch und Ding deutlich. Als der Ehemann nämlich schließlich selbst ins Faß steigt, um es für den vermeintlichen Käufer, als den sich der Liebhaber nun ausgibt, zu reinigen, unterläuft diesem, der in seinem Vergnügen unterbrochen worden war, selbst ein metonymischer Irrtum: den Blick ins Faß verwechselt er bereitwillig mit dem Genuß der Frau:

Und Peronella beugte sich, als ob sie ihm [dem das Faß putzenden Ehemann] hätte zusehn wollen, über das Faß, das nicht sehr hoch war, und legte sich so darüber, daß sie einen Arm samt der ganzen Schulter drinnen hatte, und fing dann an: »Da kratz, und da und dort auch«, und: »Schau, da ist noch ein bißchen haften geblieben.« Und während sie in dieser Stellung den Mann anwies und ihn auf manches aufmerksam machte, kam Gianello, der sein Verlangen noch nicht völlig gestillt gehabt hatte, als der Mann heimgekommen war, auf den Gedanken, es so zu stillen, wie er konnte, weil er wohl sah, daß er so nicht konnte, wie er gewollt hätte; und darum trat er an die Frau heran, deren Leib die Öffnung des Fasses völlig zudeckte, und befriedigte sein Jugendverlangen in derselben Weise, wie auf den weiten Steppen die ungezäumten und brünstigen Hengste die parthischen Stuten anspringen, und gelangte in demselben Augenblicke ans Ende, wo das Faß ausgekratzt war. (590f.)

Irgendwann muß in der Novelle jede Handlung auf diesen kleinstmöglichen Punkt gebracht werden. Die Begegnung zweier Männer – sei es als Konkurrenten, sei es, wie in X 8, als Freunde – findet potentiell im Körper der Frau statt. Aus der Verengung geht eine geradezu aristotelische Einheit von Raum, Zeit und Handlung hervor, die noch dazu ihren Konvergenzpunkt in der Hauptaktrice der Novelle, der Verführerin, hat. [15]

Die Metonymie von Frau und Haus enthält freilich die Chance, das Skandalon der verbotenen Sexualität zu verschweigen, und die folgenden Jahrhunderte sollten – wie zu zeigen sein wird – diese Chance weidlich nutzen. Nun bauen sich statt der Frau dämonisch Wälder und Tiere, Messer und Gewässer, Spielkarten gar und Vorhänge vor dem in Bann geschlagenen Mann auf. Für das Publikum wird die Lektüre zum Spurenlesen. [16] Schon für Boccaccio ist die Indizienjagd der eigentliche Reiz der Liebesgeschichten seines neugeschaffenen Genres. Seine Erzählung II 9 ist ein Exempel für diese Leseanweisung.

> Wahrlich, wüchse ihnen [den Frauen] jedesmal, wann sie sich auf solche Stückchen einlassen, ein Horn an der Stirn, das Zeugnis ablegte, was sie getan haben, dann würde ich glauben, daß sich nur wenige darauf einließen; aber nicht nur, daß ihnen kein Horn wächst, man merkt ihnen auch, wenn sie klug sind, nicht die geringste Spur an, und Schande und Entehrung gibt es nur bei Dingen, die offenkundig sind: wenn sie es darum heimlich tun können, so tun sie es, und lassen sie es, so sind sie eben zu dumm dazu. (203)

Der das sagt, macht sich anheischig, dem Freund durch Indizien unwiderleglich zu beweisen, daß er seine Frau verführt habe, obgleich er sie nicht verführt hat. Durch Tricks gelingt ihm die Verleumdung. Für den Leser wie für den Gatten enthält diese Erzählung – eine Variante der Gyges-Sage – die Mahnung, den Indizien auf keinen Fall zu trauen. So gut nämlich wie die eindeutigen Zeichen hier fälschlicherweise ein Delikt *anzeigen*, so gut könnten ein anderes Mal ebenso eindeutige Zeichen ein Delikt fälschlicherweise *cachieren*. Der zweite Fall ist der normale im *Decameron*. Die List, die beffa, der Frau ist es, Zeichen zu erfinden, die ihr wahres Wesen verbergen. Im düpierten Ehemann hat sie den ungeschicktesten Detektiv zu fürchten.

Novellenmathematik: ungerade Zahl, serielle Opposition, Sequenz, Argumentum

Auf dem einen kleinen Punkt, dem die Novelle Raum gibt, im Haus und in der Frau, haben zwei Figuren nicht Platz: eine davon ist immer zuviel. Haus und Frau nehmen nur in zeitlicher Folge die Gäste, Ehemann oder Liebhaber, auf. Immer ist einer drin, einer draußen. Die Novelle ist die Form der ungeraden Zahl. Ihr Grundmuster ist das Dreieck, dessen Eckpunkte zwei Verbündete sind und ein Ausgeschlossener, der im allgemeinen der gehörnte Ehemann ist. An seine Stelle können Väter oder Brüder treten. Auch kann die Zahl proliferieren. In der Erzählung IX 6 werden fünf Personen auf drei Betten verteilt. Die verwirrende Rotation, die dadurch entsteht, daß ein Liebespaar sich vereinigt und die anderen, die »überflüssigen« Figuren, in immer neue Konstellation zueinander gezwungen werden, macht die Komik der Novelle aus. Eine Lösung, die nicht aufgeht, tendiert zur Komik. Begegneten sich nur zwei Personen freundlich, so entstünde eine Liebesgeschichte und ein Roman, träfen sie feindlich aufeinander, eine Tragödie. Begegnen sich aber drei Personen, so tun sich zwei zusammen, um über den Dritten zu lachen.

Der Ausdruck »ungerade Zahl« bezeichnet die Struktur des Personenarrangements, nicht eine bestimmte Anzahl von Personen: er besagt, daß die Rechnung, die die Beteiligten miteinander aufmachen, nie eine paarweise Figurenkonstellation zur Folge hat. Von der Tragödie beispielsweise unterscheidet sich das Verhältnis der ungeraden Zahl dadurch, daß der Dritte schließlich aus dem Verhältnis ausgeworfen wird. Sieger und Besiegter in der Tragödie wären im Ausgang des Kampfes noch aufeinander bezogen. Die beiden Gewinner der Novelle aber, die untreue Frau und der Liebhaber, tun so, als gäbe es den Verlierer, den Gehörnten, gar nicht. Der Raum zwischen den drei Personen wird sich daher kaum je zur geometrischen Figur schließen. Zwar spricht man von einem Dreiecksverhältnis, doch entsteht ein Dreieck nie. Die Verbindung zwischen den Punkten zerfällt in dem Moment, in dem sie sich herstellt: wenn der Ehemann seinen Platz besetzt hält, steht der Liebhaber vor dem Spielfeld, und wenn dieser eindringt, verdrängt er den Ehemann.

Das Kalkül der ungeraden Zahl waltet auch in der Rahmengesellschaft des *Decameron*. Die Liaisons zwischen den drei Jünglingen und sieben Damen könnten nie aufgehen. Auch wenn sie in Paradiesesgärten lustwandeln, ist ihnen keine Seligkeit beschieden: Im »valle delle donne« können die Geschlechter nur glücklich werden, wenn sie getrennt in die Fluten des kristallklaren Brunnens steigen, wo sich – phallisches Symbol – die vielen Fischlein tummeln.

Die Erzählungen der brigata kreisen daher um die eine Frage, die es im Verhältnis der ungeraden Zahl nur geben kann: wer übriggeblieben ist, und das heißt: wer glücklich oder unglücklich geendet hat. Diese Frage entscheidet der Ausgang der Erzählung, ihre Lösung ist binär und geht für eine Figur eindeutig entweder zum Guten oder zum Bösen.

Die Bücher des *Decameron* sind daher nach dem Plus und Minus des Erfolgs organisiert. Nach einem ersten Tag, der das Thema freistellt, folgen am zweiten Tag Erzählungen von Personen, die »nach Ungemach« ein »glückliches Ziel« erreicht haben, dann am dritten Tag von solchen Personen, die durch »Geschick« eben diesen Erfolg hatten. Der vierte und fünfte Tag berichtet von Menschen, deren Liebe ein glückliches beziehungsweise unglückliches Ende gefunden hat. In den Erzählungen des sechsten bis achten Tages opponieren Männer und Frauen gegeneinander: einmal handeln die Erzählungen von Menschen, die sich überhaupt schlagfertig aus der Verlegenheit zu ziehen wußten, dann von Frauen, die die Männer hinters Licht geführt, schließlich von Männern, die Frauen genasführt haben.

Auch innerhalb der Bücher löst eine Erzählung die andere ab, indem Momente, die den Fortgang der Handlung tragen, oder das Resultat eines Ereignisses in ihr gerades Gegenteil variiert werden: »Der Traum, wovon in der vorigen Geschichte erzählt worden ist, bringt mich darauf«, sagt Panfilo, ehe er die sechste Erzählung des vierten Tages zum Besten gibt, »euch eine zu erzählen, wo zweier Träume Erwähnung geschieht, die sich auf Zukünftiges bezogen, so wie die auf Vergangenes«. (394) Emilia folgt ihm, der von einem zu unrecht vor Gericht gestellten, aber wieder freigelassenen Mädchen erzählt hat, in der nächsten Geschichte mit der Bemerkung:

> Die Geschichte Panfilos [. . .] veranlaßt mich, euch eine zu erzählen, die der seinigen in nichts sonst ähnlich ist als darin, daß das Mädchen, von der ich erzählen will, ihren Geliebten ebenso im Garten verliert wie Andreuola [. . .], während es weder ihre Kraft, noch ihre Tugend, sondern ein unvermuteter Tod ist, der sie des Gerichtes entledigt. (402)

Die Erzählungen verflechten sich zu einer Kette aus je zwei gegenläufig angelegten Elementen, die gleichsam durch die Konjunktion »aber« aneinandergefügt sind. Das Organisationsprinzip der Sammlung ist die serielle Opposition. [17]

Diese Organisation setzt voraus, daß die einzelne Erzählung auf eine Formel reduzierbar ist. Anfang und Ende müssen überschaubar, der Weg zwischen beiden Polen muß geradlinig sein. Todorov findet für diese Reduktionsform der Handlung den Terminus »Sequenz«, einen grammatischen Begriff, den er auf literarische Phänomene überträgt: »Eine über der Aussage stehende syntaktische Einheit wäre die Sequenz. Die Kennzeichen der Sequenz werden nach dem Typ der Beziehung zwischen den Aussagen variieren; in jedem Fall aber wird das Ende durch eine unvollständige Wiederholung der Anfangsaussage gekennzeichnet sein. Andererseits bewirkt die Sequenz die intuitive Reaktion auf seiten des Lesers, eine vollständige Geschichte und eine abgeschlossene Anekdote zu fordern. Novelle und Sequenz fallen oft, aber nicht immer zusammen: eine Novelle kann aus mehreren Sequenzen oder auch nur aus einer Teilsequenz bestehen.« [18]

Was bei Boccaccio den Erzählungen vorangestellt ist und im allgemeinen als Inhaltsangabe gelesen wird, ist das Argumentum, das diese Sequenz zusammenfaßt. Nimmt man den Vorspann in diesem Sinne, so ist die Frage nun nicht mehr die, ob er der folgenden Erzählung die Spannung raube. Das Argumentum nimmt nicht das Ereignis vorweg, es legt vielmehr den in der Serie notwendigen Platz dafür fest. Es sorgt dafür, daß die Handlung nicht abschweift, und daß sich die Erzählung in die mathematische Reihe der Lösungen einpaßt.

Dies formale Arrangement erscheint inhaltlich als Geschick der Figuren, das die Göttin Fortuna lenkt. Doch nicht sie, sondern das Kalkül des Autors ist es, was den Ausgang der Handlung entscheidet. Die Unternehmen der Figuren könnten so und gerade anders ausgehen, je nachdem, wie es dem Erzähler oder Autor beliebt, denn kein anderer dirigiert sie. Indem der Autor so offen seine organisierende Absicht zu erkennen gibt, ist es nicht allein der Inhalt der Novellen – das Erzählen von Laster und sexueller Intrige –, womit er sich blasphemisch gegen die Ordnung und parodistisch gegen die literarische Tradition richtet. Auch die Form selbst ist eine Blasphemie gegen die rhetorische Tradition, in der Fortuna, die so oft im

Decameron angerufen wird, die Geschicke lenkt. So hat sich denn in allen Teilen seines Werkes Boccaccio aus der Tradition herausgenommen; er hat sich mit dem »istilo umilissimo« unter ihr angesiedelt, damit er durch Anmaßung sie überbieten könne.

Boccaccios Nachleben

Als ein Meister der Gattung, nicht als ihr Gesetzgeber ist Boccaccio im Bewußtsein der lesenden Nachwelt geblieben. Gerade die Fülle der Motive, die die Novelle aufnehmen kann – auch dies ist eines ihrer noch zu beschreibenden Konstituentien –, hat die Aufmerksamkeit mehr auf Boccaccios gebildetes Wissen als auf sein Gestaltungsvermögen gelenkt: Exempel, Kasus, Legende, Ankedote, Spruch und Apophtegma, Motive außerdem und Sujets, die alle auch bei den Nachfolgern Boccaccios wiederzufinden sind, erscheinen in den repräsentativen literaturwissenschaftlichen Arbeiten über Boccaccio, im immensen Kommentar zum *Decameron* von Vittore Branca etwa oder in Hans-Jörg Neuschäfers Analyse jener einfachen Formen, die Boccaccio weiterentwickelt hat, als der Ursprung seines Werkes, wo sie doch nur sein Material sind. Man fragt danach, woher die Stoffe kommen, nicht aber, wohin sie gestaltet worden sind.

Jedenfalls würde man, vergleicht man zum Beispiel die Geschichte der Novelle mit der des Dramas, bei aller Vielfalt, die auch diese Gattung entfaltet hat, den Zusammenhang von Schillers Tragödien mit der Gattung, die durch Äschylos und Sophokles entstand, nicht so ganz mißachten wollen. Die *Marquise von O...* aber als eine vollkommene Erfüllung des Erzählentwurfs von Boccaccio zu denken, liegt dem Leser fern. Dabei würde diesmal doch sogar das Sujet samt seiner Stilisierung deutlich genug auf das Abenteuer hinweisen, das sich Frate Alberto als Erzengel Gabriel mit seinem einfältigen Beichtkind gegönnt hat. Die Motivgeschichte findet mit dem »göttlichen Kind« die Vorgeschichte der Erzählung eher im Alten Ägypten und mit der »unbefleckten Empfängnis« im alten Israel als bei Boccaccio. Diese Motivgeschichte läßt aber vergessen, wie Kleist – und zwar sehr bewußt – als Erzähler dem seinen Tribut zollt, der das Modell der abendländischen Erzählung geschaffen hat.

Die Dichter wußten besser als die Leser, und zwar auch nach 1800 noch, als sich Thematik und Form der Novelle schon bis zur Unkenntlichkeit verwandelt hatten, von wem sie die Bausteine ihres Erzählens bezogen. Gleichwohl konnte Boccaccio keinen Nachruhm als Begründer der Gattung ernten, denn sein Nachleben ist gekennzeichnet durch zwei Tendenzen: die Verleugnung der Motive und die Zerstückelung der Bauelemente seines Werkes.

Die Verleugnung Boccaccios (nach dem italienischen Cinquecento) prägt die Geschichte der Novelle überhaupt. Die Entwicklung richtet sich gegen die Substanz der Gattung, gegen ihre zentrale Szene, das Laster, das sexuelle zumal. In den nachfolgenden Epochen bleibt dennoch das unerhörte, das sexuelle Ereignis – erstaunlicherweise – der Kern aller Novellen. Und gerade deshalb müssen die Autoren versuchen, Boccaccios universalen Spott durch moralische Grundsätze einzuschränken. Diese jahrhundertelange und so spezifische Geschichte der Gattung, in der sich sexuelle Ausschweifung in schicksalhafte Versuchung, metaphysischer Hohn in gesellschaftliche Unterwerfung, Blasphemie in Schuld, die »ungeläuterte Natur« (A.W. Schlegel) in Gewissenhaftigkeit verwandeln, soll in einem späteren Kapitel behandelt werden.

Andererseits wird das Werk auseinandergenommen, einzelne Elemente seiner Struktur werden für sich gesetzt und verwendet: die Konstituentien des Rahmens, das Ambiente des, immer notwendigen, Innenraums, die Anlage der Erzählung als Sequenz, die Stellung des Argumentums, die oppositionelle Fügung der Erzählserie. Diese Bausteine einer Novelle werden da und dort einmal gebraucht, ein ander Mal wieder beiseite gelassen; durch einige Beispiele soll diese Entwicklung skizziert werden.

Serielle Opposition

Das Gesetz der seriellen Opposition etwa, das für das Arrangement von Boccaccios Sammlung gegolten hat, geht in dem Maße verloren, in dem die einzelne Novelle, sich aus ihrem Zusammenhang isolierend, Gültigkeit als selbständiges Kunstwerk beansprucht. Schon die ersten Nachahmer, Sacchetti und Bandello, begreifen kaum mehr den notwendigen Zusammenhang von serieller Mechanik und Triebhaftigkeit im Werk Boccaccios. Bei Margarete von Navarra verliert sich das Interesse an der Strukturierung der Sammlung ganz, in den *Exemplarischen Novellen* von Cervantes bleibt als Rudiment davon nur eine einfache Opposition erhalten: eine tragische Geschichte löst eine komische ab, was aber lediglich wie eine Taktik erscheinen könnte, die generell in die Tradition der Unterhaltungsliteratur gehört, zu der sich schließlich ja auch diese niedrigste der Gattungen nur zählen darf und will.

Umso verwunderlicher ist es, daß das Modell Boccaccios im 19. Jahrhundert trotzdem noch immer im Gedächtnis ist – oder sollte man, da ja die Literaturgeschichtsschreibung seit A. W. Schlegel die romanischen Autoren erst hatte wiederentdecken müssen, eher von einer historistischen Wiederbelebung der Erinnerung sprechen? In Frankreich zumindest folgt Barbey d'Aurevilly einer lebendigen Tradition, wenn er, freilich in vergröbernder Manier, *Den Teuflischen* (*Les Diaboliques*) eine oppositionelle Komposition *Die Himmlischen* (*Les Célestes*) hatte folgen lassen wollen.

In der deutschen Literatur des 19. Jahrhunderts ist die Adaption Boccaccios bewußter und intensiver als in Frankreich. Keller übernimmt im *Sinngedicht* in raffinierter Weise das äußere Arrangement der Sammlung, wie es Boccaccio vorgeschlagen hat. Der Frau seines Verlegers Duncker verspricht Keller, sein Werk solle »ein artiger kleiner Dekameron« werden. [1] Der seriellen Opposition verschafft Keller dabei eine ungewöhnliche Bedeutung, indem er sie durch den Spruch von Friedrich Spee zum Ausgang und Leitmotiv der gesamten Sammlung macht:

> Willst du weiße Lilien zu roten Rosen machen?
> Küß eine weiße Galathee: sie wird errötend lachen.(5)

Nun folgen, wie das Inhaltsverzeichnis in enger Anlehnung an die katalogisierende Organisation der Tage bei Boccaccio verspricht, aus dem Entschluß der Hauptfigur heraus, den Spruch zu verwirklichen, Erzählungen, »Worin es zur einen Hälfte gelingt – Worin es zur andern Hälfte gelingt – Worin ein Rückschritt vermieden wird – Worin eine Frage gestellt wird – In welchem das Sinngedicht sich bewährt.« Der Held gerät in Situationen, in denen die Geküßte einmal errötet, einmal erbleicht, einmal flüchtig, einmal intensiv, einmal fast beides und schließlich wirklich beides zusammen tut. Im

Unterschied zu Boccaccio allerdings werden hier mit dem Bauelement der seriellen Opposition die Abenteuer des Helden, der im Rahmen agiert, miteinander verflochten, nicht die Erzählungen selbst. In Kellers Hauptfigur wird das Stilelement Boccaccios geradezu allegorisiert. [2]

Kleist aber ist eigentlich der Autor, der die serielle Opposition bis zur Virtuosität steigert. Seine Erzählungen, deren internen Zusammenhang er gleichwohl im Hinblick auf diese selbst mit keinem Wort je annonciert hat, sind durch die binäre Struktur einer kleinen Anzahl von Motiven: der jungfräulichen Empfängnis, der mystischen Hochzeit, des maskierten Liebhabers, der Liebe zur Imago, des Gottesurteils, aufs engste ineinander verwoben. Da Kleist auf den Rahmen verzichtet, ist die serielle Opposition das einzige Bindemittel, das alle Erzählungen von der *Marquise von O ...* bis zum *Zweikampf* zusammenhält und die Publikation von einer Zusammenstellung gelegentlich entstandener Werke zu einer geplanten Sammlung macht. *Michael Kohlhaas* allein fällt scheinbar aus der Sammlung heraus. Er fügt sich nicht in die serielle Opposition der Figuren und Motive. Seine Funktion als Kontrapost zu den übrigen Erzählungen wird sich aber erst im Zusammenhang der Analyse des zehnten Buches von Boccaccios *Decameron* klären lassen.

Kleist selbst hat, wenngleich im Kontext seiner Dramen, auf das genannte Stilmittel aufmerksam gemacht. Die Übertragung des spezifisch erzähltechnischen Modells auf die dramatische Gattung zeigt aber gerade, wie einprägsam dies Strukturgesetz, das er beim Arrangement seiner Erzählungen verwendet, für ihn gewesen sein muß: »Denn wer das Käthchen liebt«, so schreibt er an Collin, »dem kann die Penthesilea nicht ganz unbegreiflich sein, sie gehören ja wie das + und – der Algebra zusammen, und sind ein und dasselbe Wesen, nur unter entgegengesetzten Beziehungen gedacht.« [3]

Die Mathematik, die die *Marquise von O ...* und den *Findling* zu *einer* Erzählung mit zwei experimentellen Lösungen macht, ist evident. Der auffälligste Konvergenzpunkt beider Erzählungen ist die sexuelle Gewalt, die den Frauen, der Marquise und Donna Elvira, im Zustand der Ohnmacht angetan wird. Die Ohnmacht der Marquise ist wohlbekannt, aber auch von Donna Elvira heißt es, daß sie, als sie Nicolo erblickte, der den Platz vor dem Gemälde des Geliebten eingenommen hat, »Colino! Mein Geliebter! rief und ohnmächtig auf das Getäfel des Bodens niedersank.« (212) Die erste Opposition, die sich durch das Spiel mit binären Lösungsmöglichkeiten aus dieser Situation ergibt, ist der heitere oder brutale Ausgang des Ereignisses. Die Hochzeit der Marquise mit dem, der sie geschändet hat, und die vielen kleinen Russen, die aus dieser Ehe hervorgehen, sind das Plus, das ein solches Szenenarrangement einbringen kann; die Vernichtung des Verführers, Nicolos, und die Selbstvernichtung des Beschützers, Piachis, des Ehemanns, ist das katastrophale Minus, das aus demselben Versuch hervorgeht.

Die Frauen ähneln sich in der geradezu visionären Bereitschaft zur Hingabe und sind sich unähnlich im Bewußtsein dessen, was sie tun. Die geheime Bereitschaft zur Liebe zeigt sich bei beiden in der Idealisierung des Übeltäters: für die Marquise ist der Graf gerade in dem Augenblick, da er sie mißbraucht, ein Engel, für Donna Elvira ist Nicolo die Wiedergeburt des Geliebten, der ihr zu den Engeln entführt worden ist. Die Marquise aber ahnt nicht, was sie tut und ist vor sich unschuldig; Donna Elvira hingegen fühlt sich schuldig und ist es, da sie ja, noch ehe Nicolo sich ihr naht, schon in der Vorstellung und mit dem Bildnis des Jugendgeliebten ein imaginäres, ehebrecherisches Verhältnis unterhält.

Auch die männlichen Figuren sind sich gleich und ungleich. Graf F... und Nicolo sind gespaltene Figuren, ihre bipolare Anlage fällt bei der geringsten Berührung mit der Welt auseinander; immer agiert der eine Teil – und das provoziert das Plus oder Minus des Ausgangs – zugunsten oder zu Ungunsten des andern. Schon die Namen Nicolo und Colino sind als Anagramm einander zugeordnet: der teuflische Nicolo hat sein himmlisches Pendant in Colino, der Graf F... ist Engel und Teufel, je nachdem, ob er Ehegatte oder gewaltsamer Verführer ist. Nicolos widersprüchliche Erscheinung tritt ebenso wie die des Grafen für den Leser hervor bei der Gewalttat, die beide vollbringen: sobald Nicolo vor das Bildnis des Colino tritt, erfährt der Verführer die Verklärung zum Engel: er darf sicher sein, »daß sie [Elvira] auch nach Wiederkehr ihrer verstörten Sinne, seiner phantastischen, dem Ansehen nach überirdischen Erscheinung keinen Widerstand leisten würde.« (212f.) Sehr anders aber als Nicolo erweist der Graf durch seine Missetat seine Prädestination zum Gatten, während Nicolo, der pestkranke Knabe, den Piachi auf der Straße aufliest und dem Leben wiedergibt, schließlich zum Ehebrecher wird, der dem düpierten Ehemann außer der Frau auch noch Haus und Hof entwendet.

Exkurs: Der Liebhaber als Ehemann

Das Gesetz der seriellen Opposition wirkt nicht nur, wie vor allem bei Kleist, von Erzählung zu Erzählung. Auch einander fernstehende Geschichten können durch die serielle Variation bestimmter Muster miteinander verknüpft werden, d.h. die serielle Opposition wird in eine historische Variantenreihe übersetzt. Das Motiv »Der Liebhaber als Ehemann«, das Boccaccio in die Novelle einführt, ist beispielhaft dafür.

Liebhaber werden zu dem, was sie sind, dadurch, daß sie den Ehemann überbieten. Das zumindest ist eine Voraussetzung für die Erzählstrategie der Novelle. Der Trieb, der das Movens der Figuren ist, begreift nur eine niedere Mathematik und entscheidet ausschließlich zwischen gutem und schlechtem Angebot. Im allgemeinen hat es der Liebhaber bei Boccaccio leicht – schon deshalb, weil für den Autor die *Folgen* der Liebe ein besserer Erzählstoff sind als die Liebe selbst: diese ist das Faktum, das schnell gesetzt ist; die Erzählung hält sich dann lieber dabei auf, wie die Missetäter einer möglichen Strafe entkommen. Erst bei Margarete von Navarra wird die Liebe selbst zum Thema der Novelle. Bis dorthin lebt sie vom Witz des Mißverhältnisses zwischen Ehepaaren, das eines des Alters, der Schönheit, des sozialen Dünkels sein kann. Der Liebhaber hat es leicht, dies Mißverhältnis auszunützen.

Der Witz variiert und kompliziert dieses Grundmuster. In einer einzelnen Erzählung kann er gar nicht so recht in Erscheinung treten; er liegt vielmehr in der kleinen Nuance, die zwischen den Erzählungen unterscheidet, und die erst schätzen kann, wer das gesamte Repertoire der Situationen überblickt. Eine aparte Steigerung des gewitzten Wettkampfs zwischen Liebhaber und Ehemann beispielsweise bedeutet es, wenn der Liebhaber in Gestalt des Ehemanns mit dem Ehemann konkurriert. Im Mythos braucht es dazu, wie durch den Fall des Amphitryon bekannt, göttlicher Fähigkeiten, in der Novelle reicht dazu eine Maske. Die Novelle ist die Gattung der Lüge und des trügerischen Scheins und nicht – wie Mythos und Drama – der höheren Wesen; und so bedarf es nur des Mantels und Degens, um so zu sein wie der Gatte, und ein bißchen Rustikalität oder Jugendlichkeit, um besser zu sein als er.

Boccaccio übernimmt in zwei längeren Erzählungen diesen Mythos: in der Freundschaftsnovelle des zehnten Tages und in der

Erzählung von König Agilulf, dessen Gemahlin Theudelinde von seinem Stallknecht verführt wird. Der Knecht stiehlt das Gewand des Königs und schaut ihm die Gesten ab, um sich ins Zimmer der Königin zu schleichen und sie von seinen Qualitäten zu überzeugen.

> Und dabei konnte es sich um keine andere List handeln, als ein Mittel zu finden, daß er, als ob er der König wäre, der, wie er wußte, nicht immer bei ihr schlief, zu ihr gelangen und in ihr Gemach gehen könne. Um deshalb zu sehn, wie und in welcher Kleidung der König gehe, wann er zu ihr gehe, verbarg er sich mehrere Male des Nachts in einem großen Saale des köngilichen Schlosses, der zwischen dem Gemache des Königs und dem der Königin war; und da sah er eines Nachts, daß der König sein Gemach in einen weiten Mantel gehüllt verließ und in der einen Hand eine brennende Kerze und in der andern eine Gerte hielt und zum Gemache der Königin ging und, ohne ein Wort zu sagen, ein- oder zweimal mit der Gerte an die Tür klopfte, und daß ihm unverzüglich geöffnet und die Kerze aus der Hand genommen wurde. Als er das gesehn und ihn auf ähnliche Weise hatte zurückkommen sehn, gedachte er es ebenso zu machen. Er verschaffte sich also einen ähnlichen Mantel, wie jener war, den er beim Könige gesehn hatte, und eine Kerze und ein Stäbchen; und nachdem er sich im Bade wohl gewaschen hatte, damit nicht etwa der Geruch des Mistes die Königin anwidere oder ihr die Täuschung verrate, verbarg er sich mit diesen Dingen so wie sonst in dem großen Saale. Und als er merkte, daß alles schlief, und es ihm an der Zeit schien, entweder sein Verlangen zu stillen oder dem ersehnten Tode hochgemut den Weg zu bahnen, schlug er mit Stein und Stahl, die er mitgebracht hatte, Feuer, zündete seine Kerze an, zog den Mantel, in den er sich gehüllt hatte, zusammen, ging zur Tür des Gemaches und klopfte zweimal mit der Gerte. Eine ganz verschlafene Kammerfrau öffnete ihm und nahm ihm das Licht aus der Hand und verbarg es; und so bestieg er, nachdem er die Vorhänge zurückgeschlagen und den Mantel abgelegt hatte, ohne ein Wort zu sagen, das Bett, wo die Königin schlief. (245 f.)

Immer ist die getäuschte Dame im Einverständnis mit dem Betrüger, wenn nicht von Anfang an, so doch im Laufe des Geschehens. Als denn auch kurz nach dem Stallknecht, der die Königin »zu mehrern Malen erkannte«, der König selbst sie unerwarteterweise besucht, drückt sie ihr Erstaunen über seine eindrucksvolle, aber ungewohnte Kondition aus: »Aber Herr, was ist denn heute nacht los? [questa che novità è stanotte?, 250] Eben habt ihr mich erst verlassen, und obwohl Ihr Euch an mir mehr ergötzt habt als sonst [oltre l'usato modo], kehrt Ihr so bald wieder zurück [e così tosto da capo ritornate? 250]! Nehmt Euch in acht, was ihr tut.« (246) Das »da capo« der Königin weist den Ehemann als den unerwünschten Liebhaber ab und zeichnet den Liebhaber als den erträumten Ehemann aus.

Bis dieses Motiv bei Kleist ankommt und zu *der* zentralen Szene seines Werkes wird – im *Amphitryon*, in der *Marquise von O...*, dem *Findling*, dem *Zweikampf* – hat es eine lange Deszendenz. Die wichtigste Station ist dabei das Werk der Margarete von Navarra, wo es eine bleibende Veränderung erfährt. Während es dort in der 14. Erzählung noch die alte burleske Gestalt behält, wird in der 47. Erzählung das Quid pro quo der Vertauschung von Ehemann und Liebhaber von den devisants des Rahmens nach seiner Wahrscheinlichkeit befragt. In der Geschichte rächt sich einer für das eifersüchtige Mißtrauen seines Freundes dadurch, daß er dessen Frau in Gestalt eben des Freundes und Ehemanns besucht, ohne daß diese, die ihren Spaß daran hat, die Vertauschung bemerkt. Dagegen wendet Parlamente, die kritischste Dame der müßigen Erzählerrunde, ein: »Welche Frau wäre wohl so blöde [...], daß sie den Unterschied zwischen ihrem Gatten und einem andern nicht kennte, wie er sich auch vermummen möchte?« (541)

Nachdem dieser Einwand einmal erhoben worden ist, geht es nicht länger an, das Motiv ohne psychologische Begründung oder mystische Überhöhung einzusetzen. Für Kleist ist der prominenteste Vermittler des Motivs Goethe, der es in *Wilhelm Meisters Lehrjahren* in einer Szene zwischen dem Grafen, der Gräfin und Wilhelm Meister und in den *Wahlverwandtschaften* gebraucht. Hier, in der Ehebruchs-Novelle, die der Autor vor dem Publikum als Roman ausgegeben hat, parodiert Goethe das Motiv zugunsten einer psychologischen Motivierung bis zur Unkenntlichkeit: was zwischen Charlotte und Eduard in jener Nacht geschieht, da Eduard halb absichtlich, halb zufällig ins Schlafzimmer seiner Frau gelangt, scheint zunächst nichts weiter zu sein als eine Untreue in Gedanken, die zwei Ehepartner sich leisten, die sich ohnehin nicht mehr lieben. Jeder träumt in den Armen des andern vom Geliebten, den er gerade nicht haben kann. Die Tradition von Boccaccios Motiv ist offenbar, nur müssen die Positionen von Liebhaber und Ehemann ein weiteres Mal vertauscht werden: diesmal nämlich ist es der Liebhaber, der Hauptmann, dem sich Charlotte wie eine Ehefrau schon zuwendet. Deshalb kehren sich auch die Gefühle der Figur um: während sonst in der Novelle die unversehens von einem Liebhaber beglückte Ehefrau den

Ehemann verscheucht, muß Charlotte als »Ehefrau« des Hauptmanns den Liebhaber, der diesmal leider nur der rechtliche Ehemann ist und für sie den Hauptmann »spielt«, wegwünschen. »Wie sehnlich wünschte sie den Gatten weg: denn die Luftgestalt des Freundes schien ihr Vorwürfe zu machen.« (93) Das Motiv »der Liebhaber als Ehemann« verändert sich in die Version: »der Ehemann als Liebhaber«. Eduard »dachte nicht daran, daß er Rechte habe« (94) und bittet schüchtern wie ein Liebhaber um Charlottes Gunst. Nun ist *er* der Usurpator eines Platzes, den der Hauptmann innehat, der mittlerweilen das eigentliche Recht über Charlotte besitzt, das nämlich über ihr Herz. Durch solche Verinnerlichung ist die Burleske zum psychologischen Fall geworden.

Unverstellter ist das Zitat Boccaccios in den *Lehrjahren*, und Kleist mag diese Übernahme zu gleicher Deutlichkeit veranlaßt haben. Diesmal geht es um die Maskerade des Liebhabers als Ehemann. Fast wörtlich zitieren Goethe und Kleist Boccaccio. Sein Stallknecht war der erste, der die List erfand, die ihm Wilhelm Meister und Nicolo nachmachen sollten. Die Verkleidungs- und Verwechslungsszene, die er arrangiert hat, findet sich in *Wilhelm Meisters Lehrjahren* wieder. Goethe benutzt das Motiv, um das Verhältnis zwischen seinem Helden und der Gräfin als novellistische Einlage zu kennzeichnen. Die Baronesse und Philine überrreden Wilhelm Meister dazu, sich die Hauskleider des Grafen anzueignen, um sich in solcher Verkleidung in das Kabinett des Grafen zu begeben. Sie wollen, unter dem Vorwand, der Gatte sei früher als gedacht nach Hause gekommen, die Gräfin dazu bewegen, den – falschen – Gatten in der gewohnten Freundlichkeit zu begrüßen. In diesem komödiantischen Spiel machen sich die Baronesse und Philine selbst zu Rahmenfiguren einer Novelle, die die Novellensituation als höfischen Spaß inszenieren. Die Albernheit des Spiels, das die höfischen Damen sich veranstalten, entspricht dem banalen Festspiel, das zu verfassen Wilhelm Meister gezwungen war, um den Fürsten zu ehren. Die Baronesse und Philine verkleiden Wilhelm Meister zur Novellenfigur und veranlassen ihn, die Rolle des »Liebhabers als Ehemann« bei der Gräfin zu spielen:

> er ließ sich mit ihr [Philine] in ein Gespräch ein, und vernahm von ihr den Vorschlag zu einer sonderbaren Verkleidung, womit man die schöne Gräfin zu überraschen gedachte.
>
> Es war dunkel geworden, und sie führte ihn in die Garderobe des Grafen, ließ ihn seinen Rock ausziehen, und in den seidnen Schlafrock des Grafen

> hineinschlüpfen, setze ihm darauf die Mütze mit dem roten Bande auf, führte ihn ins Kabinet und hieß ihn sich in den großen Sessel setzen und ein Buch nehmen, zündete die Argantische Lampe selbst an, die vor ihm stand, und unterrichtete ihn, was er zu tun, und was er für eine Rolle zu spielen habe.
>
> Man werde, sagte sie, der Gräfin die unvermutete Ankunft ihres Gemahls und seine üble Laune ankündigen, sie werde kommen [...]. Er solle seine Ehmannsrolle so lange und so gut als möglich spielen. (189)

Widerwillig fügt sich Wilhelm Meister und gerät in die Verlegenheit, daß, als er im dämmrigen Gemach auf die Gräfin wartet, der Graf selbst zurückkehrt. So wird er – ganz in der Tradition des novellistischen Motivs – zum entdeckten Ehebrecher:

> Denn wie groß war sein Erstaunen, ja sein Schrecken, als hinter ihm die Türe sich auftat, und er bei dem ersten verstohlnen Blick, den er in den Spiegel warf, den Grafen ganz deutlich erblickte, der mit einem Lichte in der Hand herein trat. (188)

Mantel und Licht sind die Utensilien, die Kammer der Raum, die bei Goethe wie bei Boccaccio getauscht und usurpiert werden. Die Albernheit der Situation aber, in die Wilhelm Meister gerät, und die Lächerlichkeit der Mystik, in die der Graf, der gefoppte Ehemann, verfällt, der im maskierten Wilhelm seinen gespenstischen Doppelgänger zu erblicken glaubt, weisen die Novelle als belangloses Gesellschaftsspiel aus, das den gewitzten Damen zum Scherz dient, den bedächtigen Grafen jedoch zum Aberglauben verführt. Der Roman, die bürgerliche Gattung, degradiert die Novelle, und der Romanheld muß darum besorgt sein, so schnell wie möglich der ihm unangemessenen Situation zu entkommen. Die Novelle ist keine Station auf dem Weg eines Bildungshelden. Goethe setzt hier die Novelle ähnlich zum Zweck ihrer Abwertung ein, wie in den *Unterhaltungen deutscher Ausgewanderten*, in denen er die Baronesse, eine Aristokratin, mit der Novelle, einem bloßen Zeitvertreib, einem nichtsnutzigen Fabulieren und einem gesellschaftlichen Spiel, gegen die welthistorische Katastrophe der Französischen Revolution erfolglos zu Felde ziehen läßt.

Kleist freilich, der Goethes beide Versionen – die der *Lehrjahre* und die der *Wahlverwandtschaften* – kannte, nimmt die Chance der Verklärung, die das Motiv einer ahnungslosen Begegnung zweier Liebender anbietet und das Goethe ironisch behandelt hat, wahr und schafft mit der Marquise eine schuldlose Charlotte. Wenn die seit

Kommerell geläufige Interpretation der Ohnmacht als einer Antizipation der endlichen Heirat gültig ist, so vereint sich die Marquise mit dem Grafen F... als Liebhaber in einer mystischen Hochzeit, die die spätere gesellschaftliche mit dem Grafen F... als Ehemann überbietet. Die Ohnmacht der Marquise verschafft dem Ehemann, der der Graf immer ist, zugleich die Qualität des erträumten Liebhabers. Über die *Wahlverwandtschaften* geht Kleists Novelle hinaus, indem sie eine neue spitzfindige Version von Boccaccios Motiv vorlegt.

Kleist hat im *Findling* aber auch die einfachere Lesart des Motivs geboten und sie im *Zweikampf* noch einmal wiederholt. Im *Findling* gibt er seine Herkunft von Boccaccio durch das Zitat eben jener Passage, die auch Goethe übernahm, zu erkennen. Nicolo wählt die Taktik des Stallknechts aus der Novelle Boccaccios. Er verkleidet sich in den imaginären Liebhaber, Colino, dessen Bildnis Elvire allabendlich verehrt. In den Gewändern, die Colino auf dem Gemälde trägt, stellt er sich vor das Bildnis und erwartet Elvires Verehrung in der Absicht, sie zu verführen:

> Er besorgte sich genau denselben Anzug wieder, in welchem er, vor wenig Monaten, da er zur Nachtzeit heimlich vom Karneval zurückkehrte, Elviren erschienen war; und Mantel, Kolett und Federhut, genuesischen Zuschnitts, genau so, wie sie das Bild trug, umgeworfen, schlich er sich, kurz vor dem Schlafengehen, in Elvirens Zimmer, hing ein schwarzes Tuch über das in der Nische stehende Bild, und wartete, einen Stab in der Hand, ganz in der Stellung des gemalten jungen Patriziers, Elvirens Vergötterung ab. (212)

Auch innerhalb eines Motivs wird also bei Kleist die serielle Opposition fortgesetzt. Noch einmal – um ein letztes Beispiel zu erwähnen – variiert er es, indem er diesmal die Geschlechter vertauscht. Im *Zweikampf* macht sich die »Dienerin zur Herrin« und empfängt die Liebe, die dieser zugedacht ist. Kleist erfindet gleich zwei Unschuldige: Littegarde, die angeklagt ist, mit Herrn Friedrich unzüchtigen Umgang gehabt zu haben, und diesen selbst. Im Zweikampf entscheidet sich Gott scheinbar gegen beide. Friedrich aber wird schließlich doch gerettet, und seine Unschuld tut sich kund. Der Bösewicht Jakob der Rotbart legt das Geständnis ab, daß er die Liebe der spröden Littegarde habe erzwingen wollen und in die Arme ihres Kammermädchens geraten sei: »Rosalie, ihre Kammerzofe, war es, die mich in jener Nacht des heiligen Remigius empfing, während ich Elender in der Verblendung meiner Sinne, sie selbst, die meine Anträge stets mit Verachtung zurückgewiesen hat, in meinen Armen zu halten meinte!« (259) Wie meist, wenn Kleist das Motiv verwendet, geht der diesmal als Liebhaber nur Verdächtigte in den Ehemann über. Herr Friedrich wird der Gatte der Littegarde, der der Autor zumindest zum Schluß die Ohnmacht der eroberten Geliebten nicht erspart: »welche letztere bereits in den Armen ihrer Mutter in Ohnmacht lag.« (259)

Die Novellenmathematik Kleists führt schließlich ins Unendliche. Goethe hat nur einmal den Versuch der oppositionellen Anlage zweier Werke unternommen: die *Wahlverwandtschaften* sind die Geschichte eines *Mannes von funfzig Jahren*, die tragisch endet. Kleist hingegen überbietet noch die serielle Opposition, nach der Boccaccio sein Werk organisiert hat: männliche wie weibliche Helden kehren einander je nach ihrer Funktion im Gang der Handlung entweder das Gesicht oder den Rücken zu und sind einander immer Spiegelbild: Hoango erkennt sich wieder in Kohlhaas, wenn es um die brutale Verwirklichung seines Rechtes geht; Kohlhaas fände sich in der Marquise bestätigt in seinem traumhaften Selbstbewußtsein; diese jedoch müßte sich von ihm abwenden, da ihr Rechtsgefühl die gesellschaftliche Ordnung ebenso leidenschaftlich bestätigt, wie Kohlhaas sie zerstört; auch Josephe ist die Opposition der Marquise, obgleich beider Schicksal als Mutter aus dem marianischen Mythos heraus interpretiert wird, der die eine schuldlos, die andere schuldig erscheinen läßt. Es ist kein Zufall, daß in Kleists Erzählungen das Gottesurteil eine so große Rolle spielt. Die Version einer Anlage: ob nun ein göttliches oder ein verruchtes Kind (Marquise, Josephe) empfangen wurde, entscheidet sich vom Ende her, und das Gottesgericht ist *der* endgültige Richtspruch schlechthin.

Das Gottesurteil gibt der Struktur der seriellen Opposition eine metaphysische Qualität. Bei Kleist ist Gott der Autor und ein Experimentator, der seine gedichtete Welt als ein Machwerk versteht, das so und auch anders hätte ausfallen können. Kleist, der, ohne daß es sichtbar würde, tatsächlich mit seinen Erzählungen eine geschlossene Sammlung vorlegt, endet sie daher im *Zweikampf* mit der Thematisierung des Gottesurteils. Doch auch dieses Recht ist, so erweist es sich im *Zweikampf*, gerade weil Gott es spricht, nicht gesetzmäßig, sondern willkürlich. Nachdem sich das Gottesurteil, das Friedrich und Littegarde schuldig erklärte, als falsch erwiesen hat, verbrieft denn auch der Kaiser selbst den Zweifel über die Notwendigkeit eines bestimmten Ausgangs als allgemeine Einsicht in die Struktur der Novellenwelt: »und sobald er, nach Vollendung seiner Geschäfte mit der Schweiz, wieder in Worms angekommen war, ließ er in die Statuten des geheiligten göttlichen Zweikampfs, überall wo vorausgesetzt wird, daß die Schuld dadurch unmittelbar ans Tageslicht komme, die Worte einrücken: *wenn es Gottes Wille ist.*« (261) Gottes Stelle freilich vertritt im Werk der Autor, der in Wahrheit der ist, der die willkürlichen Lösungen in seriellen Oppositionen inszeniert hat.

Sequenz und Argumentum

Das helle Bewußtsein, das Kleist wie keiner seiner Zeitgenossen sonst von der Machart der Novelle hatte, läßt die *Marquise von O ...* zum Modellfall der modernen Rezeption Boccaccios werden. Die Personenkonstellation der »ungeraden Zahl« zum Beispiel hat Kleist ebenso übernommen wie die »Punktualisierung der Handlung« und das »Überschreiten der Schwelle«, wenngleich er das simple Arrangement der alteuropäischen Novelle durch die Multiplikation ihrer Elemente bis zur Unkenntlichkeit kompliziert hat. An die Stelle des Gehörnten kann schon in der alteuropäischen Novelle die brüskierte Familie treten, und so wäre die evidenteste Konstellation, die das Muster der »ungeraden Zahl« erfüllt: die Marquise zwischen Vater und Verführer. Gleichzeitig überkreuzt dieses Verhältnis sich aber mit dem der Marquise zwischen Verführer und Beschützer, Liebhaber und Ehemann. Die *eine* Figur des Grafen erfährt eine Transsubstantiation, die dem Verhältnis der »ungeraden Zahl« seine biblische Legitimation verschafft: der auf Erden ein Teufel zu sein scheint, ist in der mystischen Ahnung der Marquise ein Engel und bringt sie in den anderen Umstand der unbefleckten Empfängnis. Eine wahrhaft arianische Figur, ist der Graf Menschensohn und Himmelsbote, der allerdings sein höheres Wesen nicht aus gottväterlicher Gnade, sondern – ganz im Zuge des weiblichen Novellenregiments – aus dem marianischen Vorstellungsvermögen der Marquise empfängt.

Ähnlich akzentuiert Kleist mit den verschiedenen Eroberungszügen, die der Graf gegen Festung, Haus und Frau richtet, die Strategie der »Punktualisierung der Handlung«. Über alle Schwellen, die eine Novellenfigur zu überschreiten hat, geht der Graf hinweg und dringt bis ins Innerste der konzentrisch angeordneten Welt vor. Schließlich verletzt er aber nicht nur die Grenzen des Hauses, sondern, eine bürgerliche Zutat Kleists, die Humanität, indem er seine draufgängerische Attacke gegen den Vater auch auf die Tochter richtet, und die Konvention durch den Ansturm auf die Familie, die er mit seinem – nachgeholten und dennoch unerwarteten – Heiratsantrag schockiert.

Die Anlage der Erzählung in einer Sequenz wie bei Boccaccio, die das Ende zur Erfüllung, zur Wieder- oder Umkehr des Anfangs und also absehbar macht, scheint zunächst in der neueren Novelle nach der Mitte des 18. Jahrhunderts wenig beachtet worden zu sein. Schon der Umfang vieler Erzählungen muß den Bogen einer Sequenz überdehnen. Nebenfiguren und Nebenhandlungen – man denke an das zahlreiche Personal des *Michael Kohlhaas*, an die verschiedenen Lebenskreise, in denen sich Nathanael im *Sandmann* bewegt, an die Generationen, die sich in der *Judenbuche* ablösen, an ausgedehnte Naturschilderungen in den Erzählungen Stifters und Charakterbeschreibungen in denen Kellers – scheinen der Novelle eine romanenhafte Flächigkeit zu geben.

Indiz für das Ausufern der Erzählung, das der Novelle scheinbar schlecht bekommt, könnte der Verlust des Argumentums sein. Die durch allerlei Beschreibungen und Abschweifungen aufgeblähte Handlung kann, so möchte man meinen, durch keine syntaktische Grenze mehr zusammengefaßt werden. [4] Nun ist aber gerade das Argumentum in jeder modernen Erzählung zu finden, wenngleich es nur selten noch, wie bei Boccaccio, an »ihrer Stirn geschrieben« steht. Nur wenige Autoren rücken es, wie Keller in den *Drei gerechten Kammachern*, deutlich erkennbar an den Anfang der Erzählung:

> Die Leute von Seldwyla haben bewiesen, daß eine ganze Stadt von Ungerechten oder Leichtsinnigen zur Not fortbestehen kann im Wechsel der Zeiten und des Verkehrs; die drei Kammacher aber, daß nicht drei Gerechte lang unter einem Dache leben können, ohne sich in die Haare zu geraten. (259)

Im allgemeinen wird das Argumentum ins Innere der Handlung verlegt und verändert dadurch seine Funktion. Die skandalöse Zeitungsannonce etwa, die die *Marquise von O . . .* inseriert, ist das Argumentum der Novelle, das nur ein paar Zeilen weit in den Text hineingerückt ist, und an dem sich Verwendung und Verwandlung der Tradition zeigen lassen.

> In M…, einer bedeutenden Stadt im oberen Italien, ließ die verwitwete Marquise von O…, eine Dame von vortrefflichem Ruf, und Mutter von mehreren wohlerzogenen Kindern, durch die Zeitungen bekannt machen: daß sie, ohne ihr Wissen, in andre Umstände gekommen sei, daß der Vater zu dem Kinde, das sie gebären würde, sich melden solle; und daß sie, aus Familienrücksichten, entschlossen wäre, ihn zu heiraten. (104)

Was das Argumentum verspricht, die Heirat mit dem Vater des Kindes, holt das Ende exakt ein. Als »Zeitung«, als eine »neueste Nachricht« also, gibt das Argumentum zudem noch den Gattungsnamen an, wie er seinerzeit im Deutschen verstanden wurde: die Novelle erzählt eine Neuigkeit.

In den Text integriert, ist nun allerdings das Argumentum keine auktoriale Vorgabe mehr; es wird zum Handlungsfaktor: die Ankündigung des Autors wird zur Annonce der Marquise, mit der sie selbst den Entschluß über den novellistischen Ausgang ihres Schicksals bekannt gibt. Der Autor kann der Marquise die Formulierung des Argumentums umso leichter überlassen, als nach dem Gattungsgesetz die Regie des Ereignisses die weibliche Hauptfigur hat.

Freilich verliert das Argumentum, sobald seine Formulierung der Marquise übertragen wird, seine Eindeutigkeit und Unschuld – was aber wäre in Kleists Erzählung nicht zwielichtig und doppeldeutig? Sofern es Argumentum ist, steht es voran und zeigt das Ende der Erzählung an; sofern es Annonce ist, könnte es eine List der Marquise sein, *mit* der sie dies Ende herbeiführen will. Als List wird das Argumentum denn auch sogleich wieder in den Handlungszusammenhang hineingezogen, indem alle Figuren auf seine Veröffentlichung reagieren. Dadurch wird es, und das ist seine eigentliche Verwandlung beim Eintritt in die Novelle, zum Interpretandum. Sobald das Argumentum von einer Figur formuliert ist, müssen alle anderen Figuren seine Absicht erforschen. Die Prüfung, die schließlich die Mutter mit der Marquise veranstaltet, ist der Formulierung der Annonce komplementär. Die Mutter faßt damit nur die Deutungversuche zusammen, die Bruder, Vater und Graf schon längst über die Absicht der Marquise angestellt haben, und entscheidet sie. Mit der Prüfungsszene schließt sich die Sequenz, die die Annonce formuliert und zugleich eröffnet hat. Der Schluß aber ist nicht mehr nur die Vollendung eines witzigen – oder moderner: unerhörten – Ereignisses; es ist die Enthüllung eines Charakters. Vom Ende aus, wo Argumentum, Annonce und Figur sich bewährt haben, zurückblickend, wird das Argumentum zum Zentrum der Handlung, von dem her erst jede Nuance richtig einzuschätzen ist: die Ohnmacht der Marquise, der Heiratsantrag des Grafen, der Schuß des Vaters werden zu Funktionen einer Figur – der Marquise –, die sich ihres Charakters immer deutlicher bewußt wird. Das Argumentum ist vom Vorspann, der die Handlung ankündigt, zum Kern geworden, von dem alle Elemente der Handlung ausstrahlen.

Mit der Umorganisation des Argumentums vom Anfang der Novelle in den Text hinein ist der Interpret aufgerufen und der Detektiv geboren. Sobald die Novelle dieses feste Zentrum hat, müssen alle Abschweifungen auf diesen Mittelpunkt bezogen werden. Keine Wolke also mehr, die nicht einen *Fall des Hauses Ascher* ankündigte, oder – in Dauthendeys *Himalayafinsternissen* – einen dämonischen Liebeshandel bedeutete, kein roter Vorhang (Barbey d'Aurevilly) mehr, der nicht den Tod ankündigte, kein Kartenblatt, das sich nicht als Omen erwiese. Was im Roman Fülle der Welt wäre, ist in der Novelle nur Indiz. Alle Nebensächlichkeiten verweisen aufs Zentrum und maßen sich symbolische Qualitäten an. Die Novelle provoziert die Lust der Interpretation.

Oft macht sich die Novellenfigur selbst zum Interpreten – auch die Marquise hat ja mit der Annonce ihren Charakter und ihre Geschichte vorweg schon entworfen und begriffen. Selbstauslegungen schlichterer Art ersetzen aber auch sonst häufig das Argumentum. In Mérimées *Carmen* formuliert es José als das Resumee seines Lebens:

> Senor, zum Verbrecher wird man leicht! Ein hübsches Mädchen verdreht einem den Kopf; man schlägt sich für sie ; es passiert ein Malheur; man muß in die Berge fliehen; und bald avanciert der Schmuggler zum Straßenräuber. (319)

Bliebe die Anrede weg und würde das »man«, hinter dem sich José versteckt, durch seinen, freilich zum »Signor Giuseppe« italianisierten, Namen ersetzt, so könnte diese Passage durchaus vor einer Novelle Boccaccios stehen. Für José hat ihre Formulierung – genauso wie für die Marquise die der Annonce – die Funktion der Selbsterkenntnis. Bei Boccaccio sprach das Argumentum, vorangestellt und aus der Handlung herausgenommen, wie es war, nur den Leser an. Nun wird es in den Text integriert und von der Figur selbst erfahren und formuliert. Da aber immer noch der Autor das Argumentum entwirft, darf die Figur erst am Ende dahinkommen zu begreifen, warum ihr Schicksal so und nicht anders hatte verlaufen können. José unterwirft sich denn auch resigniert seinem Schicksal, über das ihm in einer Art Argumentum selbst zu reflektieren erlaubt wird.

Für die neuere Novelle ist es geradezu spezifisch, daß die Figur offensichtlich dem Argumentum wie einer Handlungsanweisung folgt. Boccaccio ließ es sich angelegen sein, den Leser anzusprechen; dieser sollte durch das Argumentum in der umfangreichen, handschriftlichen Sammlung schneller ein seiner Laune entsprechendes Stück auswählen können, und auch das Wiederfinden des bereits Gelesenen war ihm durch das Argumentum erleichtert worden, denn zu Boccaccios Zeiten wurde im allgemeinen die Lektüre mehrfach wiederholt. Seine Figuren aber wissen von ihrem vorhergesagten Schicksal nichts und bewahren sich so all ihren Übermut. Im 18. und 19. Jahrhundert hingegen überwiegt die einmalige Lektüre, so daß auf das Hilfsmittel des vorangestellten Argumentums verzichtet werden kann. Nun wird es in die Erzählung integriert, die Figur kennt das Sujet und akzeptiert es als Handlungsanweisung. Sie läuft gewissermaßen dem Vorschlag des Argumentums hinterher, das Ereignis, das es skizziert, ist das Gefängnis ihres Gemüts. Der Wahnsinn wird deshalb, wenn die Novelle nicht überhaupt mit dem Tode endet, nach dem 18. Jahrhundert *das* Motiv der Novelle schlechthin. In ihm wiederholt sich die Struktur des Sujets als Obsession des Helden. Und auch wenn die krankhafte Gemütsverwirrung nicht, wie in der romantischen Novelle, Thema ist, so handeln doch Novellenfiguren von nun an eigentlich immer zwanghaft. Das Laster, das bei Boccaccio den sündigen Menschen antrieb, war als Naturkraft zu nehmen, die gewissermaßen von außen die Novellenhandlung in Gang brachte. Die Figur handelte schematisch, nicht aber zwanghaft. Nun wird die Novellenstruktur selbst zum Wahn der Hauptfigur. Von Kohlhaas bis zum Schimmelreiter, vom eifersüchtigen Estremadurer (Cervantes) bis zu den Kammachern, von Florida (Margarete von Navarra) bis zu Gustav von Aschenbach verfolgen alle Novellenfiguren den *einen* Gedanken, der der Handlungsstrang selbst ist. Der Verlauf der Novelle wird zum Spleen ihrer Figur.

Auch die Marquise hatte sich ja darum zu sorgen, daß sie »nicht wahnsinnig werden« (122) möchte, daß nicht ein »Wahnsinn der Furcht« (123) sie ergreife. Sich »unter der großen, heiligen und unerklärlichen Einrichtung der Welt gefangen« (126) zu geben, bedeutet für sie nur die freiwillige Unterwerfung unter das Handlungsgebot der Novelle und stellt die Leistung dar, es durch solche Freiwilligkeit zum eigenen Gesetz zu machen. Dadurch entgeht sie dem Wahnsinn.

Das Argumentum kann auch, wenn es schon einmal der Leitfaden für die Figur werden muß, eine Anekdote sein, eine Erzählung in der Erzählung, die die Figur fasziniert und zur Tat bewegt. In *Pique Dâme* ist das Argumentum die Geschichte eines glücklichen Hasardeurs, dessen Vorbild, mit ausdenkbaren Folgen, die Hauptfigur folgt:

> Der verstorbene Tschaplitzkij, derselbe, der, nachdem er Millionen verschleudert, als Bettler umkam, hatte einmal, als er noch jung war, an die Dreimalhunderttausend verspielt, und zwar – ich entsinne mich – an Soritsch. Er war in Verzweiflung. Meiner Großmutter nun, die sonst im allgemeinen leichtsinnige Streiche junger Leute streng verurteilte, tat Tschaplitzkij irgend warum leid. Sie nannte ihm drei Karten, die er eine nach der andern setzen sollte, er mußte ihr jedoch gleichzeitig sein Ehrenwort geben, nie wieder zu spielen. Tschaplitzkij forderte von seinem glücklichen Partner Revanche: sie setzten sich zum Spiel. Tschaplitzkij setzte fünfzigtausend auf die erste Karte und gewann, darauf bot er ein Paroli und Paroli-pé und gewann beide und alles zurück und noch etwas dazu. (322f.)

Der die Anekdote vernimmt, setzt nun sein Leben daran, der alten Dame noch einmal das Geheimnis der drei gewinnbringenden Spielkarten zu entreißen. Die Anekdote wächst sich als Hirngespinst der Figur zu einer Novelle aus.

Auch unerhörte Erscheinungen können die Funktion des Argumentums übernehmen. In der modernen Novelle ersetzen sie den niegehörten Witz, mit dem Boccaccios Novellen enden. Der Witz allerdings ist bei ihm die Leistung der Figur, die einer peinlichen Situation durch List zu entgehen sucht. Im allgemeinen muß sie die Entdeckung eines Liebesverhältnisses rückgängig machen. Unerhörte Erscheinungen in der neueren Novelle jedoch, die nicht notwendig am Ende der Novelle stehen müssen, sind Situationen, in denen die Figur untergeht: die Handlung läuft auf dies Ereignis zu, die Figur wird von ihm angezogen und aufgesogen. Mit der Rede vom »Schicksal der Figur« hat die Theorie des 19. Jahrhunderts diese Struktur auf den tragischen Begriff gebracht. [5]

Zum Argumentum allerdings wird eine unerhörte Erscheinung nur, wenn sie am Anfang der Novelle steht – und tatsächlich beginnen Novellen gern mit der prägnantesten Situation: einem regelrechten Weltuntergang zum Beispiel im *Erdbeben in Chili*, dem Ausbruch des Chaos in der Stadt Paris im *Fräulein von Scuderi*, dem unwahrscheinlichen Faktum, daß, in Balzacs *Oberst Chabert*, ein unter einem Heer von Leichen Begrabener sich ins Leben zurückwühlt. Dieser die Erzählung eröffnenden Ungeheuerlichkeit zu entkommen, hat die Figur eine ganze Novelle lang zu tun. [6] Die Verlagerung des handlungsentscheidenden Ereignisses an den Anfang der Novelle ist jedenfalls ein bewußter Akt des Autors, der damit die Tradition des Argumentums respektiert – um allerdings dann damit doch eine ganz andere Wirkung zu erzielen. Das vorangestellte zentrale Ereignis nämlich legt nicht, wie das Argumentum, die Handlung ausdrücklich und Schritt für Schritt, sondern nur andeutungsweise fest. Was geschehen wird, ist weder im Ereignis festgelegt, noch überhaupt ausgesprochen, es muß erahnt werden. Die moderne Novelle fasziniert durch das Geheimnis, das sie zu enthüllen verspricht. Geheimnis und Enthüllung freilich waren auch für die alteuropäische Novelle konstitutiv. Nur so ist es zu begreifen, daß der moderne Leser das Argumentum bei Boccaccio als einen spannungsmindernden Vorspann ablehnt. Um Spannung aber konnte es in der alteuropäischen Novelle nie gehen: das Geheimnis war eines der Figuren und dem Leser bekannt; er wollte nur wissen, wie intelligent sie der peinlichen Situation entgingen. Hingegen versucht die moderne Novelle, Spannung auf jedenfall zu erzeugen; und sie setzt dazu auch andere Mittel als das handlungsleitende und zugleich geheimnisträchtige Ereignis ein. An seine Stelle können Bilder und Personen treten, die Konzentrate der Erzählung sind. Das Paar etwa, das dem Erzähler in Barbey d'Aurevillys *Das Glück im Verbrechen* am Anfang begegnet, elegant und böse, stolz und verrucht, wie es sich gibt, provoziert mit jeder Geste die Frage nach seiner Geschichte. Das Argumentum ist hier das Rätsel der Erscheinung, das immer nur *eine* Lösung haben kann. Den Charakter des Argumentums können schließlich auch Indizien übernehmen, die der Titel nennt, wie zum Beispiel *Der scharlachrote Vorhang*, der *Mantel*, *Der Schuß*, *Das unbekannte Meisterwerk*, *Pique Dâme*, der *Verlorene Brief*.

Überhaupt legt es sich nahe, den Titel als Argumentum zu lesen. Freilich gilt das nicht, wenn ein Name im Titel steht, denn dieser kann ebensogut einen Roman ankündigen. Titel aber, wie *Das Glück im Verbrechen*, *Zuviel Leidenschaft tötet*, *Eine Whistpartie mit verdeckten Karten*, *Der Verbrecher aus verlorener Ehre*, *Die vertauschten Köpfe*, *Der verlorene Brief* deuten Zeitpunkt und Sache an, auf die die Handlung zuzusteuern hat, und von wo aus ein für diese Erzählung ganz einmaliges Ende abzusehen ist. Auch wenn solche Titel nicht, wie in den Argumenta Boccaccios, das Wann und Wo und Wie der Handlung angeben, ist jedenfalls doch abzusehen, daß die Handlung nicht länger als eben die eine Sequenz dauern kann, die es braucht, um die Umstände des angedeuteten Ereignisses zu entschlüsseln. [7]

Den Titel als Argumentum zu lesen, ist so weit nicht hergeholt, wie es scheinen mag, vielmehr hat sich Boccaccios Argumentum selbst aus einer Art Überschrift heraus entwickelt. Exempla, wie sie die alteuropäische Novelle als Sujets übernommen hat, kündigen – man nehme das *Novellino* als Beispiel – ihre ungewöhnlichen Fallgeschichten über den Lauf der Welt in einer Überschrift an, die den Kern der Erzählung enthält: »Qui conta come un cavaliere di Lombardia dispese il sua« (»Wie ein lombardischer Edelmann sein ganzes Vermögen ausgab« – XXX); »Qui conta di messere Rangone, come elle fece a un giullare« (»Wie Herr Rangone einem Spielmann zurückgab« – XLIII); »Qui conta come un mercatante portò vino oltremare in botti a due palcora, e come l 'intervenne« (»Was einem Weinhändler widerfuhr, der Wein in Fässern mit zwei Zwischenwänden verkaufte« – XCVII). Boccaccio präzisiert an Überschriften solcher Art nur Name und Ort der Handlung und skizziert ihr Ende. An diese vornovellistische Tradition des Exemplumtitels knüpft Keller im *Sinngedicht*, jenem kleinen »Dekameron«, das er seinem Verleger versprach, an, wenn er die Stationen der Werbungsgeschichte seines Helden dem italienischen »Qui conta ...« entsprechend so überschreibt: »Worin es[das Motto zu erfüllen] zur einen Hälfte gelingt ..., Worin ein Rückschritt vermieden ist ..., Worin eine Frage gestellt wird.«

Mit dem Indiz im Titel (etwa dem roten Vorhang) und der an den Anfang der Novelle gerückten unerhörten Situation (etwa lebendig begraben zu sein) wird ein factum brutum zu ihrem Fixpunkt. Das Argumentum verspricht nicht mehr zu erzählen, *wie* ein Brief verloren gehen wird, sondern behauptet, *daß* einer verloren gegangen ist (*Der verlorene Brief*). Damit wird, wie bereits angedeutet, das Argumentum zum Rätsel, das die Erzählung entschlüsseln muß. Der Erzähler wird zum Interpreten, der die Indizien präsentiert, die zum Verlust des Briefes geführt haben. Tritt dieser Erzähler, wie in Poes Geschichte vom entwendeten Brief, selbst in die Erzählung ein, so wird er zum Detektiv. Poe erfindet den Erzähler als Novellenfigur und damit die Detektivgeschichte. Sie ist eigentlich nichts anderes als die ausdrückliche Thematisierung des Erzählentwurfs und die Entfaltung der Ereignisse von ihrem Ausgang her, von der Konsequenz, die das Argumentum festgelegt hat. Wie wenn ein imaginäres Argumentum voranstünde, so entwickelt die detektivische Erzählung sich vom Ausgang her, der im Argumentum schon festgelegt ist. Den Zusammenhang von Novellenstruktur und detektivischem Scharfsinn formuliert Poe in *Der goldene Käfer*, »und es darf bezweifelt werden, ob menschlicher Scharfsinn überhaupt ein Rätsel der Art zu konstruieren vermag, welches nicht menschlicher Scharfsinn, bei rechter Hingebung, wieder lösen möchte.« (902) Dieses Gesetz gilt in der Tat in jenen Novellen, in denen der Autor im unerhörten Ereignis als Argumentum ein Geheimnis vorweg festgelegt hat, das er dann als Detektiv in der Erzählung vor dem Leser enthüllt. Die Detektivgeschichte ist der Inbegriff der modernen Novelle, die von der Struktur eines Ereignisses her entworfen ist und immer, mehr oder weniger, von diesem vorweggenommenen Ausgang aus zum Anfang hin zurückentwickelt wird.

Die geschlossene Form, die Boccaccio als Novellensequenz begründet und im Argumentum zu erkennen gegeben hat, bleibt auch in der modernen Novelle erhalten, selbst wenn diese durch Länge und Abschweifungen recht oft aus den alten Grenzen auszubrechen scheint. Die Handlung der modernen Novelle aber kann *zwei* Entwicklungstendenzen haben: die Geschichte kann vom Anfang zum Ende erzählt werden, wie immer bei Boccaccio, und umgekehrt; sie kann also voranschreitend oder nach rückwärts forschend, darstellend oder detektivisch sein. Die Detektivgeschichte ist nur eine besondere Ausformung einer der beiden Erzähltypen, die sich seit dem 18. Jahrhundert entwickelt haben.

Margarete von Navarra: Das novellistische Ereignis als gesellschaftlicher Skandal

Der Dichterin Margarete von Navarra, die offensichtlich das *Heptaméron* mit seinem Tagesrhythmus von zehn Geschichten in die Tradition Boccaccios stellte, zum Trotz möchte man sagen, daß ihre Erzählungen dem Vorbild umso ferner stehen, je schöner sie sind. Weder die redelustige Gesellschaft des Rahmens, die devisants (Zergliederer), noch die Liebeslegenden, an denen die Damen und Herren sich erbauen, gleichen den Geschichten Boccaccios, auch wenn dort der Aufbau so ähnlich wie bei Margarete von Navarra aussieht. Vergleicht man ihre Sammlung (1558/1559) mit der gleichzeitigen Bandellos (1554–1573), so zeigt sich – und dies sei als Beweis für die Intensität der Wirkung Boccaccios auch zweihundert Jahre nach der Entstehung seines Werkes vermerkt –, daß Bandello, obgleich er nachweislich auch Stoffe der Margarete von Navarra übernommen hat,[1] in der Struktur seiner Erzählungen der Ursprungsform der Gattung noch ganz verpflichtet ist. Die nonnenhaften Damen der Margarete von Navarra aber haben, so scheint es, mit den liebestollen Handwerksfrauen, Bürgerinnen und Edelfrauen Boccaccios nichts gemein – nur daß sich die späteren Figuren dann doch auf die früheren beziehen, indem sie nämlich werden, was sie sind, gerade weil sie nicht sein wollen wie diese.

Wie alle Geschichtenerzähler nach Boccaccio, so ist auch Margarete von Navarra auf das Thema der sexuellen Liebe fixiert, doch so, daß ihr einziges Ziel ist, es zu umgehen, es zu umschreiben. Nur wer Boccaccio durch Margarete von Navarra hindurch sieht, kann erkennen, daß die europäische Novellengeschichte tatsächlich auf seine erotischen Witze zurückgeht. Sie hat die schwankhafte und burleske Form Boccaccios zum conte moral – im doppelten Sinne – entwikkelt: zur Erzählung der Sitten und zur Erzählung von der Sittlichkeit. Mit dem so gezähmten Personal konnte die Novelle von den keuscheren bürgerlichen Epochen, vor allem seit dem 18. Jahrhundert, übernommen werden.

Seither heißt das Thema, das die Novellenproduktion dominiert: wie kann die sexuelle Liebe vermieden werden? Mehr noch als bei Boccaccio, der vorwiegend von diesem Laster, aber doch auch von so manch anderem erzählt, und in ausschließlicherem Maße als in anderen literarischen Gattungen wird nun die Novelle zur Liebesgeschichte. [2] Auch Charakterbilder wie Gogols *Mantel* oder Grillparzers *Armer Spielmann*, Schauergeschichten wie Poes *Fall des Hauses Ascher*, Legenden wie Flauberts *Ein schlichtes Herz*, Stimmungsbilder wie Maupassants *Auf dem Wasser* geben ihre novellistische Struktur erst zu erkennen und sind erst zu verstehen, wenn man hinter den Substituten, die es ersetzen, das sexuelle Zentrum gefunden hat (es sei denn, es handle sich um Beispiele von Novellen, die nach dem Muster der Erzählungen des 10. Buches im *Decameron* entworfen sind, deren Beschreibung für ein späteres Kapitel vorgesehen ist).

Weibliches Regiment: Sich-Versagen

Die Erzählung von Florida und Amadour, die zehnte und am häufigsten interpretierte des *Heptaméron*, scheint am ehesten noch eine unbestimmte Nähe zum Abenteuerroman zu haben, einem Schema, das allerdings auch Boccaccio im 2. Buch des *Decameron* gebraucht und parodiert. Amadour ist Krieger und Diener seines Königs, für den er oft genug in die Schlacht zieht, er gerät in die Fänge muslimischer Sultane und liebt Florida auf den ersten und bis zum letzten Blick in unwandelbarer Treue und Standhaftigkeit. Kein Held aber mehr im heliodorischen Stil, sondern durch und durch Novellenheld ist er, sofern er sie, ganz im Stil der lasterhaften und ihre Vorgänger karikierenden Abenteurer Boccaccios, sexuell begehrt.

Weder dem einen, noch dem andern Gattungsschema hingegen scheint das Verhalten Floridas zu entsprechen, die sich dem Liebhaber nicht nur versagt, sondern auch in sich selbst die Liebe zu ihm zu ersticken sucht. Durch solchen Liebesentzug behält sie aber dann doch – und darin ist sie wieder ganz weibliche Novellenfigur – die Zügel des Geschehens in der Hand. Allerdings übt sie ihr Regiment nicht mehr, indem sie den Wettlauf männlicher Konkurrenten dirigiert, sondern indem sie sich die Kontrahenten vom Leibe hält und ihr Zusammentreffen nach Möglichkeit unterbindet. Das weibliche Regiment über die Handlung bleibt also auch bei Margarete von Navarra erhalten, doch äußert es sich nicht in der Verführungskunst der Frau, sondern in ihrer Kraft, die Liebe sich und andern zu versagen.

Erweiterung des Spielplatzes: Der gesellschaftliche Raum

Florida opfert ihre irdische Liebe durchaus nicht einer himmlischen. Sie ist keine Liebesheilige. Um ihr Seelenheil ist sie nicht besorgt, wohl aber um ihren guten Ruf. Insgeheim also darf sie, die dem Herzog von Cardona verheiratet ist, sich nach dem ihr unerreichbaren Infanten sehnen, und, aussichtslos wie diese Leidenschaft ist, gäbe sie schließlich auch Amadour, was er wünscht, wenn nur die Gesellschaft nicht mit Argusaugen über sie wachte.

In der Konstellation der »ungeraden Zahl« wird bei Margarete von Navarra der Ehemann, der bei Boccaccio das sündhafte sexuelle Verhältnis gestört hat, durch eine ganze Gesellschaft ersetzt. Der ungelegene Dritte erweitert sich zur abstrakten Institution und quantitativen Unfaßbarkeit. Reaktion, Absicht und Macht dieser Gesellschaft sind für die Liebenden so recht nicht mehr berechenbar. An die Stelle des konkreten Raumes bei Boccaccio, der sich verengt, je näher die Agenten der Handlung ihrer eigentlichen Absicht kommen, tritt bei Margarete von Navarra die gesellschaftliche Situation, deren Horizont, deren Mitspieler immer unbestimmbar bleiben. Die Liebenden sind gerade dadurch deutlicher noch aufeinander verwiesen, denn die Aufmerksamkeit der sie umstellenden Personen macht ihnen erst so recht bewußt, daß sie ein Paar sind. Die Aufmerksamkeit der Gesellschaft ist nicht zufällig wie die des dazwischenkommenden Ehemanns bei Boccaccio, sondern, da viele an ihr beteiligt sind, dauerhaft und hartnäckig. Die Liebe zum factum brutum zu machen, wird daher zur Unmöglichkeit.

Dieser Situation ist sich Amadour nur allzu bewußt, denn er selbst verwickelt sich mit Absicht in das System der Bewachung und Aufpasserei. Die Unmöglichkeit, Florida zu gewinnen, ist Folge einer gesellschaftlichen Hierarchie, die die Überwachung aller durch alle provoziert. Als zweitgeborener Sohn und ohne Erbe entschließt sich Amadour gegen alle gesellschaftliche Vernunft, die kindliche Florida zu lieben »obwohl ihm sein Verstand deutlich vor Augen stellte, wie unmöglich sein Vorhaben war, einmal des Hauses wegen, dem sie entstammte, dann aber auch ihres Alters halber.« (104)

Die Macht der Gesellschaft äußert sich in den Hindernissen, die der Liebe vorausgehen, nicht in Verlegenheiten, die, wie bei Boccaccio, ihr erst folgen. Damit der gute Ruf überhaupt verletzt werden kann, braucht es Gesetze, die nicht übertreten werden dürfen, und nicht nur ein generelles Tabu, das verletzt wird. Daher müssen diese beiden Liebenden von Anbeginn an in ein Verhältnis gebracht werden, das sie trennt. Noch ehe sie sich begegnen, sind sie schon von Verboten umstellt.

Damit ändert sich die Struktur der Handlung auf eine folgenreiche Weise. Bei Boccaccio entstand der Witz meist aus der Schlauheit, die die getane Tat vertuschen wollte. Wenn jedoch das Verbot den Anfang macht, ist der Witz, der am Ende steht, nicht möglich. Die Handlung stellt nicht die verblüffende Lösung eines Vergehens dar, sondern seine mühsame Vorbereitung. Der Inhalt der Erzählung ist nicht die Folge, sondern die Vorgeschichte des Verbrechens.

Die Bindung der Frau durch die Ehe allein reicht dabei nicht aus, um die Figuren zur verbotenen Liebe zu motivieren. Ohnehin wäre es falsch, die Qualität des Lasters, den Ehebruch vor allem, bei Boccaccio mit den Sünden aus Leidenschaft gleichzusetzen, von denen bei Margarete von Navarra erzählt wird. Im Horizont des *endzeitlichen* Chaos, das Boccaccios Geschichten den Hautgout der Blasphemie verleiht, agiert jeder für sich und gegen jeden. Bei Margarete von Navarra jedoch hat sich die Gesellschaft selbst ein Gesetz gegeben, das gerade aus der Gefahr des *sexuellen* Chaos definiert ist. Die Gesellschaft sieht sich daher weniger durch den zufälligen Ehebruch, als durch die obsessive Leidenschaft bedroht. Margarete von Navarra kann keine Figuren brauchen, die eine gelegentliche Sünde genießen; Florida und Amadour und viele andere in diesem Werk leiden unter Liebe, diese wird zur Krankheit, zur Passion. Die Dichterin steigert die Leidenschaft ihrer Figuren, indem sie die Hindernisse für sie verdoppelt und verdreifacht. Die zusätzlichen Schwierigkeiten, die der Erfüllung der Liebe im Wege stehen, machen überhaupt erst die Ehebrecher zu Liebenden. Vor Amadour richten sich gleich zwei der für Margarete von Navarra typischen Barrieren auf: seine Geliebte ist zu jung und zu hochgestellt. Die biographische Zeit und der gesellschaftliche Rang trennen das Paar von vornherein. Lebensalter und Standesunterschied sind die räumlich-zeitlichen Dimensionen, in denen sich die Figuren einzurichten hätten. Die Gesellschaft, die die Sünder beobachtet, straft weniger den Ehebruch als Sexualität zu unrechter Zeit und zwischen unpassenden Personen. Die Ehe als das commercium sexuale ist ihr nur die Verbriefung einer wichtigeren biologischen und sozialen Ordung. Diese rangiert über der Ehe. Die Zartheit des Herzogs von Florenz in der 12. Geschichte etwa besteht gerade darin, daß er seine zu junge Frau schont, indem er sich mit erfahreneren Damen einläßt:

> Weil sie aber noch so jung war, daß ihm nicht erlaubt war, bei ihr zu schlafen, behandelte er sie, solange sie nicht zur Frau herangereift war, mit größter Sanftmut. Um sie zu schonen, hatte er Liebschaften mit einigen andern Damen in der Stadt, die er nachts, während seine Frau schlief, aufzusuchen pflegte. (152)

Die Betonung der Standesunterschiede, jenes anderen Hindernisses, das Margarete von Navarra ihren Figuren in den Weg legt, wird besonders deutlich in der 20. Geschichte, die Boccaccios Erzählung vom Stallknecht variiert, der insgeheim die Königin liebt und verführt. Bei Boccaccio ist die soziale Hierarchie der Anlaß, den Witz sowohl des Herrn wie des Knechts zu provozieren. In ihrer Konkurrenz um die Frau aber sind beide – geistesgegenwärtig, wie sie sich in ihrer Rivalität erweisen – gleichrangige Partner. Herr von Ryant hingegen, der die Angebetete in den Armen eines Stallknechts überrascht, sieht sich selbst durch ihre Selbsterniedrigung brüskiert.

> Eines Tages kam ihn die Lust an, die Frau, die er mehr als sich selbst liebte und die er über alle Frauen der Welt stellte, zu Pferd zu besuchen. Als er vor ihrem Hause angelangt war, fragte er, wo sie sei. Man gab ihm Bescheid, sie [...] habe sich in ihren Garten zurückgezogen, um ihre Andacht dort zu beenden. [...] Nun machte er sich mehr denn je Hoffnungen auf einen glücklichen Zufall, der seiner Liebe zustatten käme; [...] als er jedoch in die Nähe eines Gartenhäuschens kam, das aus verschlungenen Baumästen errichtet war, eines Örtchens, wie man es sich lauschiger und schöner nicht denken konnte, trat er unversehens ein, da er es kaum erwarten konnte, die Geliebte wiederzusehen. Da fand er seine Dame im Grase liegend in den Armen eines Stallknechts ihres Hauses, der so häßlich, schmutzig und widerlich war wie Ryant schön, stark, achtbar und liebenswert.

> Ich will gar nicht versuchen, euch seinen Abscheu und seine Wut zu schildern; doch war sein Ingrimm so groß, daß er in einem Augenblick das Feuer auszulöschen vermochte, das weder die lange Zeit noch mancherlei Gelegenheit hatte ersticken können. Und ebenso mit Unwillen erfüllt wie zuvor mit Liebe, sagte er zu ihr: »Madame, wohl bekomme es Euch! Heute bin ich dank Eurer Niedertracht geheilt und erlöst von dem ständig brennenden Schmerz, an dem Eure Ehrbarkeit, die ich Euch zuschrieb, schuld war«. Und ohne von ihr Abschied zu nehmen, eilte er schneller von dannen, als er gekommen war.
>
> Die arme Frau gab ihm keine Antwort. Sie schlug nur die Hände vor das Gesicht; denn da sie ihre Schande nicht zudecken konnte, bedeckte sie ihre Augen, um nicht den Mann sehen zu müssen, der sie ungeachtet ihrer Verstellung nur allzugut durchschaut hatte. (254f.)

Die Dame hat nicht nur ihre Tugend verloren, sondern auch ihr Gesicht. An die Stelle der universalen Lasterhaftigkeit, die bei Boccaccio eine ganze Weltordnung aus den Angeln hob, tritt bei Margarete von Navarra der Skandal, der die Gesellschaft aufrührt.

Erzählung und Rahmen: Skandal und Kasus

Laster sind Vergehen gegen die göttliche Ordnung; Skandale jedoch gibt es nicht, wenn sie nicht erzählt werden. Die Rahmengesellschaft der Margarete von Navarra hat daher ein ganz anderes Gewicht als die des Boccaccio. Devisants nennt man sie zurecht, weil durch ihre Analyse und Zergliederung die Qualität des Geschehens erst bestimmt wird. Das Ereignis in der Erzählung wäre nichts, wenn es nicht von der Rahmengesellschaft gemessen und gewogen würde. Sie ist es, die über die Figuren zu Gericht sitzt. Das, was man die »Moral der Geschichte« nennen könnte, wird nicht von Boccaccio, sondern von Margarete von Navarra auf die Novelle angewendet. Dabei kommen aber die devisants nie zu einem moralischen Schluß, vielmehr ist es geradezu ihre Lust, alle möglichen moralischen Perspektiven zu diskutieren und zu verwerfen.

Die Figuren des Boccaccio in ihrer Gottlosigkeit kümmerten sich um einen weltlichen Sinn nicht im mindesten. Nur Ansätze von Wertungen finden sich daher in den Bemerkungen der brigata. Die Dialoge hingegen im Rahmen des *Heptaméron* bestimmen erst den Stellenwert der Erzählung für die Gesellschaft. Bei Boccaccio bekommen die einzelnen Novellen durch ihre Stellung im Zusammenhang der Sammlung ihre Bedeutung. Der Autor behält es sich vor zu entscheiden, welche Bedeutung eine Erzählung haben soll. [3] Die serielle Opposition, in die Boccaccio die Sujets gebracht hatte, orientierte die Erzählungen an einer höheren Ordnung, die zunächst die auktoriale und schließlich die göttliche sein mußte; die Figuren stellten verschiedene Möglichkeiten und Grade ihrer Verletzung vor. Dieser Rangordnung des erzählten Lasters entsprach die hierarchische Organisation der Erzählergesellschaft mit einem »König« an der Spitze, der bestimmte, was an diesem Tag erzählt werden sollte.

Weder das Tagesthema noch die Tendenz dessen, was zum Besten zu geben sei, wird bei Margarete von Navarra von vornherein festgelegt. Von Tag zu Tag, so entscheiden sich die devisants, »müsse vielmehr in dieser Sache die Mehrheit der Meinungen den Ausschlag geben.«(17) Die devisants sind eine gesetzgebende Versammlung, die sich auf der Suche nach einer Norm befindet. Die Erzählungen verlieren die Selbständigkeit, die sie im Laufe ihrer zweihundertjährigen Geschichte gewonnen haben, und nähern sich wieder dem Exemplum an, jener theologisch-volkstümlichen Form, aus der sie hervorgegangen sind. [4] Anders aber als beim Exemplum, das geltende Wahrheiten der Religion dramatisiert, werden nun die erzählten Beispiele zu Vorlagen für den unsicheren Prozeß einer höfisch-geselligen Meinungsbildung. Die devisants experimentieren mit ihnen. Die Erzählung ist nicht mehr Beleg einer Ordnung, sondern ihr Prüfstein. Das Exemplum ist zum Kasus geworden, zum Rechtsfall, der verhandelt, bewertet, beurteilt wird – vielleicht, um aus ihm eine neue Ordnung zu begründen. [5] Der Kasus, die Fallbeschreibung, bestimmt von nun an die Erzählstruktur der Novelle. Ob es sich in späteren Jahrhunderten um moralische Fälle, um das Beispiel eines extravaganten Charakters, um medizinische Fälle oder, wie in der romantischen Novelle, um psychologische Fallbeschreibungen handelt, immer dient die Erzählung als Vorlage für einen gesellschaftlichen Orientierungsversuch. Sie mündet nicht mehr in den Witz, der sie abrupt abschließt, sondern bietet sich – durch eingelagerte Reflexionen des Autors, durch Zweifel, die die Figuren selbst befallen, durch allerlei andere Erweiterungen der reinen Faktizität der Handlung – der Nachdenklichkeit an. Margarete von Navarra stellt solche Fragen nach Absicht, Sinn und Moral der Geschichte zum ersten Mal im Rahmen ihrer Sammlung an. Im Laufe der Geschichte der Gattung schleichen sich die moralischen Bedenklichkeiten in die Erzählung selbst ein.

Die »Moral« der Novellen des *Heptaméron* jedenfalls ist nie affirmativ, sondern experimentell und kann nicht anders sein als so, da die Novelle die Form ist, die ein Ereignis erzählt, das die Grenzen der alltäglichen Ordnung tangiert. Die Gesellschaft der devisants beschäftigt sich nicht mit der Organisation des gewöhnlichen Lebens, sondern mit dessen Grenzfall, der Lust. Ihr subversiver Charakter macht die Diskussion der Fälle unendlich und verstrickt die devisants in Widersprüche und Parteiungen. Die Ableitung von Normen aus dem Liebeskasus gibt sich so ernst, weil dies ein Versuch ist, der immer scheitern muß. Sofern das Thema die Lust und ihre kommunikative Ausdrucksform, die Liebe, ist, kann die Gesetzgebung nicht endgültig, können die Gesetzgeber nicht objektiv sein. Nach der 35. Geschichte, in der eine Frau sich in einen Geistlichen wegen seiner schönen Stimme und erbaulichen Predigten verliebt hat, von ihrem Gatten aber, der sich in den Liebhaber verkleidete, auf unsanfte Weise durch Prügel wieder von ihrer Liebe abgebracht worden ist, wogt das Gespräch der devisants auf die übliche Weise hin und her.

»Aus all dem, meine Damen, könnt ihr sehen, wie verständig ein Gatte und wie schwach und sündig eine ehrbare Frau sein können, und ich denke, wenn ihr euch recht in diesem Spiegel betrachtet habt, werdet ihr lernen, statt auf eure eigene Kraft zu vertrauen, euch dem zuzuwenden, in dessen Hand eure Ehre ruht.«
[darauf antwortet Parlamente] »Zumindest wird das Beispiel, das er angeführt hat, all den Frauen von Nutzen sein, die meinen, geistige Liebe sei ungefährlich. Mir aber kommt es vor, als wäre sie gefährlicher als jede andere.«
»Und doch scheint mir,« sagte Oisille, »einen tugendhaften, gottesfürchtigen Mann zu lieben sei kein so verächtlich Ding, man könne dadurch nur besser werden.«
»Madame,« entegegnete Parlamente, »ich bitte Euch, glaubt mir, niemand ist einfältiger und leichter zu hintergehen als eine Frau, die nie geliebt hat. Denn Liebe ist eine Leidenschaft, die das Herz ergriffen hat, ehe man sich's versieht, und zudem tut einem diese Leidenschaft so wohl, daß sie, vermag sie sich der Tugend als Deckmantel zu bedienen, nur mit Mühe erkannt werden kann, bevor irgendein Unheil eintritt.«
»Was für ein Unheil könnte denn eintreten,« fragte Oisille, »wenn man einen wackeren Mann liebt?«

»Madame,« versetzte Parlamente, »zwar gibt es Männer genug, die für redlich und wacker angesehen werden; aber auch den Damen gegenüber aufrichtig zu sein, ihre Ehre und ihr Gewissen zu achten, das bringen die Männer, glaube ich, heutzutage nicht mehr fertig, bis auf einen einzigen vielleicht, und alle Frauen, die sich in ihnen täuschen und sich auf sie verlassen, werden zuletzt doch betrogen. [...]«
»Nach dem, was ihr sagt,« sprach nun Ennasuitte, »möchte ja keine Frau mehr einen Mann lieben. Aber was Ihr da als Gesetz verkündet, ist so streng und hart, daß es nicht von Dauer sein kann.«
»Ich weiß es wohl,« entgegnete Parlamente, »deshalb werde ich aber doch nicht zu wünschen aufhören, daß eine jede an Ihrem Gatten genug habe wie ich an dem meinen.«

Solche Erwägungen, die mit viel Diffamierung des einen oder anderen Geschlechts durchsetzt sind, geben den Stoff für Skandalgeschichten, Erzählungen also, die vor allem die Erzähler selbst erregen. Die Bewertung des Falles als Skandal entsteht nur scheinbar aus moralischer Betroffenheit – »le scandale«, sagt Oisille im Anschluß an die 25. Geschichte, »est souvent pire que le peché« [207, »oft ist das Ärgernis schlimmer als die Sünde«, 339] –, in Wahrheit gebiert sie lüsterne Teilnahme. Die Zuhörer lauschen gierig und reden tugendhaft. Die Verführbarkeit des Lesers, der sich an Boccaccios witziger Zerstörung der göttlichen Ordnung erfreute, wird auch von Margarete von Navarra nicht angezweifelt. Die devisants führen nur zudem auch noch vor, wie man die sträfliche Lust des Lesens hinter schönen Worten versteckt, wie der Genuß schlüpfriger Geschichten in moralische Reflexion zu verwandeln ist. [6] Von nun an wird es üblich, die Novelle mit treuherzigen Überlegungen und beschaulichen Bemerkungen abzuschließen. Das Geschäft, den sittlichen Zweck der unsittlichen Erzählung zu behaupten, kann der Autor selbst übernehmen, es mag ihm in späteren Jahrhunderten aber auch der Gymnasiallehrer zu Hilfe kommen. Was seine Vorläufer, die devisants, in spielerischer Absicht im Novellenrahmen des *Heptaméron* vorführten, die scheinbar moralische Ortsbestimmung der Novelle, wiederholt er, um die Literatur überhaupt zum Exemplum, zum Kasus zu machen, an dem sich Verhaltensweisen erproben lassen.

Den Übergang vom Exemplum als Baustein der Novelle zum Kasus, vom Priester als Erzähler und Unterhalter des Volkes, der Predigtmärlein zur Erheiterung seiner Gemeinde in seine Rede einflicht, zur höfischen Gesellschaft, die das Raffinement einer Liebeskasuistik schätzt, spiegelt der Schluß des zweiten Tages des *Heptaméron*. Immerhin haben sich die lebenslustigen devisants noch zum täglichen Gebet verpflichtet. Sie müssen aber, da sie es verrichten wollen, feststellen, daß auch die Mönche über den Geschichten den Gottesdienst verabsäumt haben:

> Während er [Geburon] das sagte, legte Parlamente ihre Halblarve an und betrat mit den andern die Kirche. Sie fanden, daß es zwar schon lange zur Vesper geläutet hatte, daß aber kein einziger Mönch da war, der die Messe hätte lesen können. Die Mönche hatten nämlich gehört, daß sich die Gesellschaft auf dem Anger zu versammeln und sich dort die vergnüglichsten Geschichten zu erzählen pflegte, und da sie mehr auf ihren Spaß aus waren als auf ihre Gebete, hatten sie sich bäuchlings hinter einer dichten Hecke in einen Graben gelegt. Dort hatten sie den schönen Geschichten so aufmerksam gelauscht, daß sie die Glocke ihres Klosters nicht hatten läuten hören. Das zeigte sich deutlich, als sie nun so eilig angelaufen kamen, daß sie richtig nach Luft schnappten und die Vespermette kaum zu lesen vermochten. (257)

Das Amüsement der Erzählung überbietet das Vergnügen, das sich einstmals eine theologische Pädagogik erhoffte, als sie das Exemplum zur Erheiterung der Gemeinde in die Predigt einfügte. Mit Margarete von Navarra hat die Novelle die Tradition, mit Lachen die Wahrheit zu sagen, überboten. Die devisants des Rahmens und die versteckten Mönche sind von der neuen Art der Belehrung, die amüsiert, gebannt – und alle Jahrhunderte eifern ihnen nach: die Gesellschaft des Rahmens geht zwar unter, doch der Skandal, der erfreut, und die scheinheilige Moral, die erbaut, bleiben erhalten.

Verdrängungen

Die devisants müssen sich mit ihren Erzählungen Figuren entwerfen, die vom Skandal umwittert sind. Dadurch ändert sich die Anlage der Figuren selbst. Umstellt von mißtrauischen Beobachtern, die Eigenschaften in sie hineindichten, entfalten sie Taktiken des Entkommens, die wie Charaktereigenschaften aussehen. Die Komplizierung der Situation durch die Multiplikation der Blicke, die sich auf die Hauptfiguren richten, macht auch diese komplizierter; die Figur entfaltet sich zum Charakter.

Zunächst einmal geben die Figuren die Absicht auf die Erfüllung ihrer Leidenschaft auf, suchen Ersatz dafür, erfinden Auswege und

Umwege. Nicht die Eifersucht des Gehörnten spürt nun den Übeltätern nach, sondern die gute Sitte. Im Unterschied zu Boccaccios Ehebrechern, die nach getaner Tat den Nachstellungen des düpierten Mannes zu entkommen suchen, hat das Paar bei Margarete von Navarra, noch ehe es sich über sein Verhältnis einig ist, sich vor übler Nachrede zu schützen. Bei Boccaccio behielt der Ehemann seinen gesellschaftlichen Status kraft eines ihm zur Seite stehenden Rechts, auch wenn er selbst seine Interessen zu wahren nicht in der Lage war. Bei Margarete von Navarra sind, da sich die Gesellschaft in jedem Moment gegen die Angriffe der ungezügelten Sexualität verteidigen muß, Askese im Voraus oder Buße im Nachhinein das Schicksal aller Liebenden.

Der vorherbestimmte Verzicht auf die Liebe kann nur sinnvoll sein, wenn die Liebenden gleichzeitig bestrebt sind, ihre gesellschaftliche Position trotz der übelwollenden Beobachtung, die sie umstellt, nicht zu verlieren. Daher beginnen sie, ein Netz aus falschen Fährten zu spinnen, damit die richtige, die die ihrige ist, nicht aufgespürt werde. Amadour also heiratet Aventurada, die Freundin Floridas, diese vermählt sich dem ungeliebten Herzog Cardona, Amadour wirft sich einer falschen Geliebten, Polina, in die Arme, Florida kehrt, wie eine, die längst der Welt entsagt hat, in die Umgebung der Mutter zurück. Durch all diese Verstellung freilich wird Amadours Lage nur schwieriger:

> Amadour hatte seine liebe Not, sich den forschenden Augen derer zu entziehen, die aus eigener Erfahrung wissen, wie verschieden die Blicke Verliebter von denen anderer Menschen sind. Wenn nämlich Florida zu ihm trat und traulich und ohne alles Arg mit ihm sprach, flammte das Feuer, das in seinem Herzen verborgen brannte, lichterloh auf, so daß ihm unwillkürlich die Röte ins Gesicht stieg und seine Augen gleichsam Funken sprühten. Damit nun niemand aus seinem regen Verkehr Argwohn schöpfen könnte, begann er einer bildschönen Dame, Polina genannt, den Hof zu machen [...], denn er war des Glaubens, es sei möglich, hinter einer vorgetäuschten Buhlschaft seine wahre Liebe zu verhehlen. Sie aber war gewitzt und in der Liebe wohlerfahren und gab sich nicht mit Worten zufrieden. Sie fühlte wohl, daß die Liebe zu ihr sein Herz nicht genugsam ausfüllte, und sie argwöhnte, daß er sie nur als Deckmantel für eine andere Liebschaft benutzen wollte, und so ließ sie ihn nicht mehr aus den Augen und beobachtete ihn scharf. Doch er wußte sich so geschickt zu verstellen und nahm seine Blicke so gut in acht, daß sie über einen dunklen Argwohn nicht hinauskam. Allerdings geschah dies nicht ohne große Not für den

> Edelmann; denn Florida, die von all diesen Verstellungskünsten nichts wußte, wandte sich oftmals in Polinas Beisein so vertraulich an ihn, daß es ihn erhebliche Mühe kostete, seinen Blicken Gewalt anzutun und sein Herz nicht zu verraten. (110ff.)

Die Liebe ist das Versteckspiel, mit dem sich die Gesellschaft unterhält. Um nicht entdeckt und ausgeschlossen zu werden, knüpfen die verdächtigten Personen, die die Gesellschaft zum Zentrum ihrer lustvollen Beobachtungen gemacht hat, ein System immer neuer Knoten aus immer falschen Paarungen. [7]

Damit ändert sich die Struktur der Handlung, die bei Boccaccio auf den einen Punkt des sexuellen Ereignisses zu- und wieder von ihm weglief. Jede Punktualisierung von Raum und Zeit, die in den Erzählungen der Margarete von Navarra entsteht, ist Zeichen einer trügerischen Situation. Die Liebe findet nie und nirgends statt, sie versteckt sich hinter kurzen Abenteuern, für einen Augenblick kommt ein Paar zusammen, das in Wahrheit gar keines ist. Die Handlung bewegt sich über ein Netz von Beziehungen, staut sich an Knotenpunkten und begibt sich wieder auf eine neue Spur. Wie das zeitliche, so löst sich auch das räumliche Zentrum auf. Der Raum des Ereignisses besteht nicht wie bei Boccaccio aus Dingen, aus Haus, Schwelle, Tisch und Bett. Das Ereignis ist eine kontinuierliche Bewegung zwischen Figuren, nicht eine plötzliche, unerhörte Tat, die an einen bestimmten Ort gebunden wäre. Nur an einer Stelle darf die Erzählung – und auch das wird novellistisches Gesetz – andeuten, worauf das Spiel des Paares überhaupt zielt. Nur diesmal verengt sich der Spielplatz, wie die Tradition es verlangt, auf den kleinsten Punkt, auf den abgesonderten Raum eines Zimmers, auf das hinter Vorhängen versteckte Bett. Amadour »beschloß, alles auf eine Karte zu setzen und sie [Florida] entweder ganz zu verlieren oder völlig für sich zu gewinnen [...]. Er ließ rings um sein Bett Vorhänge anbringen, so daß die Leute, die in das Zimmer kamen, ihn nicht sehen konnten, und fing noch lauter zu klagen und zu stöhnen an« – was Florida herbeizwingt, die er nun zu verführen sucht. (124f.)

Entstehung des Charakters

Die Liebe ist bei Margarete von Navarra kein factum brutum, von dem die Handlung ausgeht, vielmehr entsteht jedes Ereignis aus einer Taktik gegen die Vermutungen der Andern. An die Stelle der Tat, die vertuscht werden muß, tritt der Charakter, der sich des guten Rufes würdig erweist – denn dieser selbst ist ja die erste und wesentlichste Eigenschaft eines gesellschaftlichen Menschen. An einer literarischen Figur ist Charakter alles, was vom Ereignis unabhängig ist. Die sexuellen Abenteuer bei Boccaccio machen keine der Figuren zum Charakter, sie mögen noch so schlau in das Liebesabenteuer hinein- und wieder herausfinden. Aus der Verdrängung und Verschiebung des zentralen sexuellen Ereignisses hingegen, welche die Figuren im *Heptaméron* handlungsunfähig machen, sie aber dennoch im Spielfeld halten, entsteht der Charakter: denn nun können sie Aufmerksamkeit auf sich ziehen, da der Autor ihnen mehr zuschreibt als das, was zu tun ihr eigentliches Ziel ist. Im Falle dieses neuen, spezifisch novellistischen Charakters interessieren an der Figur Wunsch, Wille und Selbsterhaltungstrieb, womit sie sich gegen die bohrenden Blicke und bösen Reden der Anderen behauptet.

Der eigentliche Agent des gesellschaftlichen Mißtrauens ist das Auge, das nach Zeichen für die erotische Brüskierung der Gesellschaft sucht. Amadour hat – in der zuerst zitierten Stelle – seine Blicke ebenso zu hüten, wie Polina ihre schweifen läßt. Die novellistische Spannung entsteht aus einer Art visuellem Übereifer. Die Kunst der Liebe besteht neuerdings darin, *keine* Zeichen zu geben, die Spionage darin, trotzdem welche zu entdecken. Leicht war es noch, die Dinge, die bei Boccaccio den Ehebruch verrieten, die verschlossenen Türen, verstohlenen Wege, Fässer und Gewänder zu vermeiden und zu verstecken. Die Liebenden des *Heptaméron*, die solch plumpem Verrat von vornherein aus dem Weg gehen wollen, bewegen sich deshalb in einer von Dingen entleerten Welt. Umso schwieriger aber wird es, die Zeichen, die das Herz gibt, zu verbergen. Die Gesellschaft sucht nicht nach einem handgreiflichen Indiz wie der Ehemann im *Decameron*; sie liest die Zeichen, die der Körper gibt, und verdichtet ihre Beobachtungen zu einem System von Erfahrungen. Solch angesammeltem Wissen läßt sich schwer entkommen.

Verbot und Beobachtung der Gesellschaft unterbinden die offenen Zeichen der Liebe. Diese verwandeln sich in Symptome der Verdrängung, die sich unwiderstehlich äußern. Bei Margarete von Navarra entsteht eine erste Psychosomatik, deren, allerdings schlichter, Katalog von Zeichen in den Novellen von nun an häufig verwendet wird, um einen Charakter und seine Seele zu entfalten. Von Florida heißt es:

> Doch sie ließ es sich niemals, weder vor ihrer Mutter noch vor sonstwem, anmerken und bezwang sich so sehr, daß die Tränen, die sie mit Gewalt in ihr Herz zurückdrängte, ihr das Blut in solchen Strömen aus der Nase trieben, daß ihr Leben in Gefahr war, gleichzeitig zu verströmen. (121)

Auch in anderen Novellen wird die Figur zu ungewöhnlichen Ausdrucksgesten hingerissen. In der 12. Geschichte versagt ein Vasall seinem Herzog, der seine Schwester verführen will, den Dienst, die Umstände dazu vorzubereiten: »Da geriet der Herzog in maßlosen Zorn. Er biß sich auf die Fingernägel und antwortete ihm mit schäumender Wut.« (154)

Die wichtigsten psychosomatischen Zeichen der Novelle werden von nun an Erröten und Erblassen. Kleist bewahrt auch hierin die Tradition, indem für seine Figuren die Sprache des Unaussprechlichen diese beiden körperlichen Reaktionen sind. Bei Margarete von Navarra bedeutet das Erröten den, meist wütenden, Ausdruck der sexuellen Energie. Durch die Weigerung Floridas werden Amadours »Augen derart verändert [...], daß seine Haut, die ihresgleichen auf der Welt nicht hatte, feuerrot war.« (133) Das Erbleichen hingegen wird zum Zeichen der uneingestandenen Hingabe, und so verwundert es nicht, wenn Kleists Marquise so oft bis zur Ohnmacht erbleicht. Das Verhältnis von Erröten und Erblassen macht, mit den roten Rosen und bleichen Lilien, auch Keller zum Motto des *Sinngedichts* und stellt die Sammlung in die Tradition der novellistischen Psychosomatik, die mit Margarete von Navarra beginnt. So heißt es, als sich das Bündnis zwischen Lucie und Reinhart erfüllt:

> Lucie hatte die Augen voll Wasser und doch lachte sie, indem sie purpurrot wurde von einem lange entbehrten und verschmähten Gefühle, und Reinhart sah deutlich, wie die schöne Glut sich in dem weißen Gesichte verbreitete. (379) [8]

Die Novelle spricht zwar über diese äußeren Zeichen, das unerhörte Ereignis aber findet von nun an im Innern der Figuren statt. Wenn zunächst festgestellt wurde, daß Margarete von Navarra den Schauplatz sowie die räumliche und zeitliche Punktualisierung der Handlung abgeschafft habe, so war dieses Ergebnis aus der Beschreibung des äußeren Ereignisses entstanden. Ebensogut aber ließe sich sagen: sie verengt den Raum des Ereignisses ein weiteres Mal, indem sie ihn ins Innere der Figur zusammendrängt. Das gesamte Repertoire erdenklicher Gefühle macht die Mutter in der 33. Erzählung auf einer einzigen Seite durch, als sie den Sohn aus den Fängen einer Dienerin retten will, sich daher, durchaus in keuscher Absicht, zu ihm ins Bett legt, schließlich aber selbst seinen Liebkosungen erliegt: zunächst kann sie die Absichten des Sohnes kaum glauben, dann wird »ihr Fleisch schwach«, ihr Zorn schwindet, sie empfindet »geile Lust«, sie vergißt sich, sie erleidet Gewissensqualen, fühlt Reue, Pein, verbringt die Nacht »unter Weinen und Klagen«, demütigt sich, will ihre Tat sühnen, fühlt den Hochmut, dies ohne Gottes Hilfe bewerkstelligen zu wollen und so fort.

Die psychische Dramatik der Figur entsteht durch die Trennung von Körper und Herz. Der Körper gehört der Gesellschaft, seine Taten haben ihre Sitte zu bestätigen, das Herz hat die Figur für sich allein. Zwischen beiden vermittelt das psychosomatische Zeichen, eine Skandal wäre es, wenn das Herz siegte und die Taten des Körpers bestimmte. Amadour rechnet Florida vor, welchem ihrer Männer, dem, den sie als Liebhaber geliebt, oder dem, den sie als Ehegatte besessen hatte, welcher Teil von ihr, Körper oder Herz, gehört habe.

> Denn kraft meiner Liebe habe ich Euch zu Recht gewonnen, hat doch der Mann, der als erster Euer Herz besaß, so wenig nach dem Besitz Eures Leibes getrachtet, daß er füglich verdient hat, alle beide zu verlieren. Der Euren Leib besitzt, ist nicht würdig, Euer Herz sein eigen zu nennen; demzufolge gehört ihm auch der Leib nicht. Ich aber, Madame, habe durch fünf oder sechs Jahre Euretwegen so viele Mühsale und Beschwerden ertragen, daß Ihr wissen müßt, nur mir allein gehören der Leib und das Herz, deretwegen ich das meine hintangesetzt habe. (126)

Die erotische Liebe wäre die Einheit von Herz und Leib, da sie aber nicht statthaben darf, verlegt sich die novellistische Dramatik des *Heptaméron* ins Herz. Im *Decameron* macht der Körper mit Hilfe des Verstandes seine Vergnügungen, ohne das Herz weiter damit zu behelligen. Der Körper als der Lustort der Sünde, der bei Boccaccio der einzige Agent war, wird vom Herzen abgelöst. An die Stelle des amourösen Witzes tritt die Problematik einer unerfüllten Liebe. Das sexuelle Ereignis ist immer noch das Zentrum der Novelle, doch nur als eines, das sich nicht ereignen darf. Verführbarkeit, Ahnung, Schwäche sind daher die neuen Eigenschaften der Figuren. Die Kontrolle des Herzens wird zur einzigen Aufgabe der weiblichen Figur.

Die Akribie des Gewissens macht sie zur Liebesheldin. Aus dem Dreieck des Ehebruchs isoliert sie, die Entsagende, sich als Hauptfigur. Florida ist die Vorgängerin der Princesse de Clève und Ottilies aus den *Wahlverwandtschaften*. Es liegt in der Konsequenz des neuen Sujets, daß der aus ihm entstandene Novellentypus sich zum Roman erweitert: das unerhörte Ereignis der Standhaftigkeit wird umso eindrucksvoller, je länger es dauert. Die Liebe, die sich nicht erfüllen darf, beweist ihre Kraft am ehesten über Zeiten hinweg.

Mit alle dem ist eine zweite Sprache der Seele entstanden, die nicht die der Handlung ist. Sie gibt keine Zeichen der Verständigung, sie muß vielmehr als Sprache, die sich zufällig verrät, erst gedeutet werden. Undeutlich wie die Sprache sind nun auch die Gefühle. Aus dem Verbot der Sexualität und der Unsicherheit, die Wahrheit über sie auszumachen, entstehen zwiespältige Gefühle in den Hauptpersonen, wie Mißverstehen, Mißtrauen, Verführung und Verführbarkeit, Eifersucht, Fehlentscheidungen (wie Floridas Heirat mit dem Herzog). Diese uneindeutigen Gefühle haben freilich auch ihr positives Komplement: Florida und Amadour verbindet zunächst das zwischen Mann und Frau so unwahrscheinliche Ereignis der Freundschaft, der platonischen Liebe. Auch die positiven Gefühle aber schlagen wieder in ihr Gegenteil um und verkehren sich in Perversion.

Für die folgenden Jahrhunderte hat die Novelle gewonnen, was sie braucht: Länge, die vonnöten ist, wenn sich die Erzählung aus dem Rahmen löst und selbständig wird, und das Thema der verbotenen Liebe, das eine Gesellschaft beschäftigt, die sich nicht durch die groteske Bedeutungslosigkeit geistreicher Fiktionen amüsieren lassen, sondern für sich selbst verantwortlich sein will. Zeit und Moral verschaffen der Novelle jene Illusion einer Wahrscheinlichkeit des Geschehens, die sie wie ein Exemplum zum Alltagsgebrauch lesen läßt. Das unerhörte Ereignis ist in den wahrscheinlichen Kontext von Raum, Zeit und Charakter eingebettet worden. Aus dieser Umgestaltung ist die Novelle als die Gattung hervorgegangen, deren große Unwahrscheinlichkeit als wahrscheinliches Ereignis gelesen und interpretiert werden darf.

Novellenliebe im 19. Jahrhundert

Der sechzehnjährige Goethe, der sich in seinen Briefen aus Leipzig an die Schwester als Schulmeister aufspielt, beendet den Katalog der ihr empfohlenen Lektüre mit der Mahnung: »sonst ließ italienisch was du willst, nur den Decameron vom Boccaccio nicht.« (6.12.1765) Der Begründer der Novelle ist inzwischen ein Autor der Weltliteratur geworden, der jedoch für heranzubildende Bürgerstöchter auf den Index gehört. Geschichten, die, wie Tieck schreibt, »anstößig, obszön oder lüstern waren«, konnten der angestrebten Herzensbildung nicht förderlich sein. Die Sujets, die Tieck aufzählt, bestätigen eben die Novelle als die Literatur der ungezogenen Leute: »Unzucht, Ehebruch, Verführung, mit lustigem Geist, sehr oft ohne alles moralisches Gefühl vorgetragen, nicht selten bittre Satyre und Verhöhnung der Geistlichen, die seit Boccaz, um so mehr sie regieren wollten, um so mehr von den Witzigen verspottet wurden, ist der Inhalt der meisten dieser Novellen.« [1] Der Kreis der Romantiker um August Wilhelm Schlegel hat die Renaissance Boccaccios eingeleitet, und so sollten die Schriftsteller des 19. Jahrhunderts ein Genre adaptieren, dessen angestammter Inhalt dem Publikum jener Epoche nicht zuzumuten war. Der Kunstverstand des Autors und das moralische Zartgefühl der, vorwiegend weiblichen, Leserschaft konvergierten nicht mehr miteinander.

Unbegrenzte Stoffwahl

In Frankreich und vor allem in Deutschland setzte dennoch eine üppige Novellenproduktion ein, und schließlich hat die deutsche Kritik sogar den Vorwurf erhoben, daß die Bevorzugung der Novelle als literarische Form die Entstehung eines großen Romans behindert habe. Paul Heyse bemerkt im Vorwort zum *Novellenschatz des Auslandes*, »daß gerade bei den Nationen, die um das erste Aufblühen der künstlerisch gestalteten Novelle im Mittelalter die höchsten Verdienste haben, diese Gattung fast ganz ausgestorben ist, daß Italier und Spanier mit geringen Ausnahmen ihren Bedarf an ganzen Erzählungen aus Frankreich und in jüngster Zeit auch aus Deutschland importieren. Nicht minder merkwürdig ist die Thatsache, daß in dem Lande, wo der Roman in so hoher Blüte steht, in dem Vaterlande von Scott, Dickens, Thackeray, die Novelle nur eine kümmerliche Rolle spielt.« [2]

Für die Entstehung dessen, was man schließlich als »Novellenwut« verpönte, ist nicht nur die technische Entwicklung, die Entstehung einer Fülle literarischer Zeitschriften und ihre massenhafte Verbreitung die Ursache gewesen; den ökonomischen Vorteil aus dieser Chance mögen die Verleger kalkuliert haben. Die Autoren entwickelten Taktiken, die die Obszönität der Kernszene verschleierte, ohne daß ihr Reiz verlorengegangen wäre. Dabei nutzten sie freilich auch die Chancen der publizistischen Situation, die es ihnen erlaubte, viele Worte zu machen: sie betteten das sexuelle Ereignis, das sie, wie darzulegen sein wird, zuvor schon verdunkelt hatten, zusätzlich noch in eine Fülle von Beschreibungen und Nachrichten ein. Die Länge der Form ist auch ein Versuch, den winzigen, aber gewichtigen Anlaß dessen, was geschieht, unsichtbar zu machen.

Das Publikum konnte sich also durch hochdramatische Liebesgeschichten unterhalten, die zudem ein modisches Ambiente umgab: denn die neuesten Erfahrungen des alltäglichen Lebens samt den Versuchen, sie zu verarbeiten, konnte die Novelle absorbieren; sie wurde zur Form der unbegrenzten Stoffwahl. Sowohl literarische Modelle und Motive, die zunächst gar nicht in die Gattung gehörten, und die die romantische Literaturhistorie wiederentdeckt hatte: des Märchens, der Sage etwa, wie auch Sujets der neueren Dichtung, Schauermotive und Räuberanekdoten, bildeten den imposanten Rahmen für die novellistische Liebesgeschichte, ebenso wie die psychologische Erfahrung des Wahnsinns, wie soziale Beobachtungen von Charakteren in der Großstadt, Reiseerlebnisse, historische Beschreibungen. Die Novelle ist die literarische Form, die wie keine andere zur Popularisierung des Wissen im 19. Jahrhundert beitrug; alle wichtigen Disziplinen jener Epoche haben an ihr mitgewirkt:

Psychologie, Physiologie, Soziologie, Naturwissenschaft, Geschichtswissenschaft, Geographie, Ethnologie. Die Novelle wird modebewußt und kommt immer im neuesten Kostüm daher.

Das Stilniveau, wie es von Anfang an festgelegt worden ist, der »istilo umilissimo«, kommt der Fähigkeit, trotz einer starken gattungspoetischen Kontur alle möglichen Stoffe aufzunehmen, entgegen. Es ist geradezu Programm, sich von der Sprache und Erfahrung des Alltags nicht allzu weit zu entfernen. Da die Novelle im 19. Jahrhundert nun vor allem in Zeitschriften erscheint, fällt es ihr nicht schwer, Stoffe, die in Berichten und Essays dort abgehandelt werden, zu absorbieren. Die unbegrenzte Stoffwahl ist nicht zuletzt Mimikry an Stil und Thema ihrer publizistischen Umgebung.

Die Fähigkeit, jegliches Material zu absorbieren, hat die Definition der Gattung erschwert. Im allgemeinen führt das Überquellen eines novellenfremden Materials – einer Landschaftsschilderung, einer Charakterbeschreibung – dazu, die Gattungsbezeichnung Erzählung zu wählen. Die Unterscheidung zwischen beiden Formen, Novelle oder Erzählung, bleibt aber immer vage. Diese Schwäche der Begriffsbildung hat ihren Grund in der falschen Voraussetzung, auf der die Definition versucht wird. Den Stoff zum Gegenstand der literaturwissenschaftlichen Beobachtung zu machen, zu versuchen, die Reisenovelle von der Künstlernovelle, die Gespensternovelle von der historischen Novelle zu unterscheiden, heißt, die Gattung von der Peripherie her zu bestimmen. Randphänomene können aber nicht aufeinander bezogen werden, und so findet sich kein tertium comparationis mehr, das es ermöglichte, die einzelnen Werke einer Gattung zuzuordnen.

Bei der Novelle, so zumindest lautet die These dieses Buches, sind neue Stoffe immer nur Zutaten zur festgeprägten Form. Ihr Wandel vollzieht sich nicht durch die Stoffwahl, sondern in der Umstrukturierung grundsätzlicher Konstellationen, wie der von Figur und Raum. Ob *Carmen* in Spanien spielt oder *Himalayafinsternisse* (Dauthendey) in Asien, ob, wie in beiden Fällen, der Eindringling in den Raum ein Reisender ist, der sich vom Galan nur durch den längeren Anlauf unterscheidet, oder ob es dieser selbst ist, ob die Schwelle des Raumes durch die Mauern eines Hauses oder die Grenzen einer Kultur gegeben sind, das alles ist nur das Kolorit eines Musters, das immer erhalten bleibt. Die Novelle des 19. Jahrhunderts folgt dem alten Schema und addiert den neuen Stoff hinzu. Sie wäre in die quasi-mathematische Formel zu fassen: Muster *plus* Stoff, Plan *plus* Farbe. Die Beliebigkeit von Stoff und Farbe muß selbst als Gattungsmerkmal erkannt werden: die Novelle ist die Form, der jedes Material recht ist. [3] In einem gewissen Maße gilt das freilich für alle Gattungen des 19. Jahrhunderts, das die verschiedenen Formen miteinander vermischt und die Möglichkeit der Stoffwahl erweitert. Gleichwohl ist eine Form wie die Tragödie in all ihren historischen Verwirklichungen so deutlich dem Bewußtsein auch jener Epoche gegenwärtig, daß neben der Tendenz zu ihrer Auflösung eine konservative Bewegung der Bewahrung einhergeht. Dadurch erhält sich gerade für die sich neubildenden dramatischen Formen ein Maßstab, an dem sich die Neuerungen messen lassen. Die Definition der Novelle hingegen, die A. W. Schlegel, Tieck und Mundt gegeben haben, kommt zu spät, als daß sich daraus ein normatives Formbewußtsein für diese Gattung noch hätte entwickeln können. Der Dramatiker des 19. Jahrhunderts ist sich bewußt, wann er die Form erhält, wann er sie sprengt. Das Fortwirken der Gattungsverbindlichkeit der Novelle hingegen geschieht mehr oder weniger hinter dem Rücken der Autoren, neue Inhalte werden selten absichtlich zur Sprengung der tradierten Form eingesetzt. Der Novellendichter kann einen revolutionären Stoff zum Gegenstand seines Werkes machen, die Form aber zu revolutionieren schickt er sich selten an, denn eine exakte Gattungsstruktur, die es zu zerstören gälte, existiert im Bewußtsein der Autoren nicht mit solcher Deutlichkeit wie bei anderen Gattungen. (Im Kapitel über die Anti-Novelle wird auf solche Versuche eingegangen werden.)

Taktiken der Verdrängung: Verklärung oder Provokation

Die entschiedenste Umarbeitung der Gattung freilich muß am »sexuellen Zentrum« stattfinden. Es wird verdrängt, verschoben, verschwiegen. Wo, so ließe sich fragen, wäre es denn zu finden in *Kalkstein*, in *Viola Tricolor*, im *Oberst Chabert*, in Puschkins *Ein Schuß*, in *Pique Dâme*, im *Mantel*, in *Pankraz der Schmoller*, in *Verdugo*, *Ein Meisterwerk*, *Colomba*, im *Kohlhaas*?

Alle Epochen nach Boccaccio haben Taktiken seiner Verdrängung entwickelt – auch im *Heptaméron* ist es ja die Aufgabe der devisants, die sexuelle Liebe und damit das typische Novellenereignis zu unterbinden. Das 19. Jahrhundert hat diese Taktik übernommen, präzisiert und kompliziert. An der Anstrengung der Verdrängung beteiligte sich schließlich sogar die Literaturwissenschaft selbst. Mit solchem Ernst betreibt sie das Geschäft der Verschleierung des sexuellen Zentrums, daß schließlich, so wenigstens versucht es Erich Auerbach, bei Boccaccio selbst schon das nur allzu Offenbare mit einer euphemistischen Rhetorik bemäntelt wird. Auerbach gelingt es, von Boccaccios »stolzer Ehebrecherin« zu sprechen, oder davon, wie eine Frau »rührend klug ihren Mann zu erobern weiß«. [4] Im 14. Jahrhundert entdeckt er, nur um die Sexualität selbst nicht bemerken zu müssen, was bis dahin topologisch undenkbar war und erst im formenmischenden 19. Jahrhundert als literarischer Kentaur gestaltbar wurde: die Verbindung von Erhabenheit und Sexualität, von Empfindsamkeit und Sexualität. Die Vornehmheit, die ein Autor der Weltliteratur nun einmal haben muß, findet er bei Boccaccio vor allem im Stil. Deshalb ist es notwendig, immer wieder auf seine Eleganz hinzuweisen, der dolce stil nouvo wird zum Topos der Verschleierung: »und gewiß wird man in dieser hohen Auffassung der Liebe, ob sie gleich hier auch ganz sinnlich geworden ist, einen letzten Abglanz des dolce stil nuovo erkennen.« [5]

Diesem akademischen Rettungsversuch steht der poetische Balzacs gegenüber, der ins gerade Gegenteil verfällt. »In einer Zeit, in der alle Welt schwarz gekleidet einhergeht«, so sagt er in der Einleitung zu den *Tolldreisten Geschichten*, müsse man kurze, lustige und unanständige Geschichten erzählen. [6] Aus dem Affront gegen die Prüderie des 19. Jahrhunderts flüchtet sich aber auch Balzac ins Mißverständnis. Wenngleich Fragment, so deutet doch die Konzeption als eine Sammlung von dreimal hundert Erzählungen seine Absicht an, Boccaccio zu folgen. Die erzählte Körperlichkeit aber, die Beschreibung von Geschlechtsteilen und Fäkalien gehört nicht in Boccaccios Genre. Bei Boccaccio ist die Sexualität ein Faktum im wörtlichen Sinne, etwas, was geschieht, und von dem die Erzählung ihren Ausgang nimmt, sie ist nicht selbst Erzählgegenstand; sie wird genannt, nicht ausführlich beschrieben. In der Absicht, seine prüden Zeitgenossen zu brüskieren, vermischt Balzac die erotische Fabel der Novelle mit Motiven von Rabelais und de Sade. Als Sammlung von Schwänken, Zoten und unanständigen Anekdoten lehnt sie sich eher an die *120 Tage von Sodom* denn an das *Decameron* an.

Ein erster Versuch, die sexuelle Liebe in der Novelle zu erhalten, ist, paradoxerweise, ihre Bestrafung: die Rede von der Strafe eröffnet die Möglichkeit, vom Delikt zu sprechen. Die Verführerin der Novelle verwandelt sich in die verführte Unschuld, in das gefallene Mädchen, die verlassene Geliebte. Am Anfang dieser Galerie der Gedemütigten stehen Figuren wie Christian Heinrich Spieß' Lottchen aus der Novelle *Zwischen Wahn und Wilhelm* [7] oder *Die arme Lisa* Karamsins, an ihrem Ende Storms Katharina aus *Aquis submersus*.

Karamsins Fabel ist dem 18. Jahrhundert so geläufig und blieb der Nachwelt vor allem durch das bürgerliche Trauerspiel erhalten, daß ihr Ursprung im Novellensujet und ihre spezifische Brauchbarkeit für die Moralisierung dieser einst bacchantischen Gattung zunächst nicht ins Auge fällt. Lisa, eine wohlbehütete Halbwaise lebt mit der Mutter in bescheidenen Verhältnissen, begegnet als Blumenverkäuferin dem reichen und verwöhnten Erast, wird verführt, verliert den Freund vorübergehend, da er Kriegsdienst leisten muß, und endgültig, als er, zurückgekehrt, eine seinem Stande gemäße Partie macht. Lisa erkennt ihr Schicksal als verdiente Strafe, die die Gesellschaft über sie verhängt hat, an und stürzt sich ins Wasser.

Der rhetorische Gestus, mit dem die erotische Szene erzählt wird, ist dazu angetan, der weiblichen Figur alle novellistische Souveränität zu nehmen.

> Sie warf sich in seine Umarmungen – und in dieser Stunde sollte sie ihre Unschuld verlieren. Erast fühlte eine ungewohnte Regung in seinem Blute – niemals war ihm Lisa so reizvoll erschienen – niemals hatten ihre Zärtlichkeiten ihn so stark berührt – niemals waren ihre Küsse so feurig gewesen – sie wußte nichts, sie ahnte nichts, sie fürchtete nichts – die Dunkelheit des Abends verstärkte ihre Wünsche – kein einziges Sternlein schien am Himmel – kein Strahl konnte diese Verwirrung erhellen. – Erast fühlte ein Zittern in sich – ebenso Lisa, die nicht wußte woher, nicht wußte, was mit ihr geschah ... Ach, Lisa, Lisa! Wo ist dein Schutzengel? Wo ist deine Unschuld? (27)

Die Erweiterung des sexuellen Faktums zum Akt der Hingabe macht die weibliche Figur zur empfindsamen Seele und raubt ihr die Handlungsfreiheit, die sie in Boccaccios Novelle besitzt. Empfindsamkeit ist erzählte Passivität. Solche Gefühle nämlich sind Aktivitäten, die die Figur auf sich selbst statt nach außen richtet. Damit ist ein Ende der novellistischen Frauenfigur, jener verführenden Komödiantin, abzusehen. Die Ausdehnung der erotischen Szene erscheint zwar zunächst wie eine Steigerung der Novellensituation und geschieht doch nur, um sie abzuschaffen. In allen Ländern Europas verschwindet im 19. Jahrhundert die Dominanz der weiblichen Figur. Schon Margarete von Navarra hatte die Ständeklausel eingeführt, um das erotische Verhältnis, das ihr an sich nicht für ein Verbrechen galt, als sozialen faut pas diffamieren zu können. [8] Die Aktivität der weiblichen Figur aber blieb bei ihr in den meisten Fällen erhalten. Im 19. Jahrhundert wird die Ständeklausel umgekehrt verwendet: während sich bislang die hohe Dame mit dem Stallknecht kompromittierte, sind es nun junge Herren der gehobenen Stände, die es sich vorspielen, wie sie vorübergehend einmal einem armen Mädchen verfallen. An die Stelle der Konstellation von Königin und Stallknecht tritt die von Herr und Magd. Die Charakterisierung »arm« oder »töricht« im Novellentitel wird geläufig, wie etwa in der *Armen Lisa*, *Der Törin auf dem Lindenbaum* von Spieß, der *Pilgernde Törin* in den *Wanderjahren* oder in Kellers *Armer Baronin*, der Geschichte von einer Adeligen, die erst eine unwürdige Ehe mit einem Wollüstling zur Putzfrau erniedrigen muß, damit sie der Edelmut eines anderen Mannes wieder emporheben und sich als Ehefrau zueignen kann. Wenn jedoch die Novellenfrau ihre erotische Handlungsfreiheit tatsächlich behalten sollte, dann mußte sie auf jeden Fall niedrigen Standes sein: sie ist, wie Carmen, Zigeunerin, Prostituierte wie Fettklößchen, Magd wie Katerina Lwowna, die Lady Macbeth von Mzensk, Dienerin wie Hauteclaire in *Das Glück im Verbrechen*, »Wäscheträgerin«, wie Johanna, die Nachbarin des späteren Pfarrers in *Kalkstein*, »Kuchenhändlerin«, wie Barbara, die Angebetete des armen Spielmanns. Die soziale Hierarchisierung der Figuren macht die Verletzung der Hierarchie zum eigentlichen Verbrechen, hinter dem sich das erotische Vergehen verbergen kann. Sind die weiblichen Figuren passiv und werden sie verführt, so ist ihre Hingabe Leichtsinn, behalten sie den Novellenstatus der Verführerin, so ist ihr Vergehen Anmaßung. [9]

Auf jeden Fall muß die Novellenliebe seit der Mitte des 18. Jahrhunderts straffällig werden, wenngleich nicht immer im juristischen, so doch im moralischen Sinne, auch wenn der Autor gelegentlich eine Begnadigung dem Urteil nachfolgen lassen darf. Christian Heinrich Spieß, der sich in *Zwischen Wahn und Wilhelm* das Pikante der Novellensituation, die erotische Liebe, die sein Paar hinreißt, nicht entgehen läßt – die Fabel ist mit der der *Armen Lisa* fast identisch –, stürzt seine Heldin in Wahnsinn, was zunächst für eine Strafe gilt. Der Mode seiner Zeit folgend, die dies neue Thema der Geistesverwirrung aber lieber faszinierend als schrecklich, lieber geheimnisvoll als moralisch behandelt sehen möchte, entrückt Spieß seine Heldin aus der Welt der irdischen Drangsale in eine visionäre Welt. Das Dorf, das die Verführte ausstoßen wollte, verehrt die mit Gesichten Begnadete schließlich als Madonna. Im Tode darf das sündige Paar wieder vereint werden.

Dämonisierung

Für die französischen Autoren, die die Tradition der Gattung seit Margarete von Navarra bis hin zu den contes moraux des Marmontel immer aufs Neue bestätigt haben, bleibt auch im 19. Jahrhundert das sexuelle Faktum ein verpflichtendes Gattungskonstituens. Die deutschen Schriftsteller, die die Gattung neu- und nacherfinden müssen, empfinden es als die Peinlichkeit einer vorbürgerlichen Form, die es zu umgehen und zu umschreiben gilt. Den Charakter des Verderbten freilich bekommt das Ereignis auch in der französischen Literatur, von Geheimnis umwittert ist es hier wie dort. In *Aquis submersus* von Storm und *Das Glück im Verbrechen* von Barbey d'Aurevilly zum Beispiel wird die sexuelle Liebe, wenn überhaupt noch offen von ihr gesprochen wird, zur Schicksalstragödie oder zum Kriminalfall.

Barbeys Novelle erzählt die Geschichte einer geheimnisvollen Frau von göttlicher Hoheit und Unnahbarkeit, die ihr schönes Gesicht hinter verschiedenen Masken zeigt. Tochter eines Fechtmeisters, hat sich Hauteclaire Stassin selbst zur virtuosen Florettfechterin entwikkelt, die das Geheimnis begründet, das ihre Person umgibt, indem sie nicht an der Promenade der Töchter der Stadt auf den Straßen teilnimmt, sondern sich lieber auf dem Fechtboden und hinter der Fechtmaske verbirgt. Nach dem Tode des Vaters übernimmt Hauteclaire selbst den Unterricht für verschiedene Herren der Gesellschaft und macht dabei auch den Grafen Serlon de Savigny zu ihrem Schüler. Dieser, der die Brautwerbung um die Tochter einer adeligen Familie, die ihn in die Stadt geführt hat, erfolgreich mit einer Hochzeit abschließt, tritt nun vor aller Welt als der Inbegriff des glücklichen Ehemannes auf:

> Er lebte dort, wie alle Welt wußte, in der vertrauten Innigkeit einer Ehe, die unendlich verlängerten Flitterwochen ähnelte. Und da in der Provinz alles und jedes beredet und vermerkt wird, sprach man immer wieder von Savigny als von einem jener Ehemänner, die man 'verbrennen muß, so selten sind sie' (scherzhafte Redewendung bei uns in der Provinz), damit man ihre Asche auf die anderen werfen kann. (133)

Die sportlichen Übungen bei Hauteclaire betreibt Savigny auch als Ehemann weiter, bis seine Lehrerin eines Tages spurlos verschwindet. Alle Nachforschungen der skandalisierten Gesellschaft bleiben erfolglos. Der Erzähler aber entdeckt sie eines Tages hinter einer neuen Maske, als er, der Arzt, zu der zu Tode erkrankten Gemahlin des Grafen Savigny gerufen wird:

> Er hatte mich erst holen lassen, als sich das Fieber, das sich zäher erwies als all seine Fürsorge, sich unerwartet verschlimmerte. Er stand mit dem Rükken zum Feuer, seine Miene war düster und beunruhigt. Ich mußte glauben, er liebe seine Gattin leidenschaftlich und glaube sie in Gefahr. Indessen die Unruhe, die sein Gesicht verdüsterte, galt nicht ihr, sondern einer anderen, die ich im Schloß Savigny nicht vermutete und deren Anblick mich völlig verblüffte. Es war Hauteclaire! (134)

Savigny hat die Geliebte unter dem Namen Eulalie als Kammermädchen seiner Frau in sein Haus eingeschmuggelt. Als novellistisches Liebespaar inszenieren sie vor ihr die Komödie der Unschuld: »Graf Savigny und Hauteclaire Stassin spielten in schrecklichster Weise die unverschämteste Komödie mit der Selbstverständlichkeit von ausgekochten Schauspielern.« (139) Selbst der Erzähler kommt mit sich nicht darüber ins Reine, ob die Ehefrau das Verhältnis durchschaut, Barbey, der Autor, aber läßt seinen Leser zumindest die Obszönität der Situation mitempfinden, indem er beschreibt, wie sich die jugendliche Phantasie des fiktiven Erzählers von dem aparten Verhältnis gefangen nehmen läßt. Schließlich krönt Barbey seine Novelle mit einem Mord: Hauteclaire beseitigt durch ein dubioses Medikament die Comtesse. Diese läßt noch einmal den Arzt rufen, um ihn, der damit zum geheimen Mitwisser des verruchten Paares wird, von der Untat zu unterrichten. Für das Paar ist erst jetzt der Augenblick gekommen, wo es sich vor aller Welt verbinden darf. Das traditionelle Modell der Novelle sieht eine verlassene Ehefrau nicht vor, wohl aber rechnet es mit der betrogenen und belogenen. Mit Verführung, Maskerade und Mord also ist der Skandal perfekt, den die

Rahmengesellschaft seit Margarete von Navarra diskutiert und den der Leser nun im Stillen genießen darf, der gesellschaftliche Comment jedoch bleibt, wie es in der französischen Novelle stilverpflichtend ist, gewahrt. Erhobenen Hauptes bewegen sich nun Hauteclaire und der Graf unter der Menge, die den Jardin des Plantes bevölkert. Dort war es gewesen, wo der Erzähler und sein Freund die beiden entdeckt hatten, als sie, die Menge überragend an Größe, Schönheit und Stolz, vor dem Käfig eines Raubtiers, das ein Ebenbild Hauteclaires zu sein schien, bewundernd stehen geblieben waren. Von dieser Szene der Apparition, des Staunens und der Anbetung nimmt die Novelle ihren Ausgang.

Storm macht nicht mehr die mondäne und verruchte Atmosphäre der Stadtaristokratie zum Schauplatz seiner Geschichte, jenen für die Novelle bis ins 18. Jahrhundert typischen sozialen Ort, der ohnehin für deutsche Autoren als Spielplatz kaum in Frage käme, vielmehr verlegt er sein Liebesdrama in die patriarchalische Welt des Landjunkertums. Nicht die Brüskierung der Gesellschaft, sondern die Verletzung religiöser Gebote wird damit das Thema seiner Novelle. Das irdische Gesetz verbürgt ein allmächtiger Gott, Strafe und Untergang werden daher das Ende der Novelle sein und nicht, wie bei Barbey, Siegesbewußtsein und ungesühnte Hybris. Katharina, die Schwester des Junkers Wolf, zu der der arme Maler Johannes eine unselige Leidenschaft gefaßt hat, ist von vielen Seiten gefangen. Als Johannes nach einer Reise der kindlichen Freundin wiederbegegnet, die inzwischen eine »Jungfrau« geworden, deren »Haar [...] itzt in einem goldenen Netz gefangen« (954) war, ist sie dem ungeliebten Junker Kurt versprochen, womit das novellistische Dreieck erstellt ist, denn dieser wird zum »alten Widersacher« (954) des verliebten Künstlers. Katharina, die ihre novellistische Eigenständigkeit nur dadurch noch verwirklichen kann, daß sie Hilfe sucht gegen das Gebot dieser Heirat, verstrickt sich in das unstandesgemäße Verhältnis mit Johannes. Diesem ergibt sie sich, als er, von den Hunden des mißtrauischen Bruders gehetzt, in ihre Kammer geflohen kommt.

> Da, als eben das Bellen der Hunde wie ein Triumphgeheule innerhalb der Gartenmauer scholl, ersahe ich in meiner Noth den alten Epheubaum, der sich mit starkem Stamme an dem Thurm hinaufreckt; und da dann die Hunde aus den Hecken auf den mondhellen Platz hinausraseten, war ich schon hoch genug, daß sie mit ihrem Anspringen mich nicht mehr erreichen konnten; nur meinen Mantel, so von der Schulter geglitten, hatten sie

> mit ihren Zähnen mir herabgerissen. [...] Da, in solcher Noth, hörete ich ober mir ein Fenster öffnen, und eine Stimme scholl zu mir herab – möcht ich sie wieder hören, wenn du, mein Gott, mich bald nun rufen läßt aus diesem Erdenthal! -»Johannes!« rief sie. (978 f.)

Der rechtschaffene und mittellose Johannes aber, der, nachdem er die Gunst der Katharina genossen hat, sich ein Herz faßt und um ihre Hand anhält, wird dennoch ein Opfer ihres Bruders. Dieser, wütend über solche Anmaßung, fügt ihm eine gefährliche Wunde zu und vertreibt ihn so endgültig aus seinem Haus.

Der Handgreiflichkeit familiärer Gewalt zu entgehen, reicht selbst die raffinierteste novellistische List nicht aus. Ohnehin aber verhindert der Autor solch eine Lösung, indem er die Liebe, die witzig nur sein kann, wenn sie folgenlos ist, mit Schwangerschaft und Kindsbett belastet. Diese Verlegenheit treibt Katharina dazu, sich zu verstecken: wie Hauteclaire und doch aus so ganz anderem Anlaß ist sie eines Tages aus den Augen der Welt verschwunden. Johannes selbst weiß nichts von ihr; erst nach langer Zeit findet er sie wieder als die Frau eines strengen, protestantischen Predigers, dessen Bild zu malen er beauftragt ist. Jener hat an Katharina seine Christenpflicht getan: »Er nahm die Sünderin zum Weibe: mehr nicht«, (1007) antwortet Katharina auf Johannes Frage, ob der Ehemann denn von ihrer beider gemeinsamer Vergangenheit wisse. Die letzte leidenschaftliche Umarmung des Paares, nachdem es sich überrascht wiedererkannt hat, bewirkt den Tod des Kindes, das, für einen Moment unbeaufsichtigt, ins Wasser stürzt und ertrinkt. Als Verbrecher und nicht als Künstler signiert Johannes das Bildnis des toten Knaben, mit dem er das Gedächtnis seiner Schuld der Nachwelt überliefert.

> Sorgsam legte ich dann wieder mein Kind in seine Kissen und drückte ihm sanft die beiden Augen zu. Dann tauchete ich meinen Pinsel in ein dunkles Roth und schrieb unten in den Schatten des Bildes die Buchstaben: C. P. A. S. Das sollte heißen; Culpa Patris Aquis Submersus, »Durch Vaters Schuld in der Fluth versunken«. – Und mit dem Schalle dieser Worte in meinem Ohre, die wie ein schneidend Schwert durch meine Seele fuhren, malete ich das Bild zu Ende. (1013)

Beide Novellen, die Barbeys und die Storms, gehen von der Interpretation eines an den Anfang gestellten Bildes aus, das entweder den Erzähler oder dessen Freund frappiert. Der Unterschied zwischen dem französischen und dem deutschen Ansatz ist gleichwohl bedeutend. Barbey wählt ein lebendes, Strom ein gemaltes Bild. Hauteclaire und Stassin erscheinen, von der sie umgebenden Menge gerahmt, wie ein Götterpaar, Storm zeigt den Vertreter Gottes, den Priester, und das Opfer, das tote Kind, vor dem dunklen Grund einer Leinwand. Das erotische Verbrechen, das Ausgangspunkt einer burlesken Verlegenheit und ihrer witzigen Beseitigung hätte sein können, wird durch solche Allegorisierung, in der es nur angedeutet und nicht ausgesprochen ist, zum Rätsel, in dem die Verruchtheit lauert. Durch die Art der ersten Erscheinung aber erhält die Faszination, die – beispielgebend für den Leser – auf die beiden Erzähler wirkt, einen je anderen Akzent: bei Barbey muß sie fast notwendig Bewunderung, bei Storm Mitleid und Schrecken sein.

Diese Haltungen präludiert das Ambiente, in dem die Bilder erscheinen. Der französische Dichter umrahmt das lasterhafte Paar, von dem seine Novelle handelt, bei seinem ersten Auftritt mit der exotischen Kulisse des Jardin des Plantes und rückt es Auge in Auge mit einem Raubtier: »Panther gegen Panther«.(115) Storms Erzähler entdeckt die Gemälde zweier unschuldiger Opfer der Leidenschaft in einer Galerie, die dem Chor gotischer Kirchen ähnelt und finstere Ahnenbilder versammelt. Als eine übermenschliche Erscheinung überstrahlt Barbeys Paar die farblose Menge der Gaffer:

> Es war ein Mann und eine Frau, beide von hohem Wuchs. Sie machten auf mich gleich beim ersten Blick den Eindruck, zu den höchsten Schichten der Pariser Gesellschaft zu gehören, beide nicht mehr jung, jedoch von vollkommener Schönheit. Der Mann mochte wohl gut siebenundvierzig Jahre sein, die Frau vierzig oder mehr. Sie hatten mithin, wie die vom Feuerland heimgekehrten Matrosen sagen, *die Linie überschritten*, die fatale Scheidelinie, die noch furchtbarer ist als die des Äquators, die man auf den Meeren des Lebens nie wieder überschreitet, wenn man sie *einmal* hinter sich gelassen hat. Aber beide schienen sich darüber wenig Sorge zu machen. Weder im Gesicht noch sonstwo die geringsten Spuren von Melancholie. Der schlanke Mann trug einen engen schwarzen, peinlich genau zugeknöpften Rock – ganz wie bei einem Kavallerieoffizier – und wirkte so altadelig, wie wenn er eines der Kostüme getragen hätte, die Tizian auf seinen Porträts gemalt hat. Er ähnelte einem Günstling aus dem Zeitalter König Heinrichs III. von Frankreich: die Haltung wie geschnürt, seine Miene weichlich und hochmütig, der an den scharfen Spitzen ergrauende Schnurrbart wie der eines Katers. Zudem trug er das Haar kurz, was keineswegs verhinderte, daß man an seinen Ohren zwei dunkelblaue Saphire erglänzen sah, die mich an die beiden Smaragde erinnerten, die

> Sbogar an gleicher Stelle trug. Abgesehen von diesem (wie die Welt urteilen würde) *lächerlichen* Detail, das viel Verachtung des Geschmacks und der Ideen der Gegenwart verriet, war an ihm alles einfach und dandyhaft, so wie dies Brummell verstand, das heißt: *unauffällig*. Er zog die Aufmerksamkeit lediglich durch sich selbst auf sich, und er würde sie allein gänzlich mit Beschlag belegt haben, hätte er nicht in diesem Augenblick die Frau am Arm geführt.
> Diese Frau fesselte tatsächlich den Blick noch stärker als ihr Begleiter, und auf ihr weilten die Augen noch viel länger. Auch sie war groß. Ihr Kopf reichte fast an seinen. Und weil auch sie ganz in Schwarz war, weckte sie die Erinnerung an die große schwarze Göttin Isis im Ägyptischen Museum, durch den Umfang ihrer Formen, ihren geheimnisvollen Stolz und ihre Kraft. Merkwürdig. Bei diesem schönen Paar hatte die Frau die Muskeln und der Mann die Nerven. Ich sah die Frau damals nur im Profil. Doch das Profil ist die gefährliche Klippe der Schönheit oder deren überzeugendste Bestätigung. Nie, glaube ich, hatte ich ein reineres und stolzeres Profil gesehen. (112f.)

Der Hautgout der Leidenschaft, der die Geliebte zur Dienerin der Ehefrau macht – wobei nicht klar ist, wer von beiden mehr gequält ist – besteht in Savignys sublimem Sadismus. Die Sexualität, die einmal ein vorübergehendes Ereignis war, wird zu einem chronischen, häuslichen Zustand, durchdringt so gewissermaßen die Personen und wird zu ihrem Wesen. Sie bestimmt ihr ganzes Sein, und das heißt den Inhalt der Novelle vom Anfang bis zum Ende, und daher erfüllt sie sich auch nur, wenn alle Hindernisse, die ihr im Wege stehen, gewaltsam beseitigt sind. Die Liebenden haben sich nicht mehr aus der Verlegenheit zu ziehen, in die sie der Seitensprung gebracht hat, sie bringen vielmehr alle in Verlegenheit, die ihr Tun in Frage stellen. Der Sexualität assoziiert sich die Rücksichtslosigkeit.

Die Totalisierung der Sexualität gelingt bei Barbey und anderen französischen Autoren des 19. Jahrhunderts dadurch, daß ihr ein zweites Verbrechen – meist ist es, wie hier, der Mord – hinzuaddiert wird. Die zweite Untat beweist die Schrankenlosigkeit des sexuellen Anspruchs, der nicht nur auf sich selbst, auf seine Erfüllung zielt. Die Sexualität ist eine dämonische Kraft, die die Figuren über diese Welt hinaushebt, sie zu Engeln oder – wie diesmal – zu Teufeln (*Die Teuflischen*) verklärt.

In dem Paar, das Barbey vorstellt, behauptet sich die Novelle selbst. Die Frechheit der Figuren ist die Frechheit der Gattung. Die Gesellschaft des 19. Jahrhunderts, die durch die Besucher des Jardin vertreten ist, bewundert die novellistische Freiheit als Impertinenz, die den eigenen Sitten und Gebräuchen Hohn spricht. Die Verletzung der göttlichen Ordnung ist, wie in Frankreich seit Margarete von Navarra immer, eine Verletzung der guten Sitten, und die Gesellschaft, die sich brüskiert sieht, ist nachsichtiger als Gott. Ja, sie genießt neuerdings die Überschreitung ihrer Grenzen als eine Art neuen Heroismus und gibt der Poesie die Chance, die verlorengegangene Anarchie in der Phantasie wiederzufinden.

Während Barbey also in dem Paar, das sich so schamlos der Menge zeigt, Lebenshunger und stolze Selbstbehauptung porträtiert, verteilt Storm die Zeichen von Unschuld und Schuld, von Strafe und Tod über das Gemälde seines leidenschaftlichen Paares, das auf dem gemalten Denkmal des Verbrechens nicht einmal erscheinen darf. Das Bild stellt nicht sie, sondern ihr Opfer und ihren Richter dar.

> Unter all diesen seltsamen oder wohl gar unheimlichen Dingen hing im Schiff der Kirche das unschuldige Bildnis eines toten Kindes, eines schönen, etwa fünfjährigen Knaben, der, auf einem mit Spitzen besetzten Kissen ruhend, eine weiße Wasserlilie in seiner kleinen, bleichen Hand hielt. Aus dem zarten Antlitz sprach neben dem Grauen des Todes, wie hülfeflehend, noch eine letzte holde Spur des Lebens; ein unwiderstehliches Mitleid befiel mich, wenn ich vor diesem Bilde stand.
> Aber es hing nicht allein hier; dicht daneben schaute aus dunklem Holzrahmen ein finsterer schwarzbärtiger Mann in Priesterkragen und Sammar. Mein Freund sagte mir, es sei der Vater jenes schönen Knaben; dieser selbst, so gehe noch heute die Sage, solle einst in der Wassergrube unserer Priesterkoppel seinen Tod gefunden haben. Auf dem Rahmen lasen wir die Jahrzahl 1666; das war lange her. Immer wieder zog es mich zu diesen beiden Bildern; ein phantastisches Verlangen ergriff mich, von dem Leben und Sterben des Kindes eine nähere, wenn auch noch so karge Kunde zu erhalten; selbst aus dem düstern Antlitz des Vaters, das trotz des Priesterkragens mich fast an die Kriegsknechte des Altarschranks gemahnen wollte, suchte ich sie herauszulesen. (946)

Die Signatur des Bildes enthält das Stichwort, unter dem es zu entziffern ist: culpa, Schuld. Auch bei Storm bleibt Katharina, die den gehetzten Johannes in ihre Kammer rettet, immer noch Verführerin: »– Ihr ahnete wohl nicht,« schreibt Johannes in seiner Chronik, »welch einen Feuerstrom dies Wort in meine Andern goß.« Die »schöne heidnische Frau Venus« verwirrte die »armen Menschenherzen«. (981) Hatte sich bei Barbey, da der Stolz des Paares eine Herausforderung der Gesellschaft war, die Novelle selbst behauptet, so siegen bei

Storm Sitte und Gesetz über das poetische und sexuelle Chaos. Die Figuren enden in Zerknirschung, die Novelle wird zum Lehrstück der Jungfräulichkeit – freilich für den nur, der in ihr nicht die Gattung erkennt.

Die aparte Situation

Barbey und Storm müssen eine aparte Situation herstellen, damit das erotische Ereignis überhaupt noch zum Anlaß für eine Handlung taugt. Als schlichter Ausgang einer Erzählung genügt das sexuelle Faktum nicht mehr. Das Realitätspostulat, das im 19. Jahrhundert an die Novelle wie an alle anderen Gattungen herangetragen wird, bezieht Sexualität nicht zeichenhaft auf eine ihr übergeordnete Weltordnung – die es zu erfüllen oder zu verletzen gilt –, sondern zielt auf die Illusion der Tatsächlichkeit des Geschilderten. In der quasi-realen Situation aber, wenn sie gleichwohl fingiert ist, bleibt, wie im Leben, dem Vergehen das Verstehen benachbart: *eine* Liebesnacht ist ein Fehltritt und kein Laster. Die Sexualität muß durch Wiederholung sich selbst überbieten oder durch ein zusätzliches Verbrechen überboten werden, um die Grenze des Verzeihlichen zu überschreiten. Erst von da an haben die Folgen Folgen – sei es im Charakter der Figur, sei es in der sozialen Lage, in der sie beheimatet ist, dann also etwa, wenn – wie in *Aquis submersus* – ein Kind für das Verbrechen der Eltern zu büßen hat. Erst solch sekundäre Effekte der Sexualität schaffen jene Exzeptionalität der Situation, die die Novelle, diese Gattung einer archaischen Unmoral, dem Jahrhundert der raffiniertesten Prosa gerade noch interessant machen kann.

Mit der Vervielfältigung der Verbrechen verändert sich der Figurenentwurf und freilich auch der immanente Sinn der Novelle. Wenn die Kritik vom ersten Moment an, da sie eine Definition der Gattung suchte, also schon in der ersten Hälfte des 19. Jahrhunderts, vor allem vom Schicksal der Novellenfiguren spricht, dann ist das durchaus keine von außen – möglicherweise aus der Tragödie – übernommene Perspektive. Vielmehr provoziert die neue Novellenstruktur diese Fragestellung. Lasterhaftigkeit ist nicht der apokalyptische Zustand der Welt, der sich im Vergehen der einzelnen Figuren nur noch einmal bestätigt; vielmehr wird nun *eine* Figur – da ohnehin die

Novellensammlung selten geworden ist und die Vergehen nicht mehr seriell erzählt und organisiert werden – durch Sexualität geradezu ausgezeichnet; doch ist die Leidenschaft selbst nicht das Verbrechen, sondern *durch sie* stürzt sich die Figur erst ins Verbrechen. Das macht die Figur dämonisch und tragisch, d.h. sie bestimmt das Schicksal der anderen oder hat selber eines.

Auf der Suche nach der aparten Situation erweisen sich die französischen Autoren besonders erfindungsreich: in *Sarrasine* verliebt sich der Held in einen Kastraten, den er für eine schöne Primadonna hält, Oberst Chabert ist ein Scheintoter, der sich unter einem Haufen von Leichen hervorgräbt, um zu sehen, wie ihm seine Frau in die Ehe mit einem anderen Mann entkommt. Selbst einer so naheliegenden Situation wie dem Beischlaf einer französischen Prostituierten mit einem preußischen Offizier muß die Novelle eine aparte Note geben, damit sie zum Fall werden kann, den zu erzählen sich lohnt. In Maupassants Novelle von einem der »sogenannten galanten Dämchen«, die »wegen ihrer jugendlichen Leibesfülle [...] den Spitznamen Fettklößchen [...] hatte« (39), fände mit der Liebesnacht zwischen der erfahrenen Kokotte und dem preußischen Offizier zunächst nur ein Zweckbündnis über die nationalen Grenzen hinweg statt, wenn nicht Fettklößchen auf der Flucht vor den Preußen, die Rouen zu besetzen im Begriff standen, mit der feinen Gesellschaft in eine und dieselbe Kutsche geraten wäre. Die Peinlichkeit der Situation, in der die Baumwoll- und Weingroßhändler, die Grafen samt ihren Gattinnen, der Bohèmien und die zwei Nonnen – allesamt Figuren aus der dramatis personae der Boccaccio-Novelle – die Tuchfühlung mit der unerwünschten Person zu vermeiden suchen, überbietet noch die Verlegenheit, in die die Gesellschaft gerät, als in einem von Deutschen besetzten Dorf ein Offizier eine Liebesnacht mit Fettklößchen zum Pfand dafür macht, daß er die Flüchtigen weiterziehen läßt. Fettklößchen findet in den Bürgern, für die sie sich nun opfern soll, ihre Beschützer, hatte sie doch die Gunst der Bonapartisten längst gewonnen durch ihre nationalistische Wut auf den Feind:

> Die Gräfin jedoch und die Fabrikantin, in deren Seele der unvernünftige Haß der feinen Leute gegen die Republik lebte sowie die instinktive Neigung für die despotischen und militaristischen Regierungsformen, fühlten sich gegen ihren Willen zu diesem Straßenmädchen hingezogen, das so viel Würde zeigte und dessen Gefühle ihren eigenen so stark ähnelten. (49)

Die Mischung aus Verworfenheit und Nationalismus, aus Unterschreitung und Überbietung der bürgerlichen Moral, die »patriotische Schamhaftigkeit einer Dirne« (58) macht Fettklößchen zum aparten Charakter, durch den der geforderte und schließlich auch gewährte Beischlaf zu mehr wird denn zu einem Geschäft. Einst der Auswurf der Gesellschaft, opfert sie sich nun bewußt für die Rettung der Bourgeoisie. Maupassant erinnert sich der Komik, die die Gattung einmal ausgezeichnet hat, wenn er die Reden der Geretteten beschreibt, die im Zimmer unter dem bewußten Ort der Sünde das Ereignis verfolgen.

> Die Frauen steckten die Köpfe zusammen, man sprach mit gedämpfter Stimme, das Gespräch wurde allgemein; jeder sagte seine Ansicht. Übrigens blieb der Anstand völlig gewahrt. Vor allem die Damen fanden zarte Umschreibungen, entzückende Feinheiten des Ausdrucks, um die verfänglichsten Dinge zu sagen. Ein Unbeteiligter hätte nicht das geringste verstanden, so behutsam wählte man die Worte. Aber die leichte Hülle von Scham, die jede Frau von Welt zur Schau trägt, bedeckt nur die Oberfläche; im Grunde schwelgten sie in diesem Abenteuer und amüsierten sich wie toll dabei; sie fühlten sich in ihrem Element, indem sie in der Liebe herumrührten mit der sinnlichen Lust eines feinschmeckerischen Kochs. (71)

Was in Maupassants Novelle geschieht, ist immerhin ein »unerhörtes Ereignis«. Goethe, der diesen Begriff zur Bestimmung der Gattung eingeführt hat, mußte ihn noch an der alteuropäischen Novelle gewinnen, und er erfaßte damit den Charakter der Neuigkeit, des Nie-Gehörten. Auch bezieht er sich nur auf die Handlung, denn Personal und Umstände der traditionellen Novelle sind alltäglich: ein unauffälliger Anfang mit einer läßlichen Sünde nimmt einen witzigen Ausgang. Die »aparte Situation« hingegen, die im 19. Jahrhundert zum Ausgang der Novelle gemacht wird, richtet die Aufmerksamkeit von der Handlung auf die Konstellation der Figuren, auf ihren Charakter, ihr Zusammenspiel, auf die sozialen Umstände und die räumliche Orientierung ihrer Bewegungen. In jener Epoche, die sich so viel Zeit fürs Erzählen nimmt, gewinnt die Zuständlichkeit das Übergewicht über die Handlung, die Situation bestimmt das Ereignis, das Aparte *ist* das Unerhörte, das Ambiente geht dem Ereignis voraus. Die aparte Situation ist die Möglichkeit, auch das Interessante geheimnisvoller zu sagen und den witzigen Ausgang durch die hintergründige Ursache zu ersetzen. Dadurch wird die Interpretation unerläßlich, die Novelle ist eigentlich erst mit ihr zuende erzählt.

Freilich wäre es spitzfindig, eine Unterscheidung zwischen den beiden Termini, unerhörtes Ereignis und aparte Situation, zu erzwingen. Immerhin: In Stroms Novelle *Viola tricolor* etwa wäre es schwer, ein unerhörtes Ereignis auszumachen, doch ist die Situation apart. Die Novelle ist ein Muster dafür, wie die einfache Situation des Ehebruchs mit witziger Folge kompliziert und dem Sinnbedürfnis des 19. Jahrhunderts angepaßt wird. Das geschieht dadurch, daß das novellistische Dreieck der Figuren nicht in *einem* Raum, sondern in zwei Zeiten nacheinander sich konstitutiert, wobei aber doch die Personen mit derselben Intensität aufeinander bezogen bleiben, als befänden sie sich in einem gemeinsamen Raum.

In *Viola tricolor* heiratet Rudolf, ein wohlsituierter Professor mit Haus und Gärtchen, nach dem Tod seiner Frau Ines ein junges, schönes Mädchen. Aus erster Ehe ist ihm die Tochter Nesi geliebben und dazu noch das Bildnis ihrer Mutter, das, in Spiegeln sich verdoppelnd, im Hause allgegenwärtig ist. Diese Repräsentanten der Erinnerung bedrücken die neue Ehefrau. Auch das Gärtchen vor dem Haus bleibt für Ines verschlossen, da es der Lieblingsplatz des Mannes und seiner ersten Frau gewesen war. Das Türchen zum Garten zu öffnen, bedeutet daher für die junge Frau, das Tor zum Herzen ihres Gatten aufzustoßen. Den Ausschluß aus diesem idyllischen Ort der Vergangenheit empfindet sie als des Mannes geheimen Ehebruch. Auf Ausreden, die er erfindet, um zu erklären, warum der Garten unbetretbar sei, antwortet Ines:

> Ich weiß das besser, Rudolf! Das ist der Ort, wo du bei ihr bist; dort auf dem weißen Steige wandelt ihr zusammen; denn sie ist nicht tot; noch eben, noch jetzt in dieser Stunde warst du bei ihr und hast mich, dein Weib, bei ihr verklagt. Das ist Untreue, Rudolf; mit einem Schatten brichst du mir die Ehe! (691)

Zwei Liebesverhältnisse folgen nacheinander, die sich nicht faktisch, sondern imaginär tangieren; zwei rechtmäßige Ehen in zeitlicher Folge schließen sich nicht in der Gesellschaft, wohl aber in einem empfindenden Herzen aus. Der Skandal des Ehebruchs wird also ins Innere der Figur verlegt und zur Gewissensqual. Der Ehebruch wird hier – und das ist im 19. Jahrhundert eher das übliche Modell – vom Mann, nicht von der Frau begangen. Die novellistische Punktualisierung der Handlung, die darin besteht, die Schwelle des Hauses wie die des Geschlechts zu verletzen, muß deshalb anders angelegt werden. Der intimste Ort des sexuellen Ereignisses ist nicht mehr das Geschlecht, sondern das Herz. Die ehemalige Innenräumlichkeit des Ambientes wird zur Innerlichkeit der Figur. Es ist kein Ehebruch nach Maßgabe der Sittlichkeit, sondern der Sentimentalität. Die Verlegung des Ehebruchs in die Vorzeit der Erzählung ist im 19. Jahrhundert eine der Möglichkeiten, der Peinlichkeit, die das novellistische Gattungskonstituens des sexuellen Faktums bedeutet, zu entkommen. *Viola Tricolor* entwickelt dieses Modell, das sich schon in *Aquis submersus* angedeutet hat, das auch Balzac in *Oberst Chabert* verwendet, und das Keller in der *Armen Baronin* und in *Don Correa* übernimmt, um die novellistische Situation zu moralisieren. [10]

Weniger für die Figuren als für die Autoren selbst wird der Ehebruch zum Faszinosum, das sie in ihren Erzählungen umkreisen. Die Bedrängnis, in die die Autoren durch die fast vergessene und deshalb umso mächtiger wirkende Tradition der Gattung gebracht worden sind, ist es, die in ihren Figuren als psychisches Problem, als tragisches Schicksal oder als charakterliches Stigma wiederkehrt. Der Untergrund der Geschichte wird zum Hintergrund ihrer Geschichten.

Substitute der Weiblichkeit

Der Straffall, wie er von der *Armen Lisa* bis zu *Aquis submersus* abgehandelt wird, ist die beste Möglichkeit, über eine unerlaubte Sache mit gutem Gewissen zu sprechen. Immer schon ist die Novelle Kasus gewesen und sollte es immer bleiben; die Instanz aber, die über den Fall verhandelt, wechselte mit den Zeiten. Bei Boccaccio spricht der Weltenrichter, dessen weitsichtiges Auge freilich für das einzelne Vergehen viel zu unscharf ist, als daß er es bemerkte, das Urteil über eine ganze Menschheit. Der Lasterhafte vermeint daher noch, durch seinen Witz dem apokalyptischen Untergang entgangen zu sein. – Der Liebeskasus des *Heptaméron* ist der Skandal, über den die Gesellschaft zu Gericht sitzt. Ihr Urteil ist so beschränkt wie ihre Moral, und so kommt der Sünder mit der Beschämung davon. – Im 18. Jahrhundert verhandelt eine sittlichere Gesellschaft den Straffall ausdrücklich und spricht das Urteil auf Leben und Tod, doch hat die Delinquentin im Erzähler, der ihr Schicksal berichtet, ihren Verteidiger. Zwar ist sie gerichtet, doch wird sie gerettet durch seine Erzählung und die Anteilnahme des Lesers. War Lesen bislang Sünde, lustvolle Teilhabe an Verworfenheit, Unverschämtheit, Schläue, so ist es nun der Akt des Eingedenkens über die Gebrechlichkeit der Welt.

Vom Mitleid und Verstehen ist der Weg nicht weit zum Verschweigen. Nach der Wende vom 18. zum 19. Jahrhundert ist die Struktur der Novelle nur noch schwer zu erkennen: die Bausteine der Gattung werden hinter Hinweisen versteckt, die in die falsche Richtung zeigen. Die metonymische Austauschbarkeit von Haus, Frau und Geschlecht nutzt diese Epoche, um das sexuelle Faktum oder die Frau, die es vertritt, durch Wörter, Zeichen, Lebewesen oder Dinge zu ersetzen, die es oder sie nicht sind. Diese Substitute der Weiblichkeit sind Hilfsmittel einer Taktik des uneigentlichen Sprechens, die den Leser auf die falsche Spur setzt und seine Aufmerksamkeit von der Ursache auf die Wirkung lenkt. Abzulenken vom eigentlichen Geschehen, das war schon immer die Absicht der Novellenfigur gewesen; nun aber übernimmt der Autor im Bündnis mit dem peinlich berührten Leser ihren Habitus. Die Mittel des Manövers, mit dem versucht wird, das Unaussprechliche anzudeuten, reichen von der Minimalisierung bis zur unglaubwürdigen Übertreibung, von Kleists berühmtem Gedankenstrich bis zu Balzacs Panther.

Auf das kleinstmögliche Zeichen hat Kleist in der *Marquise von O...* die novellistische Urszene, die ohnehin in einem möglichst engen Raum stattzufinden hat, zusammengezogen, auf den Gedankenstrich:

> [Er ...] bot dann der Dame, unter einer verbindlichen, französischen Anrede den Arm, und führte sie, die von allen solchen Auftritten sprachlos war, in den anderen, von der Flamme noch nicht ergriffenen, Flügel des Palastes, wo sie auch völlig bewußtlos niedersank. Hier – traf er, da bald darauf ihre erschrockenen Frauen erschienen, Anstalten, einen Arzt zu rufen; versicherte, indem er sich den Hut aufsetzte, daß sie sich bald erholen würde; und kehrte in den Kampf zurück. (105 f.)

Unscheinbarer als in diesem »Hier –« kann der sprachliche Ort, an dem die Liebe stattfindet, und winziger das Symbol nicht sein, mit dem auf sie hingewiesen wird.

Balzac hingegen nutzt die Möglichkeit zur Substitution der Weiblichkeit, um das erotische Ereignis besonders lustvoll auszumalen. *Eine Leidenschaft in der Wüste* enthält zwar nur die erotische Ausgangssituation einer Novelle, deren Folgen erst eine Erzählung ausmachen würden. Mehr die Apartheit des Falles denn die gebotene Dezenz der Rede veranlaßt Balzac, einen provenzalischen Soldaten auf seinen einsamen Streifzügen durch die Wildnis in die Fänge eines Pantherweibchens geraten zu lassen. Ermüdet schläft er in einer Höhle ein und findet, als er erwacht, einen Panther vor dem Eingang seiner Schlafstatt:

> Von der Hitze und der Arbeit ermüdet, schlief er unter der roten Decke seiner feuchten Höhle ein. Mitten in der Nacht wurde sein Schlummer von einem merkwürdigen Geräusch gestört. Er richtete sich in sitzende Stellung auf, und die herrschende tiefe Stille ermöglichte ihm, das unterbrochene Geräusch eines Atmens zu unterscheiden, dessen wilde Kraft keinem menschlichen Geschöpf angehören konnte. (90)

Zum Glück des Provenzalen und des Autors, der eine novellistische Liebesszene und keine epische Jagdszene schildern will, erweist sich das Tier so wollüstig, wie Katzen es nur sein können. Das Weibchen scheint in sein potentielles Opfer regelrecht vernarrt zu sein, der Soldat schließlich begreift die Schwäche seiner Gefährtin als seine eigene Stärke. Das Raubtier zwar läßt den armen, in die Irre gegangenen Soldaten, der eigentlich ausgezogen war, für sein Vaterland zu kämpfen, nicht mehr entkommen; Auge in Auge sind die beiden wie ineinander gebannt, bis sie sich in Liebe zueinander verstricken und das Raubtier sich als die raffinierteste Kokette entpuppt. Der Panther ist mit allen erdenklichen erotischen Qualitäten einer leidenschaftlichen und noch dazu jungfräulichen Verführerin ausgestatten und potentiert alle Weiblichkeit durch seine Animalität. Einigermaßen erleichtert über die Lockerung der anfänglichen Aggressivität zum Liebesverhältnis, nennt der provenzalische Held seine Pantherfreundin in betulicher Witzigkeit seine »kleine Blonde« (97), karessiert sie »avec enthousiasme«, was sie sich denn auch wie eine verwöhnte Pariserin gefallen läßt:

> Er kehrte zu ihr zurück, und ihm wurde das unsägliche Glück zuteil, daß er sah, wie sie in einer fast unmerklichen Bewegung den Schweif hob. Da setzte er sich furchtlos neben sie, und sie begannen miteinander zu spielen; er faßte ihre Tatzen, ihre Schnauze, drehte ihr die Ohren, wälzte sie auf den Rücken und kratzte ihre heißen und seidigen Flanken kräftig. Sie ließ es geschehen; und als der Soldat versuchte, ihr den Pelz an den Tatzen zu glätten, zog sie sorgfältig die Krallen ein, die krumm waren wie Damaszenerklingen. Der Franzose, der die eine Hand auf dem Dolch hielt, dachte noch einmal daran, ihn der allzu vertrauensseligen Bestie in den Leib zu bohren; aber er fürchtete, sie würde ihn in dem letzten Krampf, der sie schütteln müßte, sogleich erdrosseln. Und zudem vernahm er in seinem

> Herzen eine Stimme des Gewissensbisses, die ihm zurief, ein harmloses Geschöpf zu schonen. Ihm war, als hätte er in dieser grenzenlosen Wüste eine Freundin gefunden. Unwillkürlich dachte er an seine erste Geliebte, die er *Liebling* genannt hatte, und zwar aus Paradoxie, denn sie war von so wilder Eifersucht beherrscht gewesen, daß er während der ganzen Zeit ihrer Leidenschaft das Messer zu fürchten gehabt hatte, das ihm stets angedroht wurde. Diese Erinnerung an seine Jugend gab ihm den Gedanken an den Versuch ein, das junge Pantherweibchen, dessen Behendigkeit, Anmut und Weichheit er jetzt mit weniger Angst bewunderte, an diesen Namen zu gewöhnen. (96f.)

Von Balzac, der das Rendezvous, wie gewohnt, melodramatisch mit einem Streit aus Mißverständnis, mit dem versehentlichen Schuß aus der Flinte des Liebhabers und dem Tod des schönen Tieres zuende bringt, übernimmt Keller die Szene zu moralischerem Gebrauch. Als Resumee seines Ausflugs in die weite Welt formuliert Pankraz, der Schmoller kurz und bündig: »Die Moral von der Geschichte« – und das meint die Novellenfigur, die in der Mitte des 19. Jahrhunderts durchaus zur Miniatur eines Bildungshelden geworden ist und Erfahrungen machen kann, auch ethisch – »sei einfach, daß er in der Fremde durch ein Weib und ein wildes Tier von der Unart des Schmollens entwöhnt worden sei.« (81) [11] Nachdem Pankraz vor Mutter und Schwester in die weite Welt hinausgeflohen war, gerät er in die Fänge der schönen Lydia. Keller, der viel tut, um die Souveränität der Novellenfrau abzuschaffen, stattet die Tochter eines britischen Gouverneurs in Ostindien mit allen schlechten Eigenschaften aus, die ein verführerisches Mädchen nur haben kann.

> Sie trieb nun das Geschäft [der Verführung und Koketterie] in krankhafter Überreizung ganz offen und großartig und frönte ihrer unglücklichen Selbstsucht ohne allen Rückhalt. (71)

Die liebevollen Winke der Lydia erwidert Pankraz mit Leidenschaft, doch wird ihm die Freundin zum Raubtier, sobald er ihre koketten Spiele durchschaut:

> Vor dem vermeintlich guten und liebevollen Weibe hatte mein Herz gezittert, vor dem wilden Tiere dieser falschen gefährlichen Selbstsucht zitterte ich so wenig mehr als ich es vor Tigern und Schlangen zu tun gewohnt war. (61f.)

Pankraz ist also vorbereitet auf die Begegnung mit dem Löwen. Vor der Verführung Lydias flieht er nach Algier und sucht sich ihr Substitut, an dem er sich rächen darf. Er wird zum leidenschaftlichen Löwenjäger und gerät so eines Tages in dieselbe Situation wie Balzacs Provenzale. Pankraz selbst weist auf die Austauschbarkeit der Freundin Lydia mit dem Löwen hin, der ihn in einer Schlucht antrifft und ihn nicht mehr aus den Augen läßt. Das verfängliche Verhältnis beginnt durch eine Unachtsamkeit Pankraz':

> Ich wünschte in den Oleander hinabzugehen und aus dem Bach zu trinken, und in diesen zerstreuten Gedanken legte ich mein Gewehr auf den Boden und kletterte eiligst in die Schlucht hinunter, wo ich mich zur Erde warf, aus dem Bache trank, mein Gesicht benetzte und dabei an die schöne Lydia dachte. Ich grübelte, wo sie wohl sein möchte, wo sie jetzt herumwandle und wie es ihr überhaupt gehen möchte? Da hörte ich ganz nah den Löwen ein kurzes Gebrüll ausstoßen, daß der Boden zitterte. Wie besessen sprang ich auf und schwang mich den Abhang hinauf, blieb aber wie angenagelt oben stehen, als ich sah, daß das große Tier, kaum zehn Schritte von mir, eben bei meinem Gewehr angekommen war. Und wie ich dastand, so blieb ich auch stehen, die Augen auf die Bestie geheftet. Denn als er mich erblickte, kauerte er zum Sprunge nieder, gerade über meiner Doppelbüchse, daß sie quer unter seinem Bauche lag, und wenn ich mich nur gerührt hätte, so würde er gesprungen sein und mich unfehlbar zerrissen haben. Aber ich stand und stand so einige lange Stunden, ohne ein Auge von ihm zu verwenden und ohne daß er eines von mir verwandte. Er legte sich gemächlich nieder und betrachtete mich. [...] Weiß Gott, was mir alles durch den Kopf ging: ich verwünschte die Lydia, deren bloßes Andenken mich abermals in dieses Unheil gebracht, da ich darüber meine Waffe vergessen hatte.« (77 f.)

Das Hauptaugenmerk der Novelle richtet sich bei Keller von der weiblichen Verführerin auf das männliche Opfer. Die Liebe ist daher nicht mehr Lust, sondern Gefahr. Aus dem emblematischen Repertoire der Bedeutungen, die das Raubtier hat, wählen Balzac und Keller völlig unterschiedliche Aspekte aus: für den einen symbolisiert es Glück und Gewalt der Leidenschaft, für den andern ihre Dämonie. Das eine Mal dient das Substitut unausgesprochen und versteckt der Verherrlichung des weiblichen Geschlechts und der Bestätigung seiner Herrschaft, das andere Mal ausdrücklich seiner Diffamierung und Entthronung. Ein Kordon Soldaten rettet Pankraz; der versammelten Männlichkeit hatte es bedurft, um das Raubtier der Leidenschaft zu besiegen. In Pankraz behält, vertreten durch Mutter und

Schwester, durch Figuren also, die in der Novelle die Geprellten hätten sein müssen, der bürgerliche Wohlanstand die Oberhand. (Dabei ist, wie bei der Hauptfigur, eine Umbesetzung der Rollen vorgenommen worden: der Part des Gesetzeshüters, den ursprünglich Ehemänner, Väter und Brüder einnahmen, wird nun Frauen übertragen.)

Die Möglichkeiten des Austauschs von Frau und Sache sind ohne Zahl. An die Stelle der wollüstigen Geliebten kann auch, wie etwa in Balzacs *Das unbekannte Meisterwerk*, ein Gemälde treten. In dieser Novelle findet das Dreieck der Leidenschaft seine Verwirklichung, indem Poussin seinem Malerfreund die Geliebte als Modell ausleiht. Die Akteure der Liebe sind hier männlich, die Frau ist ihr Tauschobjekt, doch bleibt, abgesehen von dieser Vertauschung der Eckpunkte des Dreiecks, die novellistische Konstellation erhalten: die Arbeit mit dem Modell ersetzt den Geschlechtsakt. – Während in Balzacs Novelle das Malen die Liebe ersetzt, verwendet Conrad Ferdinand Meyer im *Schuß von der Kanzel* das Gemälde selbst als Substitut der Frau. Pfannenstiel, der asketische Held mit dem sprechenden Namen, ist gegen weibliche Verführung gefeit, wenn es sich nicht gerade um gemalte Frauen handelt, die dann sogar von Makartscher Üppigkeit sein dürfen:

> Über eine Ballustrade von maurischer Arbeit lehnte eine junge Orientalin mit den berauschenden dunkeln Augen und glühenden Lippen. (108)

Vor diesem »lebensgroßen Bilde« entflammt die bislang unterdrückte Leidenschaft Pfannenstiels:

> Pfannenstiel, der nie etwas auch nur annähernd Ähnliches erblickt hatte, wurde tief und unheimlich erschüttert von der Verlockung dieser Gebärde, der Sprache dieser Augen. Es tauchte etwas ihm bis heute völlig unbekannt Gebliebenes in seiner Seele auf, etwas, dem er keinen Namen geben durfte. (109)

Die Aufzählung der Substitute soll mit zwei weiteren Beispielen abgeschlossen werden. In Puschkins *Pique Dâme* ersetzt die Spielleidenschaft die erotische Leidenschaft, die Spielkarte wird zur Allegorie der Novellenfrau. Von Tschaplitzkij und seiner »Gesellschaft reicher Spieler« aus Petersburg heißt es:

> Er kam nach Petersburg. Die ganze Jugend strömte ihm zu, man vergaß über den Karten die Bälle und zog den Betörungen der Wollust die Verführungen des Pharao vor. (346)

Eine ähnliche Rolle haben die Spielkarten in Barbeys *Eine Whistpartie mit verdeckten Karten*, wo der Spieltisch der enge Ort ist, an dem sich schließlich das hochdramatische Verhältnis von Mutter und Tochter abspielt, die sich in der Rivalität um den einen Mann zugrunderichten.

Für Grillparzers armen Spielmann ersetzt die Geige die Geliebte. Freilich läßt sich einwenden, daß der Spielmann einsam mit seinem Instrument in seiner Kammer hause, eine novellistische Situation also nicht gegeben sei. Diese Situation aber ist, ganz im novellistischen Sinne, die Folge einer bis in die Jugendzeit hinabreichenden Leidenschaft. Damals hatte der Spielmann um ein Mädchen geworben, das ihn verschmäht hatte, um einen Andern zu heiraten. Die Leidenschaft hat, wie in der Novelle des 19. Jahrhunderts so oft, das Nachsehen der bürgerlichen Sitte gegenüber: die Novellenfigur wird durch Einsamkeit bestraft. Der Erzähler jedoch, der dem armen Spielmann zuhört, erkennt sogleich das erotische Geheimnis seines Spiels:

> Hatte der Spieler sich vorher an dem Klange des einzelnen Tones geweidet, so war nun das gleichsam wollüstige Schmecken dieses harmonischen Verhältnisses noch ungleich fühlbarer. (46f.)

Die Faszination des Geigenspiels geht für den armen Spielmann auf ein Lied zurück, das des Grieslers Tochter einstmals im Hof hinter jenem Büro, in dem er beschäftigt gewesen war, gesungen und dessentwegen er sich in sie verliebt hatte. Die Erinnerung an die unerfüllte Liebe beseelt sein Spiel, das für fremde Ohren so mißtönend klingt.

> Die Luft um mich [so erzählt der Spielmann] war wie geschwängert mit Trunkenheit. Das Lied unten im Hofe und die Töne von meinen Fingern an mein Ohr, Mitbewohner meiner Einsamkeit. Ich [...] konnte nicht begreifen, daß ich das holde Gotteswesen [die Violine] einmal gering geschätzt, ja gehaßt in meiner Kindheit und küßte die Violine und drückte sie an mein Herz. (54f.)

Wie auch immer die weibliche Verführerin ersetzt werden mag, die Leidenschaft bleibt das Zentrum der Novelle auch im 19. Jahrhundert. Während allerdings in der Novelle des 14. und 15. Jahrhunderts, wer ihr verfiel, entkommen konnte, der erliegt nun in den meisten Fällen – Kellers Männer machen da eine seltene Ausnahme – ihrer Gewalt.

Die zweite Lesart

Die Tarnung des sexuellen Zentrums setzt für die Novelle des 19. Jahrhunderts eine Fülle von Themen frei, die tiefsinnig zu sein scheinen, weil ihre Ursache im Verborgenen bleibt. So läßt sich über Charaktere, Schicksale und den Sinn der Welt diskutieren, nur weil das Eigentliche nicht gesagt sein darf. Das Ereignis selbst tritt hinter seiner Deutung zurück, der Leser wird notwendig zum Interpreten. In den Schriftstellern und Kritikern, die sich im 19. Jahrhundert um eine Bestimmung der Gattung bemühen, vor allem aber in den Germanisten, die im 20. Jahrhundert die Interpretation einzelner Werke dieser ursprünglich blasphemischen und amoralischen Literatur für den Schulgebrauch vornehmen, ist die neue Rahmengesellschaft zu erkennen, die das Erbe der höfischen angetreten hat. Das pädagogische Räsonnement löst das aristokratische Geplauder ab. Dieses erfreute sich am Skandal, jenes erhebt sich über ihn zu Fragestellungen, die immer die dunkleren, nämlich deutungsbedürftigen und daher scheinbar sinnträchtigen Konstellationen aufspüren.

Die Lust, den Fall zu verschleiern und seine Deutung herauszufordern, beginnt schon bei Margarete von Navarra. Die Figuren ihrer Erzählungen haben immer etwas zu verbergen, die Rahmengesellschaft sucht immer etwas zu entdecken. Amadour (in der ausführlich besprochenen 10. Novelle des *Heptaméron*) gibt durch seine schwarze Kleidung nicht nur Florida, sondern auch dem Leser einen Wink zum Verständnis der Hintergründe seines Tuns. Da er zum Beispiel doppelte Trauer trägt, die konventionelle um den Tod seiner Frau und die geheime um die verlorene Liebe Floridas, gelingt es ihm, ein Zeichen im andern zu verstecken. Die standesgemäße Trauerkleidung verändert er kaum merklich, so daß sie die Trauer seines Herzens zum Ausdruck bringt:

> Er kleidete sich nur noch in Schwarz; doch trug er grobes Wolltuch, das viel rauher war, als es die Trauer um seine Frau erfordert hätte. Damit verbarg er die Trauer, die er in seinem Herzen trug. (130)

Im *Heptaméron* verständigt sich immerhin der Autor noch mit dem Leser über die Figur. Auch für die devisants des Rahmens liegt der Reiz des Gesellschaftsspiels darin, hinter dem Erröten und Erblassen der erzählten Figuren, hinter ihrem Zögern, ihrem Schuldbewußtsein, ihrer Bußfertigkeit das Motiv auszumachen und die Zusammenhänge zu erörtern, die sie in eine fatale Lage gebracht haben. Die Figuren arbeiten bewußt an der Verschlüsselung ihrer Absichten, die Rahmengesellschaft an ihrer Entschlüsselung. Verschleierung und Entschleierung sind hier die Handlungsinhalte schlechthin.

Im 19. Jahrhundert hingegen weiß die Hauptfigur so wenig wie der Leser, was mit ihr geschieht. Der Gedankenstrich in Kleists *Marquise von O . . .* will nichts sagen, weil er alles sagen könnte. Die Marquise beginnt als erste mit einer Deutung ihrer Lage, die nichts als die Folge dessen ist, was hinter dem Gedankenstrich sich verbirgt, und gerät in die Erfindung eines Mysteriums. Sie entschließt sich, das »Geschenk [. . .], das ihr Gott mit dem dritten [Kind] gemacht hatte«, »unter [die] großen, heiligen und unerklärlichen Einrichtungen der Welt« zu zählen. (126) »Durch diese schöne Anstrengung« der Interpretation ihres Zustands, zieht sie sich »wie an ihrer eigenen Hand, aus der ganzen Tiefe, in welche das Schicksal sie herabgestürzt hatte.« (126) Das Schicksal, das die Marquise hat, ist nichts anderes als das Rätsel, das die Ursache des Geschehens nicht preisgeben will. Die Novelle bevorzugt im 19. Jahrhundert rätselhafte Figuren, deren Erscheinung sich erst durch eine Erzählung erhellt, die in eine dunkle Vergangenheit zurückführt. Der Grund für das Schicksal einer Figur und ihr ungewöhnliches Verhalten erschließen sich oft erst den Erforschungen eines neugierigen Erzählers. Ebenso rätselhaft etwa wie der Pfarrer in Stifters *Kalkstein*, dessen ungewöhnliche Erscheinung den Erzähler beim ersten Anblick gefangen nimmt, ist die des Greises in Balzacs *Sarrasine*. Selbst ein Gegenstand wie das Bild am Anfang von *Aquis submersus* kann auf eine geheimnisvolle Spur führen, der der Erzähler folgt. Im allgemeinen tendiert die Novelle des 19. Jahrhunderts zur Auflösung der Rätsel, doch kann auch, wie in Melvilles *Bartleby*, ein einziger Satz die Figur wie ein Geheimnis umgeben, ohne daß je die Obsession, mit der der Satz wiederholt wird, sich erklärte. Hier ist das Geheimnis, dessen Entschlüsselung sonst den Reiz der Novelle ausmacht, absolut geworden.

Die Struktur der Novelle kehrt sich mit dem einleitenden Rätsel um. Mut zu lasterhaftem Tun und die Frechheit, es vor sich selbst einzugestehen, das waren die Eigenschaften, die ursprünglich die novellistische Figur ausgezeichnet haben. Ein Schicksal aber können nur Figuren haben, die handlungsunfähig, die, wie die Marquise, ohnmächtig sind. Da die Figur nicht mehr durch ihren eigenen Entschluß, sondern durch das Schicksal geleitet ist, bleibt ihr als Ersatz für die verlorene Freiheit des Handelns die Chance, ihr Wesen selbst zu definieren. Die Marquise, die mit der Deutung ihrer selbst, mit der Enträtselung dessen, was geschehen ist, beginnt, entfaltet sich »durch diese schöne Anstrengung« zum Charakter. Er entsteht, wenn Handlung und Figur verschiedene Bestimmungen zu haben scheinen. Vom Leser, der geneigt ist, sich mit der Figur zu identifizieren, wird die Selbständigkeit des Ereignisses als tragisches Schicksal empfunden, das über einen bedeutenden Charakter hereingebrochen ist. Was den Leser als die Vergewaltigung der Marquise empören könnte, ist struktural gesehen nichts anderes als die Überlegenheit der Ereignisse über die Figur, eine Konstellation, die so viele Novellen des 19. Jahrhundert prägt.

Dem Leser bleibt es von nun – und nicht nur im Falle der *Marquise von O ...* – überlassen zu entscheiden, was den Gang und Ausgang der Geschichte bestimmt haben mag. Wenn er naiv liest, so entscheidet er sich für die eine *oder* andere Lesart: unter dem Aspekt des Ereignisses wird ihm die Figur zum Rätsel, aus der Perspektive der Figur wird das Ereignis zum geheimnisvollen Schicksal. Die Erzählung eröffnet bewußt eine doppelte Lesart, die vom Leser die Bereitschaft verlangt, beide Perspektiven miteinander zu verbinden, das scheinbar Unvereinbare zu vereinen, das Schicksal der Figur aufzulösen. Die doppelte Lesart provoziert den Versuch, den Text, dessen schlichtes Verständnis in einen Widerspruch führt, durch die Interpretation zu harmonisieren.

Das Symbol

Die Vereinigung von Charakter und Handlung geschieht durch das Symbol. Mit ihm gibt der Autor dem Leser einen Wink. Das Symbol bleibt aber immer noch ein Gewand, weit genug, um Faktum und Figur in reichliche Falten zu hüllen, die ihre wahre Zusammengehörigkeit verschleiern. Die Assoziation von möglichen Bedeutungen, die das Symbol umgeben, verweist, in welcher Gestalt auch immer es erscheinen mag, auf den eigentlichen Ursprung der Handlung, ohne jedoch dessen Funktion für die Figur freizulegen. Ob es der Hut, dies phallische Zeichen, ist, den der Graf F... nach der dubiosen Rettung der Marquise wieder aufsetzt, ob der Gedankenstrich, der das eigentliche Ereignis verschweigt, ob es der Schwan, das Symbol der Reinheit, ist, von dem er träumt und erzählt, oder ob er selbst zum Substitut des Geschehens wird, indem er sich für die Marquise in einen Engel oder Teufel und sein Kind sich in einen Wechselbalg des Schicksals oder in ein Gotteskind verwandeln – all dies kommt der Marquise als unfaßliches Geschick entgegen und bezeichnet doch zunächst nichts weiter als das sexuelle Faktum, von dem die Geschichte ihren Ausgang nimmt. Diese selbst ist nur die Entfaltung ihrer eigenen Interpretation, die sich über eine langen Reihe von Symbolen hinweg bewegt. Während die Figur der Marquise sich diesmal – und zwar im Unterschied zu anderen Novellenfiguren – an der Interpretation ihrer Geschichte selbst beteiligt und Wink auf Wink gibt, ist es sonst die Aufgabe des Lesers, die Zeichen zu verknüpfen und in dem Netz, das so entsteht, das sexuelle Faktum einzufangen, das allen Zeichen einen Grund verschafft. [1]

Die Mitarbeit der Figur am Entwurf eines Geflechts aus lauter Symbolen ist charakteristisch für die Novelle des 19. Jahrhunderts, zumindest in Deutschland. Auch Pankraz, der Schmoller gibt ja das Wunder, das das Erlebnis mit dem Löwen für ihn war, ausdrücklich Mutter und Schwester, die freilich nicht hinhören und nicht interpretieren wollen, preis. Immer dient der Lebensrückblick, sobald er als Gattungskonstituens genutzt wird, der Entschlüsselung der Zeichen. Nicht ganz so ausdrücklich wie Pankraz, aber doch unüberhörbar genug, stellt der arme Spielmann in der Lebensgeschichte, die er dem neugierigen Fremden erzählt, den Zusammenhang zwischen der Leidenschaft für sein Instrument und der Entsagung her, die Umstände und Charakter ihm auferlegt haben. In Stifters *Kalkstein* führt der Pfarrer im Kar den Landvermesser, der sich nach dem reinigenden Gewitter und während der Krankheit dessen Vergangenheit erzählen läßt, an den Ursprung seiner gegenwärtigen, durch so viele Absonderlichkeiten ausgezeichnete Existenz. In der »Urszene« dieser Novelle deutet der Jüngling seinen sexuellen Wunsch durch den Pfirsich an.

> Eines Tages, da ich die Wäschträgerin von ferne kommen sah, legte ich schnell einen sehr schönen Pfirsich, den ich zu diesem Zwecke schon vorher gepflückt hatte, durch die Öffnung der Gitterstäbe hinaus auf ihren Weg, und ging in das Gebüsche. Ich ging so tief hinein, daß ich sie nicht sehen konnte. (104)

Die Szene pervertiert den Sündenfall: der Mann wird zum Verführer, den Apfel ersetzt er durch einen Pfirsich, so daß nur eine bewußte Entschlüsselung den Hintergrund der Sünde zu enthüllen weiß, die folgenreich für sein ganzes Leben wurde. Die Figur selbst vollzieht gestisch den Akt der Verschleierung mit, indem sie sich im Gebüsch versteckt. Die Szene gebiert alle Zeichen, die der Pfarrer sich künftig aneignen wird, um aus der Fixierung heraus, die die Entsagung bewirkt hat, zu allen und unentwegt, nie aber ausdrücklich, von seiner Liebe zu sprechen: die merkwürdige Leidenschaft für weiße Wäsche, für Silber, für die rosigen Farben des Kalksteins haben hier ihren Ursprung. Wie ein mittellalterlicher Ritter eignet er sich die Farben seines Mädchens an; denn in der Szene der verschämten Werbung trägt Johanna diese Farben alle entweder an sich oder im Sinn. Das Mädchen »hatte sehr feine rote Wangen, es hatte feine rote Lippen« (103), denen »der Pfirsich mit seiner sanften roten Wange« (104) gleicht, bis endlich auch die Wangen des Knaben mit dem Rot der Scham übergoßen sind, als die Mutter das kindliche Spiel unterbricht: »Mir brannten die Wangen vor Scham.« (105) Das Weiß der Wäsche, die aus dem abgetragenen Gewand des Pfarrers hervorschaut und die Aufmerksamkeit des Landvermessers erregt hat, der die Geschichte erzählt, vermeint das schlechte Gewissen des Knaben im »länglichen Körbchen von feinem Rohre« versteckt zu sehen, das Johanna trägt: »über dem Körbchen war ein weißes sehr feines Tuch gespannt, und in dem Körbchen mochte sehr auserlesene Wäsche liegen.« (103) Auch vom Silber, das später der Pfarrer sammelt, spricht sie:

> Freilich ist es schön, meine Mutter sagt: die Wäsche ist nach dem Silber das erste Gut in einem Hause, sie ist auch feines weißes Silber, und kann, wenn sie unrein ist, immer wieder zu feinem weißem Silber gereinigt werden. (105)

Die Vereinigung der Liebenden, die die Mutter getrennt hat, vollzieht sich von nun an in jedem Augenblick durch das Verschmelzen der Farben, die die beiden Figuren symbolisch bezeichnen. Wie die Marquise um die Interpretation ihres Schicksals, so ist auch der Pfarrer über die gesamte Erzählung hinweg bemüht um die Gestaltung seines Aussehens. Schließlich ist er selbst ganz und gar zum Symbol des Begehrens und Entsagens geworden: immer mehr gleicht er sich dem Weiß an, das die Grundfarbe seiner Geliebten und das Zeichen der verlorenen Leidenschaft ist. »Seine Haare waren jetzt viel grauer«, (51) heißt es erst, schließlich ist auch sein einst schwarzes Priestergewand abgeschabt und grau, bis es endlich, wenn er zur Beerdigung hergerichtet wird, fahl und fast ganz weiß geworden zu sein scheint und er mit dem »Priesterchorrock« darüber im reinen Weiß der Unschuld daliegt und die Farben seiner Liebe angenommen hat:

> Man entkleidete ihn, um ihn für die Bahre anzuziehen. Man legte ihm das Schönste seiner Wäsche an. Dann zog man ihm sein fadenscheiniges Kleid an, und über das Kleid den Priesterchorrock. So wurde er auf der Bahre ausgestellt. [...] Er lag mit seinen weißen Haaren da, sein Angesicht war mild, nur viel blässer als sonst, und die blauen Augen waren von den Lidern gedeckt. (116)

Mit dem Zeremoniell für die Beerdigung übernimmt die Gemeinde die Auslegung des Pfarrers von seinem Schicksal, und ihr schließt sich der Leser an. Die Tendenz der Novelle des 19. Jahrhunderts ist die Legitimation einer Zeichenwelt, die die Figur entworfen hat. Sobald der Leser die gegebenen Hinweise als Indizien eines Schicksals interpretiert, ist die Absicht der Rechtfertigung, die die Figur betreibt – denn nichts anderes ist dieser Akt der Erfindung metonymischer Verstecke –, mit Erfolg gekrönt.

Die Einmaligkeit des Symbols. Das Signal

Bei Margarete von Navarra versuchten die Figuren die Gesellschaft zu täuschen. Im 19. Jahrhundert täuscht sich die Figur über sich selbst. Für den Leser werden dadurch nicht nur die Zeichen, die sie gibt, zum Geheimnis, sondern auch sie selbst als deren Zentrum, als ihr Träger. Der Leser nimmt die Figur für ein – um Lugowski zu adaptieren – allegorisches Analogon, dem eine bestimmte Eigenschaft durch das Schicksal oktroyiert worden ist: Laster, Leidenschaft, Stolz, Vermessenheit, Ehre oder, positiv, Entsagung, Trauer und Gedächtnis, Bescheidenheit, Keuschheit. Mit dem Symbol weist diese Pseudo-Allegorie die Attribute ihres Charakters vor.

Die Rätselhaftigkeit der Figur, die der Leser je nach dem einmal als Schicksal versteht, ein andermal als Psyche entschlüsselt, und die literaturhistorisch nichts anderes ist, als die Sublimierung der Anstößigkeiten Boccaccios, kann nur entstehen, weil die Zeichen neu und einmalig sind. Jede Novelle des 19. Jahrhunderts erschafft ihr eigenes Symbolsystem. Wären die Zeichen einer Tradition entnommen, sprächen sie eine deutlichere Sprache; der poetische Zweck wäre es dann, durch ein ästhetisches Mittel das Erzählte an transästhetische Sinnauslegungen, der Religion, Mythologie, Ethik, anzuknüpfen. Wäre der Pfarrer im Kar der Held eines Dramas, etwa Gryphius' Carolus Stuardus, der durch den Hinweis auf die Dornenkrone sein Schicksal in die Nachfolge Christi stellte, so hätte seine Entsagung für den Leser sogleich Gestalt und Sinn. Findet ihn aber der Erzähler bei der ersten Begegnung an ein Fensterkreuz gelehnt, so erscheint das zunächst einmal als eine Nebensächlickeit, die der Einrichtung einer Kulisse zu dienen scheint, aber noch lange keinen Sinn ergibt: »So angezogen stand der Mann, als sich Gruppen zu Gesprächen gebildet hatten, fast allein da, und sein Rücken berührte beinahe den Fensterpfeiler.« (57) Erst die zweite Lesart der Novelle, die die über den Text verstreuten Bibelzitate schon bemerkt und diese auch noch auf das reinigende Gewitter bezogen und es damit interpretiert, also symbolisch fixiert hat, vermag nun auch in der unscheinbaren Geste die Pose des gegeiselten Leidensmannes an der Säule wiederzuerkennen, dessen passio der Pfarrer mit seiner vita imitiert.

Die Symbole der Novelle werden seltener durch die Tradition bereitgestellt; meist sind sie Signale, die die Figur selbst gibt. Das Symbol der traditionellen Ikonologie ist ein Zeichen, das eine Bedeutung stillstellt, und das selbst stillhält. Das Symbol in der Novelle ist Agens der Handlung: es geht aus dem Geschehen hervor und wirkt auf dieses zurück. Die weiße Wäsche des Pfarrers begegnete zunächst, würde die Geschichte tatsächlich von ihrem Anfang an erzählt, bei Johanna, dem verehrten Mädchen, und wäre hier nichts weiter als ein Gegenstand, mit dem sie plichtgemäß umzugehen weiß. Sobald aber der Pfarrer ins Spiel eintritt, ist das Weiß, das gegen den abgeschabten Rock absticht, ein Charakteristikum, das auf die Vielschichtigkeit der Figur verweist. Die feine Wäsche, in die der Landvermesser bei seiner Unterkunft im Pfarrhaus gebettet wird, ist bereits Indiz, und das Paket Linnen samt dem Silber, das schließlich die Trauergemeinde als Hinterlassenschaft vorfindet, endlich das Delikt, das das Geheimnis der Figur offenbar werden läßt. Das novellistische Symbol macht also im Gang der Handlung eine Entwicklung durch, die parallel zu der der Figur verläuft. Es ist daher nicht, wie das traditionelle Symbol, ein sinnbesetztes Zeichen, sondern ein sinnstiftendes und richtungsweisendes Signal und schließlich gar ein Symptom. [2]

Der Falke

Paul Heyse hat im Vorwort zu seinem *Deutschen Novellenschatz* (1871) das Stichwort für die Auslegung der Novelle gegeben: es könne nicht schaden, heißt es da, »wenn der Erzähler auch bei dem innerlichsten oder reichsten Stoff sich zuerst fragen wollte, wo *der Falke* sei, das Specifische, das diese Geschichte von tausend anderen unterscheidet.« [3] Die Jagd auf den Falken ist zur Marotte der Interpreten geworden. Sie spüren ihn in der weißen Wäsche des Pfarrers auf, im Schimmel Hauke Haiens, im Gärtchen des Professors in *Viola tricolor*, in den Augen, die Nathanael im *Sandmann* verfolgen, oder in der Treppe, mit der bei Tieck in *Des Lebens Überfluß* sich das glückliche Paar von der Welt abschneidet, am häufigsten aber in den Kleidern, die eben auch Novellenfiguren zu Leuten machen. In deutschen Erzählungen sind Falken leicht aufzuspüren, schwerer wäre es, solche in französischen Novellen ausfindig zu machen, obwohl es auch da – im Titel manchmal schon – den »roten Vorhang«, die Whist-Partie gibt.

Die Treffsicherheit, mit der Heyse ein Element der neueren Novellenform ausgemacht hat, ist insofern verwunderlich, als er es an einer Novelle des Boccaccio beschreibt. Sollte die Behauptung zutreffen, daß das Symbol aus dem Substitut der sexuellen Situation hervorgegangen ist, so kann es bei Boccaccio nicht vorkommen – und es kommt tatsächlich nicht vor. Die Königin, der Stallknecht und der König, die Liebhaber allesamt, Ehefrauen und Ehemänner, die Nonnen und Mönche haben miteinander ohne Umstände zu tun, und wenn einmal während des Liebesaktes der Ehemann ein Faß ausputzt, so ist das zwar ein Symbol, das aber für das, auf was es verweist, im allerwörtlichsten Sinne ein sub-stitut, eine Unterlage, ist.

Die 9. Novelle des 5. Buches, die man seit Heyses Bevorzugung die Falken-Novelle nennt, ist das seltene Beispiel einer hohen Minne im *Decameron*. Ihr Reiz für das späte, historistische 19. Jahrhundert liegt auf der Hand, vor allem wenn man sich der Anstrengungen erinnert, die von Goethe bis zu Auerbach unternommen wurden, der Gattung alle Obszönität und Komik auszutreiben.

Für das *Decameron* ist es ungewöhnlich, daß die Hauptfigur, Monna Giovanna, eine Witwe ist, die also, ohne die Sitte zu verletzen, jedermann ihr Herz schenken darf, und ungewöhnlicherweise ist Federigo degli Alberighi ein standhafter Liebhaber, der, da Monna Giovanna sich ihm nicht geneigt zeigt, sein Hab und Gut verschwendet, um sie dennoch zu erobern. Die Umworbene läßt sich aber nicht erbitten, so daß Federigo schließlich, da er sich in völlige Armut gebracht hat, auf ein bescheidenes Landgut zurückzieht. Zufällig siedelt sich Giovanna mit ihrem Knaben in der Nähe an. Dieser verliebt sich in den Falken, das Attribut des Edelmannes, und will ihn besitzen. Für den – vielleicht aus Liebe – kranken Knaben entschließt sich Giovanna, um den Falken zu bitten. Da dieser für den verarmten Federigo die einzige Delikatesse ist, die er Monna Giovanna bei ihrem Besuch auftischen kann, serviert er ihr dieses sein Lieblingstier, noch ehe sie ihre Bitte ausgesprochen hat. Federigo kann ihr, als sie nach dem Falken fragt, nicht einmal mehr dies »kleine Geschenk [...] geben«, denn, so erzählt er,

> »als ich gehört habe, Ihr wolltet in Euerer Gnade mit mir essen, hielt ich es in Anbetracht Euerer Erhabenheit und Trefflichkeit für würdig und geziemend, Euch nach meinem Vermögen mit einer köstlichern Speise zu bewirten, als es gemeiniglich bei andern Leuten geschieht; da ich mich nun des Falken, den Ihr von mir verlangt habt, und seiner Güte entsann, hielt ich ihn für eine Speise, die Euer würdig sei, und Ihr habt ihn eben gebraten auf dem Teller gehabt. Und ich war der Meinung, ihn auf die beste Art verwendet zu haben; da ich aber jetzt sehe, daß Ihr ihn auf eine andere Weise begehrt hättet, ist mir das, daß ich Euch nicht damit dienen kann, so leid, daß ich mich darüber niemals trösten zu können glaube.« Und nach diesen Worten ließ er ihr zum Zeugnis die Federn und die Fänge und den Schnabel bringen. (511)

Der enttäuschte Knabe stirbt unter den Tränen seiner Mutter und gibt damit ihr Herz frei, die Großmut Federigos zu erkennen und zu belohnen; sie heiratet ihn endlich gegen den Willen ihrer Brüder, die den Verarmten verachten.

In der Falken-Novelle verschmelzen die Ideale adeliger Schönheit des 14. und des 19. Jahrhunderts: die keusche, abweisende Minneherrin und der standhafte Ritter, der sein Letztes für sie opfert, das Attribut des Falken und die edle Jagdleidenschaft ergeben ein Bild, das man sich am besten in den Farben eines nazarenischen Glasfensters denkt. Dem 19. Jahrhundert bietet sich diese Novelle außerdem noch wegen des sentimentalen Verhältnisses von Mutter und Sohn an, das an sich schon in dieser Gattung eine Rarität ist: die vorbürgerliche Novelle kennt keine Folgen der Liebe, also auch keine Mütter mit Kindern.

Auf den Falken seine Aufmerksamkeit zu richten, sah sich Heyse durch die poetische Praxis seines Jahrhunderts veranlaßt. Der Falke ist das Symbol, das Signal, das Indiz, das Leitmotiv, das er aus der Novelle *seines* Jahrhunderts kennt. Den Begriff des Falken entwikkelte er nicht aus Boccaccio, sondern aus der Novelle seiner Zeit. Erst danach sah er sich bewogen, diese durchaus untypische Novelle des *Decameron* zum Ursprung der Gattung zu erklären.

Der hohe Stil

Mit der Qualifizierung als »istilo umilissimo« hat Boccaccio die Novelle in der Nähe der einfachen Formen, des Exemplums, der Fazetie, der Anekdote und Legende gehalten, aus der sie hervorging. Die Verdrängung der schwankhaften Direktheit der Liebe, die Verwandlung von Komik in Ernst, die Entwicklung des Personals von Figuren zu Charakteren und die Sinnstiftung durch Symbole hat das genus dicendi der Novelle gewandelt. Nun ist sie ausgestattet mit allen Vorzügen einer hohen Gattung: mit sinnstiftenden Metaphern und Symbolen – wenngleich diese keiner Tradition entstammen, sondern vom Autor selbst für den Zweck seiner Novelle gerade erst gebastelt worden sind –, dem unerbittlich waltenden Schicksal – das freilich nicht die Kraft wie in der Antike mehr hat, sondern Folge eines individuellen Spleens ist –, dem Heroentum eines ausgezeichneten Charakters – das allerdings mehr einem psychischen Problem, denn heldenhafter Gesinnung entspringt – und dem Sinn – den freilich der Interpret ausfindig machen muß. Im Grunde muß der Novellenautor des 19. Jahrhunderts gegen den Ursprung der Novelle arbeiten, denn es ist geradezu Kennzeichen der Form in dieser Epoche, absichtlich ihre Herkunft zu verbergen. So verwundert es nicht, daß die von Boccaccio konstituierten Elemente bei Auslegungen selten in den Blick kommen.

Seit dem Ende des 19. Jahrhunderts sind denn auch die Kritiker bemüht, den Rang der beliebten Gattung zu erhöhen: Sie vergleichen die Novelle mit dem Drama, jener literarischen Form, die seit Aristoteles als die höchste anerkannt ist, oder mit dem Roman, jener seit Goethe und den Romantikern nobilitierten Form. In seinem Essay *Meine Novellistik* vergleicht Heyse Drama und Novelle.

> Im Uebrigen werden wir starke Willens- oder Charakter-Conflicte nach wie vor vom Drama vorgeführt verlangen, wie von einer echten und gerechten Novelle ein seelisches oder geistiges Problem in einem kräftig begrenzten Fall zum Austrag gebracht werden soll. [4]

Auch Spielhagen rückt die Novelle in die Nähe des Dramas:

> So gleicht die Novelle einem Multiplikationsexempel, in welchem mit wenigen Faktoren rasch ein sicheres Produkt herausgerechnet wird. [...] Deshalb hat auch die Novelle sowohl in ihrem Endzweck als in ihrer künstlerischen Oekonomie eine entschiedene Aehnlichkeit mit dem Drama. [5]

Am Anfang des 20. Jahrhunderts hat dann, so etwa bei Paul Ernst, die Gattung längst schon den Rang des Dramas, so daß er wie beiläufig die Unterscheidung beider Formen vornehmen kann. Er vergleicht Pescara und Wallenstein, um allerdings schließlich die Herkunft der dramatischen Elemente in der Novelle fälschlicherweise auf Boccaccio zurückzuführen; die Novelle habe dramatische Züge, denn sie zeige »die Verknüpfung von Schicksal und Charakter und die ewige Frage ihrer gegenseitigen Bestimmtheit; deren Behandlung erfordert jenen außersittlichen Standpunkt, den zuerst der große Boccaccio hat.« [6]

Paul Ernst unterscheidet Wallenstein und Pescara darin, daß der eine sein Schicksal herausfordere, der andere es erdulde.

> Aber das Schicksal hat ihm [Pescara] einen baldigen Tod bestimmt, den er voraus weiß, und die Versuchung trifft einen Sterbenden. [...] Bei Wallenstein ist dasselbe Problem; aber Wallenstein wird nicht gehindert, begeht den Verrat und geht an seinen Folgen zugrunde. [7]

Für Paul Ernst entsteht Schicksal in der modernen Novelle überhaupt nur durch die Inaktivität der Figur. Ihre Ängstlichkeit unterscheidet sich von der provokativen Herausforderung der Sitte, die die Figur der alteuropäischen Novelle wagt. Die Handlung ist in der modernen Novelle von der Figur auf Dinge, Zeichen, Symbole übergegangen. Die Figur verhält sich nach außen hin passiv, ist aber in ihrem Zentrum der Schöpfer der dinglich-symbolischen Agenten. Die eigentliche Erhöhung der Novelle geschieht gerade durch die Entfaltung des Symbolsystems, wenngleich dadurch das Schicksal ihres Helden nicht, wie im Drama, mythisch, sondern psychologisch in dem Sinn ist, daß es sich die Figur selbst geschaffen hat.

Erst die Entstehung des Symbols also macht die Novelle zur gehobenen Gattung. Ehe es in ihr solche Zeichen gibt, läuft ein planes Ereignis ab, das eine Farce oder bestenfalls ein Skandal ist. Erst die Zeichen sind Auszeichnungen, durch die die Figur eine der Dramenfigur ähnliche Würde erlangt; zwar ist sie noch immer kein Held der proklamierten Idee, doch immerhin ein Opfer der versteckten Leidenschaft.

Spielhagen hat den Unterschied zwischen alteuropäischer und moderner Novelle gefaßt durch einen Vergleich mit Erscheinungen der bildenden Kunst. Damit ist er zum Begriff der zweiten Lesart gelangt.

> Es ist uns modernen Menschen eben nicht mehr oder kaum noch möglich, so einfach zu sehen und infolgedessen so einfach-plastisch zu erzählen, wie etwa Boccaccio. Wo für sein Auge *eine* Fläche, sind für das unsre drei oder vier; wo für ihn nur *eine* Farbe, schimmern für uns die benachbarten und die komplementären mit durch. Wir haben die entschiedene Absicht, eine merkwürdige Begebenheit, die sich zwischen wenigen Personen abgespielt hat, rein aus der Masse der scheinbar gleichgültigen Umgebung herauszuarbeiten; und, ehe wir es uns versehen, finden wir, daß diese Umgebung doch sehr wesentlich zur Sache gehört. [8]

Novelle und Roman

»L'épisode traité par la Nouvelle doit être intensément significatif«. [9] Die symbolische Orientierung des novellistischen Textes ist, wie die Bemerkung Bourgets über die Erzählungen Mérimées zeigt, geradezu zum Gesetz erhoben worden. Bourgets Postulat ließe sich so ohne weiteres nicht auf den Roman übertragen, wenngleich auch diese Gattung seit dem 19. Jahrhundert nicht ohne symbolische Verweise auskommt. Gleichwohl gebrauchen beide Formen das Symbol anders. In der Novelle bewegen sich Figur und Symbol in einem unglücklichen Tanz umeinander: Die Figur entwirft das Symbol als das Substitut ihres Wollens, und dieses Substitut wird seinerseits zu ihrem Bezwinger. Im Roman ist eine derart zentripetale Bewegung von Figur und Symbol nicht üblich. Symbole sind hier Poetisierungen, die von Fall zu Fall dem Geschehen und der Figur hinzugefügt werden, nicht aber Geschöpfe und Widersacher dieser selbst.

Am Beispiel von Storms *Schimmelreiter* soll die zentripetale Bewegung von Novellenfigur und Novellensymbol skizziert werden, die es erlaubt, dies Werk voller romanhafter Abschweifungen schließlich doch der Gattung Novelle zuzuordnen. Bis in die jüngste Vergangenheit hinein war Storms Werk den deutschen Schülern als *die* Novelle schlechthin ans Herz gelegt worden. Die Binnenerzählung aber berichtet vom Lebensweg Hauke Haiens, der ebenosgut den Stoff für einen Roman von Gustav Freytag hätte abgeben können. Sieht man vom melodramatischen Ende ab, so enthält die Fabel eine bürgerliche Biographie im romantisierenden Atavismus eines dörflichen Ambientes wie sie der realistische Roman bevorzugt mit Kindheit, Bildungsgang, Ehestand, Beruf und Tod des Helden. Die Binnenerzählung beginnt mit der Kindheit des Helden, der auf dem Dachboden des väterlichen Hauses ein Lehrbuch des Euklid studiert und dadurch untauglich für die Landwirtschaft wird. In seinem Kopf bewegt er von nun an Modelle zur Verbesserung der Deiche hin und her, so daß ihm eine Stelle als Knecht beim Deichgrafen gerade gelegen kommt. Hauke Haien überzeugt durch seine Rechenkünste und Einfälle, so daß er schließlich gegen den Konkurrenten Ole Peters das Deichgrafenamt und die Tochter des Deichgrafen zur Frau gewinnt. Beim Tod ihres Vaters verschenkt die Braut großmütig ihr gesamtes Erbe an den Geliebten, um damit »ihren kleinen Stolz« zu befriedigen und »den reichsten Mann im Dorf [zu] heiraten«. (745) Damit hat sie ihm den Weg ins Deichgrafenamt geebnet:

> Der Oberdeichgraf aber reichte dem Mädchen seine Hand: »Wahr und weise habt Ihr gesprochen, Elke Volkerts; ich danke Euch für so kräftige Erläuterungen [...] aber – daß ein Deichgraf von solch junger Jungfer gemacht wurde, das ist das Wunderbare an der Sache!« »Euer Gnaden«, erwiderte Elke [...] »einem rechten Manne wird auch die Frau wohl helfen

> dürfen!« Dann ging sie in den anstoßenden Pesel und legte schweigend ihre Hand in Hauke Haiens. (745 f.)

Der Weg zum Deichgrafen wird in romanhafter Breite erzählt; versteckt nur kündigt sich dabei die Novelle an. Der öffentliche Erfolg Hauke Haiens wächst mit der Restaurierung der Deiche, sein häuslicher Stern jedoch sinkt: eine geistig beschränkte Tochter überschattet das Glück des Paares. Ole Peters aber schürt mit zunehmendem Erfolg den Widerstand gegen die vernünftige Deichpolitik Hauke Haiens und zermürbt seine Energie: der Neubau kommt an einem letzten Punkt ins Stocken, der Fehler des Deiches wird zur Blöße im Charakter des Helden. Der Deich, längst unterminiert von Mäusegängen, bricht an der unreparierten Stelle bei einer Sturmflut, das eindringende Meer reißt Hauke Haien samt Weib und Kind in den Tod.

Der epische Charakter der Erzählung, die detailierte Schilderungen einzelner Lebensphasen nicht scheut, lockt, sieht man vom tragischen Schluß ab, kaum durch novellistische Dramatik, sie erzählt keinen Skandal, nichts Unerhörtes. Zudem bemüht sich Storm um die in der Dichtung so seltene Schilderung einer glücklichen Ehe – und welches Motiv läge der Novelle ferner als gerade dieses! Gleichwohl ist nie ein Zweifel an der Gattungszugehörigkeit der Erzählung aufgekommen – und in der Tat ist es das Verdienst Hauke Haiens, dem Roman seines Lebens das poetische Geheimnis der Novelle abzuzwingen, d.h. sich selbst zum Schimmelreiter zu stilisieren. Die für die Novelle typische Fähigkeit der Figur, ein Rätsel mit sich zu verbinden, offenbart sich dem Leser beim Kauf des Schimmels: Hauke Haien geht den Bund mit dem Teufel ein. Mit einem »ruppigen Kerl« (760), einem Vagabunden oder Kesselflicker, schließt er auf dem Pferdemarkt den Kauf des zum Gerippe heruntergekommenen Tieres ab. Es ist so gut wie nichts wert, und so müßte es Hauke Haien mißtrauisch stimmen, daß der finstere Geselle für die »Kracke« den biblischen Preis von dreißig Talern fordert:

> »'Was soll's denn kosten?' rief ich, da auch das Pferd mich wiederum wie bittend ansah.
> 'Herr, nehmt's für dreißig Taler!' sagte der Kerl, 'und den Halfter geb ich Euch darein!'
> Und da, Frau, hab ich dem Burschen in die dargebotene braune Hand, die fast wie eine Klaue aussah, eingeschlagen. So haben wir den Schimmel, und ich denk auch, wohlfeil genug! Wunderlich nur war es, als ich mit den

> Pferden wegritt, hört ich bald hinter mir ein Lachen, und als ich den Kopf wandte, sah ich den Slowaken; der stand noch sperrbeinig, die Arme auf dem Rücken, und lachte wie ein Teufel hinter mir darein.«
> »Pfui,« rief Elke; »wenn der Schimmel nur nichts von seinem alten Herrn dir zubringt! Mög er dir gedeihen, Hauke!« (760f.)

Auf diesem Schimmel wandelt sich Hauke Haien zum apokalyptischen Reiter. Das Pferd tritt in der Sturmnacht als dämonische Naturmacht, als ein geheimnisvolles »Es« vor ihm auf. »Da trabte *es* draußen vor der Haustür. [...] 'Das ist unser Kampf!' sprach Hauke.« (800) Die Trompeten des jüngsten Gerichts ertönen, sobald das Pferd sich mit seinem Gewieher ankündigt: »Draußen wieherte der Schimmel, daß es wie Trompetenschall in das Heulen des Sturmes hineinklang.« (800) Von diesem Augenblick an ist nicht mehr zu unterscheiden, ob es darum ging, daß Hauke Haien die Natur unter seine Gewalt bringe, oder ob die Naturkatastrophe ein selbst inszeniertes Schicksal war, ob er den Schimmel oder ob der Teufel ihn ritt.

Auch andere Tiere eignet sich Hauke Haien als Zeichen seines Bündnisses mit dem Bösen zu. Das elende Katzenvieh der Trin' Jans hat er erwürgt, die Tat rächt sich schließlich, als sich die Mäuseplage unter dem Deich ausbreitet und seinen Untergang besiegelt. Möwen zu schießen, war die sadistische Lust Hauke Haiens schon in der Jugend gewesen; das Glück seines idiotischen Kindes liegt im Spiel mit der Möwe Claus, die der hexenhaften Trin' Jans gehört, und die in der Unglücksnacht zum Symbol für den Untergang des Schimmelreiters wird:

> Da klang es wie ein Todesschrei unter den Hufen seines Rosses. [...] ihm zur Seite dicht über dem Boden, halb fliegend, halb vom Sturme geschleudert, zog eine Schar von weißen Möwen, ein höhnisches Gegacker ausstoßend; sie suchten Schutz im Lande. Eine von ihnen – der Mond schien flüchtig durch die Wolken – lag am Weg zertreten: dem Reiter war's, als flattere ein rotes Band an ihrem Halse. »Claus!« rief er. »Armer Claus!« (801f.)

Nun aber bleibt zu fragen, ob diese gesamte zoologische Welt, mit der sich Hauke Haien umgibt, das Werk notwendig zur Novelle macht? In der Tat versteckt sich hinter all den Symbolen, die Hauke Haiens Schicksal ankündigen, die verdrängte novellistische Kernszene. Der Ehrgeiz, der Hauke Haien in den Abgrund reißt, richtet sich auf ein Amt, zu dem er nur durch die Hilfe einer Frau gelangen konnte. Elke behält die Souveränität der Novellenfrau, und damit ist ihr Verhältnis zu Hauke Haien, auch wenn es die Rechtsform der Ehe angenommen hat, ein Unding. Der Satz, der Hauke Haien verfolgt, ist eben der, in dem die Unterordnung unter die Frau festgehalten ist. Der Oberdeichgraf formuliert zum ersten Mal das novellistische Verhältnis bei der Einführung Hauke Haiens in sein Amt: »aber daß ein Deichgraf von solch junger Jungfer gemacht wurde, das ist das Wunderbare an der Sache.« (746)

»Das Wunderbare an der Sache« entpuppt sich als das »unerhörte Ereignis« von Hauke Haiens Lebensgeschichte, als das, was hinter Symbolen verborgen werden muß, und was sie erst zur Novelle macht. Das Diktum wird der Held nicht mehr los. Die Reform des Deichbaus begründet er seiner Frau gegenüber damit, daß er die Schmach seiner Amtseinsetzung von sich weisen müsse: »Du sollst mich wenigstens nicht umsonst zum Deichgrafen gemacht haben, Elke; ich will ihnen zeigen, daß ich einer bin!« (751) Zwischen Ole Peters und Hauke Haien bleibt die Konkurrenz um die Führung im Koog identisch mit der Stellung zur Novellenfrau. Ole Peters nutzt die Einsetzung Hauke Haiens in sein Amt »von Weibes wegen« zu dessen Diffamierung, und Hauke Haien setzt sein ganzes Leben daran, ihn zu widerlegen. Bei einer Sitzung geraten beide darüber in Streit, und Hauke Haien erwidert dem Feind:

> »und willst du Weiteres wissen, das ungewaschene Wort, das dir im Krug vom Mund gefahren, ich sei nur Deichgraf meines Weibes wegen, das hat mich aufgerüttelt, und ich hab euch zeigen wollen, daß ich wohl um meiner selbst willen Deichgraf sein könne.« (768)

Die Zeichen, die über die Novelle verstreut sind, die wiederkehrenden Symbole sind erst durch den ominösen Satz von der Amtsgewalt von »Weibes wegen« verständlich. Die Dominanz der Frau ist damit, auch wenn es sich im 19. Jahrhundert nicht mehr um sexuelle Verführung handelt, als Motiv der Gattung erhalten geblieben. [10]

Symbole treten in den Novellen fast so oft in Aktion wie die Figur selbst, denen sie zugeordnet sind. Die sich wiederholenden Signale haben die Funktion von Leitmotiven. Das Leitmotiv ist das poetische Gewand der Figur; es unterwirft die Prosa ihres Alltags der Poesie des Schicksals. Die Erzählung mag so extensiv sein, wie der Zeitschriftenkonsum es erfordert, alle romanhafte Breite wird durch das Leitmotiv auf den einen Punkt des schicksalhaften Ausgangs bezogen. Das Symbol läßt nicht davon ab, den Leser, der sich im Strom der behäbig dahinfließenden Erzählung vergessen möchte, zu alarmieren und auf das tragischen Ende des Helden hinzuweisen. Das Leitmotiv enthält die Trauerbotschaft.

Die Entschlüsselung einer zweiten Lesart zielt darauf, die Schicksalboten, die, wie im *Schimmelreiter*, aus mehreren Elementen bestehen können: Möwe, Angorakater, Mäusevolk, Schimmel, zu einem durchschaubaren Denkmodell zu ordnen. Dabei erweist es sich, daß der epische Teil der Erzählung weniger die Aufgabe hat, die Kontinuität des Lebensweges darzustellen, als vielmehr die, durch Dauer und Länge das, was Kontur, Gestalt und Größe hat, in die Teile eines unverständlichen Rebus zu zerstückeln, um ein Geheimnis daraus zu machen. Der Interpret, der die zweite Lesart sucht, muß also die Kontinuität der Biographie vernichten, um den Weg der Figur auf das ihr zugewiesene einmalige Schicksal zu zeigen. [11] Mit der zweiten Lesart wechselt die Novelle in die Poesie hinüber. Die Anstrengung, die Gattung durch den Ornat der Symbole aus dem »istilo umilissimo« emporzuheben, glückt, und so ordnet sie sich, obgleich die ungebundene Rede dem entgegenzustehen scheint, endlich den hohen Formen der Poesie zu. Jedenfalls kann sie sich, im Unterschied zur offenen Form des Romans, durch die allgegenwärtige Tragik und durch das sinnstiftende Symbolgeflecht eine quasi-poetische Künstlichkeit zuerkennen.

Brutalismus

Die Novelle bevorzugt als Stoff Martern, Vergewaltigungen, Enthauptungen, Selbstzerstörungen, Morde – sie tendiert zum Brutalismus. Freilich ist Gewalt und Brutalität auch aus manch anderer literarischer Form, dem homerischen Epos, den Werken Senecas oder Shakespeares, den Schauerromanen des 18. Jahrhunderts, bekannt. Die Novelle aber hat, wie jede Gattung, ihre eigene Weise, solche Sujets zu behandeln, die abhängt von der Art, wie sie Motiv, Personal, Zeit und Raum organisiert. Wenn auch brutale Szenen in der Novelle nicht singulär sind, so kann doch immerhin eine Tendenz der Gattung zu diesem Stoff begründet und ihr spezifischer Umgang damit vorgestellt werden. Schon durch die Ausdehnung neigt die Novelle dazu, Brutalitäten auszuschmücken in einer Weise, wie es in einer Tragödie, deren Handlung in dialogischer Rede vorandrängt, nicht möglich wäre. Da die »besänftigten« Formen des 19. Jahrhunderts diese Vorliebe der Gattung für die breite Darstellung grausamer Handlungen vergessen gemacht haben, sollen zunächst, in rückschreitender historischer Anordnung, einige Szenen dieser Art vorgestellt werden.

Textbeispiele

Thomas Mann: Die vertauschten Köpfe.

Nanda und Schridaman, zwei Freunde, lieben gleichzeitig Sita; auch Sita, die Nanda geheiratet hat, kann sich zwischen beiden nicht entscheiden; wegen seiner Verpflichtung als Freund löst Schridaman das Problem, indem er sich in einem Tempel enthauptet:

Er erbebte am Fuße der Stufen und taumelte auf sie zurück; die Hände gegen die beiden Lingam-Steine zu seiten des Eintritts gespreizt. Das Bild der Kali war grauenerregend. Schien es seinen rotgeäderten Augen nur so, oder hatte er die Zornmütige in so triumphierend gräßlicher Gestalt noch nie und nirgends erblickt? Aus einem Rahmenbogen von Schädeln und abgehauenen Händen und Füßen trat das Idol in Farben, die alles Licht an sich rafften und von sich schleuderten, im glitzernden Kronenputz, geschürzt und bekränzt mit Gebein und Gliedmaßen der Wesen, im wirbelnden Rad seiner achtzehn Arme aus der Felswand hervor. Schwerter und Fakkeln schwang die Mutter ringsum, Blut dampfte in der Hirnschale, die eine ihrer Hände zum Munde führt. Blut breitete sich zu ihren Füßen aus, in einem Kahn stand die Entsetzenerregende, der auf dem Meere der Lebensflut, auf einem Blutmeere schwamm. Wirklicher Blutgeruch aber schwebte, Schridamans dünnrückige Nase streifend, ältlich-süßlich in der stockenden Luft der Berghöhle, des unterirdischen Schlachthauses, in dessen Boden klebrig starrende Rinnen zum Abfluß des Lebenssaftes enthaupteter schnell ausblutender Tiere eingelassen waren. Tierköpfe mit offenen, verglasten Augen, vier oder fünf, vom Büffel, vom Schwein und von der Ziege, waren pyramidenförmig auf dem Altar vor dem Bilde der Unentrinnbaren zusammengestellt, und ein Schwert, das zu ihrer Halsschlachtung gedient, scharfschneidend, blank, wenn auch von getrocknetem Blute fleckig ebenfalls, lag seitlich davon auf den Fliesen.

Schridaman starrte mit einem Grausen, das von Augenblick zu Augenblick zur Begeisterung anschwoll, in das wild glotzende Antlitz der Opferheischenden, der Todbringend-Lebenschenkenden, und auf den Wirbel ihrer Arme, der auch ihm den Sinn in trunkenes Kreisen versetzte. Er drückte die geballten Hände gegen seine gewaltsam gehende Brust, und ungeheuerliche Schauer, kalt und heiß, überfluteten ihn einer nach dem anderen und rührten, zu äußerster Tat mahnend, zur Tat gegen sich selbst und für den ewigen Schoß, sein Hinterhaupt, seine Herzgrube und sein in Jammer erregtes Geschlecht an.

[...] sprach diese dunklen Worte, griff das Schwert auf dem Boden und trennte sich selbst das Haupt vom Rumpf. –

[...] Genug nun freilich, daß er das grause Opfer im Handumdrehen tätigte, so daß hier sein Haupt mit dem sanften Bart um die Wangen und dort sein Körper lag, der das weniger wichtige Zubehör dieses edlen Hauptes gewesen war, und dessen beide Hände noch den Griff des Opferschwertes umklammert hielten. Aus dem Rumpf aber stürzte das Blut mit großer Gewalt, um dann in den schrägwandigen Rinnen, die den Boden durchzogen und nur ein geringes Gefälle hatten, langsam gegen die unter dem Altar ausgehobene Grube zu schleichen, – sehr ähnlich dem Flüßchen »Goldfliege«, das erst wie ein Füllen aus Himawants Tor gerannt kommt, dann aber stiller und stiller seinen Weg zur Mündung dahingeht. (276ff.)

Nikolai Leskow: Die Lady Macbeth aus dem Landkreis Mzensk

Katerina Lwowna, die sich den Knecht Sergej als Liebhaber angeschafft hat, beseitigt den störenden Ehemann, Sinowi Borissytsch, als er von einer Reise zurückkommt:

»So ist das also!... Nun, teurer Freund, herzlichen Dank. Darauf habe ich nur gewartet!« schrie Katerina Lwowna. »Jetzt ist alles klar ... Nun soll es nach meinem Willen geschehen, und nicht nach deinem.«

Mit einer einzigen Bewegung stieß sie Sergej von sich, stürzte auf ihren Mann zu, und ehe Sinowi Borissytsch noch das Fenster erreicht hatte, packte sie ihn von hinten mit ihren schmalen Fingern an der Kehle und warf ihn wie eine feuchte Garbe Hanf zu Boden.

Er fiel polternd auf den Rücken, und sein Hinterkopf schlug mit voller Wucht auf. Sinowi Borissytsch raste. Eine so schnelle Lösung hätte er nie für möglich gehalten. Der erste gewaltsame Angriff seiner Frau hatte ihm gezeigt, daß sie zu allem entschlossen war, um sich von ihm zu befreien, und daß ihm im Augenblick höchste Gefahr drohte. All das hatte Sinowi Borissytsch im Augenblick seines Sturzes erwogen und nicht einmal aufgeschrien, da er wußte, daß seine Stimme niemandes Ohr erreichen und die Sache nur noch beschleunigen würde. Schweigend blickte er sich um und ließ seine Augen mit einem Ausdruck von Wut, Vorwurf und Leiden auf seiner Frau ruhen, deren schmale Finger seine Kehle fest umschlossen hielten.

Sinowi Borissytsch verteidigte sich nicht; seine Arme lagen, die Fäuste fest geballt, weit ausgestreckt und zuckten krampfhaft. Der eine Arm war völlig frei, den anderen drückte Katerina Lwowna mit ihrem Knie gegen den Boden.

»Halte ihn«, flüsterte sie Sergej kaltblütig zu, während sie selbst ihren Mann ansah.

Sergej setzte sich auf seinen Herrn, preßte dessen Arme mit den Knien zu Boden und wollte unter Katerina Lwownas Händen seine

Kehle packen, doch plötzlich schrie er wie von Sinnen auf. Beim Anblick des Schänders seiner Ehre hatte Sinowi Borissytsch, von blutiger Rachgier gepackt, seine letzten Kräfte zusammengerafft, mit einem fürchterlichen Ruck seine zu Boden gedrückten Arme unter Sergejs Knien hervorgerissen, sich in Sergejs schwarze Locken verkrallt und seine Zähne wie ein Tier in dessen Kehle gegraben. Das aber dauerte nicht lange: Schon im nächsten Augenblick stöhnte Sinowi Borissytsch schwer auf, und sein Kopf fiel wieder zu Boden.

Bleich und fast ohne zu atmen, stand Katerina Lwowna über Gatten und Liebhaber; mit ihrer rechten Hand hatte sie einen schweren Metalleuchter am oberen Ende gepackt, dessen schwerer Fuß nach unten wies. Über Schläfe und Wange Sinowi Borissytschs rann ein dünner Streifen rotes Blut.

»Den Popen«, stöhnte Sinowi Borissytsch dumpf und drehte voller Abscheu seinen Kopf soweit wie möglich von dem auf ihm sitzenden Sergej weg. »Beichten«, stieß er noch weniger verständlich hervor, zitterte und blickte aus den Augenwinkeln auf das warme Blut, das in seinem Haar gerann.

»Du wirst auch ohne das auskommen«, flüsterte Katerina Lwowna.

»Nun reicht's«, sagte sie zu Sergej, »drück ihm ordentlich die Gurgel zu.«

Sinowi Borissytsch ächzte.

Katerina Lwowna bückte sich, drückte mit ihren eigenen Händen Sergejs Hände zusammen, die auf der Kehle ihres Mannes lagen, und preßte ihr Ohr gegen seine Brust. Nach fünf Minuten völligen Schweigens erhob sie sich und sagte: »Es reicht, er hat genug.« (308 ff.)

Edgar Allen Poe: Der Mord in der Rue Morgue

Eine Zeitung berichtet von einem mysteriösen Mord, um dessen Aufklärung sich die Erzählung dann im folgenden bemüht:

Aufsehenerregende Morde. – Am heutigen Morgen gegen drei Uhr wurden die Bewohner des Quartier St. Roch von einer Folge schrecklicher Schreie aus dem Schlaf gerissen, welche offenbar aus dem vierten Stockwerk eines Hauses in der Rue Morgue herrührten. Von diesem war bekannt, daß es einzig von einer Madame L'Espanaye und ihrer Tochter, Mademoiselle Camille L'Espanaye, bewohnt wurde. Nach einigem Verzug, verursacht vom fruchtlosen Versuch, sich auf die übliche Weise Eingang zu verschaffen, ward das Haustor mit einer Brechstange erbrochen, und acht oder zehn Nachbarn drangen ein, begleitet von zwei gendarmes. Um diese Zeit waren die Schreie bereits verstummt; doch als die Gesellschaft die erste Treppenflucht hinaufstürmte, ließen sich zwei oder mehr rauhe, zornig hadernde Stimmen unterscheiden, welche vom obern Teil des Hauses auszugehen schienen. Als der zweite Treppenabsatz erreicht wurde, waren auch diese Laute verstummt, und alles blieb vollkommen still. Die Gesellschaft breitete sich aus und hastete von Raum zu Raum. Als man zu einem großen Hinterzimmer im vierten Stockwerk kam, [...] bot sich ein Anblick, bei welchem alle Anwesenden nicht weniger Entsetzen denn Erstaunen überfiel.

Die Wohnung befand sich in der wildesten Unordnung – die Einrichtung war zerbrochen und nach allen Richtungen umhergeschleudert. Nur eine einzige Bettstatt war vorhanden; und von dieser war das Pfühl heruntergerissen und mitten auf den Fußboden geworfen worden. Auf einem Stuhle lag ein Barbiermesser, mit Blut beschmiert. Auf dem Kamin fanden sich zwei oder drei langsträhnige und dicke Büschel grauen Menschenhaars, insgleichen blutbenetzt und anscheinend mit den Wurzeln ausgerissen. Auf dem Boden fand man vier Napoleons, einen Ohrring von Topas, drei große Silberlöffel, drei kleinere aus métal d'alger und zwei Geldbörsen, die nahezu viertausend Franken in Gold enthielten. Die Schubladen einer Kommode, welche in einer Ecke stand, waren offen und augenscheinlich beraubt, wenngleich noch mancherlei Gegenstände darin verblieben waren. [...] Von Madame L'Espanaye war hier keine Spur zu sehen; doch da man eine ungewöhnliche Menge Ruß in der Feuerstelle bemerkte, wurde eine Untersuchung des Kamins vorgenommen und (schrecklich zu berichten!) der Leichnam der Tochter herausgezogen, den Kopf zu unterst; in dieser Stellung war er ein beträchtliches Stück die enge Öffnung hinaufgetrieben worden. Der Körper war noch ganz warm. Bei seiner Untersuchung wurden zahlreiche Hautabschürfungen festgestellt, zweifellos verursacht von der Heftigkeit, mit welcher er hinaufgestoßen und wieder herausgezogen worden. Auf dem Gesichte fanden sich viele schwere Kratzwunden und auf der Kehle dunkle Quetschungen und tiefe Eindrücke von Fingernägeln, ganz als sei die Verstorbene durch Würgen zu Tode gebracht worden.

Nach einer gründliche Durchsuchung in allen Teilen des Hauses, die indes keine weitere Entdeckung brachte, begab sich die Gesellschaft in einen kleinen gepflasterten Hof an der Rückfront des Gebäudes, wo der Leichnam der alten Dame lag, mit so vollständig durchschnittener Kehle, daß beim Versuch, sie aufzuheben, der Kopf herabfiel. (735 ff.)

Honoré de Balzac: Der Henker

Bei einem Angriff der Franzosen auf die spanische Festung Menda opfert sich die Familie Legañes zur Rettung der Stadt. Juanito, der Jüngste, muß seine ganze Familie enthaupten, damit er als letzter übrigbleibe und die Herrschaft übernehme:

Eine Stunde darauf kamen hundert der vornehmsten Einwohner Mendas auf die Terrasse, um nach den Befehlen des Generals Zeugen der Hinrichtung der Familie Legañes zu sein. *[Clara, eine Tochter der Familie, hat die Liebe eines Offiziers erregt und könnte sich so retten; man bringt ihr die Nachricht:]* »Der General schenkt dir dein Leben, wenn du mich zum Manne nehmen willst,« sagte er mit leiser Stimme. Die Spanierin warf einen Blick der Verachtung und des Stolzes auf den Offizier. »Komm, Juanito!« sagte sie mit einem tiefen Klang im Ton.

Ihr Haupt rollte Viktor vor die Füße. Der Marquise von Legañes entschlüpfte eine krampfhafte Bewegung, als sie das Geräusch vernahm; es war das einzige Zeichen ihres Schmerzes. [. . .]

Gleich darauf erschien die hohe Gestalt des Marquis. Er blickte auf das Blut seiner Kinder, wandte sich zu den stummen und reglosen Zuschauern, streckte die Arme nach Juanito aus und sagte mit kräftiger Stimme: »Spanier, ich gebe meinem Sohn meinen väterlichen Segen! Jetzt, Marquis, schlag furchtlos zu, du bist ohne Tadel!«

Als aber Juanito seine Mutter vortreten sah, die der Beichtvater stützte, rief er aus: »Sie hat mich gesäugt!« Seine Stimme entriß den Versammelten einen Schrei des Grauens. Der Lärm des Festes und das lustige Lachen der Offiziere verstummten bei diesen furchtbaren Rufen. Die Marquise begriff, daß Juanitos Mut erschöpft war; mit einem einzigen Satz stürzte sie sich über die Balustrade und zerschellte sich den Kopf an den Felsen. Ein Schrei der Bewunderung erhob sich. Juanito war ohnächtig zusammengebrochen. (169 ff.)

Heinrich von Kleist: Das Erdbeben von Chili

Beim Schlußgottesdienst, bei dem das sündige Liebespaar, Jeronimo und Josephe, Gott für die Rettung von der Todesstrafe danken will, bricht die Wut des Volkes gegen die Sünder erneut aus:

Doch kaum waren sie auf den von Menschen gleichfalls erfüllten Vorplatz derselben getreten, als eine Stimme aus dem rasenden Haufen, der sie verfolgt hatte, rief: dies ist Jeronimo Rugera, ihr Bürger, denn ich bin sein eigner Vater! und ihn an Donna Constanzens Seite mit einem ungeheuren Keulenschlage zu Boden streckte. Jesus Maria! rief Donna Constanze, und floh zu ihrem Schwager; doch: Klostermetze! erscholl es schon, mit einem zweiten Keulenschlage, von einer andern Seite, der sie leblos neben Jeronimo niederwarf. Ungeheuer! rief ein Unbekannter: dies war Donna Constanze Xares! Warum belogen sie uns! antwortete der Schuster; sucht die rechte auf, und bringt sie um! Don Fernando, als er Constanzens Leichnam erblickte, glühte vor Zorn; er zog und schwang das Schwert, und hieb, daß er ihn gespalten hätte, den fanatischen Mordknecht, der diese Greuel veranlaßte, wenn derselbe nicht, durch eine Wendung, dem wütenden Schlag entwichen wäre. Doch da er die Menge, die auf ihn eindrang, nicht überwältigen konnte: leben Sie wohl, Don Fernando mit den Kindern! rief Josephe – und: hier mordet mich, ihr blutdürstenden Tiger! und stürzte sich freiwillig unter sie, um dem Kampf ein Ende zu machen. Meister Pedrillo schlug sie mit der Keule nieder. Darauf ganz mit ihrem Blute besprützt: schickt ihr den Bastard zur Hölle nach! rief er, und drang, mit noch ungesättigter Mordlust, von neuem vor.

Don Fernando, dieser göttliche Held, stand jetzt, den Rücken an die Kirche gelehnt; in der Linken hielt er die Kinder, in der Rechten das Schwert. Mit jedem Hiebe wetterstrahlte er einen zu Boden; ein Löwe wehrt sich nicht besser. Sieben Bluthunde lagen tot vor ihm, der Fürst der satanischen Rotte selbst war verwundet. Doch Meister Pedrillo ruhte nicht eher, als bis er der Kinder eines bei den Beinen von seiner Brust gerissen, und, hochher im Kreise geschwungen, an eines Kirchpfeilers Ecke zerschmettert hatte. Hierauf ward es still, und alles entfernte sich. Don Fernando, als er seinen kleinen Juan vor sich liegen sah, mit aus dem Hirne vorquellenden Mark, hob, voll namenlosen Schmerzes, seine Augen gen Himmel. (157f.)

Heinrich von Kleist: Die Verlobung in St. Domingo

Irrtümlicherweise glaubt Gustav an den Verrat seiner geliebten Toni, die er deshalb in seiner Wut erschießt; als er seinen Irrtum einsieht, erschießt er sich selbst:

Inzwischen war Gustav ans Fenster getreten; und während Herr Strömli und seine Söhne unter stillen Tränen beratschlagten, was mit der Leiche anzufangen sei, und ob man nicht die Mutter herbeirufen solle: jagte Gustav sich die Kugel, womit das andere Pistol geladen war, durchs Hirn. Diese neue Schreckenstat raubte den Verwandten völlig alle Besinnung. Die Hülfe wandte sich jetzt auf ihn; aber des Ärmsten Schädel war ganz zerschmettert, und hing, da er sich das Pistol in den Mund gesetzt hatte, zum Teil an den Wänden umher. (194)

Heinrich von Kleist: Der Findling

Piachi hat den Verräter Nicolo bei dem Versuch, seine Frau zu vergewaltigen, angetroffen; er bringt den Verbrecher um und liefert sich selbst dem Gericht aus:

Piachi hatte gerade Tags zuvor die unglückliche Elvire begraben, die an den Folgen eines hitzigen Fiebers, das ihr jener Vorfall zugezogen hatte, gestorben war. Durch diesen doppelten Schmerz gereizt, ging er, das Dekret in der Tasche, in das Haus und stark, wie die Wut ihn machte, warf er den von Natur schwächeren Nicolo nieder und drückte ihm das Gehirn an der Wand ein. Die Leute, die im Hause waren, bemerkten ihn nicht eher, als bis die Tat geschehen war; sie fanden ihn noch, da er den Nicolo zwischen den Knien hielt, und ihm das Dekret in den Mund stopfte. Dies abgemacht, stand er, indem er alle seine Waffen abgab, auf; ward ins Gefängnis gesetzt, verhört und verurteilt, mit dem Strange vom Leben zum Tode gebracht zu werden. (214)

Boccaccio: Decameron VIII 7

Ein Scholar wird von einer Dame verschmäht und rächt sich bei Gelegenheit, indem er sie auf der Terrasse eines hohen Turmes einsperrt und sie nackt Sonne, Wind und Wetter aussetzt:

Die Dame auf dem Turme, die sich zwar mit der törichten Hoffnung ein wenig getröstet hatte, trotzdem aber über alle Maßen betrübt war, richtete sich aus ihrer liegenden Stellung auf, um sich zu setzen, und rückte an die Seite der Mauer, wo etwas Schatten war, und wartete nun, erfüllt von den bittersten Gedanken; und bald dachte sie, und bald hoffte sie, und bald verzweifelte sie, daß der Scholar mit den Kleidern kommen werde: und von einem Gedanken zu dem andern springend, fiel sie endlich, vom Grame überwältigt und weil sie in der Nacht nicht geschlafen hatte, in Schlaf. Die Sonne, glühend heiß und auf der Höhe des Mittags, traf frei und senkrecht den zarten und holden Leib und das völlig unbedeckte Haupt mit solcher Kraft, daß davon das Fleisch, soweit es ihr ausgesetzt war, nicht nur verbrannte, sondern allenthalben Riß für Riß barst; und der Brand war so stark, daß er sie aus ihrem tiefen Schlafe erweckte. Und als sie den Brand fühlte und sich ein wenig bewegte, war es ihr, als ob sich bei der Bewegung die ganze verbrannte Haut öffnete und abschälte, wie man es bei einem verbrannten Pergamente beobachtet, wenn man daran zieht; überdies schmerzte sie der Kopf so arg, daß es ihr war, als ob er zerspränge, was ja kein Wunder war. Und der Estrich des Turmes war so glühend, daß sie es weder stehend noch anderswie aushalten konnte; darum irrte sie weinend hin und her, ohne auf einem Fleckchen länger zu verweilen. Und überdies hatten sich, da sich kein Lüftchen regte, Fliegen und Bremsen in großen, sich immer noch vermehrenden Mengen eingefunden und setzten sich auf das bloße Fleisch und stachen so heftig, daß es ihr schien, als wären es lauter Dolchstiche; darum hielt sie keinen Augenblick inne, ihnen mit den Händen zu wehren, indem sie dabei stets sich, ihr Leben, ihren Geliebten und den Scholaren vermaledeite. (719 f.)

Der zerstückelte Körper

Das Glück der Novellenfigur geht immer auf Kosten anderer. Boccaccios Ehebrecher genießen keine Liebe; sie erringen einen Sieg. Ohne den hinzukommenden Ehemann lohnte sich das Bündnis, das das Paar schließt, kaum: die Qual des anderen – er mag sie spüren oder nicht – ist der Scherz der Liebenden. Ihre Leidenschaft ist der Häme benachbart, und sie haben weniger Lust von, als Spaß an der Sache. Der witzige Ausgang der Novelle ist keine Harlekinade. Das Glück der Novellenfiguren ist ein böses Glück, das den Nebenbuhler stört und zerstört. Verletzung ist daher der Erzählung implizit und Brutalismus eine Tendenz der Gattung, kein nur gelegentlich auftretendes Motiv. Die den Novellenfiguren ursprünglich eigene Brutalität setzt noch im 19. Jahrhundert Leskows Lady Macbeth in Szene.

Was einmal im sprachlichen Witz und im Einfallsreichtum der Figuren aufgehoben war – die Quälerei des Gehörnten –, übersetzt Lwowna in plumpe Handgreiflichkeit. Man möchte sagen: der Gewaltfriede, den das novellistische Dreieck verbrieft hat, ist zerbrochen.

Bei Boccaccio selbst bleibt im allgemeinen die Gewalt latent. Die Figuren des *Decameron* wahren den Schein der Komik. Das *Decameron* ist das Buch derer, die straffällig geworden sind und dennoch ohne Strafe ausgehen. Der Spielverderber allerdings, der die gemeinsame Höllenfahrt stört, und eigenwillig die Gesetze, die sie regeln, auslegt, unterliegt der Verfolgung der Mitspieler. Elena etwa in der Erzählung VIII 7, die dem Verehrer ihre Gunst verweigert, ihm also die Chance zur Sünde nimmt, muß für ihre erotische Zurückhaltung büßen; denn an der Sünde beteiligt zu werden, ist Novellenrecht des Mannes. Wenn er, wie Rinieri, abgewiesen wird, hat er ein Recht auf Rache. (siehe das Beispiel auf S. 130f.)

Rinieris Plan, die Geliebte, die ihn verschmäht hat, auf einem Turm in der Sonnenglut zu rösten, belegt aber, daß Brutalität in der Novelle eine von der Leidenschaft getragene und daher immer zufällige Strafe, daß sie die Anmaßung eines Einzelnen gegen jenen andern Einzelnen ist, der ihn verschmäht, verspottet, entehrt hat. Nie entstammt sie dem Urteil eines höheren Gerichts, sei es nun ein menschliches oder göttliches. Selbst die Brutalität ist, als das Komplement der Liebe, ein Band zwischen den Figuren.

Erst sehr spät tritt die Gesellschaft selbst als Rächer auf. Leskows Novelle *Lady Macbeth von Mzensk* zerfällt in zwei Teile, jenen ersten, von dem schon die Rede war, in dem die Figuren das novellistische Spiel nur allzu anschaulich vorführen, und einen zweiten, in dem ihnen die Gesellschaft zeigt, daß sie selbst Anachronismen sind, Relikte aus einer Tradition, wo die Figuren noch nicht damit rechnen mußten, daß dem Verbrechen die Strafe auf dem Fuße folgt. Im zweiten Teil der Erzählung kehrt sich die Brutalität, die Lwowna gegen Mann und Kind gerichtet hat, in doppelter Weise gegen sie selbst. Lwowna wird zusammen mit ihrem Liebhaber Sergej verbannt; dieser macht sich ein Vergnügen daraus, andere Frauen vor Lwownas Augen zu lieben und mit ihnen die ehemalige Geliebte zu verspotten. Zuvor aber hatte die beiden Verbrecher die Rache der Gesellschaft schon eingeholt. Das Gericht, das sie zur Verbannung verurteilt, beschließt, daß sie gebrandmarkt werden:

> An einem eiskalten Morgen im März grub der Henker die vorgeschriebene Zahl blauroter Narben in den entblößten weißen Rücken Katerina Lwownas, ließ seine Peitsche dann auch auf Sergejs Schultern niedersausen und brannte ihm drei Zuchthäuslermerkmale auf sein schönes Gesicht. (323 f.)

Das jüngste Gericht, in dessen Schatten die Figuren des Boccaccio ihre Streiche machten, wird nun zum Rechtsspruch der Gesellschaft säkularisiert. Den höheren Ratschluß, der dem begrenzten Verstand der Novellenfigur wie Willkür hatte erscheinen müssen, wiederholt die Gesellschaft mit der Unberechenbarkeit des Strafmaßes, das sie setzt.

Die Entstehung des Brutalismus in Frankreich

Margarete von Navarra möchte man als Erfinderin der brutalen Novelle bezeichnen; von ihr geht eine Literatur der Quälerei aus, in deren Tradition die Romane der Madame de La Fayette so gut wie die Phantasien der Libertins gehören, und so ist es kein Zufall, daß in Frankreich mit de Sade dieser Erzählstil seinen Begriff finden sollte. [1] Bei Margarete von Navarra sind alle Variationen der Brutalität, die die Geschichte der Novelle ihrem Leser noch anzubieten haben sollte, schon angelegt und die Ursachen der Sujets noch durchschaubar.

Das einfachste Modell der brutalen Szene ist die Perversion einer Strafbefugnis, die einer höheren Instanz zusteht. Zunächst maßt sich der Ehemann das Richteramt an. In der 2. Erzählung des vierten Buches bestraft ein deutscher Edelmann seine ehebrecherische Gattin, indem er eine Reliquienkammer aus dem Gebein ihres ermordeten Geliebten einrichtet und sie darin einsperrt:

> »Ich schloß sie in das Gemach ein, wohin sie sich jeweils in Gesellschaft dessen, den sie soviel heißer als mich geliebt hat, zurückzog, um die seligsten Wonnen zu genießen. Dort habe ich ihr in einem Schrank alle Gebeine ihres Liebsten aufbewahrt, schön aufgehängt wie kostbare Dinge in einem Kabinett. Und damit sie ständig daran denken soll, lasse ich ihr bei Tisch, wenn sie ißt und trinkt, anstatt einer Trinkschale den Schädel des Ehebrechers reichen, und das geschieht alles vor meinen Augen, auf daß sie den Menschen lebendig vor sich sieht, den sie sich durch ihren Fehltritt zu ihrem Todfeind gemacht hat, und tot den Schurken, der aus Liebe zu ihr starb und dessen Liebe sie der meinen vorgezogen hat. So bekommt sie

> beim Mittags- und beim Nachtmahl die beiden Dinge zu Gesicht, die ihr am ärgsten mißfallen müssen: den lebendigen Feind und den toten Freund, und all das zur Strafe für ihre Sünde.« (405 f.)

Dies Modell von Vergehen und Strafe freilich ist dem psychologischen Raffinement der Autorin kaum mehr angemessen. Nicht zufällig verlegt Margarete von Navarra das Ereignis nach Deutschland und führt als Beobachter den Gesandten des französischen Königs, Bernage, ein, der schließlich das Exempel, das der deutsche Kavalier an seiner Frau statuiert, durch die höhere Mathematik der Seelenkunde eines französischen devisants löst: er überzeugt seinen Gastgeber davon, daß ein Ehebruch wohl ein Vergehen, nicht aber ein strafbares Verbrechen sei und bringt es dahin, daß der Typus des Gehörnten sich zum verstehenden und verzeihenden Menschen wandelt, der die Gemahlin freispricht. Das für die Novelle untypische Ende zeigt einen vernünftigen Menschen, der den Sinn der Ehe darin sieht, mit der Gemahlin sein Geschlecht fortzupflanzen. [2]

Margarete von Navarra hat die Brutalität zum psychologischen Fall gemacht. In der 10. Novelle des *Heptaméron*, der Geschichte Floridas und Amadours, wird die Brutalität zum Mittel der Werbung, die Liebe zum Geschlechterkampf. Die Aufdringlichkeit des Liebhabers mündet, da sie nicht das mindeste Entgegenkommen findet, in Aggression, die sich versagende Koketterie der Geliebten in Selbstzerstörung. Sadismus und Masochismus sind die Folgen der Erhöhung der Schranke, die Gesellschaft und Sitte zwischen dem Paar errichtet haben. Amadour steigert also seinen Antrag bis zum Versuch einer Vergewaltigung, Florida rettet sich in Selbstverstümmelung. Als sie ihre Keuschheit wanken sieht, kann sie diese nur durch Gewalt gegen sich selbst retten. Dem Ansturm Amadours widersteht sie, indem sie sich selbst das Gesicht zerschlägt.

> Florida [...] begab sich in eine Hauskapelle, um sich dort Gott dem Herrn zu empfehlen; und während sie zu ihm betete, er möge ihr Herz vor jeder bösen Neigung bewahren, dachte sie daran, daß Amadour oftmals ihre Schönheit gelobt hatte, die ungeachtet ihrer langen Krankheit nicht abgenommen hatte. Darum, weil sie lieber ihr Gesicht verunstalten wollte, als zu dulden, daß ihretwegen das Herz eines so ehrenhaften Mannes in so arger Brunst brenne, nahm sie einen Stein, der in der Kapelle lag, und schlug sich so heftig damit mitten ins Gesicht, daß Mund und Nase und Augen ganz entstellt wurden. Damit man nun aber nicht argwöhnte, sie habe es selbst getan, ließ sie sich, als die Gräfin nach ihr schickte und sie die

Kapelle verließ, mit dem Gesicht auf den Boden fallen und schrie laut auf. Die Gräfin kam dazu und fand sie in diesem jammervollen Zustand; sie wurde sogleich verbunden, und ihre ganzes Gesicht wurde mit Binden umwickelt. (132)

Immer ist, so zeigt sich an dieser Stelle, die Verkehrung von Zärtlichkeit in Aggression der Ursprung der Brutalität in der Novelle. Ihr eigentlicher Charakter ist die Perversion. Der Gegenstand der Novelle ist allemal der Körper, im wörtlichen Sinne ist er im novellistischen Kasus corpus delicti, und wenn er nicht der geliebte und sündige Körper ist, so muß er der gehaßte, bestrafte, zerstörte, zerstückelte werden. Immer führen die Novellenfiguren gegeneinander dieselbe Bewegung aus, einzudringen in den Körper, sei es in liebendem, sei es in sadistischem Einverständnis.

Novellensadismus

Pornographie ist in der Novelle die Beschreibung jener schmerzlichen Lust, die die Zerstückelung des Körpers bereitet. Das Begehren wird zur Qual in dem Maße, wie es die Orientierung am Ganzen einer Person verliert. Bei Boccaccio war eine solche Maßlosigkeit gar nicht möglich, weil die Figur nicht mehr war als ein körperlicher Wunsch. Erst bei Margarete von Navarra entsteht die Trennung von Herz und Körper, eine an sich schon gewaltsame Isolierung der Teile, die notwendig die Brutalität zur Folge haben muß. Amadour rechnet sich einen Anspruch auf Florida aus, weil nur er sie mit Leib und Seele zugleich und also ganz liebe. Florida nämlich, so argumentiert er, sei, da der Mann, den sie mit ganzem Herzen liebte, sich ihr versagt habe, eine Ehe mit einem ungeliebten Mann eingegangen und habe also jedem dieser beiden Männer zur Hälfte nur gegeben, was sie besitze, den Leib entweder oder das Herz; es sei ihr nicht gelungen, je ihre ganze Person ins Spiel zu bringen, die deshalb sein sei. Er nimmt sich das Recht heraus, sie zu vergewaltigen:

Als Florida seine böse Absicht merkte, konnte sie es nicht glauben, weil er zu ihr doch stets so ehrbare Reden geführt hatte; sie fragte ihn, was er denn wolle. Amadour aber, der ihre Antwort fürchtete und wohl wußte, daß sie nur keusch und züchtig lauten konnte, verfolgte sein Ziel, ohne ihr etwas zu erwidern, mit aller Kraft, die ihm zu Gebote stand. Florida wunderte

> sich darüber und vermutete eher, er habe den Verstand verloren, als daß sie glaubte, er wolle ihr die Ehre rauben. (125)

Nachdem einmal so die Figur in Leib und Geist zergliedert ist, kann sich die Sexualität, die nur den einen Teil des Ganzen ausmacht, kaum anders denn in einem »Meer von Scheußlichkeiten« (de Sade) ergehen. In den *120 Tagen von Sodom* hat de Sade die Kernszene der novellistischen Zerstörung aus dem Kontext der Handlung herausgelöst und unendlich multipliziert. Der Sadismus ist nichts als die monotone Wiederholung eines Novellenaugenblicks.

Die Einheit der Figur ist bei de Sade von Anbeginn an aufgelöst, die Momente der Lust finden in einem Raritätenkabinett der Geschlechtsteile statt. In der Novelle hingegen ist die Spaltung der Figur in Leib und Seele keine Prämisse, sie entsteht erst im Laufe des novellistischen Geschehens und ist selbst Gegenstand der Handlung. In ihr übernimmt von nun an im allgemeinen die Frau den Part des Herzens, was für das Geschehen nichts anderes bedeutet, als daß sie widerstrebt; der Mann hat die Rolle des Eroberers, der den Körper mit Grausamkeit und Gewalt nehmen muß. Szenen der Vergewaltigung sind seit Margarete von Navarra Bestandteil der Novelle. Wenn Kleist die *Marquise von O...* mit einer Vergewaltigung eröffnet, übernimmt er nicht nur das novellistische Motiv der unwissenden Empfängnis, sondern auch jene Struktur, die aus der Zuspitzung der novellistischen Sexualität entstanden ist.

In der 22. Geschichte des *Heptaméron* tritt diese Struktur offen zu Tage. Sie erzählt vom Prior eines Klosters, der, unseligerweise zum »Visitator des großen Frauenordens von Fontevrault gewählt« (290), die Zurückgezogenheit der Nonnen, ihre Negation des Körpers, als *die* Koketterie schlechthin empfindet. Das scheinheilige Argument, mit dem der Prior die Angriffe auf seine Schutzbefohlenen rechtfertigt, setzt die Trennung von Leib und Seele voraus. Seine Aufgabe als Visitator sei es gerade, so gibt er vor, diese unselig getrennten Teile einen nach dem andern zu besichtigen. Marie Heroet, die er vor allen andern verfolgt, befiehlt er daher:

> »Denn genauso wie ich Visitator der Seelen bin, steht mir auch zu, die Leiber zu visitieren. [...] Ihr habt ja nichts zu fürchten, wenn ich Eure Jungfräulichkeit in Augenschein nehme. Darum legt Euch hier auf das Bett und deckt das Vorderteil Eures Gewandes über das Gesicht.« (298)

Als Marie Heroet die unsittlichen Anträge des Priors abwehrt, weil sie »seine böse Absicht« erkannt hat und sich »mit Worten und mit ihren Armen so wacker zur Wehr setzte, daß er nichts erreichte«, eröffnet er die Attacke auf den eigentlichen Gegenstand seines Begehrens:

> Er fuhr ihr mit der Hand unter die Röcke und zerkratzte alles, was seinen Nägeln erreichbar war, mit solcher Wut, daß das arme Mädchen ein lautes Geschrei erhob und ohnmächtig hinfiel. (294)

Die Rückkehr zur Legende

In der Ohnmacht überläßt Marie Heroet die leere Hülle ihres Körpers einer nichtswürdigen und nichtigen Aktion. Seele, Empfindung, Zustimmung, alles, was nicht Körper ist und was sie dem Mönch vorenthält, bestätigt sie in ihrer unsinnlichen und daher geradezu »unnovellistischen« Selbstgewißheit. Das Unerhörte der Novelle ist nicht mehr das sexuelle Ereignis, sondern die Stärke des Widerstandes, den die Figur gegen das Geschehen zu setzen weiß. Die sadistische Novelle entsteht durch die Trennung von Ereignis und Empfindung; sie tendiert zur Wiederholung der einen, immer gleichen Situation von Quälerei und Duldung. Der Körper der Marie Heroet wird, nachdem sie ihre Abneigung einmal bekundet hat, wie eine leere Hülle herumgezogen und gerät aus einer Erniedrigung in die andere, ohne daß ihre Seele Schaden nähme oder sich wandelte. Die der weiblichen Novellenfigur angemessene Handlungsfreudigkeit besteht nicht mehr in der Verführungskunst, die zu einem witzigen Ende gelangt, sondern in einer Standhaftigkeit, die dauert.

Die Standhaftigkeit der Novellenfigur ist etwas anderes als die Sittsamkeit einer weiblichen Heldin sonst. Die Frauen antiker oder mittelalterlicher Dichtungen sind keusch, körperlos, unnahbar und verehrungswürdig, wenn sie nicht erotisch sind, reizvoll, genießend und genossen. Die geprüfte Frau hingegen kennt – außer dem heliodorischen Roman, der allerdings zur Zeit der Margarete von Navarra erst wiederentdeckt wird – nur die Legende, die Gattung der Sünde, des Martyriums, der Läuterung und Erlösung. Aus dieser mittelalterlichen Form kann die Novelle auch das Sujet der Gewalttätigkeit beziehen. Der Marter jedoch, die die Novellenfigur erduldet, geht, anders als bei der Heiligen, keine Sünde im eigentlichen Sinne voraus und keine Erlösung folgt ihr nach. Die Sünde ist vielmehr der Novellenfigur im Fleische angeboren, sie kann daher ihr Wesen nur verleugnen, nie aber dafür auf Belohnung hoffen. Die Novellenfigur hat im Unterschied zur Heiligen der Legende keinen Glauben, zu dem sie sich bekennt, keine Idee, die ihrer Unerschütterlichkeit einen Sinn gäbe, kein Vorbild, dem sie im Leiden folgte. Tugend ist Selbstzweck, der, da die Gesellschaft nicht einmal den Ehebruch ahnden würde, für nichts geübt wird. Da Standhaftigkeit sich nur durch Zeit und Wiederholung beweist, tendiert die Novelle, sobald Entsagung das Motiv der Lust ersetzt, zur Monotonie, die Handlung hat ein beliebiges, nicht ereignisbezogenes Ende. Das unerhörte Ereignis der Novelle ist die Ausdauer der Figur selbst.

Die Haltung der Novellenfigur erweist sich denn auch eher als Trotz, denn als Tugend. Rolandine etwa in der 21. Erzählung des *Heptaméron* hat sich heimlich und wider Familie und Vernunft mit einem unstandesgemäßen Mann verheiratet und übt sich nun, nicht ohne Selbstgerechtigkeit, im Ton einer Heiligen, um beim Vater, der die Verhältnisse wieder ins Reine und Aristokratisch-Angemessene bringen will, ihren Willen durchzusetzen:

> Denn Ihr könnt mir jede Strafe geben, die Euch beliebt, und ich werde sie ebenso freudig unverdient erdulden, wie Ihr sie mir auferlegt. Darum, Madame, befehlt meinem Herrn Vater, welche Marter ich auf Euren Wunsch erleiden soll. (281)

Rolandine spielt die Rolle der Heiligen weiter, unterzieht sich allen Qualen, die man für sie ausdenkt, und zaubert um ihr Gesicht sogar den für ihre Rolle nötigen Heiligenschein hervor:

> Doch sie blieb fest und wollte lieber in Kerkerbanden schmachten und dafür die Bande der Ehe weitertragen, als die Freiheit der Welt ohne ihren Gatten zu besitzen. Wenn man ihr Gesicht betrachtete, schien es, als wären all ihre Leiden für sie nur ein ergötzlicher Zeitvertreib, da sie sie um ihres Geliebten willen ausstand. (283)

Dieses Heldentum der Novellenfigur ist so sinnlos wie modern. Gerade das Thema des Brutalismus zeigt die historische Zweideutigkeit der Novelle. Das Motiv bezieht sie aus einer mittelalterlich-christlichen Form, der Legende, ihr Umgang damit aber ist reiner Hohn auf die Heiligkeit, die einst durch die passio errungen werden sollte. Die Blasphemie der Novellenfiguren, die Gottes Ordnung noch nie geachtet haben, ist in der Brutalität zur Tat geworden, die Irreligiosität der Form hat sich die Inhumanität zum Inhalt gemacht.

Das Geschehen hat keine Transzendenz, und so kann ihr Ziel nur der lustvolle Schrecken und der genußvolle Ekel des Lesers sein. Das Lesen von Novellen bleibt, gerade wegen des abstoßenden Themas, ein Laster, auch wenn die, von denen erzählt wird, wie Heilige aussehen.

Da die Figur keinen Gott hat, der ihr Tun anerkennt, muß sie dahinkommen, sich ihre Leistung selbst vorzurechnen und nachzuerzählen. Marie Heroet, die wegen ihres Widerstandes gegen den Prior in einen Kerker geworfen wird, schreibt dort ihre Geschichte nieder:

> Da Schwester Marie aber klug war, hatte sie alles, was ich bereits erzählt habe, aufgeschrieben und dazu noch eine Unmenge anderer Kniffe, die der Prior sich ausgedacht hatte, um sie zu täuschen. (301)

Durch dieses Bekenntnis kann sie endlich ihre Widersacher überlisten und die Rückkehr in die Welt planen. Ihr Bruder, der, mißtrauisch geworden über ihr Verstummen, ausgezogen ist, nach ihr zu suchen, dringt in das Kloster ein, und Marie Heroet »steckte, wie gesagt, [ihm] durch das Gitter den ganzen Bericht ihrer jammervollen Geschichte zu.« (302)

Bekenntnis und Brutalität bedingen einander. Die Figur, die für nichts mehr leidet und lebt, als für sich selbst, braucht, weltlos, wie sie ist, einen Spiegel, in dem sie sich reflektiert. Marie Heroets Tagebuch ist der Anfang einer Bibliothek von Bekenntnisberichten der Enthaltsamkeit, die Diderots *Nonne* fortsetzt, und die über die *Pilgernde Törin* in den *Wanderjahren* bis zu Grillparzers armem Spielmann und Stifters Pfarrer im Kar (*Kalkstein*) reicht. Nur der Gang in die Geschichte des Motivs kann erweisen, daß diese scheinbaren Heiligen, in denen die sündigen Novellenfiguren von einst kaum mehr wiederzuerkennen sind, Abkömmlinge des Novellenpersonals sind. (Tatsächlich wird ja auch später dieser Typus – was das Kapitel über die Anti-Novelle zeigen soll – eingesetzt, um in der Geschichte der Novelle eine Schreibweise gegen sie selbst zu entwickeln).

Exkurs: Masochismus und Ehebruchsroman

Da die Heiligkeit der Novellenfigur nur auf Ausdauer, nicht auf Erwähltheit beruht, tendiert Margarete von Navarras Novelle der

Entsagung dazu, ungewöhnlich lang zu werden. Den Erzählungen von Florida und Amadour, von Marie Heroet, von Rolandine kann eine ermüdende Langatmigkeit nicht abgesprochen werden. Schon bei ihren Nachfolgern, deren Erzählungen nicht in einem Zyklus gesammelt und dadurch von vornherein als Novellen ausgezeichnet sind, schwankt daher die Entscheidung, ob sie der Novelle oder dem Roman zuzurechnen seien. Madame de La Fayettes *Prinzessin von Clèves* wird von den Fachleuten einmal unter den Romanen aufgeführt, ein ander Mal zu den Novellen gezählt. Länge und Weltentwurf sprechen für die erste, das Sujet für die zweite Zuordnung.

Zwischen der Florida der Margarete von Navarra und der Madame de Clèves der Madame de La Fayette, zwischen Amadour und dem Herrn von Nemours ist in der Tat ein Unterschied schwer auszumachen. Die beiden Liebesgeschichten gleichen sich in der Entsagung und in der Standhaftigkeit der Frauen ebenso wie in der Unermüdlichkeit, mit der die Liebhaber die Werbung betreiben. Ein Resumee der *Prinzessin von Clèves* jedenfalls würde genauso lauten wie das der 10. Geschichte des *Heptaméron*: Die Prinzessin, die einem ungeliebten Mann verheiratet worden ist, verliebt sich in den Herrn von Nemour, dieser erwidert ihre Liebe, sie entschließt sich ohne ersichtlichen Grund zur ehelichen Treue und muß seitdem den verfänglichen Situationen, Verlockungen, Verführungen und Attacken des Liebhabers entkommen. Die Liebe steigert sich dadurch auf beiden Seiten zur Glut und stürzt die Prinzessin in Verzweiflung und Fieber. Lediglich dem Ehemann, der eifersüchtig seine Frau bewacht, räumt Madame de La Fayette einen breiten Raum ein, während Floridas ersehnter Prinz ebenso wie ihr Ehemann nichts als Namen sind. Auch ist das Hindernis der Liebe zwischen Florida und Amadour eine Gesellschaft aus, freilich wenigen, Personen, die mit Argusaugen das Paar verfolgt. In der *Prinzessin von Clèves* hingegen entsteht der Eindruck romanhafter Breite dadurch, daß diese Gesellschaft ein eigenes, nicht auf das Liebespaar bezogenes Leben entfaltet. Die Novelle oder der Roman der *Prinzessin von Clèves* beginnt mit einer breiten Schilderung der verwickelten gesellschaftlichen Beziehungen am französischen Hof, die durchaus von der Liebesgeschichte unabhängig existieren könnten. Diese höfische Gesellschaft erinnert mehr an die devisants der Margarete von Navarra als an die Gesellschaft, die in ihrer 10. Erzählung auftritt. Eine der

Variationen der Novelle, wodurch sich das Sujet des Ehebruchs zum Ehebruchsroman entfaltet, ist die Integration der Rahmengesellschaft in die Erzählung.

In dieser Gesellschaft, die aus dem Rahmen in die Erzählung eingetreten ist, sind uneheliche Liebesverhältnisse an der Tagesordnung. Die Prinzessin von Clèves gerät dieser Gesellschaft gegenüber daher in viel größere Vereinsamung als einst Florida, die sich immerhin von ihrer Umgebung beobachtet fühlen mußte. Die Enthaltsamkeit der Madame de Clèves hingegen ist, bedenkt man die Liebesverhältnisse, die die Personen ihrer höfischen Umgebung eingehen, unmotiviert, sie nähert sich dem Wahnsinn. Da sie Wahnsinn aber doch nicht sein soll, kann die Intensität der Standhaftigkeit nur durch Ausdauer bewiesen und erzähltechnisch durch Länge hergestellt werden. Eine Stütze ihrer Standhaftigkeit ist gewissermaßen die Eifersucht des Ehemanns, wenngleich die höfische Gesellschaft mit ihr nicht rechnet. Die Konturierung der Figur des Ehemanns ist bei Madame de La Fayette notwendig, weil die Beaufsichtigung durch die Gesellschaft, wie sie aus der Geschichte der Florida bekannt ist, wegfällt. Herr von Clèves ist noch spitzfindiger darin, die Vergehen seiner Frau zu entdecken, als die Polina der Margarete von Navarra.

> Er ging sogleich in das Zimmer seiner Frau; und nachdem er eine Weile mit ihr über gleichgültige Dinge gesprochen hatte, konnte er nicht mehr an sich halten und erkundigte sich, was sie getan und wer sie besucht habe; sie gab ihm Auskunft. Als er bemekrte, daß sie Monsieur de Nemours nicht erwähnte, fragte er sie mit bebender Stimme, ob sie sonst niemanden gesehen habe, um ihr so Gelegenheit zu geben, den Herzog zu nennen, und sich selbst den Schmerz zu ersparen, daß sie ihm entwas verheimlichte. Da sie ihn aber nicht gesehen hatte, nannte sie seinen Namen nicht; da nahm Monsieur de Clèves mit einem Ausdruck, der seinen ganzen Gram verriet von neuem das Wort und sagte: »Und Monsieur de Nemours haben Sie nicht gesehen, oder haben Sie ihn vergessen?« (162)

Schließlich ist es aber doch so, daß weder Moral noch Skandal die Liebenden bedrohen und ihre Entsagung autistische Quälerei ist. Der vorbürgerliche Ehebruchsroman ist eine Novelle, in der die Hindernisse für den Ehebruch nicht ausgeräumt, sondern eigens hergestellt werden; sie häufen sich in einem Maße, daß dieser erst gar nicht mehr stattfinden kann.

Es ist durch knappe Zitate kaum wiederzugeben, mit welchem Raffinement Madame de Clèves ihren Liebhaber lockt und ihm zugleich ausweicht. Der Roman besteht aus der Monomanie dieser Taktik, bei der die Verführung in der Versagung liegt. Freilich ist es nicht brutale Gewalt, was die Prinzessin gegen sich und den Herrn von Nemours richtet; der Brutalismus der Novelle kann, da er aus der Verdrängung der Liebe entsteht, als Tätlichkeit immer nur vom Mann ausgehen (eine Regel, für die, wie immer, das 19. Jahrhundert Ausnahmen bereithält, man denke etwa an die Lady Macbeth von Mzensk). Die Prinzessin sublimiert die Brutalität des erotisch gehemmten Mannes zur seelischen Grausamkeit. Herr von Nemours hat sich oft genug über die »cruaulté« der Prinzessin »de le fuir« zu beklagen. Er tut dies meist monologisierend mit sich selbst ab:

> »Und dennoch behandelt sie mich mit der gleichen abweisenden Kühle, wie wenn sie mich haßte! Ich habe auf die Zeit vertraut, doch von ihr kann ich nichts mehr erhoffen; ich sehe sie immer sich gleicherweise gegen mich und gegen sich selbst schützen. Wenn ich nicht geliebt würde, könnte ich versuchen, ihr Gefallen zu finden; aber ich gefalle, man liebt mich und verbirgt es mir. Was darf ich da noch hoffen, und welche Veränderung in meinem Geschick kann ich erwarten? Wie! Nur darum sollte ich die Neigung der liebenswertesten Frau der Welt besitzen und dies Übermaß an Leidenschaft in mir fühlen, das die erste Liebesgewißheit erzeugt, um desto tiefer den Schmerz des Verschmähten zu empfinden! Lassen Sie mich wissen, daß Sie mich lieben, schöne Prinzessin«, rief er aus, »lassen Sie mich ihre Gefühle erkennen; [...] Sehen Sie mich wenigstens einmal mit denselben Blicken an, mit denen Sie heute nacht mein Bildnis betrachtet haben! Wie konnten Sie es so innig anschauen und mich selbst so grausem fliehen?« (173)

Nicht weniger grausam geht die Prinzessin mit sich selbst um:

> Während der ersten Tage der Abreise des Herzogs [von Nemours] empfand sie seine Abwesenheit kaum; dann aber erschien sie ihr quälend; seit sie ihn liebte, war kein Tag vergangen, an dem sie nicht fürchtete und hoffte, ihn zu treffen; und es war ihr schmerzlich zu denken, daß es nicht mehr in der Macht des Zufalls stand, eine Begegnung herbeizuführen. (165)

Madame de La Fayette macht am Ende ihrer Erzählung ihre Figur zu einer Heiligen, den Novellenwitz hebt die passio der Romanfigur auf.

> Sie verbrachte einen Teil des Jahres in dem Kloster, den andern in ihrem Hause, doch in einer Zurückgezogenheit und frommen Werken ergeben,

> wie sie die strengsten Orden nicht vorschreiben; und ihr Leben, das nur kurz währte, war ein Beispiel unnachahmlicher Tugend. (207)

Die *Prinzessin von Clèves* ist das Modell von Goethes *Wahlverwandtschaften*, auch wenn nun die Paare zu einem alchimistischen Viereck erweitert worden sind. Charlotte und der Hauptmann entziehen sich der Ehemoral wie bei Madame de Lafayette die Gesellschaft. Sie stehen so wenige wie diese dem Bündnis von Ottilie und Eduard im Wege. Die Entsagung ist Ottilies freier Entschluß und hat daher den Schein von Heiligkeit. Ihre Selbstverleugnung geht, ganz novellistisch, bis zur körperlichen Kasteiung:

> Unterdessen kann man bemerken, daß Ottilie kaum Speise noch Trank zu sich nimmt, indem sie immerfort bei ihrem Schweigen verharrt. Man redet ihr zu, sie wird ängstlich; man unterläßt es. (476)

Auch die aparte Taktik von Anziehung und Abstoßung, die Goethe zugleich nützt, um dem Geschehen eine symbolisch-chemische Deutung zu unterlegen, ähnelt dem Dauerzustand, den die Figuren bei Madame de La Fayette gewählt haben.

> Ottilie [...] war glücklich in Eduards Nähe und fühlte, daß sie ihn jetzt entfernen müsse. »Ich bitte, ich beschwöre dich, Geliebter!« rief sie aus: »kehre zurück und erwarte den Major!« »Ich gehorche deinen Befehlen,« rief Eduard, indem er sie erst leidenschaftlich anblickte und sie dann fest in seine Arme schloß. [...] Sie wähnten, sie glaubten einander anzugehören; sie wechselten zum erstenmal entschiedene, freie Küsse und trennten sich gewaltsam und schmerzlich. (456)

Schließlich wird auch Ottilie als heilige Scheinheilige zu Grabe getragen.

Im 19. Jahrhundert wird das von Margarete von Navarra begründete Modell der masochistischen Ehebruchsgeschichte wieder zurückgeführt auf das ursprüngliche, simple Novellenschema, in dem der Ehebruch tatsächlich erst einmal stattfinden muß. Das Jahrhundert ist nicht geneigt, den weiblichen Figuren auch nur die angemaßte Heiligkeit der Entsagenden zuzugestehen. Lieber will es sie als Sünderinnen sehen. Madame Bovary und Effi Briest sind schuldig und strafbar. Das Bedürfnis dieses Jahrhunderts nach Erledigung des Novellenmotivs in einer schicksalhaften Katastrophe bringt es dahin, daß das Muster zunächst noch einmal hervorgeholt wird. Es wird restituiert, um zerstört zu werden. Das Ende jeder Ehebruchsgeschichte, sei sie Novelle oder Roman, macht, wie auch sonst in den

Novellen des 19. Jahrhunderts, das übermütige Treiben der Figuren zunichte.

Der Tod als Laster

Die Novelle ist eine Gattung, die gegen den Tod erfunden und entworfen ist – diese These ist zu behaupten gegen die zahlreichen Tode, von denen sie erzählt: gegen die Romeos und Julias bei Bandello und die bei Keller *auf dem Dorfe*, gegen die Gerichteten: Michael Kohlhaas oder José (*Carmen*), gegen die sich selbst Richtenden: die arme Luise, Piachi, Gustav Strömli (*Die Verlobung in St. Domingo*), gegen die, die das Schicksal gerichtet hat, wie den Schimmelreiter, gegen die Ermordeten, Sarrasine oder den Juden Aaron (*Die Judenbuche*), gegen die Morde des Cardillac (*Fräulein von Scuderi*), den *Mord in der Rue Morgue* und schließlich gegen den *Roten Tod* und den *Tod in Venedig*.

Die brigata des Boccaccio erzählt sich die Geschichten nicht nur, um sich von den Schrecken der Pest abzulenken, sie glaubt daran, daß sie sich durch die gesellige Erzählung vor dem Tod retten könne: Pampinea

> würde es für das beste halten, wenn wir [...] diese Stadt verließen und uns, das unehrbare Beispiel der andern wie den Tod fliehend, in ehrbarerweise auf unsere Landgüter begäben und uns dort Freude, Annehmlichkeit und Lust, wie wir nur könnten, verschafften. (23)

Der Aufbruch der brigata ist keine blinde Flucht vor dem Tod, sondern der Entwurf eines schöneren Lebens. In dem idyllischen Landstrich, wo »man die Vöglein singen [hört], [...] die Hügel und Ebenen grünen«, in diesem locus amoenus der feinen Gesellschaft, soll es den Tod nicht geben. Das »unehrbare Beispiel«, das Pampinea zu fliehen empfiehlt wie den Tod, holt die Damen und Herren freilich doch in ihrer Phantasie immer wieder ein: alle Laster, für die die Stadt Florenz mit dem Untergang bestraft wird, kehren in den Erzählungen wieder. Der Tod aber scheint tatsächlich aus ihnen fast gänzlich ausgeschlossen zu sein, zumal wenn man an die frühen Nachfolger Boccaccios denkt oder an die *Hundert neuen Novellen*, die das Genre ganz ins Burleske übertreiben. Die Novelle, diese Gattung, die, wie ihre Autoren immer wieder betonen, in ihrer Niedrigkeit jede bislang dagewesene unterbietet, versucht, den Tod durch Witz zu besiegen.

Volker Klotz greift die Beobachtung von André Jolles auf, daß in allen Prosazyklen der Weltliteratur gegen den Tod erzählt wird. [3] Die Geschichten des *Papageien - Buches (Tuti - Nameh)*, des *Pantschatantram*, die in *1001 Nacht* umgibt ein Rahmen, in dem der Tod eine oder mehrere Figuren bedroht; eine schlaue Figur kommt rettend hinzu, die Erzählungen erfindet, um die Vollstreckung des Todesurteils abzuwenden. Klotz definiert Erzählen

> als defensive Maßnahme wider gewaltsamen [...] Tod. Es vollstreckt geradezu ein Gegenprinzip zum Prinzip des Sterbens. [...] Wer in zyklischer Erzählrunde Geselligkeit erzeugt [...], kontert der Ungeselligkeit von Friedhofsparzellen. Formelhaft hieße somit das Prinzip, das sich hier durchweg zu erkennen gibt: Erzählen als Enttöten. [4]

Im Unterschied zu epischen und dramatischen Gattungen kommt in Prosaformen der Tod selten vor. Die Novelle des 19. Jahrhunderts fällt in der Tradition dieser Schreibweise dadurch auf, daß sich Tode in ihr häufen. Nun entfaltet sich allerdings die Geschichte dieser Gattung in allen ihren Elementen vom Komischen zum Tragischen, vom Sinnlosen zum Schicksalhaften. Aber obgleich diese Entwicklung den Ursprung geradezu in sein Gegenteil zu verkehren scheint, so waren doch bislang die Muster des Anfangs in aller Verwandlung wiederzuerkennen. So ist denn auch schon im *Decameron*, trotz der Bevorzugung des komischen Genres, in den wenigen Novellen, in denen der Tod vorkommt, der spezifische Novellen-Tod entstanden.

Unter den Komödien, die die Figuren des *Decameron* inszenieren, findet sich eine, wenngleich kleine Anzahl von Geschichten, die mit dem Tode enden, ja das Buch des Prinzen Galeotto beginnt sogar mit einer, in der über Passagen hinweg vom Tod des Ciappelletto erzählt wird. Die übrigen Ereignisse mit tödlichem Ausgang finden sich im 4. Buch »wo unter der Herrschaft des Filostratos von denen gesprochen wird, deren Liebe ein unglückliches Ende genommen hat« – und dieses ist in acht von zehn Fällen der Tod.

Ciappelletto in der 1. Erzählung des *Decameron* krönt mit seinem Sterben ein Lebenswerk aus lauter Schlechtigkeit. Er, der alle nur erdenklichen Laster auf sich geladen hat, schreckt nicht einmal im Tode vor seinen Untaten zurück, sondern vermehrt sie noch, indem er ein letztes Mal die Mitmenschen und Gott selbst hinters Licht zu führen sucht. Dieser »schlechteste Mensch« (35), so müssen die Hinterbliebenen verwundert und fassungslos erkennen, ist einer, den

> weder Alter noch Krankheit noch die Furcht vor dem Tode, dem er sich nahe sieht, noch die vor Gott, vor dessen Gerichte er in einer kleinen Weile zu stehn erwartet, von seiner Ruchlosigkeit hat abbringen [...] können. (45)

Durch viel Geld und eine betrügerische Beichte bringt es also Ciappelletto dahin, daß man ihn für einen guten Menschen, ja gar für einen Heiligen hält, und ihn, der nichts weniger als ein ehrenwertes Begräbnis verdient hat, in höchsten Ehren beisetzt. Sein Beichtvater, der auf die letzten schmeichlerischen Bekenntnisse dieses ersten Tartuffe hereingefallen ist, poliert sein Gedächtnis vor aller Welt:

> Der fromme Mönch, der sein Beichtiger gewesen war, [...] legte [...] den versammelten Mönchen dar, Ser Chapelet sei nach dem, was er aus seiner Beichte entnommen habe, ein heiliger Mann gewesen. Und in der Hoffnung, daß Gott durch ihn viele Wunder tun werde, überredete er sie, sein Leichnam müsse mit der größten Verehrung und Andacht eingeholt werden. (45)

Ciappellettos Tod ist sein letztes Laster, und es ist sein schlimmstes. Noch im Angesicht des Jenseits schwört er heuchlerisch seinen Untaten ab und räumt alle Zweifel, die immerhin über ihn bestanden haben, aus. Der raffinierte Betrüger, der er sein Leben lang gewesen ist, wird im Tode zum Erzlügner und Erzlump. Ihm ist der Tod eine Inszenierung wert, um sein schändliches Leben durch einen pompösen Abgang zu verklären.

Die Heiligkeit des Ciappelletto ist Theater, ist ein Schauspiel der Blasphemie, wie es alle folgenden Inszenierungen auch sein sollten, in denen die Figuren des *Decameron* eine Rolle haben. Ciappellettos Geschichte ist ein würdiger Prolog für das *Decameron*, dieses Weltspiel des Antichrist. Selbst der Tod, so zeigt diese erste Geschichte, dient zu nichts als zum Betrug, sterben sogar wird hier zum Laster; die Erzählungen des 4. Buches werden dieses Muster bestätigen.

Die erste dieser Erzählungen enthält die Geschichte des Fürsten Tancredi, der den Liebhaber seiner Tochter Ghismonda, einen Diener, der ihres Standes nicht würdig war, ermordet und ihr sein Herz als Speise vorsetzt. Die Tat des alten Fürsten ist in doppelter Weise verrucht: nicht allein, daß er sich unter dem Schein, die Ehre seines

Hauses zu rächen, einer seinem Alter unwürdigen väterlichen Eifersucht hingibt; er kostet seine Tat auch noch auf die zynischste Weise aus. Er befahl

> ihn [Guiscardo, den Geliebten] in der nächsten Nacht ohne alles Geräusch zu erdrosseln, das Herz aus dem Leichnam zu nehmen und ihm zu bringen: [...] Als es dann Morgen geworden war, steckte der Fürst das Herz Guiscardos in eine große, schöne Goldschale, die er sich hatte bringen lassen, schickte es durch einen vertrauten Diener seiner Tochter und trug diesem auf, beim Überreichen zu ihr zu sagen: »Dein Vater schickt dir dies, um dich in dem zu erfreuen, was du am meisten liebst, so wie du ihn in dem erfreut hast, was er am meisten geliebt hat.« (358f.)

Tancredi ist ein Vorgänger des deutschen Edelmannes der Margarete von Navarra, der seine Frau züchtigt, indem er sie aus Schädel und Gebein des Geliebten speisen läßt. Ghismonda reagiert auf die Bosheit des Vaters mit einer ähnlichen. Es ist durchaus nicht nur der tragische Liebestod, den sie wählt, wenn sie das Herz des Geliebten mit einer giftigen Flüssigkeit übergießt und sich an dem Gemisch zu Tode trinkt.

> [sie] setzte die Schale furchtlos an den Mund und trank sie leer und legte sich nach dem Trunke mit der Schale in der Hand auf ihr Bett, brachte ihren Körper in die ehrbarste Lage, die sie ihm zu geben wußte, und preßte das Herz ihres Geliebten an das ihre und erwartete still den Tod. (361)

Die »ehrbarste Lage«, in die sie sich bringt, ist ihr letzter Gruß an den grausamen Vater. Mit seinem Schmerz rechnet sie ebenso, wie er mit dem ihren gerechnet hat.

Bei Tancredi und Ghismonda ist der Tod die Steigerung der novellistischen Brutalität, mit der sich die Figuren gegenseitig quälen; er ist nur die letzte Stufe dieses Sadismus avant la lettre. Mit einer demonstrativen Geste schreibt die Figur dem Körper ihres Widersachers ihren letzten Willen ein. In den meisten Fällen ist der Novellentod eine Mißhandlung.

Solch brutales Sterben findet sich in der deutschen Literatur am ehesten noch bei Kleist. [5] Man ist geneigt, die schrecklichen Tode in seinen Erzählungen psychologisch zu erklären, zumal Kleist in der *Verlobung von St. Domingo* das Liebespaar in eben der Weise zu Tode kommen läßt, mit der er selbst wenig später seinen und den Tod der Henriette Vogel am Wannsee inszeniert. Gleichwohl scheint es, da Kleist wie sonst kein anderer Dichter der Moderne außer Poe sich der Stilform der Novelle bewußt ist und sie in allen ihren Elementen bewahrt, daß er mit diesen Szenen keine persönlichen Ahnungen vorwegnimmt, sondern gattungspoetischen Pflichten nachkommt. Auch bei Kleist ist der Tod die Tat einer Figur, die ihren Erfolg genießt. (Man denke an das sinnlose Morden des Meisters Pedrillo im *Erdbeben in Chili*, der ohne Ziel und Grenze geradezu seiner Mordlust frönt.) Kleists Figuren bringen es dem Leser zum Bewußtsein, daß es in der Novelle nicht eigentlich um das Töten geht, sondern darum, es auszukosten, nicht also um einen Mord, sondern um Mordlust.

Die frühen Erzählungen Boccaccios und die späten Kleists zeigen, daß der Tod in der Novelle ein Verbrechen ist. Selbst die, die gerichtet zu sein scheinen, wie Michael Kohlhaas oder Piachi im *Findling*, greifen der Gerechtigkeit vor oder überbieten ihr Strafmaß. Kohlhaas wird nicht gerichtet, er richtet sich selbst, indem er den ominösen Zettel, der ihn retten könnte, nicht aus den Händen gibt. Piachi, der wegen der Erdrosselung seines Rivalen Nicolo zum Tode verurteilt ist, weigert sich, in der Beichte seine Missetat zu bereuen und wählt damit einen schlimmeren Tod, als je ein weltliches Gericht über ihn hätte verhängen können.

Die Novellenfiguren handeln noch im Tode wie auch sonst aus Anmaßung und Maßlosigkeit. Ihr Tod oder den, den sie verursachen, ist immer die Folge einer strafbaren Tat. Auch der Selbstmord, der in der 1. und 9. Erzählung des 4. Buches im *Decameron* gewählt wird, ist im Rahmen des mittelalterlichen Weltbildes, vor dessen Hintergrund die Erzählung spielt, Sünde. Meuchelmord, Fehmemord, Lynchjustiz, Massaker, Blutrache sind die äußersten Verbrechen, mit denen die Novellenfiguren gattungspoetisch konsequent ihrer Existenz ein Ende setzen können. [6]

Anders aber als die Brutalität der Novellenfigur entsteht die Mordtat nicht aus der Verdrängung der sexuellen Lust, sie ist vielmehr ihr Pendant. Wie die sexuelle Lust ihr Nachspiel im Witz hat, mit dem sich das vergnügte Paar an der Überlistung des Gehörnten ergötzt, so hat der novellistische Mord sein Nachspiel im Blutrausch des Täters, der sich am Entsetzen der Betroffenen, des Zuschauers, des Lesers weidet.

Kaum je kommt es in der Novelle zu einem ausgewogenen Kampf zwischen zwei streitenden Parteien. Der Mörder ist immer Einzelgänger, er zieht seine Überlegenheit aus der Wildheit seiner Affekte.

Seine Tat wird zum Meuchelmord durch die gänzliche Passivität seines Opfers. Selbst Gerbino, der im *Decameron* in der 4. Geschichte des 4. Buches über eine ganze Schiffsmannschaft obsiegt, handelt aus wütender Verzweiflung darüber, daß diese die Geliebte, die sie ihm entführt, vor seinen Augen ermordet und ins Meer geworfen hat.

Gerbino scheint immerhin eine Tat vollbracht zu haben, die dem Helden eines heliodorischen Romans würdig wäre. Tatsächlich tendieren Novellen, in denen Morde geschehen, dazu, dieses Muster zu kopieren. Schon im 2. Buch aber hat Boccaccio in den Abenteuerfahrten der Alatiel (7. Geschichte) diesen Typus von Literatur parodistisch verwendet. Alatiel, die Geliebte von acht Männern, kann am Ende wie die Heldin des Abenteuerromans aus allen Fährnissen ins Haus des Vaters zurückkehren und noch einmal als Jungfrau an einen sie innig und treu liebenden König verheiratet werden. Die Treue, die der Heldin eines Abenteuerromans ansteht, eignet sich Alatiel an, indem sie von ihren vorherigen Liebhabern schlechterdings nichts mehr zu wissen vorgibt. Auch in Gerbinos Geschichte verkehrt sich das heliodorische Muster: durch alle seine Heldentaten kann Gerbino die Geliebte nicht gewinnen; vielmehr muß er sie von den höhnischen Schiffern als Leiche in Empfang nehmen. So endet Gerbino nicht als glücklicher Liebesabenteurer, sondern als der blutrünstige Scharfrichter seiner Spötter.

Der Novellentod ist nie ein Heldentod. [7] Im Unterschied zu den Figuren epischer oder tragischer Dichtungen sterben Novellenfiguren nicht für eine Idee. Der Leser mag sich vom Draufgängertum und der selbstvergessenen Tollkühnheit täuschen lassen – Heldenmut hat die Novellenfigur, aber keinen Heldensinn. Wenn sie standhaft ist, so ist sie es aus Trotz, nicht aus Überzeugung. Die Nichtswürdigkeit ihres Charakters kann kein heroisches Ende nehmen. Der eigene oder der bei anderen verursachte Tod ist die plötzliche Folge einer heftigen Affektation, der er als leerer Abschluß und Steigerung zugeordnet bleibt. Der Tod hat keine eigene Qualität.

Der Franziskaner

Antikatholizismus

Die Verletzung des Körpers ist eine notwendige Konsequenz der Figurenkonstellation der Novelle, die das Glück des einen auf das Unglück des andern baut. Das Mittel, das Glück zu fassen, ist der Betrug. Sobald die Gattung sich als solche profiliert, sobald also die Stilmittel bewußt eingesetzt werden, muß auch der Betrug eine Figuration, eine allegorische Verkörperung erfahren. Betrug ist die in Handlung überführte Unvereinbarkeit von Schein und Sein. An der Figur, die diese Konstellation inkarniert, muß daher Vertrauenswürdigkeit geradezu unübersehbar sein, denn: je größer der Glauben an sie, desto verwerflicher die Infamie ihrer Lüge.

Die gehetzten und gequälten Figuren der Erzählungen der Margarete von Navarra bereiten sich, anders als bei Boccaccio, gegenseitig die Hölle und machen sich gegenseitig den Glauben an Gottes Gnade vor. Deshalb suchen sie Zuflucht in der Religion und finden sie, wenngleich selten genug, im Kloster. Daher spielen auch die Vertreter Gottes auf Erden, die Bischöfe und Mönche, eine andere Rolle als bei Boccaccio, wo alle Welt und sie mit ihr gleich verwerflich dem Weltuntergang entgegentrieben. Die Mönche, die bei Margarete von Navarra von der Erlösung der Welt predigen, sind die, die sie in dieser Welt am ehesten hintertreiben. Schon die devisants, die vor Bären und Unwettern in ein Kloster fliehen, begegnen dort einem Abt, der ein »Gleisner und Geizhals« (14) ist und bei der Einquartierung der Gesellschaft auf nichts als auf seinen Vorteil denkt. Gleichwohl halten die devisants die Übungen, die die Religion vorschreibt, für ihren eigentlichen Trost. Bei der Frage, wie sie sich während der »zehn oder gar zwölf Tage« – während jenes Zeitraums also, der für die Entstehung eines Novellenzyklus notwendig ist – die Zeit vertreiben sollten, entscheiden sie sich für Sport, Geschichtenerzählen und Gebet, Beschäftigungen, die den Figuren Hircan, Parlamente und Oisille zugeordnet sind. Jeder Erzähltag wird mit einem Kirchgang beendet.

Die allegorische Figur des Gottvertrauens ist für diese fromme Erzählerrunde der Mönch, der sich aber als der eigentliche Verräter entpuppt und als der Wolf im Schafspelz seine Opfer unter den Figuren sucht.

> »Es ist ein Jammer«, sprach Oisille, »daß gerade die Leute, denen die Verwaltung der heiligen Sakramente anvertraut ist, damit so schmählich Schindluder treiben. Man müßte sie lebendigen Leibes verbrennen.« (316)

Auch wenn eine spätere Interpretation die Gewalttaten der Mönche psychologisch als die Folge ihrer sexuellen Enthaltsamkeit deuten kann, so ist doch im Rahmen der Erzählung ihr Vergehen ein Verbrechen gegen die göttliche Ordnung. Während die anderen Figuren mit ihren Übeltaten nur die Sitte brüskieren, verraten sie Gott, während die einen Skandale erzeugen, begehen sie Todsünden. Sie sind von den Erzbösewichtern, aus denen bei Boccaccio die ganze Welt bestand, die einzigen, die übriggeblieben sind. Die Laienfiguren der Margarete von Navarra finden denn auch immer Vergebung vor den devisants, die Mönche hingegen enden, schon innerhalb der Erzählung ihrer Untaten, in den meisten Fällen mit einer empfindlichen, oft tödlichen Strafe.

Ein Zehntel der Erzählungen der Margarete von Navarra handeln von Mönchen, und der größte Teil der handgreiflichen Brutalitäten geschieht in diesen Geschichten. Eigentlich sind nur die Mönche zur Perversion berufen, da sie außerhalb der menschlichen Ordnung stehen und einer göttlichen angehören. Jedes Begehren ist eine Verkehrung der Ordnung, deren Schutz ihnen anheimgegeben ist, sie verlieren dabei sich selbst und verraten Christus, dessen Nachfolge ihre Identität ausmacht. Ihre Triebe haben nicht das Maß dieser Welt. Der Lüsterne liegt auf der Lauer vor einem Gut, das ihm ganz und gar verboten ist. Daher tendiert die Lüsternheit der Mönche, sobald sie sich in Handlung umsetzt, zur Gewalt.

In seiner Triebhaftigkeit häuft in der 31. Erzählung ein Mönch ein himmelschreiendes Verbrechen auf das andere. Ein »stattlicher, schöner Franziskaner« lauert einer Edelfrau, deren Beichtvater er ist, in

Abwesenheit des Gatten auf, beseitigt erst die ihm entgegengesandte Zofe, er »zog sie in einen Winkel, zückte einen Dolch, den er im Ärmel verborgen bei sich trug, und stieß ihn ihr in die Kehle.« (395) Damit löst er eine Kettenreaktion aus, denn alle, die nun nacheinander, sie zu suchen, ausgeschickt werden, bringt der schöne Franziskaner um; den Knecht »umfaßte [er], stieß ihm von hinten den Dolch in die Kehle und verrammelte das Tor des Schlosses hinter ihm.« (Ebd.) Die zweite Zofe »zog er auch [. . .] abseits in eine Ecke und ermordete sie wie ihre Gefährtin.« (Ebd.) Die geliebte Frau schreckt er mit den aufgehäuften Leichen und zwingt sie, als Barfüßer verkleidet, mit ihm das Schloß zu verlassen: »Auf das Geheiß des Mönchs begann sie ihre Haube abzunehmen und machte so langsam wie nur möglich; und als ihr Haar aufgeknotet und gelöst herunterhing, achtete der Franziskaner nicht darauf, wie schön es war, sondern schnitt es ihr rasch ab. Danach mußte sie sich bis aufs Hemd auskleiden, und er legte ihr die kleine Kutte an.« (396) Ein Knecht, der die Entführte retten will, muß das wiederum mit dem Tod bezahlen: der Franziskaner »trat mit einem dicken eisenbeschlagenen Stecken, den er bei sich hatte, auf den Knecht zu und versetzte ihm einen so gewaltigen Hieb in die Seite, daß er ihn vom Pferd herunterschlug. Dann sprang er ihm blitzschnell auf den Leib und schnitt ihm die Kehle durch.« (398) Der Ehemann kann endlich als der Retter seiner Frau auftreten, und es zeigt sich, daß der Franziskaner ein wahrer Blaubart war und »daß in dieses Kloster eine große Zahl Edelfrauen und andere schöne Mädchen verschleppt worden waren, auf dieselbe Weise, wie der Franziskaner die Edelfrau hatte dorthin bringen wollen.« (399) Schließlich straft die weltliche Gerechtigkeit alle, die die göttliche hatten verwalten sollen, und vernichtet die Mönche wie Ungeziefer: »Die Mönche aber schloß man darin ein und verbrannte sie mitsamt dem Kloster zum ewigen Gedächtnis dieser Missetat.« (399) Die devisants schließen den Bösewicht dieser Erzählung aus der Reihe der andern Liebhaber, selbst der verwirrten, aus. Sie wundern sich darüber, daß er die Frau nicht vergewaltigt habe, als er sie zwang, ihre Kleider vor ihm zu wechseln und sie ihm hilflos ausgeliefert war; sie erklären es damit, daß er »kein Leckermaul [war], sondern ein Vielfraß«, (400) d. h. kein genußsüchtiger, sondern ein maßloser Mensch. Damit ist er der einzige, der aus der Reihe der Sünder, die die Novelle hervorbringt, keine Vergebung erwarten darf. Bei Margarete von Navarra wird allen Figuren verziehen, weil ihre Vergehen menschlich sind und von Menschen gemessen werden dürfen; nur der Mönch, der das Maß der Gesellschaft überschreitet, zerstört sie und wird von ihr zerstört. »Aber vergeßt nicht,« heißt es nach der Erzählung von dem rabiaten Mönch,

> »daß jeder in Wut rasende Mensch zugleich auch furchtsam ist, und die Angst, man könnte ihn überrumpeln und ihm seine Beute wieder abjagen, ließ ihn sein Lämmchen wegschleppen, wie ein Wolf das Schaf mit sich fortschleppt, um es in Ruhe zu verschlingen.« (400)

Der Brutalismus der Mönche bei Margarete von Navarra hat eine andere Funktion als die Mönchsbeschimpfung bei Boccaccio; ohnehin hatte diese neben ihren Novellen in den altfranzösischen Fabliaux einen Ort. Bei Boccaccio unterscheiden sich die Mönche nicht von den anderen Figuren des *Decameron*, sie nützen ihre Privilegien wie diese auch. Äbte und Mönche führen sich gegenseitig hinters Licht (I 4), spielen den Kuppler (III 3), verführen ihre Beichtkinder (III 10); vor allem aber führt diese Gattung der bacchantischen Weiblichkeit die Raffiniertheit der Nonnen vor, die unter dem Schein frommer Zurückgezogenheit den Gärtnerburschen, der ihren hortus conclusus betreut, zum Bock machen. (III 1) Da der Schrecken des Todes aus den Erzählungen hinaus und in die Vorgeschichte der Sammlung verbannt worden ist, sind sich Fromme und Unfromme gleich, und Boccaccio kann es im übrigen bei einer deftigen Mönchsschelte bewenden lassen:

> Pfui der Schande der verdorbenen Welt! Sie schämen sich nicht, ihr strotzendes Fett zur Schau zu tragen, ihre geröteten Gesichter und die Üppigkeit ihrer Kleider und sonstigen Sachen, und ähneln, wie sie einhergehn, nicht den Tauben, sondern den hoffärtigen Hähnen, die sich ragenden Kammes brüsten, und was schlimmer ist, sie machen sich, abgesehen davon, daß ihre Zellen voll sind von Büchschen mit Latwergen und Salben, von Schachteln mit mancherlei Konfekt, von Flaschen und Fläschchen mit abgezogenen Wässern und mit Öl, von Krügen, gefüllt mit Malvasier und griechischem und anderm Wein, so daß der Besucher eher in einen Spezerei- oder Salbenladen gekommen zu sein meint als in eine Mönchszelle, abgesehn also davon, machen sie sich gar nichts daraus, daß es alle Welt weiß, daß sie gichtisch sind, und glauben, niemand wisse, daß stetes Fasten, eine grobe und karge Kost und ein nüchternes Leben die Menschen mager und schmal und im allgemeinen gesund erhalten, und daß, wenn man doch eine Krankheit davon bekommt, diese niemals das Zipperlein sein kann, zu dessen Heilung ein keusches und auch sonst den Gewohn-

> heiten eines bescheidenen Mönches entsprechendes Leben vorgeschrieben wird. Und sie glauben, niemand wisse es, daß die langen Nachtwachen, das Leben und die Kasteiungen schon für sich allein, außer der schmalen Kost, genügen müßten, um den Menschen bleich und kraftlos zu machen, und daß weder St. Dominikus noch St. Franziskus vier Kutten statt einer gehabt hat und daß sich die beiden nicht in vorgefärbtes oder kostbares Tuch gekleidet haben, um darin zu prangen, sondern in rauhe Wolle von der natürlichen Farbe, um sich vor dem Froste zu schützen. (593f.) [1]

Diese Art von Beschimpfung ist in der Zeit geläufig und hat ihren historisch-sozialen Grund. Im Unterschied zu den früheren Orden der Benediktiner und Zisterzienser lebten Dominikaner und Franziskaner nicht in abgeschlossenen Klöstern auf dem Lande, sondern bewegten sich frei in der Stadt. Hier sind sie Prediger, haben ihre Klöster in den Armenvierteln und betteln in den Häusern der Reichen. Im städtischen Ambiente, das die Novelle entwirft, sind sie unverzichtbar. Sie ärgern die patrizische und aristokratische Schicht, zu der die Erzähler gehören. Diese dichten ihnen deshalb allerhand Laster an und erklären die so unwillkommenen Hausbesuche mit einer zweideutigen Absicht. Dem Novellendichter kommen sie aus einer literarhistorischen Überlegung erst recht gelegen. Er hat dem mönchischen Prediger die rhetorischen Mittel entwendet und das Exemplum, das moralische Vorbild, zum Spaß der Gesellschaft gemacht. Im Mönch beschimpft der Novellendichter seinen Vorgänger.

Exemplum und Novelle

Das Exemplum wurde als eine der Vorformen bezeichnet, aus denen die Novelle hervorging. [2] Das *Novellino*, eine Sammlung von Exempla, die im 13. Jahrhundert entstand und deren Titel Carlo Gualteruzzi 1525 zum ersten Mal gebraucht, wird gern an den Anfang der Geschichte dieser Gattung gestellt. Doch wie so oft, wenn eine Form entsteht, so geht es auch diesmal bei der Entstehung der Novelle: sie degradiert ihre Vorgänger zu puren Stofflieferanten. Beim Übergang in die Novelle wird das Exemplum seiner belehrenden Funktion enthoben und zum Sujet reduziert, mit dem die Novelle schaltet und waltet, wie es ihr gefällt. Gattungen bedürfen zwar spezifischer Sujets – Sujets aber sind an eine Gattung nicht gebunden; sie sind Bausteine des Erzählens, die in verschiedenen Formen verschiedene Aufgaben übernehmen können. Das Exemplum verwandelt alle seine Stoffe in Beispiele der Tugend; Boccaccio hingegen macht einen jeden Stoff zum Modellfall des Ungehorsams. Ohnehin finden sich Stoffe des Exemplums vor allem im 10. Buch seines *Decameron.* Die Liebes- und Verführungsszenen der übrigen Bücher hingegen, die Darstellungen von Völlerei und Betrug, stammen aus dem Schwank, der selbst schon das negierende Komplement ist, das der Volksmund sich gegen die exemplarische Frömmigkeit seiner Priesterschaft erfunden hat. Immerhin weist Boccaccio selbst oft genug auf das Exemplum und damit auf die Mönche als seine Vorerzähler hin. Heuchlerisch wählt er gelegentlich sogar den Gestus der Belehrung und Ermahnung, um Laster und Vergehen zu rügen, »wie es genugsam aus solchen Beispielen erhellt.« (598) Auf jeden Fall aber parodiert er durch das mißdeutete Sujet oder durch die Geste am falschen Ort die Rede der Mönche.

Nicht nur der Autor, auch die Figuren maßen es sich an, ihre Geschichte als Exemplum zu deuten. Masetto etwa, der in der 1. Erzählung des 3. Buches alle Nonnen als der stumme Gärtnerbursche gewinnt, da er so bemitleidenswert wie verschwiegen ist, beglückt die Bräute Gottes und zeugt »auf diese Weise manches Mönchlein« (242). Seine Liebhaberinnen erfinden schließlich ein göttliches Wunder, das ihn von seiner Stummheit heilt, so daß sie ihn zum Verwalter ihres Klosters machen können. Dieses sorgt denn auch für seine zahlreichen Kinder. Nachdem Masetto auf diese Weise alt und reich geworden ist, kehrt er in sein Dorf zurück und lehrt seine Freunde die beherzigenswerte Weisheit, die er aus dem Exemplum seiner Lebensgeschichte gewonnen hat: »er sagte jedem, der es hören wollte, so verfahre Christus mit denen, die ihm Hörner aufsetzten.« (242)

Es gehört ins novellistische Spiel von der verkehrten Welt, in der die Weiber regieren und die Bauernburschen den Mund mit Gottes Wort vollnehmen, daß Masetto den Predigern den Gestus der Belehrung abgeschaut hat. Im Spott auf ihre Frömmigkeit, in der Parodie ihrer Rhetorik und in der Blasphemie gegen den Gott, den sie verkünden, sind sich Autor und Figur einig. Die Aneignung der theologischen Vorgängerform durch die Novelle ist selbst schon ein Akt der Gotteslästerung, die Einverleibung des Exemplums in die Novelle der Sündenfall des Dichters.

Sobald aber der Dichter dem Prediger das Wort entwendet hat, dient es statt der Erbauung dem Genuß. Schließlich verführt die Novelle durch den neuesten Witz über den ältesten Stoff sogar die Mönche selbst. Nicht ohne Genugtuung stellt Hircan im *Heptaméron* fest, wie die Mönche hinter den Hecken sitzen, der Erzählung lauschen und den Besuch der Messe versäumen.

Während Margarete von Navarra das versehentliche Einverständnis der Mönche mit dem Diebstahl, durch den der Erzähler sie betrogen hat, darstellt, zeigt Franco Sacchetti, wie ein schlauer Prior sich die Novelle zu exemplarischem Gebrauch wieder zurückerobert, um daraus seinen Nutzen zu ziehen. Ganz wie es sich für die Novelle gehört, macht hier eine Liebesszene im Weinberg nur den Anfang für den eigentlichen Witz, der aus den Folgen dieser Sünde entsteht. Ein durstiger Bauer, der sich eine Traube stehlen will, springt über die Weinbergsmauer und mitten auf den nackten Rücken des Liebhabers. Entsetzt eilt er ins Dorf, um dort ein Chaos aus Rennen, Schreien und Sturmglockengeläut zu erzeugen mit der Schreckensnachricht, er habe die größte Kröte seit Menschengedenken im Weinberg gefunden. Der Liebhaber, Berto Folchi, erzählt am Abend seinem Freund, dem Prior Oca, »die hübscheste Novelle, die sich seit Eurer Geburt zugetragen hat«. (13) Der Prior weiß daraus seinen Vorteil zu ziehen:

> Der Prior überlegte, nachdem er die Messe gelesen hatte, wie er es einrichten könnte, daß ihm diese Geschichte etwas einbrächte, er sprach zu seinen Pfarrkindern von dem Fall, der sich ereignet hatte, und von dem Lärm und ermahnte sie, sich nicht jenem Weinberg zu nähern, denn eine solche Kröte sei eine große Gefahr, schon wegen ihres Blickes, nicht nur wegen des Gifts, das sie verspritze. Und so hätte es kaum jemand gewagt, den Weinberg zu betreten, wären nicht Berto und die Bäuerin gewesen.
> Der Prior, der sah, daß niemand den Weinberg bearbeiten wollte, kam mit dem Besitzer überein und pachtete ihn. [...] Um die Novelle kurz zu machen, er behielt den Weinberg viele Jahre für einen geringen Pachtzins und hatte acht oder zehn große Fässer Wein jedes Jahr; und derjenige, dem der Weinberg gehörte, glaubte schon etwas zu gewinnen, wenn er nur nicht brachlag, sondern bearbeitet wurde. (14)

Mit dieser Parodie auf Christus im Weinberg, mit dem Witz von der Kröte dort und dem schlauen Prior, der den verunzierten Acker für sich erobert, ist der Sieg der Novelle über das Exemplum so deutlich vorgeführt wie durch die Mönche, die sich bei Margarete von Navarra von den Erzählungen der devisants verführen lassen.

Die Novelle entpuppt sich als die Gattung, die gegen die Redegewalt der Kirche erfunden worden ist. Die Brutalität, die die Predigermönche bei Margarete von Navarra an den Tag legen, ist daher nicht nur eine Folge ihrer Askese – an den keuschen Mönch glaubt die Gattung ohnehin nicht. Vielmehr scheint es, als habe er seine Sprache verloren. Da nun dem franziskanischen Prediger die Worte fehlen, um, wie noch bei Boccaccio, die Menschen zu betrügen, bricht er in Gewalttaten gegen sie aus. Der Novellendichter macht den Prediger, der sich früher selbst an den belehrenden Schrecken der Legende, an der Qual des Martyriums weiden durfte, zum Subjekt dieser Szenen, damit er nun an seinen Zöglingen vollstrecke, was er ihnen einstmals nur vorerzählt hat. Die Wirkungen von Legende und Exemplum weiß der Novellendichter in die entgegengesetzte Richtung zu verkehren.

Die pagane Gattung

Die Novelle ist aus dem Protest gegen die Kirche entstanden, das Chaos der Untugenden, das sie inszeniert, ist pagan. Den Leser erheitern diese Figuren durch ihre komische Unverwüstlichkeit im Angesicht der apokalyptischen Katastrophe. Es gehört zum Charakter der Novelle des Boccaccio, daß sie von den Folgen absieht und so tut, als sei die ewige Seligkeit auf Erden schon zu gewinnen. Die Mönchsschelte dient beim Entwurf dieses utopischen Selbstbetrugs der Diffamierung jener Figuren, die dies heidnische Glück in Frage stellen. Sie ist der ausdrückliche Angriff dieser Gattung des Protestes gegen die katholische Welt. Parodie und Blasphemie sind Taktiken der Revolte gegen ein kirchliches Regiment, das das göttliche Wort so gut wie die mit ihm verbündete poetische Tradition, Predigt und Exemplum, gestiftet hat.

Der Gestus der Rebellion, des Aufbegehrens und Protestierens bleibt für die Gattung konstitutiv – wenn auch gelegentlich von dieser Haltung nichts weiter übrig bleibt, als – wie im späten 19. Jahrhundert – der melancholische Mißmut eines Vereinsamten gegen seine Umwelt. Jedenfalls ist das novellistische Subjekt nie eines, das, wie etwa der Held des bürgerlichen Romans, *in* die Gesellschaft hineindrängt; es ist immer eines, das *aus* ihr herausstrebt.

Es wird beliebt, den Ursprungsort der Untugend ins Ursprungsland der Novelle selbst zu verlegen, nach Italien, oft sogar nach Florenz, und in etwa jene Epoche, da sie entstand, in die Renaissance. Da allerdings der Renaissancekult des 19. Jahrhunderts das 16. bevorzugt, verlegt er auch frühere Erscheinungen wie die Entstehung der Novelle in diese »ungefähre Zeit«, so daß die meisten Novellen des 19. Jahrhunderts im 16. spielen. Stendhal wählt so Entstehungsort und -zeit für jene Erzählungen, die er 1855 unter dem Titel *Italienische Chroniken und Erzählungen* sammelt. In der *Herzogin von Palliano* gibt er ausdrücklich die Novellenzeit der Renaissance als die Epoche an, in der seine Geschichte spielt:

> Die sogenannte italienische Leidenschaft, das heißt jene Art der Leidenschaft, die nur die Befriedigung ihrer Begierden sucht und es nicht etwa nur darauf anlegt, sich der Mitwelt gegenüber als etwas Besonderes aufzuspielen, beginnt mit dem ersten Aufdämmern der Renaissance im zwölften Jahrhundert und erlischt, wenigstens in der guten Gesellschaft, ums Jahr 1734. (346)

Auch in der *Äbtissin von Castro* ist der Spielplatz das 16. Jahrhundert, das das 19. als das Novellenjahrhundert festgesetzt hat, »das den Italienern [...] so viel Geist und Mut und ihren Künstlern so hohe Geistesgaben verlieh.« (177)

Die »italienische Leidenschaft«, deren Geschichte Stendhal erzählt, ist freilich die Erotik im hohen Stil und nicht die burleske der Novelle. Allein schon die Würde, die mittlerweile die Prosa von den poetischen Schreibweisen übernommen hat – die ihr lange übergeordnet waren – wie auch die Prüderie des Jahrhunderts verlangten eine Heroisierung der Leidenschaft. Die Novelle wird vom Schema des heliodorischen Romans überlagert. Die Leidenschaft wird nun durch die novellistische Burleske nicht mehr parodiert, wie im 2. Buch des *Decameron* häufig und insbesondere in der 7. Erzählung, vielmehr adelt die heroische Tat und Irrfahrt die novellistische Sexualität.

Mit der Liebe ein politisches Motiv zu verbinden, fällt deshalb Stendhal nicht schwer, und so schafft er sich den »protestantischen«, den revolutionären Charakter, den die Gattung braucht. In der *Äbtissin von Castro* zum Beispiel verlegt Stendhal die Geschichte eines Liebespaares nach dem Muster des Romeo-Julia-Sujets, das den Kern der Novelle ausmacht, aus der Familie in das Konfliktfeld zweier konkurrierender Parteien und läßt es in die seit Margarete von Navarra übliche Flucht der Geliebten, Helenas von Campireali, in ein Kloster münden. Dort überläßt sie sich der Buße und wird Äbtissin.

Nun erst übernimmt sie die eigentlich novellistische Rolle, verliebt sich sündigerweise in einen Bischof und bekommt ein Kind von ihm. Die Rückkehr Julius', des Liebhabers, macht der Geliebten ihre Schuld bewußt; Helena erdolcht sich.

Liebe und Ausschweifung führen auch hier, wie so oft im 19. Jahrhundert, in die Katastrophe. Dies zu bewerkstelligen, läßt der Autor Julius unter die Briganten geraten, womit er zugleich die Rolle des Rebells übernehmen kann.

> Das italienische Brigantentum des sechzehnten Jahrhunderts ist so häufig im Melodrama vorgeführt und von Nichtkennern in Erzählungen behandelt worden, daß sich mittlerweile die schiefste Auffassung davon gebildet hat. Man kann ganz allgemein behaupten, daß diese Briganten nur die Gegenpartei der fürchterlichen Gewaltherrschaften bilden, die in Italien den mittelalterlichen Republiken folgten. [...] Wie dem auch sei, die schauerlichen und doch notwendigen Rachetaten der mittelalterlichen kleinen italienischen Tyrannen gewannen den Briganten das Herz des Volkes. Man haßte die Briganten, wenn sie Pferde, Getreide und Geld, mit einem Wort ihren Lebensunterhalt raubten; aber im Grunde war das Herz des Volkes doch für sie. Und die Mädchen in den Dörfern bevorzugten den jungen Mann, der einmal im Leben zum »andar alla macchia« gezwungen war, das heißt infolge einer unüberlegten Handlung in die Wälder zu fliehen und bei den Briganten Zuflucht zu suchen.
>
> Noch in unseren Tagen (1839) fürchtet sicherlich jeder ein Zusammentreffen mit Briganten; und doch beklagt man diese, wenn sie bestraft werden. (177ff.)

Die Erzählung vom Briganten Julius gehört in die Reihe der Räuber- und out-cast-Geschichten, die die Novelle des 19. Jahrhunderts bevorzugt, und in der das Sujet des rebellischen Helden zum Verbrecher aus verlorener Ehre veredelt wird.

Protest gegen die Novelle: Katholizismus und Weiblichkeit

An die Stelle des Franziskaners tritt im 19. Jahrhundert in Frankreich gern die Nonne als die Figur, die die novellistische Einheit von Sittenstrenge und tatsächlicher Verdorbenheit vorführt. Sie hat den Vorteil, daß in ihr die Scheinheiligkeit der Religion und das sexuelle Regiment der Novellenfrau in einem angeprangert werden können. Selbst die edle Liebe der Äbtissin von Castro verwandelt sich in eine lasterhafte Lüsternheit gerade in dem Moment, da sie ins Kloster eintritt. Humoristischer behandelt Maupassant in seiner Novelle *Fettklößchen* die Nonnen. Als die Gesellschaft in der Kutsche, aufgehalten durch den deutschen Offizier, der von Fettklößchen eine Liebesnacht als Entgelt für die Erlaubnis zur Weiterfahrt fordert, diese durch scheinheilige Reden zu solchem Liebesopfer bewegen will, sind es gerade die zwei Nonnen im Wagen, die ihre Überredungskünste am eifrigsten einsetzen und unversehens zu Teilhabern der Sünde werden:

> Die alte Nonne wurde zu einer gewaltigen Stütze für die Verschwörung. [...] Sie wurde nie verwirrt durch das Herumtasten in Gewissensfragen, ihre Lehre war starr wie Eisen. (74f.)

Für Gottfried Keller ist es die Erbsünde schlechthin, katholisch zu sein und weiblich noch dazu. Als ein Versuch, die unauflösliche Einheit dieser novellistischen Untugenden zu zeigen, ist das *Sinngedicht* zu lesen, jener Novellenzyklus, dessen Rahmenhandlung die Läuterung der gebildeten Lucie, die in kindlicher Schwärmerei einem katholischen »Novizen« verfallen war, und ihre Heirat mit einem protestantischen Mann erzählt. Das Buch endet mit Lucies Beichte vor dem zukünftigen Gatten über ihren Irrweg in den Katholizismus, den sie zunächst für ein Ehehindernis hält. Bei diesem Geständnis zeigt sich, daß mit der Konversion mehr geschehen ist, als nur die Erfüllung eines trotzigen Kinderwunsches. Lucie errötet bei der Entdeckung ihrer Religionszugehörigkeit und wählt damit ein Zeichen, das in der Novelle immer ein erotisches Bekennntis begleitet:

> Als Reinhart die Sprecherin etwas verwundert ansah, setzte sie errötend hinzu: »Ich bin nämlich katholisch!«
> »Darüber brauchen Sie doch nicht zu erröten!« meinte Reinhart, den eine solche Verschiedenheit der Konfession eher belustigte als betrübte. Sie verstand seinen freien Sinn, wurde aber jetzt ganz rot und sagte mit unwillkürlichem Niederschlagen der Augen: »Ich bin nicht katholisch geboren, ich bin es geworden!« (346)

Unpassenderweise hat der Religionswechsel tatsächlich eine erotische Ursache. Der angehende Priester Leodegar hat die kleine Lucie durch neckende Reden, mit denen er ihr die Ehe versprach, falls sie katholisch werden würde, dazu bewegt, heimlich seinen Glauben anzunehmen. Nicht allein die Scherze des Priesterschülers machen diesen Schritt pikant. Lucie selbst war schon durch Erfahrungen, die sie an der Seite einer katholischen Mutter mit dieser Religion gemacht hatte, neugierig auf die lustvollere Atmosphäre, die diesen Glauben umgibt. Die »Klosterfreuden«, die das Kind bei seinen Besuchen mit der Mutter in einem Nonnenkloster genießt, sind zwar keusch, verschaffen aber doch eine Ahnung von jenen erotischen Vergnügungen, die – in eben derselben Unschuld wie die kleine Lucie – Diderots Nonne durch eine Äbtissin genießt.

> Sie [die Mutter] putzte mich dann zierlich und hellfarbig heraus, damit ich den guten Nonnen in ihrer dunklen Tracht und Abgeschiedenheit den Sommertag hindurch als eine Art lebendiger Puppe dienen konnte, mit welcher sie spielten, und die Mama empfand das schönste Vergnügen, mich von Hand zu Hand, von Schoß zu Schoß gehen zu sehen. [...] Bei der festlichen Tafel jedoch mußte ich neben der Frau Priorin sitzen, die mir ab und zu wohlwollend die Hand streichelte und mich niemals entließ, ohne mir ein buntes, mit seidenen Maschen geziertes Körbchen voll Backwerk und irgendein silbernes Kreuzchen oder Gottesmütterchen zu schenken. (348f.) [3]

So verwöhnt durch die liebevolle Aufnahme der Nonnen, begreift Lucie die erotischen Versprechungen des katholischen Glaubens, auf die sie Leodegar mit seinen Scherzreden hinweist, nur allzu gut. Als dieser in die Welt entkommt, flieht Lucie ins Kloster und setzt seinen Rat, katholisch zu werden, in die Tat um, damit sie ihn bei einer Rückkehr würde heiraten können. Zum Glück führt der Vater, der vom Faktum des Religionswechsels freilich nichts ahnt, sein Kind aus der katholischen Lasterwelt wieder heraus und in eine protestantische Bildungsanstalt hinein. Dort wird es – wie sich bei Beginn der Bekanntschaft zwischen Lucie und Reinhart zeigt – für ein Mädchen zwar allzu gebildet, doch sieht es ein, daß der Seitensprung in den Katholizismus eine novellistische Episode in seinem bürgerlichen Dasein werde bleiben müssen. Der Vater kann auf einer Reise nach Rom denn auch die Weisheit seiner Erziehung durch die Schilderung der Verwerflichkeiten der römischen Kirche bestätigen. In diesem Klima findet er auch den verlorengegangenen Leodegar wieder, der hier sein Element gefunden hat:

> »Daß ichs nicht vergesse,« endigte der Brief, »unsern Vetter Leodegar habe ich ganz zufällig in Rom getroffen. Er ist dort in den Orden der Redemptoristen getreten und läuft in einem schwarzen Habit herum mit einem närrischen Hut und einem Rosenkranz. Es heißt, er wolle es zum Kardinal bringen; ich glaub es, denn er machte ein sehr durchtriebenes Gesicht, als ich ihn sprach. Es war gewissermaßen der alte Leodegar und doch etwas

> Neues in ihm, wie wenn seine Augen sagen würden: Kerl, dich wollt ich, wenn ich dich hätte und du mich nicht anbeten würdest!« (370)

Lucie braucht keinen Prediger, um aus ihrer Geschichte zu lernen, sie selbst legt sich diese wie ein Exempel aus. Ihren Freund, der sie die kurze Zeit ihrer Bekanntschaft über mit einer Erzählung nach der anderen unterhalten hat, warnt sie hingegen davor, ihre Kindheitsgeschichte nicht auch noch zu einem »Exemplum« zu verarbeiten:

> »Von der verfrühten törichten Leidenschaft und ihrem Gegenstande erholte ich mich zwar bald, da es mir wie Schuppen von den Augen fiel. Aber ich hatte durch meine Streiche Jugend, Leben und Glück, oder was man dafür hält, mir selbst vor der Nase abgesperrt. Den Übertritt konnte ich nicht rückgängig machen, wenn ich nicht als eine abenteuernde Doppelkonvertitin in das Gerücht kommen wollte. Inzwischen lernte ich mich mit der Idee trösten, daß meine Geschichte mich vor späterm Unheil, Unstern und vor Teufeleien bewahrt habe, die ich ohne diese Erfahrung noch hätte erleben oder anrichten können. Es gibt ja auch Krankheiten, die man den Kindern einimpft, damit sie später davor bewahrt beiben! Nun aber halten Sie reinen Mund, nicht wahr? Und mischen Sie die Geschichte nicht unter die Beispiele, die Sie etwa anderwärts vorzutragen in die artige Laune geraten, wie Sie hier getan haben!« (371 f.)

Novelle und Beispiel sind für Lucie ein und dasselbe. Eine andere als eine »artige« Unterhaltung läßt sich für ihren sachlichen Verstand daraus nicht gewinnen. Mit der Rückkehr zu ihrem Glauben und mit dem Eintritt in den Stand der Ehe ist die Novellenzeit beendet; eine Frau, die protestantisch und verheiratet ist, ist über die Novellenwelt hinausgewachsen. Die Revolte, die die Novellenfrau einst durch ihre gewitzten Liebeshändel gegen die Scheinheiligkeit der katholischen Welt unternahm, ist überholt für den, dem dieser Glaube nichts mehr gilt. Novellistische Situationen sind im 19. Jahrhundert Abirrungen jugendlicher Gemüter und Unterhaltungen für unreife Liebespaare, die, wie Lucie und Reinhart, ihre Herzen noch nicht ausgesprochen haben. [4]

Keller erzählt Novellen, um zu zeigen, wie verführbar das Personal der Novelle ist. Lucies Fehltritt in den falschen Glauben korrespondiert Reinharts Leidenschaft, Novellen zu erzählen, Geschichten also, in denen nichts als Leidenschaft und Albernheit herrschen. Lucies Bitte, ihre eigene Geschichte nicht auch noch in Literatur umzusetzen, beendet den Zyklus, weil sie damit Reinhart den Mund verschließt. Die protestantische Vernunft hat der katholischen Fabulierlust das Wort verboten. Das sittliche Chaos der Mönche und der Protest der Novellenfigur gegen die Ordnung ist abgeschafft, denn der tatsächliche Protestantismus hat über sie gesiegt.

Das Jahrhundert der »Novellenwut« scheint vor allem bestrebt zu sein, das Aufbegehren, das einst die Gattung kennzeichnete, zu diffamieren. Sie wird zur lustvollen Unterhaltung, die den Affront nicht mehr sucht. Damit allerdings wird doch wieder eine ihrer anfänglichen Konstituentien bestätigt, die nämlich, daß, Novellen zu lesen, Sünde sei. Aus dem Widerstand gegen diese Sünde, die im 19. Jahrhundert Zerstreuung genannt wird, entsteht mit dem Gegenmodell der Anti-Novelle (siehe das letzte Kapitel des Buches) ein potenzierter Versuch, der Gattung der Lasterhaftigkeit ein Ende zu bereiten.

Das 10. Buch des *Decameron*

Der Kontrapost

Die bekannteste Novelle des *Decameron* ist die Erzählung von Griselda, die zehnte des zehnten Buches. Schon Boccaccios Freund Petrarca hat sie durch eine Übertragung ausgezeichnet, denn er hielt ihr keine andere Geschichte für gleich (»harum similes non fabulas fictas putet«). [1] Seinem Urteil ist die Nachwelt gefolgt und hat die Geschichte immer wieder nacherzählt und bearbeitet. [2]

Diese letzte Erzählung des *Decameron* beschreibt die Legende einer Eheheiligen und gehört als solche offenbar nur in die Sammlung, um sie mit einem Kontrapost abzuschließen: Griselda, die Gemahlin Gualtieris, des Markgrafen von Saluzzo, widerlegt durch ihre Fügsamkeit dem Gatten gegenüber alle Ehefrauen, die ihr in den Erzählungen des *Decameron* vorausgehen. Gualtieri hatte sie, die Tochter eines armen Hirten und Bauern, immerhin aus wahrer Liebe zur Gemahlin genommen. Merkwürdigerweise unzufrieden mit ihrer Willfährigkeit, unterwirft er sie zusätzlichen Prüfungen, um doppelte und dreifache Beweise ihrer Tugend zu erhalten. Er beraubt sie der beiden gemeinsamen Kinder und gibt vor, diese ermorden zu müssen, da sie nicht ganz und gar adeligen Geblütes seien, er verstößt sie selbst, weil ihn angeblich sein Volk zwinge, eine standesgemäße Frau zu heiraten, er nimmt ihr, ehe er diese Unmenschlichkeit vollzieht, die fürstlichen Gewänder ab und zieht sie aus bis aufs Hemd, um das arme Mädchen so zu seinen Eltern wieder zurückzusenden, wie er es von ihnen genommen hat. Dies alles läßt Griselda mit der Geduld einer Heiligen über sich ergehen. Endlich hat Gualtieri Beweise ihrer Unterwürfigkeit genug; er nimmt Griselda wieder auf, um sie vor aller Welt als seine hochverehrte Gemahlin vorzuführen und ihr selbst alle erdenkliche Zärtlichkeit zu erweisen.

Der Reiz, den die Geschichte für die Nachwelt haben mußte, liegt auf der Hand. Sie bot die Möglichkeit, sich in die Tradition des großen Boccaccio zu stellen, ohne doch von seinen frechen Frauen erzählen zu müssen. Griselda wiegt deren Untugenden wieder auf, und ihre Marter muß deshalb gerade so groß sein, wie Verworfenheit, Hinterlist und Witz aller ihrer Vorgängerinnen im Zyklus zusammen es gewesen waren. Freilich darf man annehmen, daß Boccaccio selbst dieses Arrangement so moralisch nicht gemeint hat, wie die Nachwelt es mißverstand. Die Erzählung ist der letzte Akt, der das Potpourri burlesker Abenteuer beendet, so wie – umgekehrt – der Narr dem Reigen ernster Figuren hinterherläuft, den der Tod anführt, oder so, wie der Serie der Tragödien, die bei griechischen Festspielen zur Aufführung kamen, die Komödie folgen mußte. Die Legende der Eheheiligen ist der Kontrapost zu den Novellen der Verführerinnen, die tugendsame Griselda das Widerspiel der lüsternen Ambruogias, Belcolores, Gemmatas, Petronellas und all jener andern Damen und Gevatterinnen, die aus gutem Grund keinen Namen tragen.

Das Bewußtsein, daß gegen die Komik des Novellenzyklus am Ende der Ernst als Kontrapost zu setzen sei, geht bald verloren. Goethe zum Beispiel übernimmt mit der Erzählung vom Prokurator einen solchen Kontrapost aus den *Hundert neuen Novellen* in die *Unterhaltungen deutscher Ausgewanderten*, setzt aber diese Erzählung in die Mitte seiner Sammlung, obgleich sie ganz und gar den Charakter einer abschließenden Gegennovelle hat. Freilich hat sich Goethe ohnehin nur mit der Rahmenerzählung der *Unterhaltungen* an Boccaccio angelehnt, nicht aber mit den Erzählungen selbst, von denen die wenigsten Novellen sind. Eher vereinigte er ein Archiv verschiedenster Möglichkeiten unterhaltender Prosa, wie Gespenster- und Schauergeschichten, Episoden und gelegentlich einmal nur eine Novelle. Wie fast immer in seinen Werken so geht es ihm auch hier um eine Geschichte der Erzählformen. In den *Hundert neuen Novellen* hingegen bildet die Geschichte von *Dem keuschen Liebhaber*, die Goethe übernommen hat, den Abschluß einer Sammlung höchst burlesker Liebesabenteuer und hat damit tatsächlich noch die Funktion des Kontraposts. Da die *Hundert neuen Novellen* das erotische Faktum, das Boccaccio unter vielen Worten versteckte, in unverblümter Deutlichkeit vorführen, verblüfft die Keuschheit der letzten Geschichte umso mehr. Sie stellt die Heilung einer liebeskranken Ehefrau von ihrer Passion dar. Nicht nur die Dame, sondern auch der Prokurator sind das gerade Gegenteil novellistischer Figuren sonst. Die Angebote der schönen Dame sind dem Prokurator nur der Anlaß, um sie zur Besinnung auf ihre ehelichen Pflichten zurückzuführen. Da der Gatte während einer Abwesenheit ausgerechnet ihn, auf den sie ein Auge geworfen hat, zu ihrem Schutz auserkor, macht er sich an sein Bekehrungswerk und heilt die Dame von ihrer Lüsternheit, indem er ihr von Tag zu Tag immer strengere Hungerkuren verordnet. Die metaphorische Gleichsetzung von Appetit und Liebeshunger muß (wenigstens in der Literatur) von Erfolg gekrönt sein, und so geht die Dame als abgezehrte Eheheilige aus der Läuterung hervor. Die Auflösung des Novellensujets zu einem Kontrapost ist hier zum Inhalt der Handlung selbst geworden.

Weder bei Boccaccio noch bei seinen Nachfolgern ist die moralische Lesart der abschließenden Gegennovelle mehr denn eine Inszenierung für gutgläubige Leser. Ein Abschluß, der aus formalen Gesichtspunkten scheint entworfen zu sein, legt die Vermutung nahe, daß Boccaccio seinen Zyklus nicht als reuiger Moralprediger beendet, sondern eher geneigt ist, sich durch derartige Scheinheiligkeiten als Autor der Schamlosigkeiten noch selbst zu überbieten. Diese Absicht verrät sich auch darin, daß diese frömmste Geschichte seiner Sammlung vom frechsten Mitglied der brigata erzählt wird. Dioneo war es im Laufe des Zyklus aufgetragen gewesen, wann immer Ernst und Trauer hatten aufkommen wollen, den Tag auf jeden Fall mit einer zotigen Erzählung abzuschließen. Nun, am allerletzten Tag macht er sich den Spaß, als letzter Erzähler die rührendste aller Geschichten zum Besten zu geben. »Zum Schlusse,« so schreibt André Jolles, dessen Poetik der *Einfachen Formen* eine Vorüberlegung zur Bestimmung der komplizierteren Form Novelle hatte sein sollen, im Vorwort zum *Decameron* von 1921, »macht Dioneo von seinem Rechte Gebrauch, und aus dem Munde des übermütigen Knaben, der die schlüpfrigsten Erzählungen aufgetischt hat, hören wir nun zu Ende des Buches das höchste Lob der Frau: die Geschichte der Griseldis.« [3]

Obgleich Jolles die formale Funktion dieser Novelle erfaßt, verleitet den Wissenschaftler die große Heiligkeit der Griselda zu einer Reaktion, wie sie sich nur der unvorbereitete Leser erlauben dürfte. Jolles läßt sich schließlich vom Autor hinters Licht führen: er fühlt sich bemüßigt, zum Schluß noch moralischer als er zu werden und ermahnt »meine schönen Damen von heute«. [4] Was das 19. Jahrhundert in seinen Novellen und also poetisch und indirekt zu bedenken gab, das konzentriert Jolles zum Abschluß seiner Überlegungen über das *Decameron* ausdrücklich zur Ideologie:

> Aber dennoch, ihr Selbständigen, die ihr euch befleißigt, dem Manne in allen Dingen gleichberechtigt zu sein, hat Boccaccio mit der armen Hirtin Griseldis sein eigenes Ideal der Weiblichkeit schildern wollen und sie als solche, zu Ende seines Buches, den vielen üppigen, leichtsinnigen, lebenslustigen und liebeslüsternen Weibsbildern gegenübergestellt. Er nimmt den Gatten nicht in Schutz, er rät keinem, ihm nachzufolgen, bedauert es, daß ihm aus seinen Taten Gutes erwachsen ist, ja, er spricht von seiner viehischen Roheit – und nichtsdestoweniger ist die Frau, die auch in den schwersten Prüfungen dem sinnlosen Tyrannen als ihrem Ehemann ergeben bleibt, im Grunde für ihn das Weib, wie es sein soll, und er gibt sie als solche den trostbedürftigen Herzen, denen sein Buch gewidmet ist. [5]

Boccaccio hat sein Werk aber solchen »trostbedürftigen« Damen gewidmet, denen es not tat, »die Langeweile zu verscheuchen«. Nur falls sie über seine Geschichten »gar zu viel lachen« würden, sollten »das Klagelied des Jeremias und die Passion des Heilands und die Buße der heiligen Magdalena den Schaden leicht heilen« (945); und allein zum Zwecke, so den Damen das Lachen wieder abzugewöhnen – damit sie seriös aus dem »valle delle donne« ins Leben der anderen zurückkehren könnten und den Spaß, den sie gehabt hatten, nicht verraten müßten –, hat er ans Ende seines Werkes die Legende einer verehelichten Heiligen gesetzt. Dem Gott Amor, dem er die Damen in der Vorrede anempfohlen hat, bleiben der Autor und seine Leserinnen gleichwohl in der Schlußrede verbunden. Der Dichter bittet seine Damen bis zum letzten Wort, »mit seiner Gnade in Frieden« zu leben und also keine Anstrengungen zu unternehmen, in die Gnade des keuschen Legendengottes einzugehen.

Die Verirrung in die moralische Ermahnung, die Jolles, dem Literaturwissenschaftler, so schlecht ansteht, setzt nur den Schlußakzent in einer Geschichte der Verdrängungen, die der Lüsternheit und Anstößigkeit der Novellensujets im 19. Jahrhundert widerfuhr. Sie richtete sich, so ist gezeigt worden, vor allem gegen die erotische Selbständigkeit der Novellenfrau. Das gesamte 10. Buch des *Decameron* aber bot den Nachfolgern Boccaccios die Möglichkeit, ein von ihm verbürgtes Schema zu wählen und dennoch in einen unerotischen Stoff auszuweichen. In den Erzählungen des 10. Tages ist der

Ursprung einer ganzen Reihe von Novellentypen zu suchen, die in das bislang skizzierte Modell der Gattung so recht nicht passen wollen, wie etwa die Räubergeschichte, die Reisenovelle, die historische und kulturgeschichtliche Novelle, welche erotische Liebesgeschichten nur selten und meistens heroische Schicksalsfälle darstellen.

Die Novelle der Hochherzigkeit

Boccaccios kompositorische Strenge, die von keinem seiner Nachfolger voll und ganz wiederholt wird, entwirft nicht nur die abschließende Erzählung von Griselda als Kontrapost zu den anderen Abenteuern der List und erotischen Liebe; das gesamte 10. Buch übernimmt in der seriellen Opposition, in die die Bücher zueinander gebracht worden sind, den letzten Part und hebt schlechterdings alles, was ihm vorausgeht, auf. Das Panoptikum des Lasters wird im 10. Buch durch das Wunder der Tugend wiedergutgemacht. Am 10. Tag erzählen die Damen und Herren unter der Herrschaft Panfilos von Personen, die »großmütig oder hochsinnig« (825) (»liberalmente o vero magnificamente«, 843) gehandelt haben. Da ist die Rede von Tapferkeit, Großmut, Freigiebigkeit, Opfer- und Aufopferungsbereitschaft, von Keuschheit und Dankbarkeit, alles Tugenden und Kardinaltugenden, die mit den vorher erzählten Sünden und Todsünden lediglich gemein haben, daß sie ebenso unglaubwürdig sind wie diese. Damit bleiben auch diese Erzählungen Novellen, Neuigkeiten, unerhörte Begebenheiten. Panfilo allerdings möchte die Erzählungen von edlen Taten und frommen Gesinnungen als Exempla ausgeben, die die »zum Guten geneigten Seelen ohne Zweifel zu hochherziger Handlungsweise entflammen« (826) würden. [6] Den Ernst seines Vorschlags unterstreicht er, indem er zum ersten Mal seit der Auswanderung der Gesellschaft aus Florenz in priesterlicher Manier vom »sterblichen Leibe« (826) und von der Kürze des Lebens, vom Tod also, spricht. – Es ist durchaus denkbar, daß der Ernst, den er am Ende der Sammlung an den Tag legt, so scheinheilig ist, wie der des Ciappelletto am Anfang der Erzählungen.

Nicht allein die hochherzige Handlungsweise der Figuren soll mit den Sünden ihrer Vorgänger versöhnen. Das novellistische Dreieck mußte, damit die hohe Gesinnung der Figuren überhaupt ihren rechten Ausdruck finden konnte, aufgelöst und die Frau als selbständige Agentin aus der Erzählung herausgenommen werden, denn Großmut entfaltet sich nur im männlichen Duell. Wenn Frauen in den Erzählungen des 10.Tages vorkommen, so sind sie Tauschobjekte eines Handels, der unter Männern statthat. In der vierten, fünften, sechsten und achten Erzählung wird jedesmal eine Frau, die ein Mann liebt, von seiner Liebe verschont und selbstlos einem anderen Mann überlassen: ein König, der ein junges Mädchen liebt, leistet Verzicht und verheiratet sie einem Edelmann; ein leidenschaftlicher Liebhaber ist im Begriff, perverserweise seine scheintote Geliebte zu erobern, bis er bemerkt, daß sie doch noch am Leben ist, er verzichtet auf die Lebende und gibt die Auferstandene dem Ehemann zurück; ein Jüngling entdeckt vor der Hochzeitsnacht die Leidenschaft seines Freundes zu der Frau, die auch er liebt und gerade heiraten will – er schenkt sie seinem Freund –, und in solcher Selbstverleugnung geht es fort und fort.

Nicht allein dadurch wird das Modell der übrigen neun Bücher umgekehrt, daß die erotische Liebe im zehnten nicht aus der Ehe heraus-, sondern in sie hineinführt; und auch nicht allein dadurch ist die Novellenwelt auf den Kopf gestellt, daß die Frauen keinerlei Selbständigkeit mehr haben und nur als Staffagen ihren Mann wechseln; vielmehr ist auch unter den Männern alle List verschwunden. Sie überbieten sich gegenseitig an Wahrhaftigkeit und Großmut.

Die Erzählungen des 10. Tages handeln also – außer der allerletzten, die die Ehebruchsgeschichten der übrigen neun Bücher parodiert – immer von den Vortrefflichkeiten zweier Männer; damit ist dieses Buch im Unterschied zu den übrigen Büchern, die eine ungerade Anzahl von Personen gegeneinander führen, was nie aufgehen und was nur strukturell offen und inhaltlich komisch enden kann, zum Buch der *geraden Zahl* geworden. Im Unterschied aber zu Epos und Tragödie, wo Männlichkeit, Kampf, Sieg und Niederlage einander ergänzen, bleibt sich die Novelle doch auch im letzten Buch des *Decameron* treu als eine Gattung scheinbaren Glücks: die Auseinandersetzungen enden friedlich.

Das konventionelle Verhältnis von Häuslichkeit und Öffentlichkeit ist im *Decameron* pervertiert. Das Haus, der Raum der ersten neun Bücher, müßte der Ort der friedlichen Intimität sein, doch die Novelle hatte dort List und Betrug eingeführt und die eheliche

Harmonie als Schein entlarvt. Die Öffentlichkeit hingegen wäre eigentlich das Forum der Parteilichkeit, die Novellen des 10. Buches aber vereinen die Antagonisten in Eintracht und Freundschaft. Diese Harmonie entsteht durch eine Auswahl von Themen, die für die Literatur nicht geläufig sind. Die heroischen des Epos oder der Tragödie vermeidet die Novelle, sie scheint sich aber doch zumindest der organisatorischen Fragen der res publica anzunehmen: die Figuren in den Erzählungen etwa sorgen sich um die gerechte Belohnung eines verdienten Mannes, um die Sicherheit auf den Straßen, um die Gesundheit der Bürger, um Mildtätigkeit und Wohlfahrt gegen Arme und ähnliche menschenfreundliche Einrichtungen.

Auch die soziale Stellung der Figuren hat sich im zehnten Buch geändert. Nun, da es sich um Personen handelt, die mit öffentlichen Angelegenheiten befaßt sind, müssen sie einem höheren Stand zugeordnet sein. Während in den ersten Büchern dieser »niedrigsten aller Gattungen« beliebige Damen, ein paar Edelleute, Mönche und gelegentlich einmal ein Abt miteinander ihr Spiel trieben, machen nun Könige und Päpste die Fälle zu Staatsangelegenheiten. Auf diesen Stilwechsel des Personals weist Dioneo hin, ehe er die letzte Erzählung des Zyklus beginnt:

> Nach dem, was mich bedünkt, meine lieblichen Damen, ist der heutige Tag von allen den Königen und den Sultanen und derlei Leuten gewidmet worden; damit ich mich nun nicht zu weit von euch entferne, will ich etwas von einem Markgrafen erzählen. (924)

Sieht man sich nun aber die einzelnen Heldentaten genauer an, so kommen Zweifel an der Redlichkeit, nicht etwa der Figuren, sondern ihrer Erzähler auf. Selbst die Damen und Herren der brigata stehen verdutzt vor den hohen Tugenden, von denen sie sich gegenseitig etwas vorerzählen:

> Fast wie ein Wunder deuchte es alle, was sie hörten, nämlich daß ein Geistlicher einmal hochherzig gehandelt hätte: [...] aber vielleicht wird es euch nicht minder wunderbar dünken, zu hören, daß ein Mann, um sich freigebig gegen den zu erzeigen, der nach seinem Blute, ja nach seinem Leben trachtete, umsichtig alle Anstalten getroffen hat, es ihm zu geben. (842)

Jeder der Erzähler beginnt seine Geschichte mit dem Zweifel an der Erzählung seines Vorgängers und zieht daraus das Recht, ein noch unglaubwürdigeres Beispiel von Tugendhaftigkeit erfinden zu dürfen,

> wenn anders wahr ist, daß man Schätze verschenkt, Feindschaften vergißt und, was mehr ist, Leben, Ehre und Ruf tausend Gefahren aussetzt, um den geliebten Gegenstand besitzen zu können. (850)

Der Zynismus der brigata, die ihren eigenen Fabeleien glaubt und auch wieder nicht, ist aber nichts als Spott dem Leser gegenüber, von dem auf jeden Fall erwartet wird, daß er die Wunder bestaune. Und in der Tat hat die Nachwelt nicht nur aus der Griselda-Novelle, sondern vor allem auch aus der »Freundschafts-Novelle«, der achten des 10. Tages, ein ganzes Repertoire von Themen und Stoffen für sich abgeleitet. Die historische Aneignung aber geht an Boccaccios eigener Absicht vorbei.

Mit dem Zweifel der brigata am Ausgang der Erzählungen gibt der Dichter einen Wink, wie seine Erfindungen zu lesen seien: als Parodien jener Gattungen, die den männlichen Edelmut zu ihrem wesentlichen Thema gemacht haben. Damit stehen auch diese Erzählungen in einer Reihe mit den übrigen Novellen, die allesamt Satiren auf die hohe Liebe gewesen sind. Eine Kombination von Figuren und Motiven, wie sie in der literarischen Tradition noch nie zusammengebracht und hier nun doch vereint worden sind, kann nur als Parodie gemeint sein. [7]

Den Akzent der Lächerlichkeit setzen bereits die ersten beiden Geschichten. Messer Ruggieri de' Figgiovanni, der »tapfere Ritter« (832) der ersten Erzählung, ist ein Don Quijote avant la lettre. Von Florenz, der Stadt des aufblühenden Handels, wo Tapferkeit nicht mehr gefragt ist, zieht er nach Spanien, um am Hofe König Alfonsos seine kriegerischen und aristokratischen Vorzüge unter Beweis zu stellen und den Lohn zu ernten, der ihm gebührt. Bald jedoch sollte der Ritter enttäuscht von dannen ziehen, da auch der spanische König ihm vorenthielt, was ihm zuzustehen schien. Doch noch einmal von jenem unterwegs aufgehalten und zurückgeholt, läßt nun der König zwischen ihnen beiden das Los entscheiden, um festzustellen, wer im Recht sei. Das Los entschuldigt die Zurückhaltung des Königs seinem Ritter gegenüber. So gerechtfertigt, schenkt nun aber doch der König dem unzufriedenen Florentiner eine Kiste, in der die »Krone, das königliche Zepter und der Apfel und viele Gürtel, Schnallen und Ringe und alle andern Kleinode, die ich [der

König] habe« (835), verschlossen waren. Die Lösung ist unglaubwürdig bis zur Absurdität. Ruggieri ist ohnehin kein wahrer Ritter, denn auf Taten sinnt er nicht, sondern auf den Lohn, der für sie aussteht. Sobald er aber erreicht hat, was er wollte, den Lohn nämlich, ist der König, der ihn belohnte, kein König mehr, denn Krone, Würde, Land und Reichtum hat er hingegeben.

Nicht weniger unstimmig ist das Verhältnis von Typus und Handlung in der folgenden Geschichte. Ghino di Tacco, dessen Name ihn als Vorläufer von Cervantes berühmtem Roque Ginart zu erkennen gibt, ist »ein durch seine Wildheit und seine Räubereien sehr berühmter Mann« (836), der die Gegend um Siena unsicher macht. Eines Tages, als ihm der Abt von Clugny, »den man für einen der reichsten Prälaten der Welt hält« (837), in die Hände fällt, interessiert sich Ghino für nichts weniger als für die Reichtümer dieses Fangs. Vielmehr setzt er seine ganze Räuberehre darein, dem Abt, der sich gerade auf dem Weg in ein Bad befindet, um seinen vom üppigen Essen verdorbenen Magen zu kurieren, »ohne Bäder zu heilen« (838). Da Ghino das gelingt, ereignet sich eine noch größere Unwahrscheinlichkeit: der Räuber und der Abt werden innige Freunde. Sie überbieten sich gegenseitig an Hochherzigkeit: der Abt ist verwundert, »aus dem Munde eines Straßenräubers so hochherzige Worte zu vernehmen« (840), und er versucht, »durch seine Hochherzigkeit getrieben« (841), Gnade für den neuen Freund beim Papst zu erlangen. Der Straßenräuber erhält schließlich auch vom Papst die »Großpriorei des Hospitalordens« (841) zum Geschenk und ist damit in die Reihe der hohen Kirchenfürsten aufgenommen. Im Kontext der Mönchsschelte, die das *Decameron* betreibt, hat dieser Statuswechsel vom berühmtesten Räuber zum Prior zwar seine eigene Pointe: Prälat wird, wer zum Räuberleben geeignet ist. Es spricht für die parodistische Absicht Boccaccios, daß er einen Räuber vorstellt in dem Moment, wo er am wenigsten Räuber ist, wo er nicht auf die Ausbeutung seines Opfers, sondern auf dessen Genesung sinnt.

Auch in den folgenden Geschichten setzt sich die Absurdität fort. Beliebte Figuren der Exempelliteratur sind Nathan und Saladin. Ihre charakteristische Eigenschaft ist die Hochherzigkeit, und die des Nathan ist gerade das Leitmotiv des 10. Tages geworden. In der vierten Erzählung übertreibt Boccaccio diese Eigenschaft dahin, daß Nathan seinem Mörder Mithridanes selbst in die Hände arbeitet und ihm die Mordtat so leicht wie möglich macht. Von so viel Großmut und hoher Gesinnung ist die brigata endlich nach der vierten Erzählung, die von Gentile handelt, dem Liebhaber, der die tote Geliebte liebt und die wiederbelebte dem Ehemann zurückgibt, erschöpft; so muß sie sich durch Selbstreflexion auf ihre Fabulierlust wieder ermutigen, um in diesem Stil fortfahren zu können. Lauretta faßt das bislang Erzählte in zweifelndem Ton zusammen:

> Werdet ihr dafürhalten, daß die Tat eines Königs, das Zepter und die Krone zu verschenken, oder die Tat eines Abtes, einen Missetäter mit dem Papste zu versöhnen, ohne daß es ihn etwas gekostet hätte, oder die Tat eines Greises, dem Messer seines Feindes die Kehle zu bieten, zu vergleichen sei mit der Tat Messer Gentiles? Der war ein Jüngling und feurig und glaubte einen gerechten Anspruch auf das zu haben, was die Unachtsamkeit der andern weggeworfen und was er zu seinem Glücke aufgelesen hatte [nämlich die Scheintote]. [...] Wahrlich, nichts was bisher erzählt worden ist, scheint mir dieser Großmut zu gleichen. (858)

Der Autor läßt keinen Zweifel daran, daß die exorbitante Tugend, die diese Fälle vorführen, eine Frage der Gutgläubigkeit ist. Wenn aber, wo Wunder geschehen, wie hier, Gott nicht der Regisseur ist, so macht sich der, der diese falschen Wunder erzählt, und der, der sie glaubt, gerade erst recht einer Sünde schuldig. Erzählen und Lesen bleiben auch im 10. Buch ein Laster, denn es erzählt von nichts als von gottlosen Wundern.

Die Novelle der Freundschaft

Aus dem Kontrapost des 10. Buches, der den Ernst gegen die Komik stellt, nur um ihre zynische Weisheit umso deutlicher zu unterstreichen, hat gleichwohl die Nachwelt ihre erbaulichsten Themen bezogen. Neben der Griselda-Novelle ist die achte des Tages von den beiden Freunden Gisippus und Titus die beliebteste geworden, seitdem Diderot den Stoff in *Die beiden Freunde von Bourbonne* modernisiert und durch die Ideen der Aufklärung veredelt hat. Ihre letzte ironische Variation hat die Erzählung bei Thomas Mann gefunden, der in den *Vertauschten Köpfen* das unglaubliche Übermaß der Freundesliebe, das Boccaccio erschwindelt hat, mit dem lustvollen Schrekken verknüpfte, den der abendländische Leser an orientalischen und indischen Kulten goutiert.

Bei Boccaccio erreicht die Freundschaft scheinbar ihre höchste

Verherrlichung im Tausch der Geliebten zwischen Gisippus und Titus. Gisippus, der sich der Verwandtschaft seiner Braut und Geliebten Sophronia verpflichtet fühlt, die ihm erst nach langer Werbung das Mädchen zugestanden hat, findet, um seinen Freund, der ihretwegen aus Liebeskummer abmagert, am Leben zu erhalten, einen aparten Ausweg:

> Wie du weißt, ist Sophronia erst nach langen Verhandlungen zwischen meinen Verwandten und den ihrigen meine Braut geworden, und wenn ich nun ginge und sagte, daß ich sie nicht zur Gattin haben will, würde das ein großes Ärgernis geben und ihre und meine Verwandten aufbringen. Darum würde ich mich nicht kümmern, wenn ich sähe, daß sie dadurch die Deine würde; aber ich fürchte, daß ihre Verwandten sie, wenn ich sie auf diese Weise ließe, auf der Stelle einem andern gäben, der wahrscheinlich nicht du wärest, und so hättest du das verloren, was ich nicht gewonnen hätte. Daher meine ich, daß ich, wenn du damit zufrieden bist, so fortfahre, wie ich begonnen habe, und sie als die Meine heimführe und Hochzeit halte, und dann legst du dich heimlich, wie wir das schon werden zu machen wissen, zu ihr als zu deiner Gattin. (890)

Nun setzt Boccaccio das Motiv des unerkannten Liebhabers ein. Titus, wenngleich tief beschämt durch die Großmut seines Freundes, ist es, den Sophronia in Wahrheit zum Ehemann hat, denn er und nicht der offizielle Gatte Gisippus besucht sie unerkannt Nacht für Nacht:

> Aber Gisippus, der mit ganzer Seele und nicht nur mit den Worten zu seinem Willen bereit war, nötigte ihn [Titus] nach langem Widerstreben in das Gemach. Als er zu dem Bette kam, nahm er das Mädchen in seine Arme und fragte sie, wie scherzend, leise, ob sie seine Gattin sein wolle. In dem Glauben, es sei Gisippus, antwortete sie mit Ja; nun steckte er ihr einen schönen, kostbaren Ring an den Finger und sagte: »Und ich will dein Gatte sein.« Und dann vollzog er die Ehe; und lange Zeit genoß er mit ihr die Wonnen der Liebe, ohne daß sie oder sonst jemand gemerkt hätte, daß ein anderer als Gisippus bei ihr lag. (891)

Im novellistischen Dreieck haben sich damit die Positionen ganz im Sinne des 10. Tages verschoben. Ein Bündnis begründet sich nicht zwischen der Frau und ihrem Liebhaber zum Spotte des Gatten, sondern zwischen zwei Männern, die so eng miteinander verbunden sind, daß schwer noch auszumachen ist, wer überhaupt der Gatte, wer der Liebhaber sei. Die Frau, einst Stifterin der Zwietracht, wird nun zum Tempel des Friedens für die Edelmütigen. So schreibt denn mit dieser Variante Boccaccio seine eigene Parodie.

Diderot hat die Novelle der Freundschaft in die Rührseligkeit der *Contes moraux*, jener novellistischen Form, die für das französische 18. Jahrhundert typisch ist, übersetzt. Er glaubt dem Opfermut der Freunde aufs Wort. In den *Beiden Freunden von Bourbonne* muß er daher den ihrer Tugendgröße abträglichen Frauentausch in der Nacht übergehen. Ohne den Witz der Erotik erscheint das Opfer nun als absolute Tugend.

> Als sie eine Zeitlang wieder auf ihrem Dorfe waren, wollte es der Zufall, daß sie sich in dasselbe Mädchen verliebten. Nicht die geringste Rivalität entstand zwischen ihnen; der zuerst die Leidenschaft seines Feundes bemerkte, entfernte sich. Es war Felix. Olivier heiratete.« (152)

Mit nicht mehr als zwei knappen Sätzen hat Diderot Boccaccios lange Geschichte geradezu in ein Argumentum zurückverwandelt. Das Motiv ist, so verkürzt, wieder zum Exempel geworden, an das sich eine Serie von Großmütigkeiten reiht, die alle auf die gleiche Weise den Leser erbauen sollen. Die Verdoppelung des Ehepartners ist ein Motiv, das Diderot besonders fasziniert. Nachdem zwei Freunde eine Frau besaßen, bringt er es mit seiner Geschichte dahin, daß ein Mann zwei Frauen, freilich in höchster sittlicher Verantwortung, hat und unterhält. Olivier nämlich stirbt bald nach der Hochzeit. Felix aber trifft auf der Suche nach dem verlorenen Freund auf eine Köhlersfrau. Mit ihrem Mann zusammen gerät er in ein Scharmützel mit der Polizei, wobei auch der Köhler umkommt. Da Felix bald danach auch die Frau Oliviers wiederfindet, hat nun er seinerseits zwei Frauen. Auch ihnen beweist er nichts als selbstlose Freundschaft, er unterhält sie und ihre Kinder: »Die beiden Witwen blieben zusammen; und Oliviers Kinder hatten einen Vater und zwei Mütter.« (160)

Das Motiv der Männerfreundschaft hat Diderot dem 19. Jahrhundert vermacht, indem er es emphatisch mit den Ideen der Brüderlichkeit und sozialen Verantwortlichkeit besetzte. Das revolutionäre Potential freilich ging schnell wieder verloren. Keller zum Beispiel geht in den *Geistersehern* hinter Diderot zurück, um das Motiv für eine humoristische Brautwerbungsgeschichte zu nutzen. Zwei Freunde, Mannelin und der sogenannnte Kanzler, der erzählende Oheim aus der Rahmengesellschaft des *Sinngedichts*, verlieben sich in ein- und dieselbe Frau, in Hildeburg:

> Das hinderte indessen nicht, daß wir beide uns in sie verliebten und es einander leicht anmerkten. Doch blieben wir dabei nicht nur friedlicher Gesinnung, sondern die gemeinsame Verehrung diente sogar dazu, unsere Freundschaft zu befestigen und den Verkehr angenehm zu beleben. (204)

Weder ist bei Keller das unentschiedene Liebesverhältnis ein Parodie auf die hohe Männlichkeit, denn, ganz im Sinne der alteuropäischen Tradition, überträgt Keller der weiblichen Figur die Entscheidung über ihr Schicksal. Noch bildet der edle Wettstreit um die Frau – im Sinne Diderots – die Männer zu höherer Menschlichkeit heran, denn, da Hildeburg den Fall entscheiden wird, haben diese einander nie etwas nachzusehen und nie gegeneinander Großmut zu beweisen; noch endet die gespannte Situation – um wieder den Maßstab der alteuropäischen Novelle anzulegen – witzig, denn dazu verhalten sich die Figuren zu keusch. Hildeburg durchschneidet das Gängelband, an dem die beiden Helden lasch nur ziehen, durch einen kindischen Scherz: der soll ihr Gatte werden, der ein angebliches Gespenst in einer Schlafkammer »besteht«, das freilich die Geliebte selbst spielt. Einer der Brautwerber nach dem andern wird der Probe unterzogen, und Mannelin – nomen est omen – erobert sich die Frau, die inzwischen mit harmlosen Neckereien, statt mit Unanständigkeiten, ihren Sieg erringt. Da Hildeburg also Mannelin in der Kammer als »das grauenhafte buckelige Weibchen« (230) erscheint,

> packte er sie unversehens um die Hüfte, um sie in die Gewalt zu bekommen und die graue Mantille wegzuziehen. Er fühlte einen allerdings schlangenförmigen, aber sehr lebenswarmen Körper, und da sie sich jetzt in seinen Armen hin und her wand und mit dem Leichengesicht nahe kam, faßte er unerschrocken die im Monde glänzende schreckliche Nase und behielt eine abfallende Wachsmaske in der Hand, während Hildeburgs feines Gesicht zu ihm emporlächelte. Leider küßte er es sogleich zu verschiedenen Malen und an verschiedenen Stellen, beschränkte sich aber doch endlich auf den Mund, nachdem derselbe ein unhöfliches: »Du lieber Kerl!« ausgestoßen hatte. (231)

Absichtlich wird bei Keller das Motiv leer gelassen und kindischer, als es im 19. Jahrhundert sonst von Dichtern praktiziert wird, mit einer zweiten Lesart unterlegt. Das *Sinngedicht* stellt die Unsinnigkeit der Gattung Novelle heraus, um von ihr die letztendliche Vernunft der Ehestiftung in der Rahmenhandlung abzusetzen. In der Geschichte der Novelle ist die Erzählung von den *Geistersehern* symptomatisch für die Tendenz, die Novelle abzuschaffen. Vor allem Keller beteiligt sich an ihr, indem er die Novellenstoffe nur deshalb bewahrt, um ihre Albernheit umso deutlicher spürbar werden zu lassen. Immerhin aber wird an Kellers Wahl deutlich, daß das Freundschaftsmotiv zu den wichtigen der Novellengeschichte gehört.

Im 20. Jahrhundert belebt Thomas Mann das Motiv nicht nur zu neuer Bedeutung, er stellt es sogar in fast derselben Form wieder her, wie es von Boccaccio her bekannt ist. Nachdem bei Hermann Kurz in *Die beiden Tubus* das Motiv nur schwer noch erkennbar ist, da die Frau aus dem Freundschaftsverhältnis herausgenommen wurde, bedient sich Thomas Mann des Motivs, um an der innigen Verbundenheit zweier Freunde das Thema des einen vollkommenen, ja des platonischen Menschen abzuhandeln. Nanda und Shridaman sind zwei ungleiche Freunde, die sich zunächst in philosophischen Gesprächen vereinigen, bis sie eines Tages an einem Flußufer Sita sehen:

> Ein junges Mädchen stand an dem einsamen Ort der Vereinigung, im Begriff, ihre Bade-Andacht zu verrichten. Sie hatte Sari und Mieder auf den Stufen des Einstiegs niedergelegt und stand da ganz nackt, angetan nur mit einigem Kettenschmuck an ihrem Halse, mit schaukelnden Ohrringen und einem weißen Bande um ihr reich geknotetes Haar. Die Lieblichkeit ihres Leibes war blendend. (254)

Auch dieser Anblick veranlaßt die Freunde zu religiösen und metaphysischen Reflexionen, und doch befällt Shridaman die Liebeskrankheit, die auch den Titus des Boccaccio ohne die Großzügigkeit seines Freundes zu Tode gebracht hätte. Nanda verhilft Shridaman zu Sita, und nach der Ehe erwacht erst so recht die Liebe zwischen den Dreien. Schließlich entschließt sich Shridaman zum Blutopfer im Tempel. Durch ein Wunder kann Sita, nachdem Nanda dem Freund in den Tod gefolgt ist, die beiden Figuren ins Leben zurückrufen, doch unterläuft ihr dabei der Fehler, daß sie die Köpfe vertauscht. Die Freunde sind wiederhergestellt, und »so gingen sie voneinander, einer und zwei.« (314) Damit ist die Innigkeit der Freundschaftsnovelle bis zur Absurdität der körperlichen Einheit potenziert. Daraus ergibt sich für die Novelle die ironische Situation, daß Sita die ist, die vom edlen Freundesopfer profitiert; die weibliche Figur, Regisseur der männlichen Lust in Boccaccios ersten neun Büchern und Medium männlicher Hochherzigkeit im zehnten Buch, wird nun zum Schmarotzer der Großmut:

> Gatte und Freund waren zweierlei gewesen für Sita, die Erweckte, – nun waren sie eins worden, was sich glückseligerweise so vollzogen hatte [...], daß das Beste von beiden und was in der Einheit eines jeden die Hauptsache gewesen war, sich zusammengefunden [...] hatte. [Sita ist] die begünstigtste Frau der Welt, denn sie war im Besitz eines Gemahls, der, wenn man so sagen darf, aus lauter Hauptsachen bestand. (316)

Damit ist ein neues novellistisches Figuren-Dreieck entstanden, denn »wo zwei von uns sind, wird immer der dritte fehlen«.(331) Es läßt sich gut denken, wie Thomas Mann an dieses unerhörte Ereignis der Bildung eines »krotonischen« Jünglings eine Philosophie der Schönheit anknüpfen kann, die wichtig ist für die Interpretation der Novelle, nicht aber für die Tradition von Struktur und Motiv, und die deshalb hier hintangestellt werden darf. [8]

Struktur, Motiv und Bedeutungswandel

Edelmut zwischen Männern als literarisches Motiv ist eine ebenso ungewöhnliche Erfindung, die sich Boccaccio zum Spott seiner gutgläubigen Leser ausgedacht hat, wie die erotische Aktivität der Frau. Aus volkstümlichen Gattungen, aus dem Schwank, dem Exemplum und anderen didaktischen Formen hat er der hohen Literatur diese Themen zugeführt, die das eine Mal für sie zu niedrig, das andre Mal zu hoch waren, die aber von nun an jahrhundertelang wirken sollten. Die Geschichte einer Gattung ist aber immer eine Geschichte ihrer Unterwerfung unter einen neuen Sinn. Er allein interessiert den zeitgenössischen Leser an der Literatur, wie den Bewohner eines Hauses dessen Brauchbarkeit. Immerhin liegt allemal der Bauplan fest, sonst wären Häuser nicht als Häuser und Poesien nicht als Poesien, Tragödien nicht als Tragödien und Novellen nicht als Novellen zu erkennen. Das Muster aber der Novelle, wie es Boccaccio, Margarete von Navarra und – wie später noch zu zeigen sein wird – Cervantes entworfen haben, mag so exakt wie möglich beschrieben worden sein, die Überlieferung verwandelt es, um ihm eine zeitgemäße Lesart hinzufügen zu können. Bei solchem »Sinneswandel«, der der Gattung im Laufe ihrer Geschichte zugemutet wird, sind Struktur und Form die widerspenstigen Teile, die Motive die flexible Masse. Die serielle Opposition, das Argumentum, die Punktualisierung von Zeit und Raum, die ungerade Zahl von Personen samt dem verlachten Dritten – all diese Elemente, von denen das eine oder andere weiter verwendet werden, halten die Erzählung in der Belanglosigkeit der Unterhaltungsliteratur fest, in der Gedankenlosigkeit, in die sich die brigata aus dem unbemerkten dies irae des *Decameron* rettete. Motive hingegen bieten – zumal sie zwischen Gattungen hin- und hertreiben – die Chance der Modernisierung. Die Geschichte einer Gattung besteht immer in der Zerstückelung in einzelne Motive zum Zwecke der Uminterpretation der Form.

Gerade weil Diderot sich so wenig um den Bauplan der Novelle gekümmert hat – die kurzen, fast unverbundenen Szenen lassen die Freunde eher wie zwei Picaros erscheinen, die von Augenblick zu Augenblick stolpern, denn wie Novellenfiguren, die immer eine stringente Handlung voranzutreiben haben –, war der Erfolg seiner Erzählung so groß. Er hat den architektonischen Plan von Boccaccios Novelle im Zitat ihrer Motive, die er nun beliebig nebeneinander gebrauchte, untergehen lassen. Die Funktion der Struktur übernahm eine neue Idee von männlicher Freundschaft. Für die Nachwelt war es nun nicht allzu schwer, aus dem zertrümmerten Modell Motive und Sinnelemente zu freiem Gebrauch herauszulösen.

Diderot hat diese Zerstückelung thematisch vorbereitet, indem er die Heiligkeit der Freundschaft anders begründet hat als Boccaccio. Notwendig muß bei Boccaccio Titus für das Opfer, das Gisippus ihm gebracht hat, die Chance erhalten, eine Gegenleistung zu erbringen, denn nur jene können überhaupt Freunde sein, die das gleiche Maß an Großmut auszeichnet. Nach einiger Zeit also läßt Boccaccio den Titus nach Rom, seiner Heimatstadt, zurückkehren. Damit ist Gisippus nicht nur die Frau genommen, sondern auch die Gelegenheit, alltäglich die schöne Geste des Verzichts zu zelebrieren. Erst dieser Entzug einer schauspielerischen Darstellung seines großen Charakters stürzt ihn ins Unglück:

> Klug wie sie [Sophronia] war, machte sie aus der Not eine Tugend und übertrug die Liebe, die sie Gisippus entgegengebracht hatte, sogleich auf Titus; und sie zog mit ihm nach Rom und wurde dort mit großen Ehren empfangen. Gisippus, der in Athen geblieben war, wurde allgemein wenig geachtet; und nach nicht langer Zeit wurde er wegen eines gewissen Bürgerzwistes samt allen Mitgliedern seines Hauses arm und elend aus Athen vertrieben und zu ewiger Verbannung verurteilt. Mit diesem Banne behaftet und nicht nur arm, sondern ein Bettler geworden, kam er mit knapper Not nach Rom. (898f.)

Dort nun hat Titus Gelegenheit zur Gegenleistung, indem er den Freund aus den Händen der Gerichtsbarkeit rettet.

Diderot motiviert die Freundschaft von Anfang an nicht aus der bis zur Lächerlichkeit unglaubwürdigen Hochherzigkeit, die die schon versprochene Geliebte dem Freund überläßt, sondern aus einer naturgesetzlichen Notwendigkeit. Die beiden Freunde Felix und Olivier sind Milchbrüder, und so hat die Natur in ihnen, die zu Allegorien der Humanität schlechthin geworden sind, ein Bündnis gestiftet, das unauflöslich ist bis in den Tod. Olivier kann daher, ohne daß er noch einen freundschaftlichen Dankesbeweis abstatten müßte für die Großmut, die Felix ihm mit dem Opfer der Frau erwiesen hat, so schnell wie möglich sterben. Felix zieht sich gleich nach der Heirat des Olivier zurück und gerät sofort ins Unglück: »und Felix, des Lebens überdrüssig, ohne zu wissen warum, stürzte sich auf allerlei gefährliche Gewerbe: zuletzt wurde er Schmuggler.« (152) Gleich nach diesem tiefen Fall, der Folge jenes Opfers, das er für Olivier gebracht hat, erfährt er von dessen Tod. Damit ist er gerade der isolierte Held, den der moderne Autor braucht, der leichter mit *einem* Helden umzugehen weiß, als mit zweien. Mit der Kombination von Blutsbrüderschaft und frühem Tod verschafft sich Diderot eine rührende Situation und dem hinterbliebenen Felix gleich zwei Tugenden, Freundschaft und Treue über den Tod hinaus.

Ausgezeichnet durch solch hohe Eigenschaften und dennoch vereinzelt, ist Felix das Individuum, das Diderot sich schaffen mußte, um aus Boccaccios Novelle jenes Motiv herauszuarbeiten, das das 18. Jahrhundert begeistern sollte: das des Verbrechers aus verlorener Ehre.

Der dubiose Charakter

Der edle Räuber ist eine Figur, die Boccaccio vorbereitet hat, sie gehört in die Reihe der paradoxen Charaktere, die er in seinem letzten Buch schuf. In der Figur selbst sollte ja die Parodie schon sichtbar werden. Eine niedrige Eigenschaft mußte also durch eine hohe überboten werden. In den Figuren des letzten Buches verbinden sich deshalb immer zwei unzusammenpassende Eigenschaften: Ritterlichkeit und Verachtung, Majestät und Machtlosigkeit (in den beiden Figuren, Ritter und König, in der ersten Erzählung), Wildheit und Mildtätigkeit (in Ghino di Tacco in der zweiten Erzählung), Mildtätigkeit und Mordlust (in Mithridanes in der dritten Erzählung), Nekrophilie und Keuschheit (in Gentile in der vierten Erzählung) und so fort; die Eigenschaften, zweifelhaft, wie sie sind, ließen sich vielleicht anders benennen, jedenfalls aber ist evident, daß jede Figur in sich zwei miteinander unvereinbare Züge vereint. Die Eigenschaftslosigkeit der Figuren der ersten neun Bücher ist durch die Ungewöhnlichkeit des Charakters überboten, den die des letzten Buches vorstellen. Aus der Perspektive des Autors, der die Inszenierung lenkt, ist der Charakter paradox, aus der des Lesers, der sie nicht durchschauen soll, ist er dubios.

Schon Boccaccios Räuber gibt sich unglaublicher- und also ironischerweise als einer aus »verlorener Ehre« aus. Ghino di Tacco selbst ist es, der in einer hochtrabenden Ansprache an den gefangenen Prior, der daraufhin auch bald sein Freund werden sollte, seine Vornehmheit in der Tat etwas dick aufträgt:

> Herr Abt, Ihr sollt wissen, daß es nicht Bösartigkeit des Herzens, sondern edle Geburt, Verbannung aus seinem Hause, Armut und die Feindschaft vieler mächtiger Herren sind, die Ghino di Tacco, und der bin ich, dazu gebracht haben, ein Feind des römischen Hofes und ein Straßenräuber zu werden, um sein Leben und seinen Adel verteidigen zu können; da Ihr mir aber ein wackerer Herr zu sein scheint, will ich Euch, nachdem ich Euch schon von Eurem Magenübel geheilt habe, nicht behandeln, wie ich's einem andern täte, dem ich, wenn er mir in die Hände fiele wie Ihr, nach meinem Belieben einen Teil seiner Sachen nähme, sondern ich will, daß Ihr mir mit Rücksicht auf meine Lage nach Eurem Belieben einen Teil Eurer Sachen überlasset. (840)

Ghino di Tacco verkehrt also als Ehrenmann mit dem Prior von gleich zu gleich, noch ehe er vom Papst die Pfründe erhalten hat, ja er zwingt sie durch sein untadeliges und adeliges Benehmen geradezu herbei. Überzeugt jedenfalls von Ghinos Vornehmheit, erbittet der Prior für seinen neuen Freund vom Papst das donum:

> Heiliger Vater, das, was ich von Euch zu verlangen gedenke, ist, daß Ihr meinem Arzte Ghino di Tacco wieder Euere Gnade zuwendet, weil er unter all den wackern Männer, die ich je kennengelernt habe, sicherlich einer der wackersten ist; und das Schlechte, was er tut, schreibe ich vielmehr der Schuld seines Geschickes als seiner eigenen zu. (841) [9]

Die Spaltung, durch die überhaupt erst ein dubioser Charakter entsteht, erscheint, in Handlung übersetzt, als Macht des Schicksals.

Dies mythische Analogon macht die poetische Kraft der Novelle des 19. Jahrhunderts aus. Sie übernimmt den Entwurf des dubiosen Charakters, dessen widersprüchliche Eigenschaften nun wie die sich widerstreitenden Seiten von Wesen und Schicksal gegeneinander geführt werden und als widersprüchliche Handlungstendenzen die Figur in entgegengesetzte Richtungen bewegen, von Diderot, um eine Serie »hochherziger Novellen« zu schaffen, deren erste Schillers *Verbrecher aus verlorener Ehre* sein sollte.

Die Novelle der Hochherzigkeit im 19. Jahrhundert

Der Verbrecher aus verlorener Ehre

Der dubiose Charakter aus dem 10. Buch des *Decameron* verliert im Laufe der Novellengeschichte jegliche parodistische Funktion. Nur so kann ihn die Novelle des 19. Jahrhunderts übernehmen. Die Widersprüchlichkeit der hohen Tugenden, die bei Boccaccio eine Figur in sich zu vereinen wußte, wird nicht mehr zum Spott menschlicher Größe überhaupt eingesetzt. Vielmehr liegt nun die Größe der Figuren in ihrer Zerrissenheit, in der schicksalhaften Unfähigkeit, zwei Eigenschaften, die wie zwei Seelen einander widerstreiten, in sich zur Ruhe zu bringen. Immerhin weiß Paul Ernst noch von der Herkunft dieser Konstellation aus Boccaccios Werk, ohne freilich eine exakte Unterscheidung des Figurenentwurfs in den einzelnen Büchern des *Decameron* vorzunehmen:

> Die Verknüpfung von Schicksal und Charakter und die ewige Frage ihrer gegenseitigen Bestimmtheit; deren Behandlung erfordert jenen außersittlichen Standpunkt, den zuerst der große Boccaccio hat. [1]

Wenn nicht überhaupt, wie vor allem in Frankreich, die erotische Novelle erhalten bleibt, dann bevorzugt die Gattung im 19. Jahrhundert die Darstellung einer Figur aus dem bürgerlichen Alltag, die aber dennoch ein hoher Charakter und ein großes Schicksal auszeichnen. Die Schicksalhaftigkeit, die nach Paul Ernst schon bei Boccaccio zu finden sei, die aber nicht einmal der bürgerlichen Novellenfigur des 19. Jahrhunderts ansteht, führt zur Notwendigkeit, Novelle und Drama zu unterscheiden. Spielhagen konstatiert die »Aehnlichkeit mit dem Drama« [2], nachdem schon Paul Heyse die Nähe oder Ferne der Novelle zu dieser Gattung bemerkt hatte:

> Im Uebrigen werden wir starke Willens- oder Charakter-Conflicte nach wie vor vom Drama vorgeführt verlangen, wie von einer echten und gerechten Novelle ein seelisches oder geistiges Problem in einem kräftig begrenzten Fall zum Austrag gebracht werden soll. [3]

Poetologisch ist jenes Schicksal, das die Novellentheorie in Deutschland meint, nichts anderes, als die Aktion, die aus gegeneinanderstrebenden, widersprüchlichen Charaktereigenschaften entspringt. Wenn ein Charakter sich handelnd äußert, so müßte nach Heyse ein Drama entstehen, wenn sich der Konflikt im Innern der Figur abspielt, eine Novelle. Wenn Goethe, als er Eckermann gegenüber im Zusammenhang seiner *Novelle* vom »unerhörten Ereignis« sprach, als der anerkannt wird, der den Terminus schlechthin für die Gattung gefunden hat, so ist dabei übersehen worden, daß er seinen Begriff an der alteuropäischen Novelle gewonnen hat. In der *Novelle* selbst wäre eine noch brauchbarere Bestimmung jenes Falles zu finden, der im 19. Jahrhundert vor allem dargestellt und in der poetischen Theorie diskutiert wurde. Gegenstand seiner *Novelle* sei, so heißt es im Text, »der seltene menschliche Fall«. (511)

Der Entwurf des dubiosen Charakters im 10. Buch des *Decameron* leitet den Übergang von der witzigen, erotischen Handlung zur Charakterbeschreibung ein. [4] Die Handlung entsteht in den Novellen, die diesem Muster folgen, durch den Auseinanderfall des dubiosen Charakters in seine konstitutiven Eigenschaften. Der Verbrecher aus verlorener Ehre, jener Typus, den Schiller zum Titel seiner Erzählung gemacht hat, ist der Inbegriff des Figurenentwurfs, den die Novelle der männlichen Hochherzigkeit braucht. Diderot hat die Figur mit aller Sentimentalität versehen, die ihm seine Zeit mit der eben untergehenden conte moral anbot. Nicht Verachtung, sondern Mitleid ist angemessen für eine Verfehlung, deren eigentliche Ursache ein Übermaß an Tugendhaftigkeit ist. Der lasterhafte Leser, der sich am »seltenen menschlichen Fall« von Gewalttat, Raub und Mord erfreut, verschafft sich im Mitgefühl das Alibi der Menschenliebe.

Felix also in Diderots *Zwei Freunden von Bourbonne* stürzt – da zu rühren das erste Ziel der Erzählung ist – die Seelengröße, aus der heraus er die Geliebte dem Freund überläßt, unverzüglich ins Elend:

> Olivier heiratete; und Felix, des Lebens überdrüssig, ohne zu wissen warum, stürzte sich auf allerlei gefährliche Gewerbe: zuletzt wurde er Schmuggler. (152)

Nun aber will es das Schicksal, daß Felix selbst es ist, der durch einen Zufall den Freund Olivier zu Tode bringt. Als Felix von dem Mißgeschick erfährt, ergreift den tugendhaften Bösewicht, zu dem er inzwischen geworden ist, der Wahnsinn. Der Zwiespalt des Charakters äußert sich – eine Folge der psychologischen Beobachtungen, die zu machen sich Diderots Jahrhundert gerade anschickte – in einem Anfall von Wahnsinn. Die Bewußtseinsspaltung ist die zeitgemäße Erscheinungsweise des dubiosen Charakters. Felix schwankt zwischen Menschenliebe, aus der heraus er sich der Pflicht unterwirft, die hinterlassenen Frauen samt ihren Kindern zu versorgen, und Verbrechen, das ihn ruhelos von Versteck zu Versteck treibt, bis er schließlich in die Hände der Justiz fällt.

Schiller übernimmt diesen Figuren- und Handlungsentwurf von Diderot. »Honett zu stehlen«, ist der in sich widersprüchliche Entschluß, den Christian Wolf, sein Held, faßt, als sich ihm die Geliebte entzieht und das bürgerliche Glück versagt. Schiller entwirft seinen Helden ganz und gar als den dubiosen Charakter des 10. *Decameron*-Buches:

> Zu bequem und zu unwissend, seinem zerrütteten Hauswesen durch Spekulation aufzuhelfen, zu stolz, auch zu weichlich, den Herrn, der er bisher gewesen war, mit dem Bauer zu vertauschen und seiner angebeteten Freiheit zu entsagen, sah er nur einen Ausweg vor sich – den Tausende vor ihm und nach ihm mit besserem Glücke ergiffen haben – den Ausweg, honett zu stehlen. (10)

Christian Wolf ist bequem und unwissend, aber stolz, weichlich, aber vornehm. Da das Gute immer wieder und vor allem im Angesicht des Todes durch die harte Schale der äußeren Erscheinung hindurchbricht, nimmt sich das Urteil, das über den Bösewicht gefällt wird, wie seine Katharsis und Erlösung aus. In Schillers Erzählung stehen alle möglichen Requisiten der Unterwelt, Zerberus und Höllenschlund (S. 20f.), bereit, um den Armen zu schrecken, bis endlich er sich zur Buße bereit findet:

> Das Laster hatte seinen Unterricht an dem Unglücklichen vollendet, sein natürlich guter Verstand siegte endlich über die traurige Täuschung. Jetzt fühlte er, wie tief er gefallen war, ruhigere Schwermut trat an die Stelle knirschender Verzweiflung. Er wünschte mit Tränen die Vergangenheit zurück; jetzt wußte er gewiß, daß er sie ganz anders wiederholen würde. Er fing an, zu hoffen, daß er noch rechtschaffen werden dürfe, weil er bei

> sich empfand, daß er es könne. Auf dem höchsten Gipfel seiner Verschlimmerung war er dem Guten näher, als er vielleicht vor seinem ersten Fehltritt gewesen war. (24)

Mit der Wiedergeburt des Guten in der Seele des Bösen ist der dubiose Charakter so recht erst zu seiner Entfaltung gelangt. Die Erzählung tendiert zur Legende. Auch der Heilige muß nicht von Anfang an gut sein. Wesentlich ist seine Kraft zur Buße; Christian Wolf beweist sie in einem Maße, das alle seine Verbrechen überbietet. Freilich ist nun jegliche Parodie auf die Legende, die im *Decameron* hinter aller Opferbereitschaft und Hochherzigkeit stand, aufgehoben, denn schließlich ist es ein Unterschied, ob der Held, wie Christian Wolf, auf die himmlische Erlösung, oder, wie Ghino di Tacco, auf eine Pfründe des Papstes hoffen darf.

Die Figur des Verbrechers aus verlorener Ehre geht im 19. Jahrhundert nicht verloren. Vor allem im Werk Mérimées, in *Colomba* und in *Carmen*, lassen sich die Züge dieser Figur am männlichen Helden wiederfinden. Zwar ist *Carmen* eine typische erotische Novelle, in der zwei Männer in eifersüchtiger Konkurrenz den Listen einer raffinierten Novellenfrau ausgeliefert sind, doch mischt sich in die Struktur der erotischen Novelle die der parodistisch-heroischen des 10. Buches. Ähnlich wie Schillers Christian Wolf kommt José kurz vor seinem Tode zur Besinnung. Als er dem Rivalen, der ihn im Gefängnis besucht, seine Lebensgeschichte, seine vita erzählt, beginnt seine Läuterung. José darf sich nun als der Ehrenmann vorstellen, der durch Zufall ins Verbrechen geriet:

> Señor, zum Verbrecher wird man leicht! ein hübsches Mädchen verdreht einem den Kopf; man schlägt sich für sie; es passiert ein Malheur; man muß in die Berge fliehen; und bald avanciert der Schmuggler zum Straßenräuber. (319)

An anderer Stelle insistiert José noch einmal auf dem Zwiespalt in seinem Wesen:

> Aber ich werde mein Konto so mit ihm [Garcia, dem Rivalen] regeln, wie man es in meiner Heimat zu tun pflegt! Denn ein Zigeuner bin ich ja nur aus Zufall; in gewissen Dingen werde ich stets ein Navarrese [und das heißt: ein edelmütiger und stolzer Mensch] bleiben. (326)

Die Novellen des 10. Buches führen – mit Ausnahme der letzten – die männliche Figur aus dem Haus heraus in die Öffentlichkeit, während für die übrigen Novellen des *Decameron* das Überschreiten der Schwelle und das Eindringen eines Fremden ins Haus charakteristisch war. Die Erzählungen des letzten Buches berichten von Männerangelegenheiten, die an den Orten der Öffentlichkeit spielen. Selbst die Freundschaftsnovelle mündet mit den Verbrechen, in denen Gisippus seinen Schmerz um die verlorene Geliebte betäubt, in die Gerichtsbarkeit von Athen und Rom. Mit der Herauslösung gerade dieser Episoden des unverschuldeten Verbrechens aus der parodistischen Absicht von Boccaccios Werk verschafft sich die neuere Novelle die Möglichkeit, in dieser Gattung der Intimität einen politischen Stoff unterzubringen. Aus der Figur des Verbrechers aus verlorener Ehre, der mit den Gerichten in Konflikt kommt, entwikkelt Kleist schließlich die des Michael Kohlhaas, der einen ganzen Staat in Bewegung setzt.

Zunächst hat es den Anschein, als sei Kleists Novelle, nicht anders als die Schillers, nur durch ein Motiv und nicht durch die Struktur mit dem Ursprung der Gattung verbunden. Auch Michael Kohlhaas ist Verbrecher aus verlorener Ehre. Als dubioser Charakter, der in seiner »zerissenen Brust« die verschiedensten Pläne »wälzte« (43), stellt ihn der Erzähler schon zu Beginn vor, wenn er ihn einen »der rechtschaffensten zugleich und entsetzlichsten Menschen seiner Zeit« (9) nennt. Die Disposition des Charakters am Anfang der Geschichte, die einem Argumentum gleichkommt, zitiert Milieu und Schicksal von Schillers Christian Wolf:

> Dieser außerordentliche Mann würde, bis in sein dreißigstes Jahr für das Muster eines guten Staatsbürgers haben gelten können. Er besaß in einem Dorfe, das noch von ihm den Namen führt, einen Meierhof, auf welchem er sich durch sein Gewerbe ruhig ernährte; [...] nicht einer war unter seinen Nachbarn, der sich nicht seiner Wohltätigkeit, oder seiner Gerechtigkeit erfreut hätte; kurz, die Welt würde sein Andenken haben segnen müssen, wenn er in einer Tugend nicht ausgeschweift hätte. Das Rechtsgefühl aber machte ihn zum Räuber und Mörder. (9)

Im Unterschied aber zu Schillers Räuber rächt sich Michael Kohlhaas nicht in blinder Gegenwehr; er kämpft für sein Recht und macht damit von Anfang an seine Sache, den Kampf um die von dem Herrn von Tronka an der Grenze willkürlich einbehaltenen Rappen, zur öffentlichen Angelegenheit:

> Dagegen sagte ihm ein ebenso vortreffliches Gefühl, und dieses Gefühl faßte tiefere und tiefere Wurzeln [...]: daß wenn der ganze Vorfall, wie es allen Anschein habe, bloß abgekartet sein sollte, er mit seinen Kräften der Welt in der Pflicht verfallen sei, sich Genugtuung für die erlittene Kränkung, und Sicherheit für zukünftige seinen Mitbürgern zu verschaffen [habe]. (16)

Der fragwürdige Charakter in den Novellen des 10. Buches kann nur glücklich werden in der Atmosphäre einer Freundschaft von komplementärer Fraglosigkeit. Zwei Absurditäten heben einander auf, und so können bei Boccaccio die Novellen der männlichen Absonderlichkeit im Glück enden. Das kleinste Zögern von einer Seite der Freundschaft jedoch fordert den dubiosen Charakter heraus und provoziert seine Feindschaft. Nur einer Winzigkeit bedarf es, damit Freundschaft in Feindschaft umschlage und die Freundschaftsnovelle als Feindschaftsnovelle fortlebt. [5]

Die Wende von der Freundschaft zur Feindschaft, die in der Freundschaft angelegt ist, nutzt Kleist , um eine neue Struktur für die Novelle zu entwickeln. Der Familienvater und Menschenfreund, der Michael Kohlhaas ist, nimmt seinen Fall für einen allgemeinen. Die Feinde – Kohlhaas auf der einen, Wenzel von Tronka auf der anderen Seite – schaffen sich Freunde und Anhänger. Es hat den Anschein – und so ist die Novelle auch gelesen worden –, als sei Michael Kohlhaas der Selbsthelfer, der Rächer und Erzengel Michael, der allein der Welt trotzt. Tatsächlich aber sind Kohlhaas und Tronka Kristallisationskerne, an die sich immer mehr Parteifreunde anschließen. Michael Kohlhaas zieht das Volk, das mit der Willkürherrschaft der Tronka unzufrieden ist, auf seine Seite; der Nagelschmidt seinerseits ist nur »einer von den durch den Roßhändler zusammengebrachten, und nach Erscheinung der kurfürstlichen Amnestie wieder abgedankten Knechten« (65); auch den Kurfürst von Sachsen kann er, wenngleich mit märchenhaften Zaubermitteln, auf seine Seite ziehen. Eine regelrechte Wucherung aber ist der Parteienzuwachs auf der Seite Wenzels von Tronka. Kohlhaas ist von Anfang an einem Hofstaat von Verwaltern und Schloßvögten konfrontiert; von den Freunden des Junkers entpuppt sich bald der größere Teil als seine Verwandtschaft. Die Jagd auf Wenzel von Tronka führt durch seine gesamte Sippschaft hindurch. Er flieht in ein Stift, wo »die Äbtissin seine leibliche Tante und Erzieherin seiner ersten Kindheit war«.(34) Die Klagen Kohlhaas' bei höheren Instanzen scheitern, weil Verwandte des Junkers ihre Hand im Spiel haben:

> [Kohlhaas] erfuhr, daß die Klage, auf eine höhere Insinuation, bei dem Dresdner Gerichtshofe, gänzlich niedergeschlagen worden sei. – Auf die befremdete Rückschrift des Roßkamms, worin dies seinen Grund habe, meldete ihm jener: daß der Junker Wenzel von Tronka mit zwei Jungherren, Hinz und Kunz von Tronka, verwandt sei, deren einer, bei der Person des Herrn, Mundschenk, der andre gar Kämmerer sei. (21f.)

Kleist wiederholt die Hinweise auf Verwandtschaftsbeziehungen und also auf Parteilichkeit in seiner Novelle unentwegt. Die »Herren Hinz und Kunz« helfen »bei des Junkers ihres Vetters Ermangelung eigener Ställe« (57) diesem aus; unnötigerweise wird darauf hingewiesen, daß Herr Wenzel in »Gegenwart des Kämmerers, seines Vetters« sich aufhält, obgleich mittlerweilen das Verwandtschaftsverhältnis zwischen beiden längst bekannt ist. Bei einem Gemetzel interessiert vor allem wieder das Verwandtschaftsverhältnis zwischen den Kombattanten:

> Vergebens rief der Junker Wenzel, indem er sich aus dem Tumult rettete, den Rittern zu, seinem Vetter beizuspringen. (63)

Auch andere weniger bedeutsame Handlungsträger sind verwandtschaftlich miteinander verbunden. So hat der Prinz Christiern von Meißen, an den sich Kohlhaas in seiner Sache wendet – unglücklicherweise für diesen –

> die Gubernialgeschäfte während seiner Abwesenheit dem Schloßhauptmann, Freiherrn Siegfried von Wenk, einem Vetter des oben erwähnten Herren gleichen Namens, übergeben. (70)

Der Fürst von Dessau wiederum lag,

> unfähig zu jagen, [...] krank in Braunschweig, bei seinem Oheim, dem Herzog Heinrich, [...] die Dame Heloise [traf], am Abend des folgenden Tages, in Gesellschaft eines Grafen von Königstein, den sie für ihren Vetter ausgab, bei dem Kämmerer Herrn Kunz, ihrem Gemahl, in Berlin [ein]. (99)

Kleist macht das Probestück männlicher Tugend zum Politikum, indem die Figuren ihre individuellen Beziehungen dazu nutzen, Parteigänger hinter sich zu sammeln. An die Stelle eines privaten Unglücks, wie es noch den Verbrecher aus verlorener Ehre ereilte, tritt nun die welthistorische Katastrophe. Die Aura der Apokalypse umwittert Kohlhaas, der als rächender Erzengel auftritt und das Wissen um den Fortgang der Geschichte mit sich ins Grab nimmt. Er verschlingt den Zettel über die Zukunft des sächsischen Staates wie Johannes das Buch des Engels, ohne aber den Auftrag zu erfülllen, der an den Evangelisten ergangen ist: »Du mußt abermals weissagen von Völkern und Nationen und Sprachen und vielen Königen.« (Off. Joh. 10.11) [6]

Mit der Anspielung auf die Offenbarung Johannis und den Weltuntergang übernimmt Kleist im *Kohlhaas* das Thema der Vorrede des *Decameron* von der Pest und vom apokalyptischen Weltende. Nun fügt aber Kleist dieses Thema in das Erzählmodell des letzten Buches ein. Anfang und Ende des *Decameron* vereinen sich also in der ersten Erzählung seiner Sammlung, der nun die erotischen Geschichten folgen können, die Boccaccio zwischen Vorwort und 10. Buch angesiedelt hat. Indem Kleist die Katastrophe des Weltuntergangs als Folge der Männerangelegenheiten des Schlußkapitels ausgibt, verliert dieses seinen parodistischen Unernst. Wenn schon am Anfang der Sammlung aus der männlichen Welt Absurdität und Witz ausgetrieben worden sind, so schwanken die erotischen Geschichten erst recht zwischen Verdammnis und Erlösung. Die Frauen dort – die Marquise, Elvire und Josephe – stehen zwischen Engel und Teufel und wandeln zwischen Paradies und Hölle. Im Grunde ist bei Kleist – und in der Folge im gesamten 19. Jahrhundert – jede Novelle das unerhörte Ereignis eines dies irae, vor dem die Figur entweder besteht oder untergeht. Der Ernst von Boccaccios Vorwort hat in der Wirkungsgeschichte den Unernst aus allen seinen Geschichten vertrieben.

Archaismus

Die Darstellung der Hochherzigkeit in der Literatur des 19. Jahrhunderts verschafft dem Leser ein exotisches Vergnügen. Die modernen Gattungen, der Roman vor allem und die Lyrik, kennen außer der Freundschaft all die Tugenden der Novelle – die freilich fragwürdige Tugenden sind – nicht. Ritterlichkeit, Ehre, Stolz, Opfermut, Gastfreundschaft bei männlichen Figuren, bedingungslose Hingabe bei weiblichen gehören nicht ins Repertoire der moderneren Gattungen.

»Die Novelle hat es«, so konstatiert Spielhagen, « mit fertigen Charakteren zu thun«. [7] Der persönliche Fall weitet sich zum Parteienstreit. Die Bevorzugung des Charakters als Erzählgegenstand dem Milieu, der Situation und Erfahrung gegenüber macht die Novelle zu einer unmodernen Gattung. Ein Charakter nämlich ist literarisch nichts anderes als eine Figur, die eine bestimmte Eigenschaft handelnd zur Geltung bringt. Die weiblichen Figuren in den ersten Büchern des *Decameron* sind keine Charaktere, denn zwar handeln sie, doch folgen sie dabei dem immer gleichen und unausweichlichen Appell der Natur. Die Männer aber des 10. Buches geben dem menschlichen Verhältnis, in das sie eintreten, eine unnatürliche und daher einmalige Wendung. Sobald die literarische Figur einen Charakter hat – sei er gut oder schlecht –, ist sie über die Natur erhaben, und das heißt, sie zeichnet sich durch eine spezifische Verhaltensweise aus. Der Inhalt der hochherzigen Novelle ist die Entfaltung eben dieser Eigenschaft. Die Figur nun und ihre Handlung bleiben gleichwohl begrenzt und verhindern den Entwurf eines gesellschaftlichen Raumes, wie ihn der Roman kennt. Spielhagen kommt in seinem Vergleich von Novelle und Roman zu einer Definition, die seither verbindlich geblieben ist:

> Der Roman hat es weniger auf eine möglichst interessante Handlung abgesehen, als auf eine möglichst vollkommene Uebersicht der Breite und Weite des Menschenlebens. Er braucht deshalb – und gerade zu seinen Hauptpersonen – nicht Menschen, die schon fertig sind, und, weil sie es sind, wo immer sie eingreifen, die Situation zu einem raschen Abschluß bringen, sondern solche Individuen, die noch in der Entwicklung stehen, infolgedessen eine bestimmende Wirkung nicht wohl ausüben können, vielmehr selbst durch die Verhältnisse, durch die Menschen ihrer Umgebung in ihrer Bildung, Entwicklung bestimmt werden, und so dem Dichter Gelegenheit geben, ja ihn nötigen, den Leser auf großen, weiten [...] Umwegen zu seinem Ziele zu führen. [8]

Alle Ereignisse der Novelle des hochherzigen Typs werden vom Charakter als einer Voraussetzung der Handlung her motiviert und schließen daher Modernität aus, sofern sie, wie im Roman, Offenheit und Erfahrungsbereitschaft thematisiert. Wollte man ideologiekritisch urteilen, so müßte man die Novelle eine konservative Gattung nennen. Schon der Umgang des 19. Jahrhunderts mit den einst so provokativen erotischen Motiven und Figuren legt diese Einschätzung nahe. Die Tugenden des hochherzigen Typus nun bieten sich, wenn man sie ernst nimmt, geradezu einer Lektüre an, einem Lesevergnügen, das von aller Modernität entlastet.

Das exotische Ambiente, das die hochherzige Novelle des 19. Jahrhunderts bevorzugt, ist ein Symptom ihres Atavismus. Sie entführt den Leser in die Ferne von Ort und Zeit. Die erotische Novelle hatte, wie bei Stendhal zu sehen war, Italien zum Ort der novellistischen Liebesgeschichte erklärt. Die Zufluchtsstätten der hochherzigen Novelle sind Spanien oder Korsika, wie in Mérimées Novellen, oder, später, gar die neuen außereuropäischen Reiseziele, wie etwa bei Max Dauthendey. Wenn, wie im *Verbrecher aus verlorener Ehre*, ein Ereignis im Lande des Lesers erzählt wird, so spielt es in den dunklen Wäldern jenseits der Zivilisation. Der Zeitenwechsel wiederum führt in die heroischeren Epochen der Geschichte zurück, vor allem in die Renaissance und in die Frühzeit der Moderne, die als die Entstehungszeit der Novelle besonders legitimiert ist, wie etwa in *Michael Kohlhaas* oder in Conrad Ferdinand Meyers *Versuchung des Pescara*.

Mit dem Ortswechsel schafft sich der Autor einen neuen kulturellen Raum, in dem die atavistischen Ehrbegriffe, die er für den Typ der hochherzigen Novelle braucht, noch gelten. Mit Vorliebe ist die Novellenfigur in vorzivilisatorischen Gesellschaften angesiedelt. Diese sind nicht durch das abstrakte Gesetz organisiert, sondern durch die Leitbegriffe einer natürlichen sozialen Einheit, der Sippe, der Familie, der Blutsbrüderschaft und Freundschaft. Eine abstrakte Justiz gibt es nicht. Jede einzelne Figur ist als Mitglied dieses Verbandes zugleich der Schützer ihrer Gesetze.

Die drei großen Novellen von Mérimée, *Matteo Falcone*, *Colomba* und *Carmen*, gehören diesem Typus der archaisierenden Novelle an. In *Matteo Falcone* ersetzt das Verhältnis zwischen Vater und Sohn das novellistische Freundschaftspaar. Die beiden Figuren leben in der Macchie als Flüchtlinge und Ausgestoßene. Fortunato, der zehnjährige Sohn, kennt längst die Gesetze der Gastfreundschaft, der Freundestreue, der Hilfsbereitschaft gegen Verfolgte, als eines Tages, da er allein das Haus hütet, Gianetto Sanpiero bei ihm vor der Polizei Zuflucht sucht und tatsächlich von ihm versteckt wird. Nun aber geht es dem Fortunato wie der wohlerzogenen Katze des Königs Salomon im Exemplum, die um ein Kleines allen Versuchungen widerstanden hätte. Der Freund des Königs aber, Marcolfus, verlockt das Tier mit einer Maus; zunächst versieht die wohlerzogene Katze weiterhin ihren Dienst bei Tisch. Erst als Marcolfus ihr zum dritten Mal eine Maus zeigt, gewinnt die Natur die Überhand, die Katze vergißt ihre Pflicht und verfolgt die Maus. Daraus zieht Marcolfus die Lehre, daß die Natur stärker sei als Erziehung (»melius valere naturam quam nutrituram« [9]). Der Wachtmeister Tiodoro Gamba nun in Mérimées Novelle wendet die Methode des Marcolfus an und verlockt Fortunato mit einer glänzenden Uhr, so daß dieser ihm schließlich das Versteck des Übeltäters verrät:

> Fortunato blinzelte nach der Uhr mit dem Gelüste einer Katze, der man ein schönes, gebratenes Huhn vor die Nase hielte. Da sie spürt, daß man sie nur zum besten hat, wagt sie nicht zuzupacken, und von Zeit zu Zeit muß sie die Augen abwenden, um der Versuchung nicht zu erliegen. Doch immer wieder leckt sie sich das Mäulchen und scheint ihrem Herrn sagen zu wollen: Welch grausames Spiel treibst du doch mit mir! (21)

Als der Wachtmeister das Spiel forttreibt, wird Fortunato der archaische Konflikt, in dem er sich befindet, bewußt:

> Auf Fortunatos Gesicht spiegelte sich der Kampf zwischen Begehrlichkeit und der Ehrfurcht vor dem heiligen Gastrecht mit aller Deutlichkeit wider. (22)

Schließlich endet die Szene nach dem vorgegebenen Muster: Fortunato verrät den Freund. Damit hat er das Grundgesetz der Macchie verletzt und sich selbst aus der Gemeinschaft der Mitverschworenen ausgestoßen. Der Vater vollzieht nur das Urteil, das unausgesprochen über den Sohn gefällt ist, wenn er ihn in die Einsamkeit des Gestrüpps führt und erschießt; der Mutter berichtet er, wortkarg und finster wie der oberste Richter selbst, der in diesem Sippenverband jedermann ist, er habe »den Verräter gerichtet«. (31)

Matteo Falcone gehört in die Reihe der Freundschaftsnovellen, nicht nur, weil Vater und Sohn die symbiotische Einheit bilden, die Diderot vorgebildet hat. An das familiale Paar sind auch, wie in *Michael Kohlhaas*, die übrigen Figuren angeschlossen als zwei Parteien. Gianetto Sanpiero kann auf die Hilfe Matteo Falcones, dessen Stellvertreter der Sohn nur ist, mit der absoluten Sicherheit eines Parteigängers rechnen. Außerdem hat sich Falcone mit Hilfe der Töchter, die in dieser archaischen Gesellschaft keine Entscheidungsbefugnis haben, durch die Schwiegersöhne Bündnispartner geschaffen:

> Die Töchter verheirateten sich gut, so daß der Vater im Bedarfsfalle auf die Dolche und Feuerbüchsen von drei robusten Schwiegersöhnen rechnen konnte. (12)

Die Freundschaft hat ihr Fundament im archaischen Verband der Sippe. [10] Im Glauben an die Verbindlichkeit dieser familialen Ordnung kann denn auch Fortunato durch die falsche Vertraulichkeit eines Vetters, die ihm Gamba vorspielt, auf die Seite der Polizei verlockt werden. Sobald sich, so war an *Michael Kohlhaas* zu sehen, an die befreundeten Figuren Parteigänger anschließen, wandelt sich Friedlichkeit in Feindschaft. Gleichzeitig mit der Entstehung der parteilichen Oppositionen wendet sich also das glückliche Vater-Sohn-Verhältnis in einen tragischen Rechtsfall.

Mérimées Novelle stellt einen Kasus dar. Der Kasus ist eine der einfachen Formen, aus denen die Novelle entstand, und dieser Ursprung sollte im Laufe ihrer Geschichte immer wirksam bleiben. Auch der Liebeskasus der ersten Bücher des *Decameron* umspielt artistisch dieses juristische Genre. Der Kasus setzt Lücken im Gesetz voraus: nur wo es nicht starr zwischen Gut und Böse zu unterscheiden vermag, kann ein Fall diskutabel werden. Eine abstrakte Gesetzgebung, die in Text und Kommentar alle Eventualitäten der Rechtssprechung durchdacht hat, läßt für schicksalshafte Lebensläufe keinen Raum. Ein Kasus, ein Fall, entwickelt sich nur da, wo die Rechstfindung akut und ein Einzelner oder ein Teil der Gesellschaft an ihr beteiligt sind. Aus der Gesetzesnormalität der bürgerlichen Welt also mußte die Novelle immer hinausverlagert werden. Die Exotik und der Archaismus, der der bürgerlichen Novelle wesentlich sind, beschreibt schon A. W. Schlegel:

> Die Novelle ist eine Geschichte außer der Geschichte, sie erzählt folglich merkwürdige Begebenheiten, die gleichsam hinter dem Rücken der bürgerlichen Verfassungen und Anordnungen vorgefallen sind. [11]

Die Reisenovelle

Der Übergang aus der Zivilisation in archaische Kulturen verläuft nicht selten als Reise. Dieses Motiv bevorzugt die Novelle, weil sie mit seiner Hilfe explizit den Übergang von einer Sphäre in die andere schildern kann. Die Reise hat in der Novelle eine andere Funktion als im Roman. In ihm ist die Bewegung des Helden Ausdruck der

Erfahrung, die er in der Welt macht und machen möchte. In der Novelle geht die Reise des Erzählers in vergangene Zeiten und zu abgelegenen Zielen. Die Bewegung des Reisenden ist nur das Signum für den Übertritt ins Unalltägliche, Absonderliche, Phantastische. Die Reise in der Novelle geht zum unerhörten Ereignis.

Der Reisende ist der Erzähler, der gewissermaßen botanisiert und nach besonderen Exemplaren und Erscheinungen der menschlichen Spezies Ausschau hält. Max Dauthendey sieht in seiner Novelle *Himalayafinsternisse* diese Erlebnisse als den Lohn für die Mühseligkeiten an, die eine Reise bereitet. Die Novelle ist *der* Gewinn der Reise schlechthin:

> Es gibt eine einzige Möglichkeit, den Wirklichkeitsbann des Reisens zu durchbrechen und abzuschütteln. Das geschieht, wenn wir unsterbliche Erlebnisse heimbringen; wenn sich das Schicksal des Reisenden mit Menschenschicksalen fremder Orte so verknüpft, daß der Ort, die Landschaft, das Gesehene ganz an Bedeutung verlieren, in *Nichts* sinken und das am eigenen Schicksal Erfahrene Zeit, Ort und Wirklichkeit überragt. (3 f.)

Im Unterschied zum Romanhelden, der sich in der Welt fortbewegt, macht der Novellenreisende Station in der besonderen Situation. Seine Reise ist immer eine Ankunft. Gewissermaßen sind es die Figuren seiner Erzählung, die den Erzähler aufhalten. Den Erzähler von *Carmen* fesselt die merkwürdige Gestalt Josés, dem er in einem einsamen Tal begegnet; der Erzähler von *Kalkstein*, ein Reisender aus beruflichen Gründen, verfolgt die Absonderlichkeit des Pfarrers im Kar; im *Schimmelreiter* kündigt die Stimmung der Wirtshausbesucher dem Ankommenden ein besonderes Ereignis an. Jedesmal unterbricht der Erzähler seine Reise, um das in Personen und Situationen sich ankündigende Geheimnis zu entschlüsseln. Seine Haltung ist Neugier, nicht, wie beim Romanhelden, Erfahrungslust oder Bildungshunger. Wenn er seine Neugier befriedigt, gewinnt er allerdings nichts für sich, für andere aber eine spannende Geschichte. Damit ist der erzählende Heimkehrer ein würdiger Abkömmling der brigata und der devisants, die so begierig auf die Nachricht von Skandalgeschichten waren.

Die Reise selbst ist kaum je Thema der Novelle, sie ist meist nur Einführung in die exotische Situation. Die Sequenz der Handlung hingegen entfaltet sich am Ankunftsort. Die Novellenfigur bewegt sich in der Reisenovelle so wenig wie je sonst, sie ist und bleibt ortsgebunden. Wenn sie überhaupt den Ort wechselt – zum Beispiel reist in der 3. Erzählung des 10. *Decameron*-Buches Mithridanes zu Nathan –, dann überwindet sie eine Distanz, nicht einen Erfahrungsraum. Nicht einmal Landschaften und Naturerscheinungen haben in der Novelle einen eigenen Wert; symbolisch bleiben sie auf das Novellenereignis bezogen. Die Nebel im *Schimmelreiter* ballen sich denn auch sogleich zu einem Gebilde, das sich als Gerippe auf Jeversand aufrichtet oder als Schimmel am Ufer entlang trabt.

Auch wenn, wie in Mérimées *Carmen* oder in *Himalayafinsternisse* von Max Dauthendey, der Erzähler selbst in das Ereignis verstrickt ist, vollzieht sich an ihm ein archaisches Schicksal, er selbst aber bleibt der distanzierte Beobachter. In *Himalayafinsternisse* führt die Reise in eine Kultur des Fetischismus. Unversehens wird dem Reisenden von einer Frau ein Gegenstand zugeworfen, der sich als das Abbild ihres verstorbenen Mannes herausstellt:

> Mit einem Blick sah ich, daß das Amulett ein echtes kleines Bronze-Götzenbild war, nicht größer als ein Fingerglied. Es stellte in viereckigen primitiven Formen zwei winzige Menschen dar, einen nackten Mann, an welchem eine nackte Frau emporkletterte. (9)

Schließlich erfährt der Reisende den Grund für die geheimnisvollen Unternehmungen der Frau, die ihm das Amulett versehentlich zugeworfen hat. Sie ist Witwe:

> Um aber auch des Toten sicher zu sein, daß dieser ihr im nächsten Leben treu bleiben wird, wie sie ihm treu sein will, trägt eine solche Frau an einer unzerreißbaren Darmsaite ein Amulett an der Brust, welches ein Menschenpaar darstellt. Wenn die Witwe aber dieses Amulett verliert [...], hat sie damit die Treue des Toten verloren und wird ihren Geliebten im nächsten Leben nicht wiederfinden. (22f.)

Das novellistische Dreieck, das hier entstanden ist, hat freilich seine für das 19. Jahrhundert typische Wendung erfahren, indem alle Anstrengung der weiblichen Figur darauf hinzielt, die eheliche Treue zu wahren. Auch der Weg über die Schwelle ins Zimmer des Mannes geschieht nur zu diesem keuschen Zweck. Immerhin vermag man im Reisenden noch die Figur des Liebhabers zu erkennen, der das eheliche Verhältnis stört. Beim Bestreben, das Amulett zurückzugewinnen, versucht die Witwe, ihr Eindringen ins Zimmer möglichst zu verbergen: sie wirft Fledermäuse durchs Fenster, damit das Fluggeräusch ihre Schritte übertöne, Nebel dringen in den Raum herein und verhüllen die Eindringende, und schließlich bleibt dem Reisenden ein kostbarer Schmetterling zum Ersatz für das entwendete Amulett. Alle Naturerscheinungen sind Zeichen der weiblichen Aktion, die selbst nicht sichtbar ist. Landschaft, Tier- und Menschenwelt werden durch das Ereignis belebt, das sie meinen und bedeuten, ohne daß ihre Fremdheit aufgehoben würde. Das Ende der Novelle ist der Aufbruch des Erzählers, die exotische Welt bleibt unverändert hinter ihm zurück und erstarrt zu einer Erzählung.

Teil II:

Die Auflösung der Form in neuen Stoffen

Einleitung

Der Stoffhunger der Novelle ist unstillbar. Die Übersetzung der Gattungsbezeichnung Novelle als novitas, Neuigkeit, provoziert geradezu die Suche nach neuen Stoffen, die der alten Form angepaßt werden könnten, um Neugier und Lesevergnügen zu befriedigen. Von ihren Motiven, Sujets und Themen her also ist die Gattung, je länger ihre Geschichte währt, nicht zu definieren, wie das, zumindest bis ins 18. Jahrhundert, bei der Tragödie möglich wäre, die auf mythologische oder historische Themen festgelegt ist, oder wie es, seit dem 18. Jahrhundert, beim Roman anginge, der Jugend, Reise und Erwachsenwerden eines bürgerlichen Mannes darstellt. Gleichwohl bleibt die Verknüpfung von Sujet und Form in der Novelle bis ins 18. Jahrhundert eng. Die privaten Lasterhaftigkeiten, die den Inhalt ausmachten, haben zwar vielfältige Erscheinungsweisen, und doch sind sie nur Ausformungen und Erweiterung des einen, seit Boccaccio und Margarete von Navarra geltenden Stilprinzips. Naturwissenschaftliche Beobachtungen oder die Entdeckung der Neuen Welt hätten, so ließe sich denken, das Material der Novelle auch schon im 16. und 17. Jahrhundert bereichern können. Tatsächlich aber bleibt es dabei, daß sie in der vorbürgerlichen Zeit ihre Stoffe weiterhin aus der eigenen Tradition bezieht; nur gelegentlich belebt sie sich durch den einen oder anderen literarischen Import. Seit der Entdeckung etwa der *Aithiopika* von Heliodor 1534 absorbiert die Gattung, wie noch an den *Exemplarischen Novellen* von Cervantes zu zeigen sein wird, dieses Erzählschema, seit Gallands Übersetzung von *1001 Nacht* (1704–1709) werden Nachbildungen dieses Werkes modisch und massenhaft, die nicht immer Märchen sind, sondern oft auch novellistischen Charakter haben (die aber, da sie doch ein Spezialfall von kurzer Dauer in der Geschichte der Gattung bleiben, hier nicht besprochen werden). Jedenfalls entwickelt sich in diesen Epochen Literatur aus Literatur.

Seit dem Ende des 18. Jahrhunderts ergeht an alle Dichtung die Forderung, Erfahrungen aus der Wirklichkeit aufzunehmen, um wiederum auf sie zurückzuwirken. Das Realitätspostulat ist der Grund für die Auflösung der Gattungen. Formen, die nicht, wie der bürgerliche Roman, von vornherein aus diesem Postulat heraus konzipiert worden sind, haben nun Mühe, das unbearbeitete Material der Wirklichkeit ihrem eigenen literarischen Modell anzupassen. Einen Versuch, die Metamorphose von Erfahrung in Fiktion zu beschreiben, unternehmen in diesem Buch die Kapitel über *Psychologie und Novelle* und über die *Physiologische Novelle.* Neben diesen Bereichen der empirischen Psychologie und der Physiologie, die die Novelle im 19. Jahrhundert mit neuen Stoffen beliefern, gibt es aber auch noch zahlreiche andere, wie die Natur- und Geschichtswissenschaften, die Soziologie, die Kunsttheorie, den Tourismus, aus denen die Gattung Stoffe übernimmt.

Geschichtliche Stoffe sind zwar schon im 10. Buch des *Decameron* geläufig, das sie aus dem Exemplum bezieht, dessen Lieblingsgestalten Nathan, Saladin, Alexander sind. Die historischen Erzählungen aber zeigen immer nur die persönliche Integrität und moralische Unnachahmlichkeit dieser Figuren. Im 19. Jahrhundert hingegen übernimmt die Novelle von der Geschichtsschreibung nicht nur neue Stoffe aus näherliegenden historischen Epochen. Die Struktur des parteilichen Streits, der an *Michael Kohlhaas* gezeigt worden ist, macht es auch möglich, aus der Häuslichkeit der Geschichte herauszutreten und einen politischen Zusammenhang zu erzählen.

Da die Novelle im 19. Jahrhundert die beliebteste literarische Zeitschriftengattung ist, absorbiert sie auch sämtliche Themen, die im florierenden Zeitschriftenwesen der Veröffentlichung wert erachtet werden. Sie übernimmt, und zwar für ein breites Lesepublikum und also mit großer Effektivität, die Aufgabe, den neuen Erfahrungen Schicksalhaftigkeit zuzuschreiben, der Alltäglichkeit einen tieferen Sinn zu geben, dem gottverlassenen Einzelnen ein Geheimnis anzudichten, kurz: in die Wirklichkeit die Poesie einzuführen. Die Novelle ist die Prosaform mit der höchsten poetisierenden Energie.

Bei der Aufgeschlossenheit der Form neuen Stoffen gegenüber bleiben freilich auch neue, benachbarte literarische Gattungen nicht unbeachtet. Dabei wird das Muster der Novelle notwendig oft bis zur

Unkenntlichkeit variiert. Die folgenden Kapitel unternehmen den Versuch, alte Strukturen und Motive auch in solchen Fällen noch ausfindig zu machen, die die Verbindlichkeit des Modells gerade dadurch beweisen, daß es kaum mehr wiederzuerkennen ist. [1] Während der erste Teil des Buches die Struktur der Novelle beschreibt und die Auflösung und »Verzettelung« einzelner Elemente der Form in späteren Novellen darstellt, geht der zweite Teil von Stoffen aus, die der Novelle fremd sind, um zu zeigen, wie gleichwohl die Autoren bei dem Versuch, diesen neuen Inhalten eine Gestalt zu geben, so spät doch immer noch auf das Muster der Novelle zurückgreifen. Die Kongruenz von Stoff und Struktur ist inzwischen verloren gegangen. Die Stoffe, von denen nun die Rede ist, können in vielen anderen Formen auch vorkommen; immerhin hat, so scheint es, die alte Form für die Prosaerzählung noch genügend Autorität, so daß die Autoren versuchen, selbst in die unangemessensten Stoffe noch immer das alte Muster einzugeprägen. In jedem Falle aber bleiben die Inhalte der alten Form gegenüber beliebig.

Die Schauergeschichte

Motiv und Stimmung, wie sie der Schauerroman entwirft, um den Leser ins Geschehen zu verstricken, eigenen sich nicht für die ursprünglich witzige Redeweise der Novelle, die die Distanz zum Erzählten voraussetzt. Gleichwohl hat die Novelle in ihrem Stoffhunger auch dieses Sujet aufgenommen, so daß die Schauergeschichte als eigene Form entstand, die vom Schauerroman unterscheiden zu wollen freilich eine müßige Arbeit wäre. Immerhin zeigt sich am späten Beispiel Poes, daß er sich, so wenig auch der von ihm auf den Höhepunkt geführte Erzähltypus noch etwas mit der alteuropäischen Form zu tun zu haben scheint, als Autor seiner Herkunft aus der Novellentradition durchaus bewußt ist, so daß Strukturen dieser Form die nicht-novellistischen Motive tragen, die er verwendet.

Der Tod als allegorischer Mitspieler

Poes Erzählung *Die Maske des roten Todes* übersetzt die Struktur des *Decameron* in Figuren und Räume und darf daher als Muster dafür angesehen werden, auf welche Weise sich dieser Autor in die Tradition der Novelle einreiht. Unschwer ist in der Flucht des Prinzen Prospero und seiner Höflinge vor der Pest »in die tiefe Abgeschiedenheit einer seiner befestigten Abteien« (689) das Thema des Rahmens zu erkennen. In der Kumpanei von tausend lebenslustigen Leuten (»a thousand hale and light-hearted friends«,) ist die brigata des *Decameron* wiederauferstanden. Die Erzählung besteht in der handlungsarmen Darstellung eines Festes, auf dem sich die groteskesten Masken tummeln. Beim Schlag einer jeden Stunde wird die geradezu blasphemische Lust des Festgetriebes unterbrochen vom düsteren

Klang einer Uhr, die im hintersten der sieben Zimmer steht, durch die die Tanzenden sich bewegen. Endlich zur Mitternachtsstunde erscheint eine neue Maske, die des Todes selbst. Was zunächst von der Gesellschaft als Infamie des Kostüms verstanden wird, erweist sich als die einzige unmaskierte Gestalt des Festes. Der Tod ist trotz aller Vorsichtsmaßnahmen eingedrungen und fordert seine Opfer. Der rote Tod, dessen erschreckendes Angesicht Poe mit ebensolcher Eindringlichkeit am Beginn seiner Erzählung zeichnet wie Boccaccio das der Pest, verfolgt nun die Flüchtigen, die offenbar – und damit beginnt die Revision der Vorlage – von Anfang an genauer wußten als die Damen und Herren des *Decameron*, daß ein Feind hinter ihnen her ist, vor dem es kein Entrinnen gibt. Die erste und wichtigste Anstrengung der Höflinge war dahingegangen, die Befestigung für den Verfolger undurchdringlich zu machen:

> Eine hochmächtige Mauer gürtete sie ein. Und diese Mauer hatte erzene Pforten. Da sie nun eingezogen, brachten die Höflinge Schmelzöfen und massige Hämmer herbei und verschweißten die Riegelbolzen. Es sollte, so beschloß man, weder für Eindrang von draußen dort noch für Entweichen hier dem jähen Antrieb von Verzweiflung oder von Tollsucht gar ein Mittel belassen bleiben. (689)

Mit dem Bau der Barrikade wächst das Bewußtsein davon, daß diese Flucht ein Vergehen, wenn auch nicht, wie bei Boccaccio, gegen die göttliche, so doch gegen die menschliche Ordnung darstellt. Dennoch überläßt sich die Gesellschaft in ihrem selbstgebauten Gefängnis, ganz im Sinne der Vorlage, einem Fest der Sinnlichkeit: »Es war ein zügellos wollüstliches Schauspiel, dieses Maskenfest.« (690)

Die sieben farbigen Räume – tiefblau, purpurrot, grün, orangegelb, weiß, violett und schwarz –, die die Höflinge durchtanzen, wären als verräumlichte Kapitel eines Buches zu erkennen, auch wenn der Autor auf diese Vergegenständlichung nicht deutlich genug hinwiese. Es sind, wenngleich nicht auf die Zahl genau, die Tage und Bücher des *Decameron*, in die nun die Figuren aus dem Rahmen eingezogen sind. Wenn Poe die festliche Inszenierung eine Kopie der Masken aus Hugos Versdrama *Hernani* nennt, so will er mit der Darstellung der pompösen Maskerade freilich auch am Erfolg von Hugos Stück partizipieren; gleichzeitig aber erscheinen die Höflinge, erotisch und grotesk, wie sie aufgemacht sind, wie die Phantasiegestalten einer frechen Novelle.

> Und auch sein [Prosperos] eigner lenkender Geschmack war es, der den Maskierten den Charakter lieh. Und wahrlich, diese Masken warn grotesk. Da gab es reichlich Glanz und glitzerndes Geflitter, piquante Reize und manch Truggebild – wovon man vieles seither in *Hernani* gesehen hat. Da waren arabeskeste Gestalten, schier fratzenhaft in Gliedrung und Gewand. Da traten Wahsinnsausgeburten auf, wie der Verrückte nur sie sich ersinnt. Da war viel Liebliches, viel lüstern Liederliches, auch viel Bizarres, und manches gruslich Schaurige, doch nichts, das irgend hätte Abscheu wecken mögen. Hin durch die sieben Kammern schritt und glitt – so war's zuletzt – ein Heer von Träumen. (693)

Im ganzen bleibt die Gesellschaft eine Versammlung aus Leuten die »auf immer verloren« sind, und denen »Leben und Tod gleicherweise für Scherz gelten«. (695)

Die Vorlage aber, das *Decameron*, erfährt – und damit ist Poes Erzählung die konsequenteste Variation des Modells – ihre strikte Negation durch den Auftritt des Todes. Die Utopie des Tanzes durch die Zimmer hindurch oder des Erzählens von Tag zu Tag gelingt nicht mehr, weil der Tod nicht auszuschließen ist. Er bringt sich mit jedem Stundenschlag in Erinnerung und verwandelt den bewegten Tanz zum lebenden Gemälde eines Totentanzes:

> und indessen die Uhrenschläge noch erschallten, ward bemerkt, daß auch der Flatterhafteste erbleichte und die Betagtern und Gefaßtern sich mit feuchten Händen nach den Stirnen griffen, wie in verworrner Träumerei und Sinnesschwere. (692)

Schließlich tritt, mit der zwölften Stunde, der Tod selbst auf. Was bei Boccaccio hinter den Scherzen der brigata verborgen blieb, drängt sich nun in ihre Mitte. Die Apokalypse, die die Gesellschaft verleugnen will, wird offenbar, indem der letzte der apokalyptischen Reiter, der Tod, in figura erscheint. Poes Erzählung ist die Allegorie des *Decameron*, denn sie verwandelt die Idee dieses Werkes samt seinem geheimen Untergrund und hintergründigen Sinn in eine Inszenierung und in ein Spiel von Figuren.

Damit hat Poe die Struktur von Boccaccios Werk in ein Sujet übersetzt. Die Struktur, die sonst bei Dichtungen unter der Oberfläche der Ereignisse gefunden werden muß, ist zu einem Text geworden, der leicht lesbar ist. Poes Geschichte ist erzählte Struktur.

Das Grundmuster von Boccacccios Novellensammlung, das Verhältnis von Vorspruch und Rahmen, das Poe in eine Erzählung verwandelt hat, legt sich selbst auf zwei wesentliche, strukturbildende

Elemente fest: auf das Mitspiel des Todes und auf den Versuch der Figuren, ihn auszuschließen. Das bedeutet die Konzentration der Handlung auf einen Fluchtort, der das Haus, eine enge Gasse, ein Garten ist. Das Schauererregende der Erzählung entsteht dadurch, daß die beiden Elemente in verschiedene Richtungen zielen und doch gleichzeitig aufeinander einwirken. Das Figurenprogramm der alteuropäischen Novelle ist dabei nicht immer berücksichtigt, wohl aber die Punktualisierung des Geschehens in Raum und Zeit. [1]

Was die allegorische Erzählung von der *Maske des roten Todes* programmatisch entwirft, vollzieht sich in nahezu jeder Erzählung Poes. Die Schauernovelle, so zeigt sich am Beispiel seines Werks, hat zum Inhalt das Eindringen dessen, was der Rahmen der alteuropäischen Novelle hatte ausschließen wollen, des Todes, in die Intimität der Binnenhandlung.

Exkurs: Die Mäßigung des Schauers zum Schauder

Dieselbe Taktik wie Poe wendet Stifter in den *Bunten Steinen* an, wenngleich bei diesem Werk niemand die Effekte des Schauerlichen erwarten würde. Der Schauer ist bei Stifter zum Schauder herabgemindert, und auch diese Stimmung ist auf die erste Erzählung des Werkes, *Granit*, beschränkt.

Stifter hat für seine Sammlung keinen Rahmen, sondern nur eine Einleitung entworfen. Die traditionelle Situation des Rahmens – die Erscheinung von Gefahr, Katastrophe und Tod – verwandelt er, und darin eben ähnelt sein Verfahren dem Poes, in eine Erzählung und eröffnet mit dieser die Sammlung. In die Kinderwelt – Stifters Sammlung enthält die ersten Beispiele von Kindernovellen, die einen eigenen Typus innerhalb der Gattung Novelle ausmachen – bricht zunächst das Unglück ein und danach der Schrecken. Geradezu gebannt von der finstern Gestalt des Pechbrenners, läßt sich Stifters Figur, der kleine Knabe, von diesem die Füße mit Teer bestreichen, läuft ins Haus, beschmutzt die Dielen und verliert die Liebe seiner erzürnten Mutter. Der verständnisvolle Großvater tröstet den Enkel durch einen Spaziergang, auf dem er ihm in adamitischer Schlichtheit die Welt benennt, Berg, Tal, Dorf, Wald, und sie so in ihrer verläßlichen Dauer wie neu errichtet. Diese ewige Natur aber wird als Grenze der Zivilisation schließlich doch zum symbolischen Ort des

Schreckens. An einem Ort darin siedelt Stifter nämlich den Rahmen der Novelle an. Der Großvater erzählt von der Pest, bei der die Familie eines Pechbrenners sich in den Wald flüchtete, wo dann aber doch Vater und Mutter der Krankheit erliegen. Nur eine Knabe und ein Mädchen können sich retten. Auch das Mädchen wird zwar von der Krankheit befallen, der Knabe aber kann es durch liebevolle Fürsorge gesund pflegen.

In dieser Erzählung in der Erzählung nimmt der Tod sichtbare Gestalt an und tendiert dadurch zur schrecklichen Erscheinung. Nicht allein, daß in der Erzählung des Großvaters, wie im Rahmen des *Decameron*, die Toten scharenweise fallen; vor allem muß der einsame Knabe die toten Leiber seiner Eltern mit Augen sehen:

> Der Knabe war nun allein in dem fürchterlich großen Walde. Er ließ die Tiere aus, welche in den Ställen waren, weil er sie nicht füttern konnte, er dachte, daß sie an den Gräsern des Waldes eine Nahrung finden würden, und dann lief er selber von der Hütte weg, weil er den toten Mann und das tote Weib entsetzlich fürchtete. Er ging auf eine freie Stelle des Waldes, und da war jetzt überall niemand, niemand als der Tod. (44)

Stifter vermeidet den Effekt, den Poe aus der optischen Ausstattung des Todes zur allegorischen Figur zieht. Stattdessen ist für den Knaben die gesamte Umwelt zum Symbol des Todes geworden. Aber nicht nur dieser Schleier, der über die Allegorie gezogen wird, ist es, was den Schrecken mindert. Der Grund dafür liegt vor allem darin, daß das Wüten der Pest Erzählung bleibt. Der Großvater tritt als Erzähler und Instanz der Sicherheit zwischen das Ereignis und die Erregung des zuhörenden Knaben; in dessen Aufmerksamkeit sieht sich der Leser seinerseits objektiviert. Durch diese doppelte Distanzierung besänftigt Stifter den Schrecken, den er aus dem Rahmen in die Erzählung hereingeholt hat, und verschafft ihr damit die novellistische Hoffnung auf einen glücklichen Ausweg aus der Gefahr. Diese Hoffnung ist, da einmal die Pest vorangestellt und abgetan ist, das Thema aller folgenden Erzählungen in den *Bunten Steinen.*

Der Tod als Liebhaber

Der »Tod auf der Schwelle«, sein Erscheinen in dem Moment, da er in einen geschützten Raum einzudringen droht, ist die Situation, die viele Erzählungen Poes strukturiert, und der Scheintote die Figuralisierung dieser Struktur. Madeline Ascher in der Erzählung *Der Fall des Hauses Ascher* hat viele Schwestern und Brüder. Im *Vorzeitigen Begräbnis*, dem späten Werk von 1844, sammelt Poe Motive von Fällen lebendig Begrabener, die er alle noch hätte zu Erzählungen ausarbeiten können. Die Variationen reichen auch sonst in seinem Werk von der lebendig Begrabenen, der aus Strafe Eingemauerten, dem Gespräch mit Toten bis zum künstlich herbeigeführten Scheintod, wie etwa in *Der wahre Sachverhalt im Falle Valdemar.* Hier zum Beispiel wird einer, der gerade sterben will, durch ein mesmerisches Experiment auf der Schwelle zum Tod aufgehalten; der Körper zeigt alle Züge des herannahenden Todes, der aber nicht eintreten darf, und erst, als das Experiment abgesetzt wird, zerfällt er mit einer Geschwindigkeit, die die Zeit, in der die Verwesung aufgehalten worden ist, wieder einholt. Aber auch die *Tausendundzweite Nacht der Schehrezad* beweist nur, daß, noch während die Erzählerin von Phantasie und Leben sprüht, hinter ihr der Tod schon steht. Die tausendundzweite Erzählung nämlich hatte der Sammler der orientalischen Märchen unterschlagen müssen, um seinem Werk ein glückliches Ende zu garantieren: mit dieser Erzählung, so vermutet Poe, beginnt sich der König zu langeweilen und Schehrezad muß sterben.

Durch das uralte Motiv des Scheintods ist es möglich, das, was die Novelle in Rahmen und Vorgeschichte verdrängt hat, in die Erzählung selbst zu übernehmen, und die beiden einander widersprechenden Situationen, die die Novelle des 19. Jahrhunderts charakterisieren, das Sonderbare und Wahrscheinliche, miteinander zu verbinden. Zu Poes Zeiten war der Scheintod ein verbreiteter Aberglaube, und so blieb mit diesem Motiv das Realitätspostulat der Novelle, anders als im Falle der Allegorie des roten Todes, erhalten.

Nicht einmal bei der Wahl dieses Motivs hat sich Poe von Boccaccio entfernen müssen. Die erste Episode in der Serie scheinbarer Todesfälle, die in den Skizzen *Vorzeitges Begräbnis* erzählt wird, zitiert die vierte Geschichte des zehnten Tages im *Decameron.* Dort liebt Messer Gentile vergeblich die keusche Gattin des Niccoluccio Cacciaminico. Als diese zufällig für tot begraben wird, eilt der Liebhaber herbei, um ihr einige verspätete Küsse zu rauben. Er steigt in die Gruft, hört ihr Herz schlagen, nimmt sie mit sich nach Hause, pflegt sie gesund und gibt die Wiedererstandene dem Gatten zurück.

Für Boccaccio ist die Erzählung der Anlaß zu einem blasphemischen Spiel mit Liebe und Tod, bei dem er, wie im zehnten Buch immer, das Modell seiner eigenen Liebesnovellen parodiert: der Liebhaber beweist die höchste Tugend, solange die Geliebte lebt, und hofft auf ein paar eisige Zärtlichkeiten nach ihrem Tode.

Bei Poe nun ist es der Liebhaber der Mademoiselle Victorine Lafourcade, Bossuet, der nach ihrem Tode sich das Glück verschaffen will, das ihm die Lebende versagt hat:

> Erfüllt von Verzweiflung und immer noch entflammt von der Erinnerung an eine tiefe Neigung, reist nun der Liebhaber aus der Hauptstadt in die entlegne Provinz, in welcher das Dorf liegt, und hat sich's in den romantischen Sinn gesetzt, die Leiche auszugraben und sich in den Besitz ihrer üppigen Locken zu bringen. Er kommt zum Grab. Um Mitternacht hebt er den Sarg heraus, eröffnet ihn und ist grad eben dabei, die Haare abzutrennen, als er in jählichem Schrecken innehält, denn die Geliebte hat die Augen aufgeschlagen. Man hatte die Dame wahrhaftig lebend begraben. Doch war die Lebenskraft noch nicht zur Gänze entflohen, und so erweckten sie die Zärtlichkeiten ihres Liebhabers aus der Lethargie, welche man für Tod mißdeutet hatte. Wie schier von Sinnen trug er sie zu seinem Logis im Dorfe. Hier wandte er gewisse machtvolle Stärkungsmittel an, welche ihm von nicht geringer medizinischer Erfahrung angeraten wurden. Am Ende lebte sie denn wieder auf. Sie erkannte ihren Erretter. Sie blieb bei ihm, bis sie, gradweise nach und nach, voll die ursprüngliche Gesundheit wiedergewonnen hatte. Ihr Frauenherz war nicht von Stein, und dieser letzte Liebesbeweis genügte, es zu erweichen. Sie schenkte es Bossuet. Zu ihrem Gatten kehrte sie nicht mehr zurück. (792)

Der Tod ist bei Poe immer Figur: er tritt als Allegorie in Erscheinung oder steht, sobald er ein physisches Ereignis ist, wie ein Schatten im Hintergrund des Geschehens: eine Figur war schon einmal tot oder wird es bald sein.

Wenn Poe das Motiv des Scheintods zum Sujet für eine Novelle wählt, so übernimmt das Gespenst des Todes die Funktion des Mannes, dem die Frau eigentlich gehört. Das novellistische Dreieck entsteht aus der Frau und dem Tod, der so gut den Liebhaber wie den Ehemann vertreten kann. Diesem Modell folgt die Erzählung *Die längliche Kiste*. In ihr quartiert Cornelius Wyatt seine tote Frau während einer Überseereise in einer Kajüte ein und hat allnächtliche Begegnungen mit der Verschiedenen. Die feine Welt auf dem Schiff wundert sich über die Unkultiviertheit von Wyatts neuer Frau, die dieser aber nur geheiratet hat, um den Schmerz über den Tod der geliebten ersten Frau zu verbergen. Beim Untergang des Dampfers enthüllt sich den Mitreisenden das Geheimnis: jede Nacht hatte der

Ehemann die Kiste geöffnet und seine Frau zu neuem Leben zu erwecken gehofft. In Leidenschaft an die Tote gefesselt, verweigert sich Wyatt einer Rettung, bindet sich mit Stricken an die Kiste, die den Leichnam enthält, und geht mit ihm unter. Wer hier nun das Liebespaar sei, der Tod und die Frau oder der Ehemann und die Frau, ist nicht auszumachen. Jedenfalls übernimmt der Tod eine der beiden traditionellen Rollen, und die Frau befindet sich in der für das 19. Jahrhundert typischen Unbeweglichkeit zwischen den um sie werbenden Figuren. Der Tod, der die Funktion von Liebhaber oder Ehemann übernimmt, hat immer eine größere Macht als sie und vermag die gefährliche List, die die Novellenfrau einmal besessen hatte, auf jeden Fall zu bezwingen.

Zwischen Allegorie und gespenstischem Liebhaber schwankt die Figur des Todes, die Keller in seiner Novelle *Romeo und Julia auf dem Dorfe* eingeführt hat. In dieser mit Symbolen überladenen Erzählung sind die Züge des Schaurigen unübersehbar, denn der Tod ist allgegenwärtig. Seine symbolische Vertretung hat er in der Pyramide aus Feldsteinen, die die feindlichen Väter zwischen ihren Äckern aufrichten, in der Puppe des Vrenchen und schließlich im schwarzen Geiger, als welcher der Tod selbst in nur notdürftiger Verkleidung auftritt.

> Der schwarze Geiger! In der Tat trug der Kerl, der vor ihnen her strich, eine Geige mit dem Bogen unter dem Arm und sah übrigens schwarz genug aus; neben einem schwarzen Filzhütchen und einem schwarzen rußigen Kittel, den er trug, war auch sein Haar pechschwarz so wie der ungeschorene Bart, das Gesicht und die Hände aber ebenfalls geschwärzt. (129 f.)

Diese dubiose Erscheinung vekündet dem Paar den Tod:

> »Ich kenne euch, ihr seid die Kinder derer, die mir den Boden hier gestohlen haben! Es freut mich zu sehen, wie gut ihr gefahren seid, und werde gewiß noch erleben, daß ihr vor mir den Weg alles Fleisches geht! [...]« (130)

In dieser Novelle überlagern sich, wie im 19. Jahrhundert oft, zwei Figurenkonstellationen, die aus denselben Personen gebaut sind. Die erste Gruppe entspricht dem alteuropäischen Novellendreieck, in dem die Väter den Part des Ehemanns übernommen haben, denen der Jüngling die Geliebte entführt. Der Tod scheint aus diesem Verhältnis ausgeschlossen zu sein. Doch allmählich wird er von einer Randerscheinung zum Dirigenten eines Totentanzes. Das Liebespaar tanzt am Ende im Reigen mit, zu dem er aufspielt. Das Liebesspiel von Vrenchen und Sali begleiten Symbole, die Vrenchens Bündnis mit dem Tod andeuten, und bald stellt sich heraus, daß der schwarze Geiger die Stelle des eigentlichen Liebhabers einnimmt. Vrenchens novellistische Verführungskunst erwacht in eben dem Augenblick, da der schwarze Geiger sich dem Paar vorgestellt und es wieder verlassen hat: »[es] verdunkelte sich das heitere Lebenslicht und ihre Gemüter wurden so schwer wie Steine.« Aus der Beklemmung, die die dämonische Erscheinung des schwarzen Geigers hervorgerufen hat, erwacht Vrenchen zu übermütiger Heiterkeit: »Da erinnerte sich Vrenchen unversehens der wunderlichen Gestalt und der Nase des Geigers, es mußte plötzlich hell auflachen«(132) – mit diesem Lachen hat sie die gattungspoetisch notwendige Verführungskunst zurückgewonnen. [2]

Der Tod als Liebhaber ist ein Motiv der deutschen Novellenliteratur bis ins 20. Jahrhundert. In Hugo von Hofmannsthals *Das Erlebnis des Marschalls von Bassompierre* übernimmt die Hauptfigur die Rolle eines Rivalen, der den Kampf mit dem Tod aufnimmt. Vor der Pest, die Paris heimsucht, gibt es kaum ein Entfliehen. Statt einer Gesellschaft, die eine Mauer und damit einen geschützten Raum für lasterhafte Liebesgeschichten errichtete, treffen die Figuren mit ihrem Widersacher, dem Tod, direkt zusammen. Bassompierre tritt gewappnet gegen seinen Feind an, wenngleich bei diesem Kampf auf Leben und Tod Bettücher und Matratzen seine Rüstung sind:

> Im Weiterreiten fragte ich den Bedienten, ob er nicht etwa einen Ort wüßte, wo ich mit der Frau zusammenkommen könnte. Er antwortete, daß er sie zu einer gewissen Kupplerin führen wollte; da er aber ein sehr besorgter und gewissenhafter Mensch war, dieser Diener Wilhelm aus Courtrai, so setzte er gleich hinzu: da die Pest sich hie und da zeige und nicht nur Leute aus dem niedrigen und schmutzigen Volk, sondern auch ein Doktor und ein Domherr schon daran gestorben seien, so rate er mir, Matratzen, Decken und Leintücher aus meinem Hause mitbringen zu lassen. Ich nahm den Vorschlag an, und er versprach, mir ein gutes Bett zu bereiten. (64)

Im Fortgang der Geschichte übernehmen die Flammen, in denen die Leiber der Pestkranken verbrannt werden, und in denen schließlich auch die Geliebte mit ihrem Mann untergehen soll, die Funktion, symbolisch auf den Tod hinzuweisen. Als Novelle im alteuropäischen Stil endet die Geschichte eines einmaligen Seitensprungs mit der

Rückkehr der Sünderin in die Ehe, wenngleich nur die Eifersucht des Todes, der die Partei des Ehemanns ergriffen hat, die Frau vor einer nächsten Verfehlung bewahrt. Dasselbe Flammenspiel eines Kaminfeuers, das in der Liebesnacht das sündige Paar in schaurigen Gestalten an die Wand projizierte, belebt das verstorbene Ehepaar zum Erschrecken des Liebhabers, der zum Voyeur dieser Wiedervereinigung im Tode wird:

> Ich stieß die Tür auf und sah: In der Mitte des leeren Zimmers ein paar Leute, welche Bettstroh verbrannten, und bei der Flamme, die das ganze Zimmer erleuchtete, abgekratzte Wände, deren Schutt auf dem Boden lag, und an einer Wand einen Tisch, auf dem zwei nackte Körper ausgestreckt lagen, der eine sehr groß, mit zugedecktem Kopf, der andere kleiner, gerade an der Wand hingestreckt, und daneben der schwarze Schatten seiner Formen, der emporspielte und wieder sank. (75)

Substitute des Todes

Raum, Zeit und Ambiente gehorchen in der Novelle dem Realitätspostulat, und diesem Gesetz beugt sich auch die Schauergeschichte. [3] In einer Umgebung, die sich so alltäglich ausnimmt, erscheint auch der Tod als eine reale Person. Nicht daß der Tod stattfindet – was in der alteuropäischen Novelle kaum vorkommt und in der neueren immer noch der seltenere Abschluß einer Erzählung ist –, macht die Geschichte erschreckend. Der Tod der armen Lisa etwa, der des Pescara, des verurteilten José oder der brutalen Lady Macbeth von Mzensk sind traurig, aber nicht schauerlich. Erst die geradezu körperliche Erscheinung macht den Tod schrecklich. Die Beschreibung der Pesttoten im Rahmen des *Decameron* hat diese Sichtbarkeit des Todes vorbereitet, um sie dann aber aus dem folgenden Werk dafür umso entschiedener auszuschließen. In der Schauernovelle hingegen feiern die Gebeine dieser Pesttoten ihre Auferstehung als Allegorien. Die fingierte Wirklichkeit der Novelle, in der es den Tod de facto, nicht aber in figura geben darf, betritt er nun in der Maske des Unvorhergesehenen und Fremden. Die Überschreitung der Schwelle, die früher dem Liebhaber zustand, unternimmt nun die groteske Gestalt des Todes. Der Schrecken entsteht durch die – gattungspoetisch geradezu ausnahmsweise – Verletzung des Realitätspostulats. Immerhin ist der allegorische Auftritt des Todes, wie in Poes *Maske des roten Todes*, selten. Die Novelle kennt, wie für die weibliche Hauptfigur, so auch für die *Figur* des Todes Substitute. In ihnen ist der Tod körperlich gegenwärtig, aber meist nicht erkennbar. Oft übernimmt eine Naturszenerie seine Funktion. Durch dieses Substitut wird der Schein gewahrt, als vollziehe sich ein reales Ereignis, selbst wenn es sich um das ungewöhnlichste Unwetter handelt, während zugleich der phantastische Auftritt des Todes inszeniert wird.

Ähnlich wie in der *Maske des roten Todes* hat in Poes Erzählung *Der Untergang des Hauses Ascher* der Tod einen direkten Umgang mit den Figuren. Seine Macht entfaltet er als Unwetter, das gegen die morschen Mauern des zerfallenden Schlosses wütet. Der eigentliche Agent der Erzählung ist daher das Haus, das für die drei Personen steht, die sich in es zurückgezogen haben und sich gewissermaßen durch seinen Zusammenbruch mitbedroht fühlen. Ascher selbst hat sich mit dem Haus wie mit einem Gewand umgeben. »Es verfolgten ihn abergläubische Vorstellungen hinsichtlich des Gebäudekomplexes, den er bewohnte, und den er, seit so manchem Jahre, nicht mehr zu verlassen gewagt hatte«. (644) Das Gefängnis der Mauern verengt sich noch einmal – dem Gesetz der novellistischen Punktualisierung des Geschehens folgend – zur Grabstätte der Lady Madeline, die in einem Gewölbe liegen soll, das »klein [war], dumpfig, ohne jegliche Öffnung, die dem Licht Zutritt gewährt hätte«. (654) Dieses Fundament macht das gesamte Haus zum Grabdenkmal über der Gruft, in der Ascher fürchtet, die Schwester – und das ist die Ursache seines Wahnsinns – lebendig zu begraben. Das Haus ist durch Fensterläden gegen Wind und Wetter gesichert, Nebel hüllen es zudem ein:

> Aber die bauchigen unteren Flächen der riesig wogenden Dunstmassen erglommen [»were glowing« = glühten, H.S.], ebenso wie sämtliche irdischen Gegenstände unsrer allernächsten Umgebung, in dem unnatürlichen Eigenlicht einer schwächlich fosforeszierenden aber deutlich sichtbaren gasigen Ausdünstung, die das Haus umlungerte, und wie ein Mantel einhüllte. (658)

Das Panorama erstellt die Szenerie eines schauerlichen pompe funêbre, bei dem die Blitze Totenfackeln, die Nebel Leichentücher sind, das Haus der Sarg ist. Der Ausbruch des Wahnsinns ist der Einbruch des Todes: Ascher in seinem Wahnsinn »stieß die Flügel auf, mitten in den Sturm hinein –: die rasende Wut der Böe hätte uns beinah zu Boden geworfen!« (657) Mit dem Sturm zugleich gewährt er dem

Tod Einlaß. Denn der Sturm reißt auch die Kammern des Grabes auf, aus denen die Schwester zu einem zweiten Tode aufersteht:

> Wie wenn durch die übermenschliche Energie seines Aufschreis Geistergewalt entbunden worden sei – so öffnete das schwere alte Türgetäfel, auf das der Sprecher deutete, ungesäumt seine gewichtigen, ebenhölzernen Kiefer. Wohl war es nur die Wucht der tosenden Bö – aber da draußen vor der Tür stand die hohe verhüllte Gestalt der Lady Madeline von Ascher. [...] Einen Herzschlag lang verharrte sie zitternd auf der Schwelle und schwankte und taumelte hin und her. Dann, mit einem leise stöhnenden Schrei, schlug sie nach vorn, an den Körper ihres Bruders, und riß ihn, in ihrem heftigen und nunmehr endgültigen Todeskampf mit sich zu Boden. (663 f.)

Mit dem Geschwisterpaar geht auch das Haus, das Symbol ihres Geschlechts, zugrunde, so daß dieses, Mann und Haus, ein endgültiges Grab in einem »unergründlichen klammen Pfuhl« (664) findet.

Der Tod tritt in Poes Erzählung nicht als Allegorie auf und doch ist er der Mitspieler. Die Schauergeschichte überhaupt führt den Tod durch Substitute in die Erzählung ein. In fast allen Fällen ist dieses Substitut das Wetter, genauer noch der Nebel. Bei Poe stürmen Winde und »die seltene Schwere des Gewölks [...] wie lebendig aufeinander« (657 f.). Vor allem aber die deutsche Novelle des 19. Jahrhunderts arbeitet mit diesem Substitut, um an die Stelle der grellen Phantastik die sanftere Verführung durch die Stimmung zu setzen.

Es ist kein Zufall, daß Storms *Schimmelreiter* das Schulbeispiel für die Definition von Rahmen- und Binnenhandlung geworden ist. Das Wechselspiel dieser beiden Teile ist zum Inhalt der Novelle geworden, denn der Tod, der durch die Erzählung spukt, ist die Figur des Rahmens, die in das Spiel des Novellenpersonals einzudringen versucht. Die schulmeisterliche Trennung vom Innen und Außen der Erzählung ist nur erlaubt, wenn man diese räumlichen Kategorien als Felder versteht, auf denen Figuren sich aufeinanderzubewegen. Dadurch muß die Zuordnung der Figuren zu innen und außen im Laufe der Geschichte aufgegeben werden.

Im inneren Kreis ist die Figurenkonstellation nach alteuropäischem Muster eingerichtet. Hauke Haien und Ole Peters werben um die Frau des Deichgrafen; ihr bleibt die novellistische Überlegenheit, den Mann zu wählen und das Deichgrafenamt zu vergeben. Dies ist das Skandalon der Geschichte. [4] Damit bleibt auch hier die Novelle die Gattung der Weiblichkeit, die sie immer war, in der eben Gestik, Handlung und Ziel wesentlich von der Geschlechtlichkeit der Figuren bestimmt wurde. Darin unterscheidet sie sich vom Drama, um *die* Gattung als kontrastierendes Beispiel zu wählen, mit der im 19. Jahrhundert die Novelle so oft verglichen wurde; in ihm ist es gleichgültig, ob der Held Xerxes oder Antigone heißt, ob Tell oder die Jungfrau von Orleans einen Tyrannen morden oder einen König krönen. Die geschlechtsspezifischen Bewegungen freilich ändern im *Schimmelreiter* unter dem Ansturm der Gefahr von außen ihre Richtung. List und Betrug, die das novellistische Ehepaar einst entzweiten, kehren sich um in bedingungsloses Vertrauen und Aufopferung. Die Novelle, die seit Anbeginn bewiesen hat, wie untauglich zum literarischen Motiv das Glück der Ehe ist, wird bei Storm unter der Bedrohung durch die Rahmensituation zur Apotheose der Ehelichkeit.

Die Gefahr, der Tod in seinen verschiedenen Verkleidungen, dringt im *Schimmelreiter* ganz allmählich aus dem Rahmen in den inneren Kreis der eigentlichen Novellenfiguren ein. Der ominöse Schimmel begegnet dem Erzähler und dem Leser zum ersten Mal außerhalb des Dorfes, in dem die Geschichte spielen soll. Erfolgreich haben in der Wirtsstube, in der der Erzähler Zuflucht findet, die Gäste die Fensterläden gegen Sturm und Unwetter und damit gegen die Todesgefahr verschlossen. Für die Gäste ist daher – ähnlich wie in Stifters *Granit* – der Schrecken nur als Fiktion gegenwärtig. Die Figuren des inneren Kreises aber sind ihm als einem realen Feind konfrontiert. Gleichwohl nehmen auch sie den Tod und seine Zeichen zuerst jenseits ihres Raumes wahr, indem sie von hier aus nach außen blicken: dort liegt »der unabsehbare Strand mit seiner jetzt vom Eise schimmernden Fläche der Watten; es war, als liege die ganze Welt in weißem Tod.« (705) Hauke Haien begegnet auf seinen Ausflügen auf den Koog dem Tod draußen vor der Hallig:

> Denn in dem Nebel schritten dunkle Gestalten auf und ab, sie schienen ihm so groß wie Menschen. Würdevoll, aber mit seltsamen, erschreckenden Gebärden; [...] Hoiho! schrie er laut in die Nacht hinaus; aber die draußen kehrten sich nicht an seinen Schrei, sondern trieben ihr wunderliches Wesen fort. (706)

Die dämonische Macht des Schimmels, den Hauke Haien sich angeeignet hat, verkündigt sich in den Nebelschwaden, die auf der Hallig vor dem Koog sich zu gespensterhaften Gestalten formen. Der

Tod nähert sich jedoch auch in vielen anderen Symbolen, als Möve, die den Deich überfliegt, als Mäusevolk, das ihn untergräbt, als Springflut schließlich, als Sturm und Wetter, das alle Dämme, die gegen ihn errichtet sind, bricht.

Die Handlung zielt auf die Abwehr jenes Eindringlings aus dem Rahmen und realisiert sich in nichts anderem als im Bau von Grenzbefestigungen. Immer enger werden die Grenzen gezogen, der Deich, Hauke Haiens Lebenswerk, ist nur der äußerste Schutzwall, sein innerster ist das psychische Band, das ihn an die Frau bindet und ihn von der ganzen Welt abschließt. Wie immer in der Novelle so zielt auch hier die Bewegung, selbst die feindliche aus dem Rahmen, auf den kleinsten Punkt und auf das innerste Zentrum. Auch diese Novellenehe wird zerstört, wenngleich der eifersüchtige Rivale, Ole Peters, nur der Handlanger eines stärkeren Widersachers, des Todes, ist.

Der Tod hat in Storms Erzählung viele Gestalten, er ist Schimmel, Möve, Katze, seinen Sieg aber kündigt das Unwetter an. Da die Natur Ersatz ist, ist sie für die handelnden Figuren ominös, für den Leser symbolisch. Ähnlich wie in Poes Erzählung *Der Fall des Hauses Ascher* sind Türe und Fenster die letzten Barrikaden, die er stürmt. Und wie bei Poe ist es hoffnungslos, diese letzten Einfallspforten halten zu wollen:

> Aber als sie [die Magd] die Klammern gelöst hatte, rieß ihr der Sturm den Laden aus der Hand und warf ihn gegen die Fenster, daß ein paar Scheiben zersplittert in die Stube flogen und eins der Lichter qualmend auslosch. [...] Als sie [Hauke Haien und die Magd] beim Wiedereintritt in das Haus die Tür aufrissen, fuhr eine Böe hinterdrein, daß Glas und Silber im Wandschrank durcheinanderklirrten; oben im Hause über ihren Köpfen zitterten und krachten die Balken, als wolle der Sturm das Dach von den Mauern reißen.« (799)

Die Natur ist in der Schauergeschichte immer in Bewegung, nie entsteht ein Tableau, immer vollzieht sich ein Drama. Sie nimmt ihre Richtung auf den ruhenden Punkt der Hauptfiguren zu und erweist sich als ihr Antagonist. Die Taktik ihres Angriffs ist die Umklammerung. Die Grenzziehung der Figuren im Innern erweist sich als Selbstzerstörung, da die Absicht, sich gegen die Naturgewalt zu schützen, den Untergang erst recht herbeizieht. In der alteuropäischen Novelle sind Grenzen, die bestehen – das Haus, das Schlafgemach, das Bett – zu erobern. Die Erzählungen lassen durch den

Kontrast das Glück der Rahmenfiguren nur umso sichtbarer hervortreten, die sich selbst in einen hortus conclusus, in dem es den Tod nicht gibt, geflüchtet haben. Im 19. Jahrhundert hingegen werden Grenzen errichtet, um gestürmt, um im wörtlichen Sinne vom Sturm genommen zu werden.

Das Wetter als Mitspieler

Die Natur ist in der Novelle nie Bild, Ambiente, Stimmungsraum, auch ist sie kaum je das Attribut der Hauptfigur, ihr Naturkleid, an dem sich ihre Situation, ihr Charakter, ihre Seelenlage ablesen ließen. Mérimées Novellen immerhin mögen als Beispiele für eine derartige Bemäntelung des unerhörten Ereignisses erwähnt sein. In *Matteo Falcone* ist das »Maquis« der Ort, an den sich die Rebellen zurückziehen. Die Struppigkeit des Gebüschs entspricht der Ordnungswidrigkeit ihrer Existenz, das undurchdringliche Geflecht des Holzes ist die Dornenkrone dieser Ausgestoßenen und Mißverstandenen. Um Kopf und Herz geht es denn auch bei den Männerangelegenheiten dieser Erzählung im Stil der hochherzigen Novelle. Auch in *Carmen* eröffnet eine Naturkulisse die Erzählung, ein idyllischer Talschluß, das Paradies gleichsam, in dem der Erzähler den gejagten Räuber José trifft, dessen Vertreibung aus dem Paradies der Inhalt der Erzählung ist.

Häufiger aber als solch charakterisierende Naturszenerie ist die Natur, die mitspielt und die Funktion der zweiten Hauptfigur übernimmt. Nicht selten, wenn es den Anschein hat, als sei die novellistische Konstellation der ungeraden Personenzahl nicht erfüllt, stellt sich heraus, daß die Natur eine der Rollen besetzt hat. Eine eigenständige Figur ist sie allerdings selten, meist legt doch gegen Ende der Erzählung dieser Mitspieler sein Naturkostüm ab, unter dem er sich verborgen gehalten hat, und erscheint als Tod selbst. Am häufigsten sind es Wettererscheinungen, die eine Rolle im Gang des Geschehens übernehmen, da sie wie menschliche Figuren Bewegung, Stimme, Ausdruck, Wille zu haben scheinen.

Guy de Maupassants kurzer Text *Auf dem Wasser* scheint ein Stimmungsbild zu sein und ist doch, wenn man die figürliche Funktion des Wetters erkennt, eine Novelle ganz vom alteuropäischen Typus. Die nächtliche Heimfahrt eines Landbewohners auf seinem

Kahn gestaltet sich zur nekrophilen Liebesszene. Auf den zehn Seiten freilich ist davon nichts ausdrücklich gesagt, daß im Strom, jenem »Reich des Irrens und des Spuks« (6) ein blasphemisches Laster verborgen liege. Nichts als die milde Luft und der Glanz des Abendlichts verführen zunächst den Heimkehrenden, den Anker auszuwerfen und die Stille des Stroms und des Abends zu genießen. Ein schnell aufziehender Nebel bewirkt die für die Novelle übliche Gefangenschaft der Figur.

> Unterdes hatte sich der Strom allmählich mit ganz dichtem, weißem Nebel bedeckt. Er lag unmittelbar auf dem Wasser. Wenn ich stand, sah ich weder das Wasser noch meine Füße, noch das Boot. Ich erkannte nur noch die Spitzen des Röhrichts und weiterhin, im fahlen Licht des Mondes, die Uferebene mit großen, dunklen Flecken, die sich zum Himmel emporreckten, Gruppen hoher Pappeln. Bis zum Gürtel war ich wie in ein wollenes Tuch von unnatürlich weißer Farbe eingehüllt. Wilde Hirngespinste wurden wach. Ich bildete mir ein, es versuche jemand, in das Boot zu steigen, das ich nicht mehr sehen konnte; der Strom, den mir der undurchsichtige Nebel verbarg, wimmele von seltsamen Wesen, die rings darin umherschwammen. Ich empfand ein gräßliches Unbehagen, einen Druck auf den Schläfen; das Herz schlug mir bis zum Halse. (10)

Als der Erzähler den Heimweg fortsetzen will, gelingt ihm das nicht, da sich der Anker nicht mehr lichten läßt. Von der Nebelwand umschlossen, befindet sich der Erzähler die ganze Nacht über im Kahn wie zwischen Bett und Sarg. Je mehr sich die Landschaft durch gespenstische Nebelschwaden und geheimnisvolles Geflüster belebt, desto schlimmere Todesahnungen befallen den Eingeschlossenen. Die schaurige Ankündigung am Anfang der Erzählung – ein verstecktes Argumentum – scheint sich zu bewahrheiten: »Und der Strom ist auch ein Friedhof, ein grausiger Friedhof, der keine Grabstätten hat.«(6) Es braucht einen zweiten und dritten Mann, bis schließlich am Morgen der Gefangene aus seiner Lage befreit wird. Gemeinsam heben sie mit dem Anker eine tote Frau aus dem Fluß, die mit einem Stein am Hals versenkt worden war. Nicht nur der süße Schlummer, in den der Erlöste gleich nach seiner Rettung fällt, und nicht nur der versteckte Hinweis, jemand habe versucht, »in das Boot zu steigen«, läßt im nachhinein die Erregungen des im Nebel eingeschlossenen Erzählers als die Sensationen einer makabren Liebesnacht mit einer zweiten Undine erkennen – womit denn das lasterhafte Dreieck aus Verführerin, Liebhaber und, in den rettenden

Freunden, sittlichem Vertreter der Gesellschaft wieder hergestellt wäre und Maupassants Stimmungsbild sich als Novelle entpuppt hätte. [5]

Durch die Aggressivität des Wetters wird das Überschreiten der Schwelle, das als ein Gattungselement für die alteuropäische Novelle konstitutiv war, zum Thema einer lyrischen oder magischen Erzählung. Was einmal Medium war, die Handlung in Gang zu setzen: der Einbruch in den umgrenzten Raum, dem erst das Ereignis der lasterhaften Liebe und die witzige Lösung aus der Verlegenheit nachfolgte, wird nun zum eigentlichen Erlebnis der Hauptfigur. Die Grenze rückt auf die Figur zu, sie hat mit ihr zu kämpfen und ihre Beweglichkeit gegen sie zu verteidigen. Überhaupt wird nicht nur die weibliche Figur ihm 19. Jahrhundert ihrer Souveränität beraubt. Auch die männliche Figur wird stillgestellt. Die Schauernovelle ist die Form der Entmächtigung der männlichen Figur. Der Ausbruch in den Übermut schlägt in sein Gegenteil, in Angst, um.

Psychologie und Novelle

Fallbeschreibung und Novelle

Zwischen der Erfahrungsseelenkunde, die Karl Philipp Moritz in seinem Magazin *Gnothi Sauton* [1] am Ende des 18. Jahrhunderts bekannt gemacht hat, und der deutschen Novelle am Beginn des 19. Jahrhunderts besteht ein Zusammenhang, wie er sonst selten so eng zwischen einer pragmatischen Gattung und einer poetischen zu finden ist. Die Moritzsche Psychologie hat ihre Themen an die Novelle weitergegeben, die sich allein durch diese Anregung als eigene Form neben der englischen Gothic novel behaupten konnte. Aus der vorpoetischen Form der Fallbeschreibung bezieht die Novelle eine eigene Poesie der psychischen Krankheit, des Wahnsinns, der Visionen und Halluzinationen, der Manien und Hysterien. Die Novelle eröffnet sich mit der Adaption der psychologischen Erzählung ein weites Themenfeld, zumal das Erzählmodell der Fallbeschreibung dem der Novelle nahesteht. [2] Der Konvergenzpunkt zwischen Fallbeschreibung und psychologischer Novelle ist die Geistesbeschäftigung Krankheit. In beiden Formen hat eine geistesgeschichtliche Umorientierung ihren literarischen Ausdruck gefunden. Der Vergleich der Fallbeschreibung mit der Novelle erhellt das Verhältnis einer expositorischen zu einer fiktiven Gattung: des populärwissenschaftlichen Berichts zur novellistischen Prosa. Pathographie und psychologische Novelle entstehen in geringem zeitlichem Abstand voneinander. Die Fallbeschreibung als popularwissenschaftliche Form existiert, von einzelnen Nachzüglern abgesehen, nur in dem einen Jahrzehnt von 1783 bis 1793: fast gleichzeitig erscheinen Karl Philipp Moritz' *Magazin* von 1783 bis 1793 und Jacob Friedrich Abels *Sammlung und Erklärung merkwürdiger Erscheinungen aus dem menschlichen Leben* von 1784 bis 1791. [3]

Die Fallbeschreibung will nicht Poesie sein; sie ist Literatur, die aus dem Leben berichtet. Moritz fordert seine Leser auf, abnorme Verhaltensweisen, die sie in ihrer Umgebung beobachten, in seinem *Magazin* zu publizieren. Die Fälle, die eingesendet werden, sind ein Spiegel der sozialen Welt der Leser so gut wie ihres Aberglaubens. Geisterseher und Schlafwandler und die künstliche Provokation solcher Trancezustände durch die Hypnose wecken seine Neugier. Die Beobachtungen weisen nicht selten auf die Psychoanalyse voraus: Gegenstände, die verlegt und wieder gefunden werden, führt Moritz auf eine Fehlleistung des Unbewußten zurück. Die Fallbeschreibung berichtet nur selten von krassen Abnormitäten, der Sadisten etwa, der Gewalttätigen und Mörder. Die Gewaltsamkeiten eines Irrsinnigen, die Tobsucht eines Liebeswahnsinnigen, faßt sie gern in einem knappen Satz zusammen: »Er war aber kaum einige Tage da gewesen [in einem Heil-Institut], so bekamen seine Eltern die Nachricht, daß er auf einmal rasend toll geworden sey und bereits in Ketten und Banden müsse festgehalten werden«. [4]

Form und Sprache der Fallbeschreibungen sind einfach, steht doch das Genre zwischen Mündlichkeit und Schriftlichkeit. Was sich die Nachbarn insgeheim zugeflüstert haben, schreiben sie nun für das *Magazin* nieder. Dem farblosen Ton der Umgangssprache, in dem sich Emotionen, Verwundern und Staunen, schwer nur ausdrücken lassen, entspricht der einfache Aufbau: die Beschreibung beginnt im allgemeinen mit dem Austritt des Kranken aus seiner normalen sozialen Situation, die lange und monotone Wiederholung seines Wahnzustand erfährt eine zusammenfassende Darstellung, die Rückkehr in die Gesellschaft und die verwunderte Frage nach der Möglichkeit eines solchen Falles beenden die populärwissenschaftliche Erzählung. Verbrechen werden gelegentlich den Verstörungen der Seele gleichgestellt. Jacob Friedrich Abel interpretiert den Rechtsfall des Fridrich Schwan, den Schiller zur Vorlage des *Verbrechers aus verlorener Ehre* nimmt, wie einen psychischen Fall. [5]

In den Sätzen, die das *Magazin für Erfahrungsseelenkunde* einleiten, wertet Moritz Tatsachen gegen Fiktionen auf, die in einer »Sündenfluth von Büchern« das Publikum überschwämmen. Er verpflichtet sich, »daß ich Fakta, und kein moralisches Geschwätz, keinen Roman, und keine Komödie, liefere, auch keine andern Bücher ausschreibe«. [6] Dennoch kann die psychologische Novelle die Fallbeschreibung beerben. Nicht allein die Länge des Berichts, der von der

Anekdote bis zur Erzählung von hundert Seiten reicht, hat gerade den äußeren Umfang, der für die Novelle vorgesehen ist. Auch der Inhalt bietet sich als literarisches Thema an, macht er doch die psychologische Theorie des 18. Jahrhunderts an einem bemerkenswerten Einzelfall anschaulich. Der psychisch Kranke steht nicht ganz außerhalb der Gesellschaft. Gerade solche Fälle aber, die die Grenze des Gesetzes und der Normalität tangieren, sind die bevorzugten Stoffe der Novelle. Sie erzält nicht von Verbrechen, über die ein zweifelsfreies Urteil zu fällen wäre. Die Diskussion, das kasuistische Für und Wider, halten die Entscheidung über Recht und Unrecht in der Schwebe. Auch die Liebeskasuistik, jene artistische Variante der juristischen Kasuistik, in der sich die Rahmengesellschaft des *Decameron* und *Heptaméron* erging, hatte Liebesabenteuer von einer Apartheit zum Gegenstand, die nicht durch moralische Regeln zu fassen waren. An die Stelle des juristischen und erotischen Falles tritt im 18. und 19. Jahrhundert der medizinische Fall. Die sich neu orientierenden Wissenschaften der Medizin und Psychologie machten Beobachtungen, die in ein System noch nicht einzuordnen waren. Die Tollheit etwa ist für sie eine Erscheinung der menschlichen Gesellschaft, die, da ihre Ursachen nicht bekannt waren, noch zu diskutieren war. Diese Unsicherheit der Wissenschaften regt die Phantasie der Dichter an.

Wie einst die brigata und die devisants über die Liebeskasus diskutierten, so reflektieren nun Rahmenfiguren oder der Erzähler selbst über den Charakter des Wahnsinns. Der ungewöhnliche Inhalt der Ereignisse wird dabei den Personen als eigene poetische Energie gutgesagt. Die poetische Kraft des Wahnsinns, die die psychologische Novelle zu ihrer theoretischen Rechtfertigung heranzieht, hat auch die Fallbeschreibung bereits erkannt. Salomon Maimon bezeichnet die Wahnvorstellungen als Erdichtungen, Vorstellungen also, die die erfahrbare Wirklichkeit verlassen. Nachdem aber Moritz für seine Zeitschrift den Grundsatz aufgestellt hat, daß in ihr nur Tatsachen zu vermerken seien, müssen sich Leser und Beiträger solchen Dichtungen gegenüber zur Skepsis verpflichtet fühlen. Die Fallbeschreibung zerstört die Faszination endlich doch wieder, indem sie die Erdichtungen sowohl aus der Reizbarkeit des Subjekts wie aus der Unbedachtsamkeit ableitet, mit der es von der Umwelt behandelt wurde. Sofern die Fallbeschreibung poetisch wird, läßt sie dem spannenden Bericht der Abnormität doch stets seine skeptische Analyse folgen. Eine solche Interpretation erfordert aber andererseits die Kenntnis der Vorgeschichte des Kranken, so daß sich durch den biographischen Rahmen, die soziale Umgebung, die räumliche Kulisse und das gegenständliche Ambiente der Fall doch zur Erzählung ausweitet, deren narrative Struktur unwissenschaftlich und also für ein Novellensujet gut ist.

Exkurs: Übertragung der Stoffe

Um 1800 ließ das breite Interesse an der Pathographie nach. Inzwischen aber hatten die Dichter die poetischen Implikate der Form erfaßt; die Dichtung übernimmt nun das Thema des Wahnsinns von der Psychologie, um aus der Fallbeschreibung, jener getreuen Wiedergabe einer traurigen Wirklichkeit, Szenen einer inneren Verzauberung zu erfinden. Nachdem Ludwig Tieck im *Blonden Eckbert* und im *Runenberg* (1798 und 1804) das Motiv des Wahnsinns erst am Schluß in seine Erzählung einführte, entstehen im ersten und zweiten Jahrzehnt des 19. Jahrhunderts jene Novellen, deren Struktur ausschließlich vom Thema Wahnsinn geprägt ist: 1810 erscheint Kleists *Cäcilie oder die Gewalt der Musik*, 1811 schreibt Tieck die psychologische Novelle *Liebeszauber*, die er den Erzählungen des *Phantasus* einfügt, 1814 bis 1815 folgen die *Fantasiestücke in Callots Manier* von Hoffmann, 1818 publiziert Achim von Arnim den *Tollen Invaliden auf Fort Ratonneau*, 1820 *Die Majoratsherrn.* Zwischen der Fallbeschreibung der neunziger Jahre und jenen Erzählungen des frühen 19. Jahrhunderts, die dem Typus psychologische Novelle zugehören, bilden die biographischen Erzählungen von Schiller und Christian Heinrich Spieß, der 1786 erschienene *Verbrecher aus verlorener Ehre*, die *Biographien der Selbstmörder* von 1785, sowie die *Biographien der Wahnsinnigen* von 1795/98 die Brücke.

Die direkte Umarbeitung einer Fallbeschreibung in eine psychologische Erzählung oder Novelle ist selten. Das bekannteste und erste Beispiel dafür ist Schillers *Verbrecher aus verlorener Ehre*, der unter dem Titel *Der Verbrecher aus Infamie* 1786 in der Thalia erschien. Auf der Militärakademie in Stuttgart hörte Schiller die Vorlesungen Abels. Den mündlichen Bericht des Lehrers von der Lebensgeschichte des Fridrich Schwan hat Schiller in eine Erzählung verwandelt. Abel hat den Stoff erst selbst publiziert, als der Erfolg von

Schillers *Räubern* ihm das allgemeine Interesse für dieses Thema bewiesen hatte. Abels Lebensbeschreibung des Fridrich Schwan erschien 1787, ein Jahr nach Schillers Erzählung. [7]

Auch Kleist hat in der *Heiligen Cäcilie* eine psychologische Situation bearbeitet, von der Matthias Claudius berichtet. Den *Besuch in St. Hiob* nimmt Claudius, eigens mit einem Kupfer von Chodowiecki versehen, in den vierten Teil seiner Werke auf, die 1783/84 erschienen, gerade also zu der Zeit, in der durch Moritz' *Magazin* die Fallbeschreibung in Mode gekommen war. [8] Kleists Legende hat auch Justinus Kerner zu einer Bearbeitung des Berichtes von Claudius veranlaßt, die unter dem Titel *Die vier wahnsinnigen Brüder* 1824 erschien. Die Beziehungen E. T. A. Hoffmanns zur berühmten Bamberger Medizin und Psychiatrie, zu Andreas Röschlaub und Adalbert Friedrich Marcus, sind längst nachgewiesen, die Stellen seiner Werke, an denen er auf das von Marcus eingerichtete Irrenhaus St. Getreu anspielt, gesammelt. [9]

Die Novelle als Don Quijoterie

Hoffmanns Bekanntschaft mit der Erfahrungsseelenkunde zeigen Stellen wie der Hinweis auf Johann Christian Reil in der Erzählung *Prinzessin Brambilla* oder in *Das öde Haus* an, wo Hoffmann »aus Maucharts Repertorium der empirischen Psychologie den württembergischen Beamten« zitiert, »der in der Trunkenheit die Treppe hinabstürzte und dann seinen Schreiber, der ihn geleitete, sehr bedauerte, daß er so hart gefallen«. (261) [10] Der Kontext, in den Hoffmann die knappe Notiz Maucharts rückt, nichts weniger als der amüsierte Ton der Nacherzählung verraten die Wandlung, welche die Motive beim Übergang von der Psychologie in die Literatur durchmachen. Bei Mauchart trägt die Geschichte die Überschrift *Verlust der Personalität in der Trunkenheit.* Der Titel interpretiert den Fall als Beispiel für den Verlust der Identität bei geschwächter Geistesgegenwart, sei diese nun vorübergehend, wie in der Trunkenheit, oder dauernd, wie im Wahnsinn. Das Individuum ist bei Mauchart einer anthropologischen Norm unterworfen, der es sich in jeglicher Art von Geistesabwesenheit nur zu seinem Nachteil entzieht. Für Hoffmann ist die Trunkenheit die triviale, weil vorübergehende Form jenes poetischen und erhabenen Traum- und Wahnzustands der

Seele, der eine *zweite* Welt jenseits von Raum und Zeit erschließt. Unendlich anders und fern der Wirklichkeit, erscheint diese zweite Wirklichkeit als »inneres Peru« (260), dessen Edelsteine gehoben und geschliffen werden müssen. Die Einstellung zum Realitätsprinzip ist bei den beiden Autoren gerade umgekehrt: für Mauchart ist die Wirklichkeit die Norm, für Hoffmann, den Autor, ist sie das Gefängnis des Individuums, für Mauchart ist sie der Lebensraum, für Hoffmann die Schattenwelt der Seele.

Für die Novelle ergibt sich mit dieser Szenerie der Innerlichkeit, die die Autoren je nach Belieben geheimnisvoll, grotesk oder schaurig malen können, eine neue Möglichkeit, von ungewöhnlichen Situationen zu erzählen, die dennoch – ähnlich wie im Falle des Scheintods, den Poe als Motiv bevorzugte – glaubwürdig sind. Die tatsächlichen Absonderlichkeiten, die die Pathographien beschreiben, verschaffen der Novelle, zu deren Gattungskonstituentien die Forderung nach der Darstellung einer außerordentlichen Begebenheit gehört, den prägnanten Fall. Sie bleibt dadurch, im Unterschied zur Gothic novel, die das literarische Interesse durch grelle Unwahrscheinlichkeiten reizte, im Rahmen des Wahrscheinlichen. Zwischen der Alternative der unwahrscheinlichen Gespensterwelt der Gothic novel und der wahrscheinlichen Alltäglichkeit des Romans findet die psychologische Novelle den Ausweg in die unalltägliche Wirklichkeit der seelischen Krankheit.[11] Das Phantastische, das für die Gothic novel jenseits dieser Welt liegt, das für die Erfahrungsseelenkunde der Wirklichkeit entgegensteht, ist für die psychologische Novelle die Wirklichkeit *in uns.* Mit Hilfe der Erfahrungsseelenkunde gelingt der psychologischen Novelle die Erfüllung des Realitätspostulats. Auch der vereinsamte Leser, der sich in das Mysterium der Seele hineingezogen sieht, darf sich bei seiner Lektüre, zumindest solange diese sich in der Tradition der Fallbeschreibung bewegt, noch immer als verstehendes und mitfühlendes, wenn auch nicht mehr an Aufklärung interessiertes Mitglied der Gesellschaft denken. Der Realismus weist aber gleichzeitig den psychologischen Fall als ein minderwertiges literarisches Sujet und damit gerade als eines aus, das die Gattung des »istilo umilissimo« am ehesten brauchen kann.

Achim von Arnim ist noch ganz aufgeklärter Bürger, der den Wahnsinn als einen heilbaren und zu heilenden Fall ansieht. Der Wahnsinnige ist für ihn mehr komisch als krank und daher zur Figur für eine Novelle prädestiniert. Im *Tollen Invaliden auf dem Fort Ra-*

tonneau hat der Wahnsinn des Sergeanten Francoeur eine materielle Ursache und praktische Folgen. Durch diese Veräußerlichung und Vergegenständlichung wird der sonst so schauervolle Abstieg in die Tiefen der Seele zur Farce, die, ereignisreich, wie sie ist, und glücklich, wie sie endet, die Oberflächlichkeit der alteuropäischen Novelle bewahrt und bestätigt, die ja tatsächlich mehr Struktur hat als Sinn. Eine Kopfverletzung also verwirrt den Verstand des tapfern Francoeur, der, eingesetzt wegen großer Kenntnisse in der Feuerwerkskunst zum Schutz des Forts Ratonneau, schließlich droht, für Festung und Stadt einen wahren Weltuntergang zu inszenieren, indem er die Feuerwerkskörper in Brand setzt. Diese Katastrophe soll Francoeurs Rache für den Ehebruch seiner Frau Rosalie sein, der freilich, da nun einmal die Besonderheit der Erzählung im Wahnsinn der Figur liegt, nur die Ausgeburt der kranken Phantasie des Gatten ist. Als die Frau nämlich beim Kommandanten der Festung um Nachsicht für ihren Mann bittet, der sich immerhin auf dem Pulverturm schon auffällig genug gebärdet, ist dies der Anlaß für den Tollwütigen, Verrat und Ehebruch zu vermuten:

> »Und wer brachte dem Kommandanten die Nachricht?« fragte Francoeur zitternd. »Eure Frau«, antwortete jener, »aber in der besten Absicht, um Euch zu entschuldigen, wenn Ihr hier wilde Streiche machtet.« »Wir sind geschieden!« schrie Francoeur und schlug sich vor den Kopf, »sie hat mich verrathen, mich vernichtet, hat Heimlichkeiten mit dem Kommandanten, sie hat unendlich viel für mich gethan und gelitten, sie hat mir unendlich wehe getan, ich bin ihr nichts mehr schuldig, wir sind geschieden!« (376)

In höchster Not, als Francoeur schon alle Geschütze auf die Stadt gerichtet hat, opfert sich Rosalie, schreitet auf die geladenen Geschützmündungen zu, um den Mann von seiner Wahnsinnstat abzuhalten. Durch die Erregung löst sich der Splitter, der bei einem Kriegsgefecht in Francoeurs Hirn eingedrungen war. Die Szene, die nun folgt, enthält deutliche Zeichen einer erotischen Wiedervereinung des durch einen mutmaßlichen Ehebruch getrennten Paares:

> So betrat sie den engen Felsgang, der wie ein verlängerter Lauf für zwei mit Kartätschen geladene Kanonen [...] bestimmt war. [...] Er blies die Lunte an, die eben verlöschen wollte, der Schweiß stand ihm hellglänzend über Stirn und Wangen, es war als ob zwei Naturen in ihm rangen. Und Rosalie wollte nicht diesen Kampf hemmen [...]; sie ging nicht vor, sie kniete auf die Stufe nieder [...]. Er riß Rock und Weste an der Brust auf, um sich Luft zu machen [...]. Da öffnete sich die Wunde am Kopfe in dem wilden

> Erschüttern durch Schläge, die er an seine Stirn führte, Thränen und Blut löschten den brennenden Zundstrick, ein Wirbelwind warf das Pulver von den Zündlöchern der Kanonen und die Teufelsflagge vom Thurm. »Der Schornsteinfeger macht sich Platz, er schreit zum Schornstein hinaus!« rief er und deckte seine Augen. Dann besann er sich, öffnete die Gitterthüre, schwankte zu seiner Frau, hob sie auf, küßte sie. (390f.)

Die Vergegenständlichung als physische Krankheit, als Verletzung durch einen Granatsplitter, löst das Geheimnis des Wahnsinns in Banalität auf. Für Arnim bietet der neue Stoff die Möglichkeit, ein altes novellistisches Motiv, die Eifersucht, die sonst – freilich nur bis zu Cervantes – nicht mehr war als ein Movens der Erzählung, ins Krankhafte zu steigern. Immerhin nimmt Arnim die psychologischen Beobachtungen zum Anlaß, die alteuropäische Form, so sehr sie auch das Gerüst seiner Erzählung abgibt, zu parodieren. Die Erzählung kommt nur in Gang, weil die Figur im wahrsten Sinne des Wortes einen Sparren im Kopf hat. Arnims Figur verinnerlicht die Funktion, die die Eifersucht des Ehemanns in der alteuropäischen Novelle hatte; weil diese Eifersucht keine Korrespondenz in einer Tatsache hat, wird sie zum Wahnsinn. Im Grunde entsteht Francoeurs Geistesverwirrung dadurch, daß er sich selbst eine Novelle erdichtet. Die Novelle – und das gilt für die psychologisch-romantische Erzählung überhaupt – findet im Kopf des Helden statt. Es ist, als habe er, ein anderer Don Quijote, zu viele Novellen gelesen und wiederhole obsessiv die Sensationen seiner Lektüre. Das alteuropäische Muster, das verbraucht ist, überlebt in der Phantasie seiner eigenen Helden, die an ihm wahnhaft festhalten. Die Ironie richtet Arnim daher vor allem gegen das eigene Werk. In ihr kommt die Altertümlichkeit der Gattung, derer er sich bedient, zum Bewußtsein, der Archaismus der Motive – etwa des Aberglaubens, welcher viele Handlungen dieser Novelle motiviert, der typenhaften Charaktere der Eifersüchtigen etwa oder der Heiligen, die die Ehefrau spielen muß. Die romantische Ironie kontrastiert den medizinischen Fall, in dessen Kontext Überlegungen zu Ursache, Folge und Heilung gehören, dem Erzählmodell der Novelle – ganz zu ihren Ungunsten.

Arnims unpoetische Aufgeklärtheit, die sich ironisch sowohl gegen die Gattung wie gegen den neuen Stoff richtet, den er eher als poetisierenden Aberglauben denn als tatsächliche Krankheit darstellt, hätte der psychologischen Novelle kaum jene Begeisterung eingetragen, die das europäische Lesepublikum ihr gegenüber an den

Tag legte. Erst E. T. A. Hoffmann hat die medizinische und psychologische Fallbeschreibung dem alten Modell integriert und eine Steigerung der Faszination erreicht, indem er den Wahnsinn zur poetisierenden Kraft erhob. Die alten Muster der Personenkonstellation, der Organisation von Raum und Zeit lassen sich selbst am *Sandmann*, jener so häufig interpretierten Erzählung, noch nachweisen. Auch hier sind sie, wie bei Francoeur, mindestens teilweise Entwürfe und Fiktionen des Helden selbst. Das »innere Peru«, das Hoffmann entdeckt, ist die Novelle, in der der Held sich die Hauptrolle erträumt. Die Personengruppe der ungeraden Zahl jedenfalls ist durch das ödipale Verhältnis von Vater, Mutter und Nathanael in der Außenwelt wieder besetzt. Diese Urszene aber hat keinen Ereignischarakter. Sie ist nur das Muster, die Vorlage, in die das eigentliche novellistische Dreieck, Nathanael, Olimpia und Spalanzani, eingepaßt wird. Diese zweite Konstellation ist die, die Nathanael fingiert. Die beiden Figurengruppen zusammen bilden eine Schleife, deren Knoten Nathanael ist.

Die Seele der Hauptfigur und nicht mehr Haus, Bett oder Geschlecht ist nun der innerste Ort der Novelle. Die Erzählstruktur hat sich im Subjekt verinnerlicht. Die Novelle erzählt nicht mehr von Personen, die ihr Spiel miteinander treiben, sondern davon, wie eine Figur sich einbildet, es werde ihr mitgespielt. Durch Drohungen und Omina dringen, so meint die Figur, Mitspieler auf sie ein. Nathanaels Seelenfrieden wird durch das Märchen vom Sandmann gestört, das die Mutter andeutet und die Kinderfrau zuende erzählt.

> Das ist ein böser Mann, der kommt zu den Kindern, wenn sie nicht zu Bett gehen wollen und wirft ihnen Händevoll Sand in die Augen, daß sie blutig zum Kopf herausspringen, die wirft er dann in den Sack und trägt sie in den Halbmond zur Atzung für seine Kinderchen; die sitzen dort im Nest und haben krumme Schnäbel, wie die Eulen, damit picken sie der unartigen Menschenkindlein Augen auf. (332 f.)

Mit diesem Märchen ist der Brutalismus der alteuropäischen Gattung wieder eingeführt. Was in der Erzählung der Kinderfrau noch tatsächliche körperliche Gewalt zu sein schien – die blutig ausgerissenen, von Eulenjungen aufgepicken Augen –, verwandelt sich im Laufe von Nathanaels Lebensgeschichte in seelische Qual. Sobald irgendwo Augen auftauchen, wiederholt sich für den Helden die Vorstellung von der körperlichen Verletzung und versetzt ihn in Schrecken. In den Novellen der Margarete von Navarra richtete sich die Gewalt gegen die Frauen, jedenfalls immer aber auf das körperlich-räumliche Zentrum der Novelle. Da nun der innerste Ort der Novelle die Seele des männlichen Helden geworden ist, muß auch der Angriff sich gerade dorthin richten. Den Brutalismus der alteuropäischen Novelle kann man als Racheakt der männlichen Hauptfigur gegen die souräne Verführerin verstehen. In der psychologischen Novelle richtet die männliche Hauptfigur die Aggression ohne Ursache gegen sich selbst. Der Brutalismus ist zur Sucht geworden. Was anfänglich wie das Eindringen der Außenwelt in die Enge der Seele aussieht, entpuppt sich im Laufe der Handlung – in Nathanaels Begeisterung für die Puppe Olimpia, in seinen wahnsinnigen Briefen – als Fiktion der nach Schmerzen süchtigen Phantasie des Helden.

Diese selbstgemachte Qual thematisiert der aufgeklärte Arnim in den *Majoratsherren.* Der Majoratsherr, der aus einer unbestimmten Furcht sein prächtiges Stammhaus nicht beziehen möchte und deshalb bei einem Vetter in der Judengasse unterkommt, entwirft sich seinen Untergang selbst durch pures Mißverständnis. Der Vetter klärt den Ankömmling über seine Nachbarschaft auf:

»Die da ist ein Schickselchen.« – »Mein Schicksal?« fragte der Majoratsherr bestürzt. – »Wie Sie es nennen wollen,« fuhr der Vetter fort, »ein Schicksalchen also, ein Judenmädchen«. (202)

Arnims Humor deckt die Struktur der psychologischen Novelle auf. Das unerhörte, das novellistische Ereignis wird vom Helden selbst hergestellt. Seine Seelenqual ist die Novelle, die er sich erfindet, und die nicht stattfindet. Weder der Majoratsherr noch Hoffmanns Nathanael können die weibliche Figur, in die sie sich verliebt haben, noch ihrem rechtmäßigen Besitzer entwenden und selbst genießen. Wahnsinnige Helden müssen klägliche Versager werden, weil sie am Spiel von Figuren teilnehmen möchten, die sie sich selbst erfunden haben. Die Fiktion einer ungewöhnlichen Realität, mit der bislang der Autor den Leser amüsierte, wird zur Illusion eines Wahnsinnigen, mit dem der Leser leidet.

Monotonie des Wahnsinns und spannendes Erzählen

Der Stoff, den die Fallbeschreibung der Novelle liefert, ist eine Tragödie aus dem alltäglichen Leben ohne Dramatik. Zu wiederholten

Malen spaltet sich auf dem immergleichen Schauplatz der Pathographie: im bürgerlichen Wohnzimmer meist, im Schulzimmer, im Garten, die Welt in jene erste und zweite Wirklichkeit, in Vernunft und Wahn, Ding und Seele, Zeichen und Bild. Während der quasi-naturwissenschaftliche Bericht der Fallbeschreibung bei seinem Leser, der die Imaginationen des Kranken an seiner Wirklichkeit mißt, durch die monotone Dauer dieses Zustandes Verwundern weckt, ist die Novelle darauf angewiesen, durch die Steigerung des Phantastischen für Unterhaltung zu sorgen. Die Fallbeschreibung darf also wiederkehrende Handlungen des Wahnsinnigen in einem Satz zusammenfassen. Die psychologische Novelle hingegen, auch wo sie sich dem Gesetz der Wiederholung, die den Wahn kennzeichnet, beugt, steigert den Schrecken, indem sie mehrmals gerade jenen Punkt erfaßt, an dem der Wahnsinn einsetzt, jenen schockartigen Übertritt aus der Wirklichkeit in die Phantasie. Der gesteigerte Schock ist das Charakteristikum der Handlung einer psychologischen Novelle.

Hoffmann lagert im *Sandmann* drei verschiedene Erzählweisen übereinander, um dasselbe Erlebnis in jeder von ihnen mehrmals zu wiederholen: die Briefe Nathanaels, die Dichtungen für seine Braut Clara und die Erzählung selbst. Auf allen drei Ebenen kehrt dieselbe Situation des plötzlichen Schreckens wieder, mit dem für den Helden die Welt entzwei bricht. Den einleitenden Brief Nathanaels an Lothar diktiert eben die Erregung des aufgebrochenen Wahnsinns: »Etwas Entsetzliches ist in mein Leben getreten« (331). Von nun an verfolgt ihn die Gestalt des Wetterglashändlers Coppola, dessen Schrecklichkeit gerade in seiner Wiederkehr und Allgegenwart liegt. Zweimal wiederholt der Brief in der Erinnerung an die Kindheit den Auftritt Coppolas. Um den Schrecken zu intensivieren, verschafft der Autor seiner Figur Pausen der Erleichterung, um sie dann umso plötzlicher aufs neue mit dem Trauma zu konfrontieren: »Ein Jahr mochte vergangen sein«, schreibt Nathanael, »[...] Da hörten wir [...] plötzlich die Haustür in den Angeln knarren.« (337) Diese akustische Sensation schreckt den Knaben wieder auf. »Mir war es, als sei ich in schweren kalten Stein eingepreßt – mein Atem stockte.« (337) Nathanael beschreibt Lothar seine schreckliche Halluzination: »Der verhaßte abscheuliche Coppelius stand vor mir mit funkelnden Augen.« (337) Die Dichtung für Clara findet nahezu dieselben Worte zur Beschreibung des Schreckens. Dort stört Coppelius der beiden Hochzeit: er »berührt Claras holde Augen; die springen in Nathanaels Brust wie blutige Funken sengend und brennend.« (347) Nach der Beendigung der Arbeit am Gedicht bricht das Entsetzen über Nathanael wieder herein, sobald er es sich selbst vorliest: »da faßte ihn Grausen und wildes Entsetzen.« (348) Endlich ergreift der Erzähler selbst das Wort, um seinem Leser das Erlebnis des Schreckens noch einmal zu bieten: »Übermannt von tollem Entsetzen schrie er [Nathanael] auf.« (351) Auch die Faszination, die Olimpia auf Nathanael ausübt, regt das Trauma wieder auf.

Die psychologische Novelle fordert einen Leser, der die Schübe des Wahnsinns mitvollzieht. Der amüsierte Leser sowenig wie der kühle Beobachter vermögen die Monotonie der Erzählung zu goutieren. E. T. A. Hoffmann verzichtet auf die Distanz, die das Publikum der Wochenschriften zu den Kranken hatte. Auch als Leser wünscht er sich einen, der, wie Cyprian in den *Serapionsbrüdern*, glaubt, »daß die Natur gerade beim Abnormen Blicke vergönne in ihre schauerlichste Tiefe«. (29) Das poetische Vermögen der Sprache setzt er nicht ein, um den Wahnsinn zu heilen, sondern um ihn zu potenzieren. Die Beschäftigung mit der Krankheit steigert er zur Faszination durch den Wahnsinn; aus dem distanzierten Beobachter wird der verzauberte Leser. Um ihn und die Figur schließt sich das Mysterium der Krankheit, die Lektüre ist Einweihung in die *innere*, die *zweite* Welt. Die gebildete Öffentlichkeit, die in der Erfahrungsseelenkunde die Krankheit diskutierte, hätte bei Hoffmann die räsonierende Gesellschaft des Rahmen abgeben können. Stattdessen führt er die devisants, die Außenstehenden, die das Geheimnis der Krankheit bereden, in die Novelle selbst ein.

Mit Clara nämlich hat Hoffmann eine Repräsentantin des philiströsen Publikums in seine Erzählung eingeführt, die an der Leidensgeschichte des Helden nur die Anzahl der Störungen ihrer eigenen Normalität registriert, nicht die Einmaligkeit der Erfahrung des kranken Helden. Ihre oberflächliche Aufmerksamkeit ermüden die pathologischen Zustände ihres Bräutigams ebenso wie die langeweiligen Beschreibungen, die er davon in seinen Dichtungen gibt: »Nichts war für Clara tötender, als das Langweilige; [...] Nathanaels Dichtungen waren in der Tat sehr langweilig. [...] Clara konnte ihren Unmut über Nathanaels dunkle, düstere, langweilige Mystik nicht überwinden«. (347) Was Clara als Langeweile empfindet, macht die eigentliche Spannung der Ereignisse aus für den, der sich auf die Eigentümlichkeit der Gattung eingelassen hat.

Tatsächlich tendieren die psychologischen Novellen dahin, aus nur einer Szene zu bestehen; die Erzählung ist nichts als ein wiederholter Anfang, der immergleiche Ausbruch nämlich des Wahnsinns. Entsprechend abrupt ist der Schluß; ein unvorbereiteter Tod beendet die Geschichte. Die Handlung wäre aber nicht weniger bedrückend, wenn das tragische Ende fehlte. Die Unendlichkeit der Qualen käme dem Schrecken eines endlichen Todes gleich.

Hatte also die Pathographie der psychologischen Novelle eine Legitimation für die Wirklichkeit des Erzählten durch den wahrscheinlichen Bericht einer Unwahrscheinlichkeit bieten können, eine Fabel konnte sie ihr nicht liefern. Ihrer aber hätte die Novelle gerade an diesem Punkt der Entwicklung bedurft, an dem die Motive der alteuropäischen Novelle, das Liebesabenteuer und der Ehebruch, der Ehrenhandel, die Bauernschläue, der Ämterschwindel ihre Glaubwürdigkeit verloren hatten. Den Verlust einer poetischen Fabel kompensiert sie durch den Glauben an die Poesie schlechthin: die zweite Welt ist immer die wahrere.

Der Schauplatz der Seele

Die Theorie der zwei Welten rechtfertigt eine wiederholte Rückkehr des Helden ins Dunkel eines wahreren Selbst. Die Extreme werfen die Seele des Helden zwischen Euphorie und Schrecken hin und her. Die Welt um ihn verblaßt dabei zur Folie seiner Exzentrik. Daher verteilt die psychologische Novelle nur wenige Rollen. Nur Schemen nimmt der Held durch den Schleier seines Wahns wahr, sphärische Töne und geisterhafte Rufe, böse alte Weiber und dämonische Greise, die alle seine Phantasie erfindet. Das alte Novellenpersonal, das ihn umgibt, ein Freund und eine Geliebte, werden zugleich seine Zuflucht und Obhut in der Wirklichkeit. Die Beziehung zwischen diesen traditionellen Novellenfiguren aber löst sich auf, obgleich sie paradoxerweise gleichzeitig eng miteinander verbunden bleiben. Der Held begibt sich in einen phantastischen Traum. In den Untergang, in dem für ihn die Welt versinkt, reißt der Held die Geliebte dennoch mit. In ihr vernichtet er symbolisch eine Realität, die sich als falsche Heimat angeboten hatte. Sein Tod ist gewissermaßen der Tod des alten Novellenpersonals.

Eine enge Welt und eine weite Seele – das sind die Schauplätze der psychologischen Novelle. Kargheit herrscht in der inneren so gut wie in der äußeren Welt. Zwar ist der Raum des Inneren weit, doch bleibt er fast leer. Er ist nur mit wenigen Elementen besetzt. Die Mikroskopie der Seele, die die psychologische Novelle vorhat, vergrößert das eine, kleine Zeichen, auf das der Wahn reagiert, zu einem Ungeheuer, das das gesamte Sehfeld deckt. Der Held, von einem einzigen Bild verfolgt, ist nur Reizbarkeit an sich, er ist weder gut noch böse, weder klug noch töricht, weder wahr noch falsch – er ist lediglich nicht normal.

Die Beschränkung des Repertoires innerer Bilder in einer Erzählung, wo äußere ohnehin nur einen ärmlichen Hintergrund von Reizen hergeben, stellt die psychologische Novelle vor ein sprachliches Problem. Die immergleiche Szene des Schocks bedarf eines stets ähnlichen Vokabulars zu seiner Darstellung. Die Punktualsierung von Raum und Zeit, die für das novellistische Geschehen charakteristisch ist, überträgt sich auf die Sprache. Sie konzentriert sich auf das Reizwort, das eigentlich das Agens der Handlung wird. Gleiche oder ähnliche Wörter, Wortverbindungen und Sentenzen flechten durch den Text ein sprachliches Muster kleiner Abweichungen. Zahlreich sind die Variationen, mit denen Hoffmann die bedrohliche Verfolgung Nathanaels durch die Augen von Coppola beschreibt: es blitzen »grünliche Katzenaugen (334), stechende Augen, starre Augen (342), Augen, aus denen blutige Funken sengend und brennend springen« (347), den Helden bannt der »starre Blick, der Tod des Blickes (348), der unverwandte Blick.« (350)

Auf die Signale dieser Wörter reagiert der Held in der Erzählung anders als der Leser und der Dichter außer ihr. Für den Helden der Novelle ist dieses kompositorische Mittel das Reizwort, das seine Seele in Erregung setzt. An der Sprache wird nicht mehr ihr Inhalt, sondern ihr Klang, nicht mehr ihre grammatische Logik, sondern ihre akustische Gestalt wahrgenommen. Die Handlung der psychologischen Novelle gehorcht den Wortspielen des Helden. Die Mißdeutung sinnlicher Erscheinungen gehört nicht weniger als das Mißverständnis der Sprache zu den Motiven der psychologischen Novelle, so etwa, wenn der Majoratsherr die Tauben des Vetters als Seelenvögel der unschuldigen Esther ansieht, wenn Nathanael die automatische Puppe Olimpia belebt oder sich Christian, dem Helden des *Runenberg*, der rote Glanz des Geldes in »güldenes Blut« (75) verwandelt.

Die zweite Welt, die sich dem Kranken öffnet, zeigt die höhere Sphäre der Wahrheit. In den Majoratsherrn heißt es: »es erschien überall durch den Bau dieser Welt eine höhere Wahrheit, welche den Sinnen nur in der Phantasie erkenntlich wird [...], die zwischen beiden Welten als Vermittlerin steht, und immer neu den toten Stoff der Umhüllung zu lebender Gestaltung vergeistigt, indem sie das Höhere verkörpert.« (227) Im Unterschied zur Erfahrungsseelenkunde, die den Fall beschreibt, um ihn zu erklären, erhebt ihn die Poesie über die Wirklichkeit. Ein Abkömmling der empirischen Psychologie, stellt doch die psychologische Novelle zugleich deren Ende dar. Nicht zufällig folgt auf diese Epoche der Erzählkunst und der poetischen Psychologie der Romantik (Schubert, Steffens) in Deutschland eine Pause der empirischen Forschung über die psychische Krankheit. Jene Streifzüge in die zweite Wirklichkeit lassen sich vom Fremden faszinieren und genießen seine Exotik. In den *Träumen eines Geistersehers* hat Kant ironisch auf diese Bewegung reagiert, die das cartesianische Zeitalter des kritischen Denkens absetzten wollte durch die neue Devise »wo ich empfinde, da *bin* ich.« [12] Mit der Erfahrungsseelenkunde und der psychologischen Novelle waren bereits zwei Epochen dieser neuen Geschichte des empfindenden und träumenden Menschen abgelaufen. Aber auch die Novelle selbst hat ihr Personal, das, fühllos und unbedacht, sich seinen Lastern hingab, eingebüßt. Der träumende Held hat diese Figuren zu himmlischer Reinheit geläutert, und wenn er untergeht, hat es sie nie gegeben.

Cervantes: Die heliodorische und die komödiantische Novelle

Die heliodorische Novelle

Der Anachronismus, die *Exemplarischen Novellen* des Cervantes im Kontext des 19. Jahrhunderts zu behandeln, rechtfertigt sich keinesfalls aus der Rezeption dieses Werkes, denn im Unterschied zu den Novellen des Boccaccio sind die des Cervantes zwar nicht ganz vergessen, wohl aber von Autoren als Vorbild wenig genutzt worden. Sie lebten, wie etwa *Die Geschichte von Eklein und Schnittel* (*Novela de Rinconete y Cortadillo*), eine der Lieblingsnovellen am Anfang des 19. Jahrhunderts, als Lektüre ohne Folge fort.

Die Nähe aber, die Cervantes zu den Autoren des 19. Jahrhunderts hat, liegt im Widerstand, den er wie sie gegen Boccaccios dominantes Vorbild entwickelt. Neue literarische Muster stellen in beiden literaturgeschichtlichen Epochen die alte Form gründlich in Frage, die Neugier auf neue Stoffe möchte die Tradition beiseite schieben. Dabei ging Cervantes sehr viel rücksichtsloser mit seinem Vorgänger um als die Autoren des 19. Jahrhunderts, die immerhin von seinem Vorbild so ganz nie abzusehen wagten. Während Poe Mosaiksteine aus dem *Decameron* herausgelöst und zu ganzen Erzählblöcken verselbständigt hat, während Hoffmann seine Figuren zum Wahnsinn brachte, weil in ihrem Kopf die Novelle zur Obsession wurde, gebraucht Cervantes Boccaccios Vorbild nur in zwei Erzählungen und auch da nur, um Hohn und Spott über ihn auszugießen und ihn dann im Fortgang seiner Sammlung ganz zu vergessen. [1]

Diese Selbstherrlichkeit hat Cervantes zum meistgelesenen Novellenautor des 17. Jahrhundert gemacht. Er war es, der der Erzählung zum ersten Mal die Legitimation verschafft hat, alle neuen Stoffe zu übernehmen, auch wenn sie dem Muster, das hundertfünfzig Jahre lang gegolten hat, nur schwer anzupassen waren. Die Befreiung vom Vorbild Boccaccios eröffnete Cervantes die Möglichkeit, bislang von der Novelle nicht beachtete Prosaformen zu Erzählmustern umzubilden. Zwar ist auch das *Decameron* aus zahlreichen und sehr unterschiedlichen literarischen Formen, vor allem aber solchen der volkstümlich-mündlichen Tradition hervorgegangen, die zudem in die neue Gattung diffundiert sind. Cervantes jedoch experimentiert mit Formen der schriftlichen Literatur, und insofern ist er – was beim Erfinder des Don Quijote, dem ersten lesenden Helden der Weltliteratur, nicht verwundert – als erster Dichter Literaturhistoriker. In den *Exemplarischen Novellen*, einer Arche Noah der Prosaformen, vereint Cervantes alle seinerzeit in gedruckten Büchern vorliegenden Erzählmuster: außer der Boccaccio-Novelle (*Der eifersüchtige Estremadurer*), die selbst schon vom Sujet der Räuber- und Zigeunergeschichte überlagert sein kann (*Geschichte des Zigeunermädchens*), finden sich der Pikaroroman (*Geschichte von Eklein und Schnittel*), die Sammlung scherzhafter Sentenzen (*Der Lizentiat Vidriera*), das philosophische Gespräch (*Gespräch zwischen Cipion und Berganza*), die alle aber sich der Forderung nach einer Handlung aus kausal verknüpften Ereignisfolgen mit konsequentem Schluß, wie sie an eine Erzählung herangetragen wurde, so recht nicht unterwerfen wollten. [2]

Die unterschiedlichsten Formen zur Erzählung irgend zu bündeln und zu bändigen, bedient sich Cervantes – außer im Falle des *Lizentiaten Vidriera* und des *Berganza* – der Schemata des heliodorischen und des Amadisromans. Heliodors *Aithiopika* war 1534 in Basel im Druck erschienen und zusammen mit dem *Amadis* seit der Mitte des Jahrhunderts die bevorzugte Lektüre des lesenden Europa. Ob nun Cervantes' Stoffe komisch oder ernst, seine Erzählhaltung ironisch oder illusionsstiftend, seine Figuren Pikaros oder Ritter, ihre Reden witzig oder melancholisch sind, immer – außer in *Eklein und Schnittel* und im *Eifersüchtigen Estremadurer* – läuft die Geschichte, sofern sie – man denke wieder an *Berganza* oder den *Lizentiaten Vidriera* – überhaupt eine ist, auf die Hochzeit eines nach vielen überstandenen Abenteuern wiedervereinten Liebespaares hinaus. Mehr als ein Konzentrat typischer Figurenkonstellationen übernimmt Cervantes aus dem Muster des heliodorischen Romans nicht. Er unterlegt es der *Geschichte von dem großmütigen Liebhaber* und der *Englischen Spanierin*; diese beiden Erzählungen halten sich an das Muster ganz und gar, *Die Macht des Blutes* verkehrt es in sein gerades Gegenteil, so daß die große Leidenschaft regelrecht zur Vergewaltigung führt, *Die vornehme Küchenmagd* siedelt das genus medium im niederen Milieu an, die *Geschichte des Zigeunermädchens* gar im Nirgendwo der Räubergeschichte.

Im Unterschied zu den Figuren Boccaccios, die sich in einen engen Raum einschließen, erobern sich die heliodorischen Helden und Heldinnen des Cervantes eine ganze Welt, schweifen über Meere und durch Kontinente; statt eines zufälligen Zusammentreffens einander oft ganz unbekannter Personen, binden die imaginären Bande des Gefühls und die physischen des Blutes sie über Räume und Zeiten hinweg aneinander. Am Ende entkommt bei Boccaccio der Übeltäter, bei Cervantes vereinen sich die Figuren in einer rührenden Wiedererkennungsszene, bei der eine allgemeine Nobilitierung stattfindet: aus jedem Findelkind wird ein Adelssproß, jedes Mädchen erweist sich als die Tochter eines Granden, jeder Strolch als der verlorene Sohn eines Edelmannes. [3]

Freilich ist die Erzählung des Cervantes nicht nur ein gekürzter Abenteuerroman. Der Dichter als Literaturhistoriker stattet das Lieblingsmuster der Epoche mit den poetischen Farben anderer Gattungen aus. Die Figuren bewegen sich auf den Vorzeichnungen des heliodorischen Bodens in wildem Widerstand. Sie haben vorgeschriebene Wege und freie Gesten. Das Einzelne und das Ganze spielen nicht immer ineinander. Die Inkonsistenz der Erzählung ist die Freiheit dieser neuen Novelle zu jedem Stoff, Sujet, Motiv. Freilich entfesselt sich dieser Übermut vor allem in den komischen Erzählungen, die Cervantes – fast als folge er der seriellen Opposition einer Novellensammlung – zwischen je zwei heliodorisch-ernste Liebesdramen einbettet. Wegen solcher Zügellosigkeit im Gebrauch literarischer Formen ist Cervantes als der Vorläufer des 19. Jahrhunderts anzusehen.

Da Cervantes seine Freiheit in der Auseinandersetzung mit Boccaccio gewonnen hat, soll näher auf jene beiden Novellen eingegangen sein, in denen er seinen Vorläufer überwindet, auf die *Geschichte des Zigeunermädchens* und auf den *Eifersüchtigen Estremadurer*, mit dem sich Cervantes in die europäische Tradition des komischen Typus einreiht, deren letzter Ausläufer die physiologische Novelle des 19. Jahrhunderts sein sollte.

Spott über Boccaccio

Ungewöhnliche Schönheit, wie sie Preciosa, die Titelfigur in der *Geschichte des Zigeunermädchens* auszeichnet, ist an einem Mädchen ihrer Art nichts Ungewöhnliches, wohl aber die Bewunderung, die ihr die Ehefrauen in den Häusern entgegenbringen, wohin die Ehemänner sie eingeladen haben:

> Kaum aber waren sie [die Damen der Gesellschaft] eingetreten, so strahlte Preciosa unter den übrigen hervor wie das Licht einer Fackel unter kleinen Lampen, weshalb ihr alle entgegenliefen; die einen umarmten sie, die andern betrachteten sie, wieder andre wünschten den Segen des Himmels auf sie herab, und noch andre ergossen sich in Lobeserhebungen über sie. [...] Die Frau Nachbarin nahm sie Stück für Stück in Untersuchung, und nachdem sie all ihre Gliedmaßen und Gelenke einer Generalinspektion unterworfen, kam sie mit ihrem Lob endlich an ein Grübchen, das Preciosa im Kinn hatte, und rief: »Welch ein Grübchen! In dies Grübchen müssen alle Augen fallen, die sie ansehen!« (29 f.)

Solchen Frieden unter Konkurrentinnen stellt der ironische Dichter als den Wunschtraum der Männer vor und stattet, um das weibliche Wunder zu vervollkommnen, Preciosa außerdem mit ungewöhnlicher Gescheitheit aus, die sie noch dazu mit großer Eloquenz zu präsentieren weiß. Die Sentenzen fließen ihr nur so von den Lippen. Die pointierte Rede scheint sie von den Hofdamen gelernt zu haben, die in früheren Novellensammlungen vom Rahmen aus dem Spiel der Figuren zusahen und den Maßstab der Weisheit an deren Verhalten anlegten. Am Ende stellt sich denn auch heraus, daß Preciosa tatsächlich als das geraubte und wiedergefundene Kind des Stadtrichters von Madrid solch einer vornehmen Gesellschaft angehört. Das Räsonnement aus dem Rahmen ist in die Erzählung eingedrungen und wird einer Rolle in den Mund gelegt, deren ursprünglicher Charakter nicht die mindeste Reflexion vertrug. Nicht nur den Mitspielern in der Erzählung, die sich vor Staunen nicht zu fassen wissen, sondern auch dem Leser wird damit die Orientierung erschwert.

Notwendig fällt Preciosa mit all dem neugescheiten Gerede immer wieder aus der Rolle als weibliche Hauptfigur einer Novelle, wenn überhaupt der Autor ihr eine solche aufgetragen haben sollte. Allerdings konzentriert sich das Zentrum der Erzählung tatsächlich auf das novellistische Verhältnis zwischen Preciosa, ihrem zukünftigen Ehemann und einem Verehrer, der Sonette schreibt. Mit diesen beiden und ihrer Diebesbande zieht sie tanzend durch Spanien und entzückt das Auge aller Männer.

Cervantes gebraucht dieses verführerische Wesen, das, wenn es wollte, eine Novelle nach der anderen inszenieren könnte, um das novellistische Liebesspiel bis zur Absurdität zu potenzieren und zu zeigen, wie nachteilig für eine Frau Liebesabenteuer überhaupt sind. Die schlimmen Folgen solcher Freiheiten, das ist die Einsicht seiner Figur, sind die Verachtung der Welt und die Eifersucht von Liebhaber und Ehemann. Am liebsten räsoniert Preciosa daher über die Keuschheit:

> »Erreicht er [der Verehrer] das, was er wünscht, so wird der Wunsch mit dem Besitz des gewünschten Gegenstandes geringer, und es ist wohl möglich, daß sich dann die Augen des Verstandes öffnen und jener nur verabscheut, was er früher anbetete. Diese Besorgnis erzeugt in mir eine solche Behutsamkeit, daß ich keinem Wort glaube und viele Werke in Zweifel ziehe. Ich habe ein einziges Juwel, das ich höher achte als das Leben selbst, nämlich meine unbefleckte Mädchenehre, die ich weder um Versprechungen noch um Geschenke verkaufen mag; denn immer wäre sie am Ende verkauft, und könnte sie überhaupt abgekauft werden, so würde ich sie sehr gering anschlagen. Auch wird sie mir weder eine List noch ein Blendwerk entreißen.« (38)

Das Ziel von Preciosas Verhalten geht gerade in die entgegengesetzte Richtung wie die der traditionellen weiblichen Novellenfigur. Der Reiz der Erzählung besteht in der Unglaubwürdigkeit der Tatsache, daß eine Frau die Männer beherrscht, nicht indem sie sich verspricht, sondern indem sie ausdrücklich und mit Gründen der Vernunft sich ihnen verweigert.

Die Klugheit der Preciosa ist ihre literaturhistorische Skepsis ihren Vorgängerinnen gegenüber. Die in der Novelle ungewöhnliche soziale Ortlosigkeit der Figur zwischen Zigeunermädchen, verlorener Tochter und Dame ist eine Chance des heliodorischen Schemas, das Cervantes mit dem Modell der alteuropäischen Novelle kreuzt, um seiner Figur durch den Sturz vom hohen in den niederen Stand und die erneute Rückkehr in den Status einer hohen Person die zur Reflexion nötige Freiheit zu verschaffen. Die Beweglichkeit der Zigeunerin, die gleichzeitig ahnen läßt, daß sie nicht ist, was sie gerade zu sein scheint, kann sich dem novellistischen Gebot zur Liebe entziehen und provoziert, durch die Verweigerung, die Allgegenwart dieser Situation als Thema der Unkeuschheit, über das denn auch

Preciosa am liebsten Vorträge hält. Preciosa kalkuliert die Liebe, und kommt zu dem Schluß, daß es besser ist, von den Verehrern Geld zu nehmen, als Liebe zu geben. Die Beteuerung des Vorworts, »daß die verliebten Redensarten, die du in einigen [Erzählungen] finden wirst, so züchtig und durch Vernunft und Christentum so gemäßigt sind, daß sie weder den befangenen noch den unbefangenen Leser auf üble Gedanken werden bringen können« (6), ist vor allem als literarische Polemik gegen Boccaccio zu lesen. Die Keuschheit der Figuren, wenngleich nach dem Tridentiner Konzil und im Spanien der Inquisition geboten, dient Cervantes vor allem zur Verspottung des Vorbilds.

Die Verführerin, die klüger ist als alle weiblichen Novellenfiguren vor ihr, läßt sich nur vertragsweise und nach einer langen Probezeit auf die Liebe ein. Preciosa ist die Vorgängerin der Carmen; beide Figuren verlangen von ihren Verehrern, daß sie zum Beweis für ihre Liebe aus ihrer bürgerlichen Existenz in die der Räuber, Zigeuner und Schmuggler überwechseln. Preciosas Verehrer, Sohn des vornehmen Don Francisco de Carcamo, Ritters von San Jago, willigt in den merkwürdigen Vertrag ein, der ihm eine Probezeit der Keuschheit und des Stehlens auferlegt, denn er »freue sich sehr, so lobenswerte Statuten vernommen zu haben. Er [...] entsage von diesem Augenblick an dem Stand des Ritters und dem eitlen Ruhm eines erlauchten Geschlechtes.« (57)

Diese Heiratsakte siedelt Preciosas Geschichte vor jeder Situation an, die in der Novelle des Boccaccio vorkommen könnte, denn dort ist die Ehe die selbstverständliche Voraussetzung dafür, daß die Erzählung überhaupt beginnen kann. Die Ehe wird im strikten Gegensatz dazu bei Cervantes zum Thema der Erzählung gemacht, und zwar nicht als ein Bündnis, das zerstört, sondern als eines, das zu schützen ist. Auf solch festem Grund kann das einzige Bestreben der weiblichen Figur nur dahin gehen, die Fortifikation um ihre Existenz nur umso unüberwindlicher zu machen. Paradoxerweise polemisiert daher Preciosa, die so keusch ist, daß sie es eigentlich nicht nötig hätte, vor allem gegen die Eifersucht. Die Widersprüchlichkeit ihres Verhaltens gibt ihr, redselig und klug, wie sie ist, Anlaß zu einer neuen Deklaration.

> »Ihr müßt ein für allemal wissen, daß ich eine unverkümmerte Freiheit behalten muß, die von keiner lästigen Eifersucht beeinträchtigt oder gestört werden darf. Wohlverstanden werde ich jedoch keinen so unmäßigen

Gebrauch von ihr machen, daß man nicht schon von weitem sieht, wie eng meine Sittsamkeit mit meiner Unbeschränktheit verbunden ist.« (40)

Den »höllischen Krankheitsstoff der Eifersucht« (77), der doch das Movens aller Novellen Boccaccios ist, rottet sie gänzlich aus und bringt es dahin, daß Liebhaber und Ehemann Duette miteinander singen. (78 f.)

Cervantes hat mit der Parodie der Eifersucht den Anlaß zu allen Handlungen des *Decameron* getroffen, dessen Erzählungen nicht Liebes-, sondern Lastergeschichten sind und eine hämische Freude haben über das, was nach der Liebe kommt, das nämlich, was dem Argusauge des eifersüchtigen Ehemannes nicht entgehen konnte.

Kulisse und Figur

Die Komik von Cervantes' Erzählungen entsteht durchaus nicht aus der Lächerlichkeit von Figur, Ereignis und Situation, indem etwa intelligente Zigeunermädchen, friedenstiftende Verführerinnen und freundschaftlich verbundene Rivalen jeder Erfahrung spotteten. Der Reiz der Erzählungen liegt vielmehr, und das ist ein Beweis dafür, wie tief sich das Muster der Boccaccio-Novelle inzwischen eingeprägt hat, im Spott über den Vorgänger und im Spiel mit dem literarischen Erwartungshorizont. Cervantes beginnt seine Polemik damit, daß er die Kulisse verändert. Boccaccio erweckte durch die Szenerie des Stadtlebens den Schein, als spielten seine Geschichten in der Wirklichkeit. Diese Taktik, durch die Illusion von Realität die Glaubwürdigkeit des Geschehens zu erzielen, mißachtet Cervantes: Seine Figuren sind Kunstfiguren, denen man am ehesten auf den Gemälden der Genremalerei wiederbegegnen könnte; sie agieren in einem erdichteten Milieu, an dessen Entwurf sie selbst beteiligt sind. Die Figuren Boccaccios waren Stadtbewohner mit dem entsprechenden Benehmen, das jedem zeitgenössischen Leser vertraut war. Stadt und Kommune existieren vor und neben der literarischen Figur. Wo aber wäre das Milieu, aus dem Preciosa stammt? Unter Zigeunern geht es gewiß nicht so zu wie unter diesen Zigeuner-Edelleuten. Von Preciosas Umgebung entsteht überhaupt erst ein Bild, als sie und ihre Diebesbande geschildert werden. Während Preciosa tanzt, die Häuser der Reichen mit ihren Aufführungen beehrt, mit ihren klugen Reden den Stadtvätern ein Licht aufsteckt, von ihnen mit Geldgeschenken überhäuft wird, ihre Verehrer auf Distanz hält, entsteht nur eine vage Vorstellung von einer sozialen Umgebung, die ungefähr das ist, was man sich unter Zigeunermilieu vorstellt. Die Figur ist vor dem sozialen Ort da und ist mehr als er.

Das Zigeuneridyll, das bei Cervantes entsteht, ist ein Ort, der aus der Phantasie des Dichters entspringt. Er schafft ihn aber nicht, indem er die Kulisse beschreibt, sondern diese entsteht aus dem Verhalten seiner Figuren heraus. Das Fehlen jeglicher realistischen Prämisse aber, die Folge solcher Art von Milieuzeichnung, schärft die Aufmerksamkeit des Lesers auf die Fiktionalität des Erzählten. Das Bewußtsein von ihrer Künstlichkeit ist der Vorzug, die Freiheit dieser der Genremalerei verwandten Dichtung – dies zumindest ist die Konsequenz, die Cervantes für sich aus seiner Taktik zieht. Da alles erdichtet und gespielt ist, kann er Motive und Formen beliebig einsetzen. Das Konglomerat literaturhistorischer Zitate, das zusammenzustellen er sich erlaubt, entwertet schlechthin alle Vorgänger, Boccaccio allen voran. Weder ein Ehe-, noch ein Liebesverhältnis muß Preciosa notwendig haben, weder muß sie komisch noch verführerisch sein, weder klug noch naiv – sie wird sich, je nach Gelegenheit, für das eine oder andere entscheiden, sie ist Zitatenkünstlerin und Rollenspielerin. Eine unter vielen Rollen, die sie kann, ist die der weiblichen Novellenfigur. Diese spielt sie vor als Relikt aus einer alten literarischen Form.

Die Feststellung, eine Poesie sei nichts als Poesie, wertet sie mehr ab als jede Parodie. Die Parodie nimmt die Vorlage immer noch ernst und verlacht sie nur wegen ihrer falschen Perspektive auf die Welt. Cervantes hingegen beweist Boccaccio, daß sein Werk der ernsten Widerlegung nicht wert sei, daß es tatsächlich das ist, was bislang nur Boccaccio selbst von seinen Erzählungen hatte wagen können zu behaupten: »Firlefanz«.

Deshalb kann Cervantes auch ganz auf den Rahmen verzichten, der bis dahin den Unernst der Erzählung an den Ernst einer heilsgeschichtlichen Situation band. Stattdessen stellt sich Cervantes im Vorwort in einem minutiösen Selbstporträt vor als der Dichter, der das Spiel seiner Figuren zu verantworten hat.

> Der, den ihr hier seht mit dem Adlergesichte, dem lichtbraunen Haar, der glatten, freien Stirn, den munteren Augen, der gebogenen, übrigens wohlproportionierten Nase, [...] – der Mann mit dem mittelmäßigen, weder großen noch kleinen Körperwuchs, mit der lebhaften, eher weißen als

> braunen Farbe, etwas eingebogen in den Schultern und nicht sonderlich rasch auf den Füßen: dieser, sag ich, ist der Verfasser der Galatea und des Don Quijote von der Mancha, der auch die Reise auf den Parnaß nach dem Vorbild des Cäsar Caporali von Perugia und andere Werke geschrieben hat, die hier und da, vielleicht ohne den Namen ihres Herrn, in der Irre gehen. Er nennt sich in der Regel Miguel de Cervantes Saavedra. (5 f.)

Kein christlicher Gott und kein Gott Amor, keine Macht der Natur und keine menschliche Gesellschaft rechtfertigen das Erzählen mehr; der Autor allein macht sich einen Spaß damit.

Die komödiantische Novelle

Preciosa bleibt eine malerische, genrehafte Figur, wie beispielsweise auch Eklein und Schnittel aus der gleichnamigen Pikaroerzählung. Ihr Milieu lernt der Leser nur durch sie selbst kennen, und er mag sich gar nicht vorstellen, daß es außerhalb der Dichtung eine ähnliche Figur und eine ähnliche Szenerie je gäbe. Der Kaufmann Boccaccios, der Edelmann, selbst der König, die Nonne, der Mönch eröffnen Assoziationen, die in die wirkliche Welt zurückkehren; die Schäferin, Zigeunerin, der Pikaro, der Räuber treten nur in der Dichtung auf und nirgends sonst wüßte man, wo die Figur ihresgleichen hätte, es sei denn wieder in einer Literatur derselben Gattung. Milieu und Figur sind identisch. Das Milieu ist nichts anderes als die Garderobe der Figur, weshalb die Erzählung von *Eklein und Schnittel* mit einer ausgedehnten Beschreibung der Kleider als den Attributen der beiden Pikaros beginnt, denn hier machen in der Tat die Kleider erst die Leute. Die Identität von poetischem Handlungsraum und Figur verschiebt das Schwergewicht der Erzählung von der Handlung auf die Person. Die *Geschichte des Zigeunermädchens* ist ohne Spannung, da Ereignisse nur da sind, um die Figur zu entfalten. Zudem eignet sich – ein Grund für die vielen Reden der Preciosa – die Figur selbst den größten Teil des Textes an, sie deklamiert, um sich selbst darzustellen.

Eine solche Figur führt ein geruhsames Dasein im Milieu, das sie sich eingerichtet hat. Ihr Gegenteil ist der Charakter im Sinne der alteuropäischen Tradition des Typus. Er macht es sich besonders ungemütlich in der Welt, die vor ihm da ist, weil er meint, sie nach seinem Willen formen zu müssen. Der eifersüchtige Estremadurer ist ein solcher Typus und das gerade Gegenteil des keuschen Zigeunermädchens, das alle Männer davor bewahrt, eifersüchtig zu sein. Der alte Carrizales wird, da er sich – eine ganz boccacceske Entscheidung – entschließt, die junge Leonora zu heiraten, von der Eifersucht nicht mehr losgelassen:

> Doch kaum hatte er als Bräutigam sein Jawort gegeben, als ihn wie mit einem Schlag eine Schar wütend eifersüchtiger Gedanken überfiel und er ohne alle Ursache zu zittern und sich zu fürchten begann, mehr als je zuvor. (321)

Carrizales versucht nun, die Welt nach seinem Willen zu formen, und muß doch schließlich scheitern. Sein Eifersuchtswahn ist für die Einrichtung der gesamten Kulisse und für jeden Schritt der anderen Figuren verantwortlich. Zunächst stellt er sich selbst als Wache vor seiner verführerischen Frau auf.

> Den ersten Beweis seiner eifersüchtigen Gemütsart gab er dadurch, daß er von keinem Schneider an seiner Braut das Maß zu den vielen Kleidern nehmen lassen wollte, die er ihr machen zu lassen gedachte. Er suchte daher nach einer anderen Person, die ungefähr Leonorens Wuchs und Größe hatte, und fand auch ein armes Mädchen, nach deren Maß er ein Kleid machen ließ; und als es seine Braut anprobierte und fand, daß es ihr passe, so ließ er nach diesem Maß auch die übrigen Kleider machen. (321)

Danach baut Carrizales das Haus, in dem Leonora wohnen soll, zu einer Festung aus.

> Er kaufte ein Haus um zwölftausend Dukaten in einem vornehmen Teil der Stadt, bei dem sich Quellwasser und ein Garten mit vielen Pomeranzenbäumen befanden. Er verschloß alle Fenster, die auf die Straße gingen, so daß nur von oben das Licht hereinfiel; ebenso machte er es mit allen andern Fenstern im Hause. In dem großen Tor gegen die Straße zu, das man in Sevilla das Haustor nennt, ließ er einen Stall für eine Mauleselin einrichten und darüber einen Strohboden, nebst einem Gemach für den, der das Tier zu besorgen hatte, einen alten schwarzen Eunuchen. Die Wände der Terrasse ließ er so hoch aufführen, daß, wer in das Haus eintrat, in gerader Linie gegen den Himmel sehen mußte und sonst nichts erblikken konnte. Dann brachte er ein Drehbrett an, das das Haustor mit dem Hof in Verbindung setzte. [...] Er kam mit einem Koch überein, daß er ihm das Essen bringe und einkaufe, aber nur unter der Bedingung, daß er nicht im Hause schlafe noch hereinkomme, sondern nur bis an das Drehbrett gehe, durch das er das, was er bringe, hereinreichen könne. (321 f.)

Carrizales' Baumaßnahmen sind Versuche einer Stabilisierung der Schwelle, der Barriere, die bei Boccaccio vom Eindringling genommen wird, damit die Handlung überhaupt beginnt. Der eifersüchtige Estremadurer tut alles, um das novellistische Ereignis unmöglich zu machen. Die Erzählung besteht daher in nichts anderem als darin, daß die übrigen Figuren seine Verhütungsmaßnahmen hintergehen und eine Novelle inszenieren. Carrizales etwa hat vergessen, eine akustische Mauer um sein Haus zu errichten. Als sich also ein schöner Spielmann mit seiner Musik vor dem Tor hören läßt, erwacht in der Herrin und in all ihren Dienerinnen der Wunsch, den Sänger zu sehen.

> Vor allen Dingen bohrten sie ein Loch in das Drehfenster, um den Musiker zu sehen. [...] Er war jung, einnehmend und hübsch, und da sie ja alle so lange Zeit nur ihren alten Herrn gesehen hatten, so kam er ihnen wie ein Engel vor. Eine nach der andern drängte sich an das Loch, um ihn zu sehen, und damit er ihnen noch mehr in die Augen stach, beleuchtete ihn der Neger, indem er den brennenden Wachsstock bald oben, bald unten hinhielt. (337f.)

Mit betäubenden Salben unternimmt man es nun, den Alten in Schlaf und Unwissenheit zu wiegen, und mit Worten »so voll eindringlicher und wirksamer rhetorischer Farben« (351) Leonora für den musikalischen Liebhaber einzunehmen.

> Doch Leonora besaß so viel sittliche Kraft, daß sie sich im gefährlichsten Augenblick gegen die frechen Zudringlichkeiten ihres schlauen Verführers zu wehren wußte, die nicht hinreichten, um sie zu besiegen. Er mühte sich vergeblich ab; sie trug den Sieg davon, und beide schliefen zuletzt allein. (352)

Der unglaubliche Ausgang der Liebesnacht braucht außer der geschichtlichen Erklärung, die auf die Verhältnisse im katholischen Spanien verweist, eine poetische, die aus der Eigenart der Komposition gewonnen wird. Das Cervantes vorausliegende Modell der Liebesnovelle sieht die Eifersucht als das selbstverständliche Zentrum der List an, von dem weiter nicht die Rede zu sein braucht. Als vorsätzlich Überlisteter oder nachträglich Düpierter steht der Eifersüchtige im Hintergrund des Geschehens. Sobald er aber die Hauptfigur geworden ist, spielt es keine Rolle mehr, ob sein Mißtrauen begründet ist oder nicht. Es gehört zum Wesen des Typus, daß er, es geschehe, was da mag, ist und bleibt, was er ist. Die Handlung tritt auf der Stelle und ist spannend gerade deshalb, weil sich die Ereignisse wiederholen, denn gerade dadurch wird die Obsession umso sichtbarer. Ein Wahn ist umso verheerender, je grundloser er ist, und so grämt sich Carrizales zu Tode, gerade weil er keinen Grund dazu hat und eine treue Gemahlin, deren Kindlichkeit über einen Scharlatan obsiegte.

Mit dem *Eifersüchtigen Estremadurer* hat Cervantes den Typus der komödiantischen Novelle geschaffen. Sie besteht aus einer Mittelpunktsfigur und beliebig vielen Randfiguren, die sie narren. Die Novelle nähert sich der Komödie dadurch an, daß sie ihre Aufmerksamkeit auf die handelnde Figur und nicht auf die Handlung selbst richtet. Bei Boccaccio war es gleichgültig, wer das Geschehen trug. Namen, nicht Personen brachten ein Ereignis in Gang. Bei Cervantes ist die Figur gerade deshalb ein Charakter zu nennen, weil etwas mit ihr geschieht. Der Übergang von der Ereignisnovelle zur komödiantischen Typen-Novelle geschieht dadurch, daß ein Verantwortlicher für das Ereignis gesucht wird. Der Beweggrund der Erzählung wird in die Figur verlagert. Dieser treibt nun nicht mehr alle Figuren gleichermaßen um, sondern hält, wie ein böser Geist, nur eine einzige besetzt. Die Besessenheit ist eine Schwäche der Figur, die sie den anderen gegenüber benachteiligt, die sich ihre Freiheit bewahren können. Durch das Ungleichgewicht der Spieler, das so entsteht, wird die Novelle komödiantisch.

Die Physiologische Novelle

Die soziale Fallbeschreibung

Cervantes' komödiantische Charakter-Novelle hat kaum eine Nachfolge gefunden. [1] In den Komödien des 17. Jahrhunderts in Frankreich und im Aphorismus der Moralisten hat sich der Caractère entfaltet, nicht aber in der Novelle. Eine Novelle, die von einer Figur, nicht von der Handlung bestimmt ist, entsteht erst im 19. Jahrhundert wieder. Sie bezieht den Figurenentwurf aus der Physiologie. Diese ist eine soziale Fallbeschreibung, die nach der psychologischen Fallbeschreibung ein weiteres Mal als neuer Stoff und neue Struktur den Kasus, den novellistischen Rechtsfall, als Stoff der Novelle ablöst.

Von Balzac und Dickens fast gleichzeitig in den dreißiger Jahren geschaffen, wählt die Physiologie, ähnlich wie die alteuropäische Novelle, jene Gattung des städtischen Bürgertums und des Patriziats, die Stadt zu ihrem Schauplatz. In Sketches und Feuilletons haben die Autoren ein »Bestiarium« der Großstadt entworfen und ihre Beobachtungen auf Straßen und in Cafés poetisiert. Für die einzelnen Typen, den Rentier, den Beamten, den Studenten, die Ehefrau, den Künstler, den Bonvivant, entstanden in der Nachfolge Balzacs in den Zeitschriften Steckbriefe, die Kleidung, Gestik, charakteristische Merkmale, Redestil, Stand und Beruf der Typen in quasi wissenschaftlicher Exaktheit katalogisierten und damit eine Art Zoologie der Gesellschaft entwickeln wollten. Balzac komponiert in der *Physiologie des Rentiers* eine naturwissenschaftliche Beschreibung, durch die er sich in die Tradition der großen Naturwissenschaftler stellt, mit einer sozialen Ortsbestimmung der Figur:

> Anthropomorphes Wesen nach Linné, Säugetier nach Cuvier, Abart der Gattung Pariser, Familie der Aktionäre, Stamm der Einfältigen, der Civis inermis der Alten, entdeckt vom Abbé Ternay, beschrieben von Silhouette, neu festgestellt durch Turgot und Necker, auf Kosten der 'produzierenden Klassen' (siehe: Saint-Simon) endgültig dem Besitzstand der Welt einverleibt. [2]

Vom humorigen Kontrast, der sich aus dem Vergleich eines vernunftbegabten mit einem instinktgeleiteten Wesen ergibt, zieht die Physiologie ihre Beliebtheit:

> Der Rentier erreicht eine Höhe von fünf bis sechs Fuss, seine Bewegungen sind im allgemeinen langsam; aber die fürsorgliche Natur, auf die Erhaltung der schwächeren Gattungen bedacht, hat ihm die Omnibusse geschenkt, mit deren Hilfe die meisten Rentiers sich von einem Punkt der Atmosphäre von Paris zur andern bewegen [...]. Seine grossen Füsse sind von Knopfstiefeln bedeckt, seine Beine stecken in bräunlichen oder rötlichen Beinkleidern. Im Hause krönt ihn ein kreisrundes Mützchen; im Freien deckt ihn ein Hut, der zwölf Franken kostet. Seine Krawatte ist aus weissem Musselin. Fast alle diese Individuen sind mit Stöcken bewaffnet und einer Tabatière, der sie ein schwärzliches Pulver entnehmen, mit dem sie unaufhörlich ihre Nasenlöcher anstopfen. [3]

Als journalistisches Genre steht die Physiologie der Novelle nicht fern, die selbst in jener Epoche vor allem in Zeitschriften publiziert wurde. Meist mit einer Abbildung versehen, die den Typus mit den Zeichen seines Standes und seiner Besonderheit karikiert, sind die Physiologien, die in den vierziger und fünfziger Jahren in der Nachfolge Balzacs die Zeitschriften übersäen, Standbilder der Untugend. Sie sind das Lehrbuch des Großstädters, dessen Neugier die Anonymität der Masse durchdringen und aus Zeichen der Kleidung und der Gestik Auskunft über seinen Status, seine Tätigkeit, seine Geschichte bekommen möchte. Dies Lexikon der Typen repräsentiert – und da trifft es sich ein weiteres Mal mit der Novelle als der Gattung menschlicher Niedrigkeit – im allgemeinen die Schwächen des Menschen: Lüge, Eitelkeit, Engstirnigkeit, Unredlichkeit, Eigennutz und Eigensinn tragen die Figuren für den zur Schau, der die Zeichen zu lesen weiß. Nur in solch lasterhafter Übertreibung kann ein Individuum über seinen Stand hinaus, dessen Repräsentanten in namenloser Zahl durch die Straßen treiben, noch die Aufmerksamkeit auf sich ziehen. Die Figur der alteuropäischen Novelle, die sozial nicht weiter charakterisiert zu werden brauchte, wird durch die Übernahme der physiologischen Mode zur interessanten Einzelfigur. Das unerhörte Ereignis, das von ständischen Figuren als Staffagen getragen worden war, hat sich zum ungewöhnlichen menschlichen Fall gewandelt. [4]

Für die Erzählung liegt, sobald sie sich bei der Stoffsuche der Physiologie bedient, die Aufgabe darin, die Standfiguren der Tagesblätter aus ihrem Rahmen herauszulösen und in Bewegung zu setzen. Immerhin bleibt es das Charakteristikum der physiologischen Novelle, daß sie mit der Beschreibung der stehenden Figur beginnt.

Grillparzer macht im *Armen Spielmann* die physiologische Neugier des Erzählers zum Ausgangspunkt der Handlung:

> Das ganze Wesen des alten Mannes war eigentlich wie gemacht, um meinen anthropologischen Heißhunger aufs Äußerste zu reizen. (41)

Der Erzähler stellt sich als Flaneur vor, dessen Spürsinn die Passanten nach ihrer novellistischen Schicksalsträchtigkeit zu selegieren sucht:

> Als ein Liebhaber der Menschen [...] ist mir jedes Volksfest ein eigentliches Seelenfest, eine Wallfahrt, eine Andacht. Wie aus einem aufgerollten, ungeheuren, dem Rahmen des Buches entsprungenen Plutarch lese ich aus den heitern und heimlich bekümmerten Gesichtern, dem lebhaften oder gedrückten Gange, dem wechselseitigen Benehmen der Familienmitglieder, den einzelnen halb unwillkürlichen Äußerungen, mir die Biographien der unberühmten Menschen zusammen, und wahrlich! man kann die Berühmten nicht verstehen, wenn man die Obskuren nicht durchgefühlt hat. (39) [5]

Die Wiederkehr des dubiosen Charakters

Jene zu beobachten, die im sozialen Dunkel stehen, so wenigstens behauptet der Erzähler des *Armen Spielmanns*, werfe ein Licht auf den Charakter derer, die auffallen. Jedoch nur wer über die Abzeichen seines Standes hinaus in Aussehen und Betragen noch weitere Signale gibt, kann so recht erst einer novellistischen Aufmerksamkeit gewärtig sein. Eine erzählbare Figur entsteht, wo die Erkennungszeichen, die sie gibt, einander widersprechen. Der Charakter des armen Spielmanns ist eine einzige Kontradiktion:

> Die dürftige und doch edle Gestalt, seine unbesiegbare Heiterkeit, so viel Kunsteifer bei so viel Unbeholfenheit; daß er gerade zu einer Zeit heimkehrte, wo für andere seines Gleichen [die Straßenmusikanten] erst die eigentliche Ernte anging; endlich die wenigen, aber mit der richtigsten

> Betonung, mit völliger Geläufigkeit gesprochenen lateinischen Worte. Der Mann hatte also eine sorgfältige Erziehung genossen, sich Kenntnisse eigen gemacht, und nun – ein Bettelmusikant! Ich zitterte vor Begierde nach dem Zusammenhange. (41 f.)

Auch in Stifters *Kalkstein* gibt der Pfarrer im Kar dem Erzähler bei der ersten Begegnung so widersprüchliche Zeichen, daß dieser dem Schicksal des seltsamen Mannes nachzuspüren sich vornimmt. Die karge Erscheinung des Pfarrers im abgeschabten, schwarzen Rock fällt durch die weißen Manschetten, vor allem aber durch die Verlegenheit auf, die sie dem Mann bereiten:

> Bei den Ärmeln gingen, wie er so saß, manchmal ein ganz klein wenig eine Art Handkrausen hervor, die er immer bemüht war heimlich zurük zu schieben. Vielleicht waren sie in einem Zustande, daß er sich ihrer ein wenig hätte schämen müssen. (65)

Von den zwei Seiten, die jede Figur haben muß, damit eine Erzählung über sie entstehen kann, wendet sie der Umwelt meist nur eine zu. Diese eine Seite kündigt sich schon im Namen der Figur an; der arme Spielmann, der Pfarrer, Pankraz, der Schmoller, Oberst Chabert nennen die Seite des Wesens, die zunächst in Erscheinung tritt. Mit dieser Identität von Name und Charakter verharrt der Figurenentwurf noch ganz im alteuropäischen Stil. Für ihn ist, folgt man Todorov, die adjektivische Funktion des Namens kennzeichnend:

> Dire, comme le fait Boccace, »le roi de France« ou »la veuve« ou »le valet«, c'est à la fois identifier une personne unique, et décrire certaines des ces propriétés. Une telle expression égale une proposition entière: ses aspects descriptifs forment le prédicat de la proposition, ses aspects dénominatifs en constituent le sujet. [...] Dans notre grammaire de la narration la description sera donc présente uniquement à l'intérieur du prédicat. [6]

Erst der Erzähler, der Menschenforscher und Menschenkenner ist, durchschaut den Widerspruch in der Erscheinung. Der Zwiespalt aber von Erscheinung und verborgener Geschichte stellt die Figur in die Tradition des dubiosen Charakters, den Boccaccio im 10. Buch des *Decameron* entworfen hat. So gut wie Ghino di Tacco ein Verbrecher aus verlorener Ehre ist, so gut ist der arme Spielmann Straßenmusikant aus verlorener Liebe, und wenn Mithridanes ein Mörder voller Edelmut und Hilfsbereitschaft war, so ist der Pfarrer im Kar ein sparsamer Verschwender und Akakij Akakijewitsch, die

Hauptfigur in Gogols *Mantel*, ist stolz auf sein neues Kleidungsstück aus lauter Bescheidenheit.

Die eigentliche Hauptfigur in der physiologischen Novelle aber ist – ganz im Unterschied zur Novelle des Boccaccio, in der zwei Männer sich in Edelmut und Hochherzigkeit zu überbieten suchen – der Erzähler. Die »Begierde nach dem Zusammenhange« der unzusammenhängenden Züge, die der arme Spielmann zeigt, ist für den Erzähler der Anlaß, die Geschichte der Figur zu erforschen. Doch hat er nicht die satirische Absicht des Physiologen, der vor allem auf die Untugenden seines Beobachtungsgegenstandes merkt. Die physiologische Novelle des 19. Jahrhunderts hingegen versteht das Laster als Schwäche. Der falsche Schein über dem wahren Sein ist keine Lüge, sondern ein Irrtum, keine Unverschämtheit, sondern Schamhaftigkeit, keine Sünde, der die Strafe folgt, sondern ein Versehen, dem Verständnis angemessen ist. Deshalb ist dem Erzähler die Interpretation oder – moderner gesprochen – die Analyse der Figur wichtiger als die Handlung. Zunächst beobachtet und verfolgt er sein Objekt, dessen Charakter er in seine beiden widersprüchlichen Teile auseinanderlegt. Die Beschreibung der Erscheinung am Anfang der Novelle, die die eine Seite des Wesens entfaltet, kann sehr lang sein. Das hat zum Teil, wie in so manchen Erzählungen der *Leute von Seldwyla*, seinen Grund in der puren Lust des Autors am physiologischen Geplauder, an Gerede, Gerücht. Die Charakterisierung schafft aber vor allem die Voraussetzung für eine Handlung, die umso komplizierter wird, je mehr Zeichen zu erklären und je mehr Geheimnisse zu enthüllen sind. Der Charakter ist die Disposition für die folgende Handlung, er übernimmt also die Funktion des ehemaligen Argumentums.

Die Akteure der Handlung sind die beiden Seiten des einen Charakters, der bekannten Erscheinung und des unbekannten und schicksalhaften Wesens – es braucht nur noch den Erzähler, der die Repräsentanten hervorlockt und miteinander in Beziehung setzt. Sobald der Erzähler das Spiel inszeniert, verharrt die Hauptfigur in Untätigkeit. Die Figur, die sich nicht von der Stelle rührt, ist in der physiologischen Novelle häufig, wenngleich auch der andere Typus vorkommen kann, der von seinen Untugenden umgetrieben wird, wie etwa Pankraz oder Strapinski bei Keller. Grillparzers Spielmann ist Tag für Tag an einer Ecke des Volksfestplatzes anzutreffen, allabendlich begibt er sich in seine Kammer, um sich dem unmelodiösen Spiel auf der Violine hinzugeben, Stifters Pfarrer sitzt jahraus, jahrein in seinem Haus im Kar. In der physiologischen Novelle ist es der Erzähler, der die Schwelle überschreitet, der zunächst die Grenzen, die Kleider und Gesten mit seinem Blick durchschaut und die Figur schließlich in ihrer Zurückgezogenheit belästigt. Diese Verletzung ist das unerhörte Ereignis und mit ihm beginnt, wie immer, die Handlung, die diesmal in der Entschlüsselung der Widersprüche der Figur besteht.

Vom Typus der Cervantes-Novelle unterscheidet sich diese Art von physiologischer Figur durch ihre Passivität. Der alteuropäische Typus des Eifersüchtigen, der Verführerin, des Liebhabers, ist eine eindeutige Figur, deren Einseitigkeit sie zu handeln zwingt. Ihr Wesen besteht in der einen Obsession, die sich nur in einer Handlung äußern kann. Die neue physiologische Figur ist meist durch eine handlungshemmende Obsession gekennzeichnet. In Melvilles *Bartleby* allerdings wird diese Handlungshemmung selbst wieder zum Handlungsmoment. Bartleby ist der in Physiologien häufig aufgeführte Schreiber – ein Kollege von Gogols Akakij Akakijewitsch (*Der Mantel*) –, der seine untergeordneten Aufgaben durch ein vornehmes »I would prefer not to« so oft verweigert, daß er zum Rätsel für seine Umwelt wird. Im übrigen ist seine Passivität penetrant: er weigert sich, die Büroräume zu verlassen, in denen er arbeitet; er steht unbeweglich da, er gibt keine Auskünfte.

Die Begierde, den Zusammenhang des Charakters zu erforschen, ist die erzählerische Leidenschaft, die E. T. A. Hoffmann in *Des Vetters Eckfenster*, jener Physiologie avant la lettre, die wie fast alle Novellen Hoffmanns eine implizite Kunsttheorie und diesmal die der physiologischen Novelle enthält, zur Voraussetzung für den Erfolg eines neuen Schriftstellertypus macht. Die neue Dichtungstheorie des Vetters leitet die Fähigkeit des Poeten ab von einem »Auge, welches wirklich schaut« (600) und die Zeichen zu lesen versteht. Freilich reicht die Beobachtung allein nicht aus, der Vetter veranlaßt seinen Besucher, einen jungen Verwandten, immer neue Hypothesen über die Figuren des Marktes, dessen Getümmel die beiden Schriftsteller von ihrem erhabenen Platz im Erker aus betrachten, aufzustellen. Die Hypothese ist eine Station auf dem Spaziergang der Phantasie durchs Reich der begrenzten Möglichkeiten der Realität. Die Vorstellungskraft des neuen Dichters hat nur die Freiheit der Wahl zwischen wenigen Lösungen, die sich an der Realität überprüfen lassen müssen, nicht die Freiheit zu poetischer Erfindung. Dichten soll den Schein einer realitätsbezogenen Analyse annehmen. Gleichwohl muß sich, damit poetische Hypothesen überhaupt provoziert werden, eine auffällige Erscheinung aus »der zusammengedrängten Volksmasse«, die »ja wohl gar aufgereizten Personen einen kleinen Schwindel verursachen« (599) könnte, herausheben. Das tut eine Figur, sobald sie die zwei Seiten eines dubiosen Charakters an den Tag legt:

> Die Mamsell hat gar hübsche Sachen an, der Shawl ist modern [...] o weh! was erblicke ich, die Mamsell trägt weißseidene Schuhe. Ausrangierte Ballchaussüren auf dem Markt! – Überhaupt, je länger ich das Mädchen beobachte, desto mehr fällt mir eine gewisse Eigentümlichkeit auf, die ich mit Worten nicht ausdrücken kann. – Es ist wahr, sie macht, so wie es scheint, mit sorglicher Emsigkeit ihre Einkäufe, wählt und wählt, feilscht und feilscht [...]; mir ist aber, als wolle sie noch etwas anderes, als eben Hausbedürfnisse, einkaufen. (605)

Ähnlich geht es dem Vetter mit der »rabiaten Hausfrau« (601) und mit einem spinnendürren »alten Zeichenmeister« (611). »Ich habe mir«, so beteuert er, »schon über diese exotische Figur den Kopf zerbrochen«. (611) [7]

Spurenlesen und Indizienbeweis

Ohne die Hypothesen, die zu wagen der ungewöhnliche Anblick der Figur verlockt, könnte es keine erzählbare Geschichte geben. Sie bereiten den Übergang von der eigentlichen Physiologie zur Novelle vor. E. T. A.Hoffmanns Vetter bietet zur Erklärung des unerklärlichen Verhaltens seines »alten Zeichenlehrers« zwei Varianten an, bleibt dabei aber soweit Physiologe und Forscher, daß ihm das Objekt, mit dem er sich beschäftigt, überlegen ist. Der Autor hingegen, der sich in der physiologischen Novelle mit dem Erzähler ineins setzt, bemächtigt sich seines Gegenstandes vollständig. Die vage Hypothese verfestigt sich ihm zu einem Schicksal von poetischer Einmaligkeit.

Die physiologische Novelle ist von Anfang an auf diese eine Möglichkeit hin angelegt. Im Unterschied zur physiologischen Figur in Zeitschriften, die sich durch viele Zeichen, die aufeinander abgestimmt sind, als sozialer Typus zu erkennen gibt, trägt die der Novelle ein unstimmiges Attribut an sich, das sie zum Rätsel macht. Zur Ärmlichkeit des Spielmanns paßt nicht die Geige, das Musikinstrument des gebildeten Bürgers, zum abgetragenen Rock des Pfarrers nicht die feine Wäsche, zum unbeholfenen Betragen Strapinskis nicht der pompöse Radmantel, zum kärglichen Dasein des Akakij Akakijewitsch nicht der kostbare Mantel, zum militärischen und vornehmen Habitus des Obersten Chabert nicht seine zerschlissene Uniform. Das Attribut bestimmt aber gerade nicht den sozialen Zustand der Figur. Vielmehr widerspricht es der Erscheinung; es ist Indiz für den geheimnisvollen Hintergrund der Erscheinung. Der Gang der Handlung folgt daher der Aufhellung der Herkunft dieses Attributs.

Der Erzähler muß die stehende Figur, die die Physiologie ursprünglich gewesen ist, in Bewegung setzen und ihr eine Geschichte, eine Vergangenheit geben; denn in der physiologischen Novelle entfaltet sich das Ereignis nicht, es ist längst geschehen. Die Erzählung muß allmählich zu ihm zurückführen. Die Erforschung der Seltsamkeit der Figur ist, wie in der Detektivgeschichte, Indiziensammeln und Spurenlesen.

Erst der Abstieg in die Vergangenheit der Figur führt in eine Novellensituation hinein, die freilich nicht mehr die alteuropäische Handgreiflichkeit hat. Vielmehr steht am Anfang der Novelle eine melancholische Figur, von der sich herausstellt, daß die Novellenliebe ihr versagt geblieben ist. Der arme Spielmann etwa und der Pfarrer im Kar sind die Söhne erfolgreicher Handelsleute, die zwar nicht ungeraten, aber tolpatschig genug sind, sich nicht fürs Geschäft zu eignen. Der arme Spielmann bringt sich durch sein Vertrauen in falsche Freunde um sein großes Erbe, der Pfarrer kann es gar nicht antreten, weil er zur Leitung eines Geschäfts zu ungeschickt ist. Die Eigenart der beiden Novellenfiguren ist die Folge einer unglücklichen Liebe, die jedes Mal an der Unentschlossenheit des Liebhabers gescheitert ist. Der arme Spielmann verliebt sich, als er, unstandesgemäß genug, eine Lehre als Schreiber antritt, in ein Mädchen, das Kuchen verkauft, der spätere Pfarrer in die schöne Tochter einer Wäscherin. Die Eltern der Mädchen verhindern die Werbung, und dem Liebhaber bleibt jeweils nur ein trauriges Erinnerungszeichen an die glückliche Zeit, ein schönes Lied, das auf der Geige wiederholt wird, ein feiner Stoff und glänzendes Silber, das wie die Sünde der Liebe geheim gehalten werden muß. Die Indizien, die die Figuren verraten, verweisen beide Male auf eine mißglückte Liebesgeschichte.

Erst durch ihre Vergangenheit gewinnt die Figur die Tiefe eines Charakters, die stehende Figur der alteuropäischen Novelle wird zur

Individualität. Der Charakter der Novelle des 19. Jahrhunderts entsteht aber immer aus einem novellistischen Ereignis, das Erlebnis geworden ist, weil es nie zuende kommen konnte und daher in der Figur geronnen und in ihren Gesten und Zeichen erstarrt ist.

Der Kauz und der Untergang der Novelle

Seldwyla ist der letzte Zufluchtsort, an dem, wie in der alteuropäischen Novelle, Geschichten entstehen, und es unterscheidet sich doch so ganz von den Lokalitäten, an die die Erzähler von Novellen bislang flohen. Seldwyla nämlich ist nicht der Zufluchtsort der Rahmengesellschaft, sondern der Novellenfiguren selbst. Im Mittelpunkt anderer Städte gelegen, gewissermaßen also der Nabel der Welt, ist Seldwyla der Nistplatz der Kauze, die es anderswo nicht weit brächten. Während nach Santa Maria Novella die Höflinge und Damen vor der Pest flohen, um sich mit Erzählungen zu trösten, weichen die Seldwyler vor der Normalität, die anderswo regiert, aus. Nicht die Ecclesia oder ein locus amoenus nimmt die Erzähler auf, die Novellenfiguren versammeln sich in einem Wolkenkuckucksheim. Rückblickend darf man alle Novellenfiguren Seldwyler nennen. [8] Keller hat mit dem Titel seiner Novelle *Kleider machen Leute* nicht nur den Generaltitel für die physiologische, von Figur und Zeichen her entworfene Novelle gefunden, er hat mit Seldwyla auch den Novellenort schlechthin gegründet. Die Lebensgeschichte eines jeden Seldwylers wird zur Novelle, und jede Geschichte einer Novellenfigur hätte in Seldwyla entstehen können. Nicht allein, daß die »Damen« und »Herren« dort denen des *Decameron* an Liederlichkeit und Liebeslust in nichts nachstehen. Ausdrücklich weist der Autor auf die Lasterhaftigkeit dieser Gemeinde hin:

> Die Schönen dieser Stadt waren nicht schlimmer gesinnt als ihre Männer [...]. Allein da die Männer sich gern lustig machten, so wollten sie, solange es ihnen gut erging, auch nicht zurückbleiben, und bei dem schönen Geschlechte laufen bekanntlich alle Abirrungen und Unzukömmlichkeiten zuletzt nur auf ein und dasselbe Ende hinaus, jene alte Geschichte, welche vielfältige Rückwirkungen auf das Wohl und Wehe der Herren Mitschuldigen mit sich führt. Sonach ging es auch in dieser Hinsicht etwas lustiger zu als an andern Orten. (208)

Gerade aber weil Seldwyla der Sammelplatz aller je dagewesenen

Novellenfiguren ist, bedeutet er für sie auch die letzte Station. Keller hat schon im *Sinngedicht* die Motive der Novelle dazu verwendet, um zumindest die weibliche Suprematie, die nun einmal – vom 10. Buch des *Decameron* und seinen Nachahmungen abgesehen – zur Novelle gehört, zu diffamieren. In den *Leuten von Seldwyla* führt er auch die anderen Unarten vor, ohne die es keine Novelle gäbe, um sie durch komische Verharmlosung abzuschaffen. Der produktivste Novellenerzähler des 19. Jahrhunderts setzt seine Energie vor allem darein, die Tradition der Novelle zu beenden.

Frau Regel Amrain ist die Protagonistin des novellenfeindlichen Unternehmens, die der Autor als seine Stellvertreterin in die Sammlung eingeschmuggelt hat. Souverän allerdings ist sie wie jede weibliche Novellenfigur, betreibt sie doch die Erziehung ihres Sohnes geradezu mit erotischer List. Das Ziel der Erziehung aber ist es, den Sohn zum Nicht-Seldwyler zu machen, zu einer Figur, die zu einem Novellenschicksal unfähig ist. Mit sanfter Gewalt führt sie den Sohn und macht sich selbst zum Liebesersatz in dem Augenblick, da dem Sohn Frauen zu gefallen beginnen. Die Auswahl einer geeigneten Frau für ihn nimmt sie selbst in die Hand und verschafft ihm eine »von guter und schöner Art; aber nur wenn du sie verdienst«.(219) Die Frau wird zum Lockvogel ihres Unternehmens, wobei sie sich selbst zunächst zu ihrem Substitut macht: »Die Zärtlichkeit, mit welcher die Mutter ihm solche Ideen beigebracht, gab seinen Wünschen eine innigere und edlere Richtung.« (219) Solche Maßnahmen muß die Mutter ergreifen, da sie die typisch seldwylische Neigung ihres Sohnes entdeckt, sich einem novellistischen Lotterleben zu ergeben. Den Entschluß zu strengeren erzieherischen Maßnahmen gegen seinen Wandel trifft sie, als sie ihn auf einem karnevalistischen Fest in einer verfänglichen Situation und auf dem besten Weg ins novellistische Liebesleben antrifft. Nach langem Suchen findet die Mutter ihn, der sich mit ihren eigenen Gewändern in eine Frau verkleidet hat, in einer Runde, die genauer der brigata des Boccaccio nicht nachgebildet sein könnte.

> [sie] erblickte [...] eine kleinere Gesellschaft, die da in aller Stille und Fröhlichkeit sich zu unterhalten schien. Als Frau Regel genauer hinsah, erkannte sie sieben bis acht verheiratete Frauen, deren Männer sie schon in dem Speisesaal hatte spielen sehen zu einem hohen und prahlerischen Satze. Diese Frauen saßen in einem engen Halbkreise und vor ihnen ebensoviel junge Männer, die ihnen den Hof machten. (213)

Die Zahl sieben – denn die achte der Frauen ist der eigene Sohn – ist die der weiblichen Teilnehmer der brigata, die sich zum Erzählen stets in einem Halbkreis versammelten. Nur allzu offenbar ist die Absicht der Seldwyler Runde; ohnehin haben die Frauen alle eine Vergangenheit, die eines Boccaccio würdig ist:

> Da saß erstens die nicht häßliche Adele Anderau, welche üppig und verlokkend anzusehen war, ohne daß man recht wußte, woran es lag, und welche alle jungen Leute jezuweilen mit halbgeschlossenen Augen so anzublicken wußte in einem windstillen Augenblicke, daß sie einen seltsamen Funken von hoffnungsreichem Verlagen in ihr Herz schleuderte. Aber zehn derselben ließ sie schonungslos und mit Aufsehen abziehen, um desto regelmäßiger den elften in einer sicheren Stunde zu beglücken. Da war ferner die leidenschaftliche Julie Haider, welche ihren Mann öffentlich und vor so vielen Zeugen als möglich stürmisch liebkoste, die glühendste Eifersucht auf ihn an den Tag legte und fortwährend der Untreue anklagte, dies alles so lange, bis irgend ein dritter den fühllosen Gatten beneidete und solcher Leidenschaftlichkeit teilhaftig zu werden trachtete. Da trauerte auch die sanfte Emmeline Ackerstein, welche eine Dulderin war und von ihrem Manne mißhandelt wurde, weil sie gar nichts gelernt hatte und das Hauswesen vernachlässigte; diese sah bleich und schmachtend aus und sank mit Tränen dem in die Arme, der sie trösten mochte. Auch das schlimme Lieschen Aufdermauer war da. (213 f.)

In diesen Zirkel der Verführerinnen hat es den Sohn verschlagen, den »seine eine Nachbarin küßte, infolge irgend eines Unterhaltungsspieles, das die fröhliche Gesellschaft eben beschäftigte« (215), und die Mutter muß mitansehen, »wie er gleicherzeit die andere Nachbarin küßte«. (215)

Aus dieser verfänglichen Lage gerettet, wird Fritz Amrain durch die strenge Führung der Mutter schließlich ein angesehener Mann, jedenfalls kein Strolch wie sein Vater und kein Spieler oder Bonvivant wie die anderen Seldwyler und noch viel weniger ein Kauz, der seinen Spleen pflegt: »Was seiner Mutter am besten gefiel, war seine Fähigkeit, mit allen Leuten umzugehen, ohne ihre Art anzunehmen«. (207) In die Sammlung der Karikaturen, die die *Leute von Seldwyla* sind, gehört Fritz Amrain nicht hinein. Die Einseitigkeiten eines Typus' oder Caraktères sind ihm durch die Erziehung abgewöhnt worden. Seine Bildungsgeschichte und nicht irgendeine Absonderlichkeit des Wesens charakterisieren ihn.

Das Gegenstück zu Fritz Amrain ist Pankraz, der Schmoller. In sich verschlossen, entflieht er der Liebe und Führung von Mutter und

Schwester und wird erst durch seine Erfahrungen mit der eitlen Lydie (vgl. dazu S. 100f.) zur Raison gebracht. Die bösen Episoden mit den Frauen, vor denen Frau Regel Amrain ihren Sohn bewahrt hat, bleiben Pankraz nicht erspart. Immerhin aber unterscheidet er sich wiederum von John Kabys, dem Schmied seines Glückes, dem die Abenteuer mit den Frauen nur zu seinem Nachteil ausschlagen. Auch Wenzel Strapinski in *Kleider machen Leute* ist der Herrschaft einer Frau unterworfen, hat aber im Unterschied zu den beiden vorgenannten Seldwylern den Vorteil, an eine freundliche Braut zu geraten, die ihn so liebevoll behandelt wie Fritz Amrain die Mutter. Durch die Liebeserlebnisse der Figuren ist zumindest ein Teil der Novellen dieser Sammlung in eine serielle Opposition zueinander gebracht worden. Aus den kontradiktorisch angelegten Figuren aber fällt die Erzählung von *Frau Regel Amrain und ihr Jüngster* als kleiner Erziehungsroman heraus, indem unerhörte Ereignisse sich am Horizont ankündigen, nur um umgangen zu werden. Die Erziehung schaltet die poetische Situation aus, ihr Ergebnis ist der prosaische Mensch.

Nur solange die Figuren nicht erzogen sind, haben sie noch eine Geschichte, die aus ihren Obsessionen entsteht. Die übrigen Erzählungen zeigen die bösen Folgen einer närrischen Besessenheit. Obskur zwar sind die Charaktere Kellers nicht zu nennen, und ein Geheimnis ist hinter ihrer Erscheinung nicht zu vermuten. Seine Figuren gehören zum anderen Typus der physiologischen Novelle, deren Obsession offen zutagetritt. Dieser Rest Unerzogenheit wird durch die Erfahrung, die den Inhalt der Novelle selbst ausmacht, geglättet. Kauzigkeit ist allemal die Folge von Unerzogenheit. Im Unterschied zu den Lastern, durch die die Figuren Boccaccios sich das Himmelreich verscherzen, ist die Eigenwilligkeit von Kellers Figuren nichts weiter als stehengebliebene Jugendlichkeit, Uneinsichtigkeit und Unerfahrenheit, die der Figur selbst am meisten schadet. Diese Figuren, unentwickelt wie sie sind, erscheinen klein und wollen das Mitleid des Lesers wecken. Nicht sarkastischer Witz, sondern Humor ist die Haltung, mit der von diesen läßlichen Sünden gesprochen wird.

Für einen Seldwyler zeigt der Name schon seine Obsession und sein Schicksal an. Deshalb tut Frau Regel Amrain alles, um ihrem Sohn ein Schicksal zu ersparen, indem sie ihm den harmlosen Namen Fritz gibt. Die übrigen Figuren sind durch ihren Namen schon gerichtet. Nicht nur John Kabys hat als Schmied seines Glükkes seine Geschichte ganz an seinen Namen geknüpft (und ihm damit jenen adjektivischen Charakter wiedergegeben, den Todorov schon an den Novellenfiguren Boccaccios beschreibt).

> So hatte er denn als zarter Jüngling schon den ersten seiner Meisterstreiche geführt und seinen Taufnamen Johannes in das englische John umgewandelt, um sich von vornherein für das Ungewöhnliche und Glückhafte zuzubereiten, da er dadurch von allen übrigen Hansen abstach und überdies einen angelsächsisch unternehmenden Nimbus erhielt. (73)

Pankraz muß durch die Apposition als Schmoller durch die Welt ziehen, Strapinski kann ohnehin seinem Namen nicht entkommen und selbst für Vreni und Sali wird der Titel der Novelle zum Beinamen, der sie auf das Unglück von Romeo und Julia festlegt. Der Name vertritt bei Keller das Attribut, das sonst der dubiose Charakter in der physiologischen Novelle hat. Der Charakter der Figuren objektiviert sich – wie bei Züs Bünzlin etwa oder John Kabys – in der Sammlung von schrulligen Gegenständen, doch ist zuerst der Name bezeichnend. Im Unterschied zu den Attributen, die bei Stifter und Grillparzer auf ein geheimnisvolles Wesen verwiesen, spricht der Name aus, was die Figur ist. Er hat die Funktion einer Typisierung. Durch die Physiologie hat sich nur die Textlänge der Charakterisierung ausgeweitet, soziale Fallbeschreibung aber will sie bei Keller nicht sein.

Das novellistische Ereignis ist für die Seldwyler nur noch eine Jugendsünde. Fast alle läutern sich schließlich zu braven Bürgern, die entweder in der Stadt selbst oder in der Hauptstadt eine solide Existenz begründen. Das verändert die Konventionen der Gattung. Bislang hatte die Novelle keinen Ausblick. Die Absicht der Novellenfigur war es ursprünglich, die Folgen ihrer Untaten zu verwischen, um dann von der Bühne zu verschwinden, als hätte es sie nie gegeben. Bei Keller hingegen hat die Novellenfigur eine Zukunft, in der sie Novellenfigur nicht mehr ist. Ihr Novellendasein ist eine Episode in einem Leben von umfassenderen Dimensionen. Wenn auch dies Leben als Literatur keine Fortsetzung hat, so ist es doch der Anfang zu einem Roman, mit dem die Novelle ihr Ende findet.

Was die Autoren, vor allem in Deutschland, in das alte Muster hineingedichtet haben an archaischen Lebenssituationen und schicksalhaften Lebensbildern, macht die Novelle zwar nicht von der

Schreibweise, wohl aber vom Inhalt her zur Poesie, in die sich die Phantasie zurückzieht vor der Prosa des Alltags. Die Konzentration der Form jedoch, die Geschlossenheit des Figurenentwurfs, die Zielstrebigkeit der Handlung widersprechen den prosaischen Möglichkeiten des Jahrhunderts. Die Novelle ist für das 19. Jahrhundert poetisierte Prosa. Die Faszination dieser Poesie wird aber von einer ihr widerstrebenden Bewegung begleitet. Deshalb bedeutet der Siegeszug der Prosa den Untergang der Novelle. Auch die Leute von Seldwyla holt deshalb die Prosa des Alltags ein. Der Widerstand jedoch, der das Ende der Novelle vorbereitet, setzt, so wird im Folgenden zu zeigen sein, bereits mit der Wiederbelebung der Novelle des Boccaccio am Ende des 18. Jahrhunderts ein.

Anti-Novelle

Umständlichkeit

Ihre lasterhaften Absichten bringen die Figuren der alteuropäischen Novelle wie im Handumdrehen ans Ziel; diese Taktik sollte bis ans Ende der Geschichte der Gattung vorherrschen, so sehr auch bald die Sünden und Liebesabenteuer verschleiert, verpönt, verurteilt wurden. Das Tempo, die Dramatik, die schnelle Aufeinanderfolge von Laster und Strafe, Vergehen und Leid konzentrieren sich im 19. Jahrhundert in dem einen schicksalhaften Moment, auf den die Erzählung zustrebt, und in der knappen und geschlossenen Form. Die Massenmedien unterhielten ein breites Publikum mit einer Prosa, die die pointierte Erzählweise effektvoll darbot und eine wahre »Novellenwut« entfachte. [1] Dagegen entwickelt sich eine Novelle der Langsamkeit, Ereignislosigkeit, Bedeutungslosigkeit, eigentlich also die paradoxe Erzählung von der Aktivität der Umstände, des Ambientes, aus dem heraus erst Geschichten entstehen.

Paul Heyse hat in seiner Novellentheorie diese Tendenz beobachtet und mit gutem Grund Stifter zum Erfinder der Mode gemacht:

> Hier aber sei noch mit einem Wort der so stark im Schwange gehenden Unsitte gedacht, die Handlung durch ein Uebermaß von Naturschilderungen zu ersticken, was gerade in dem knappen Raum, der der Novelle gewährt ist, doppelt fehlerhaft erscheint. Hatte schon Stifter's Beispiel unheilvoll gewirkt, so wurde die Stimmungssucht der neuesten Zeit geradezu verhängnisvoll. Wir finden Mondnächte, Schneelandschaften, Torfheiden mit so liebevoller Umständlichkeit behandelt, daß wir die Menschengeschicke, die hier sich vollziehen, völlig darüber aus den Augen verlieren, während doch die Coulissen sich der Handlung bescheiden unterordnen sollen. [2]

In der Tat tritt hinter der »liebevollen Umständlichkeit« die Darstellung der Liebe zurück, und das »Menschengeschick« versinkt in einer »Kulisse«, die allerdings wenig Reiz, Abwechslung und optische Verführungen bietet. Beschreibungen vom Wachsen und Gedeihen der Natur, die so undramatisch wie nur möglich sind, die Darstellung der Stille, der Einsamkeit, der Landschaft, all diese immer wiederkehrenden, gesetzmäßigen und also »erhörten« Ereignisse, die im Laufe des 19. Jahrhunderts nicht nur Stifters Erzählungen füllen, haben zu der fruchtlosen Diskussion über die Unterscheidung von Erzählung und Novelle geführt. Diese überhaupt zu versuchen, scheint aber ein müßiges Unterfangen zu sein, sobald man erkannt hat, daß nicht eine Depravation der alteuropäischen Novelle vor sich gegangen, sondern daß eine Gegen-Form entstanden ist, eine Novelle nämlich, die bewußt die noch immer fortlebende Dramatik der alteuropäischen Form als Effekthascherei abtut, ja, die geradezu sich anschickt, die novellistischen Elemente zu gebrauchen, um eine Anti-Novelle zu schaffen. [3]

Stifters Vorrede zu den *Bunten Steinen* skizziert die Theorie dieser Anti-Novelle und kann – auch wenn der Bezug nicht ausdrücklich ist – der Vorrede des *Decameron* gegenübergestellt werden. Boccaccios »istilo umilissimo« kehrt immerhin auch bei Stifter wieder als Stil der Bescheidenheit. Ein Nebensächliches ganz anderer Art aber als bei Boccaccio soll Gegenstand der Darstellung sein. Die gottlose Frivolität des *Decameron* verpönt der Dichter der *Bunten Steine*, der es dem Priester nachtut und mit seinen Erzählungen »ein Körnlein Gutes zu dem Baue des Ewigen« (9) beitragen will. Den blasphemischen Ton des Boccaccio will Stifter durch fromme Besinnlichkeit wiedergutmachen. Nicht alltägliche Bosheit, sondern gottgefällige Güte ist das Thema seiner Erzählungen, deren Vorbildlichkeit sich vielleicht nicht in der Struktur, wohl aber in der Absicht, dem Exemplum, der didaktischen Poesie wieder annähert. In Stifters Erzählungen hat der »reinere Äther des Sittengesezes« (14) jegliches Laster ausgelöscht.

> Ein ganzes Leben voll Gerechtigkeit Einfachheit Bezwingung seiner selbst Verstandesmäßigkeit Wirksamkeit in seinem Kreis Bewunderung des Schönen verbunden mit einem heiteren gelassenen Sterben halte ich für groß: mächtige Bewegungen des Gemüthes furchtbar einherrollenden Zorn die Begier nach Rache den entzündeten Geist der nach Tätigkeit strebt, umreißt, ändert, zerstört und in der Erregung oft das eigene Leben hinwirft, halte ich nicht für größer, sondern für kleiner, da diese Dinge so

> gut nur Hervorbringungen einzelner und einseitiger Kräfte sind wie Stürme feuerspeiende Berge, Erdbeben. (12)

Zeichen eines wirklichen Weltuntergangs wäre für Stifter eine Literatur, die durch Geschichten amüsiert, von denen ihm nicht unbekannt geblieben sein kann, daß sie dem Novellentypus alteuropäischer Provenienz angehören:

> Untergehenden Völkern verschwindet zuerst das Maß. Sie gehen nach Einzelnem aus, sie werfen sich mit kurzem Blike auf das Beschränkte und Unbedeutende, sie sezen das Bedingte über das Allgemeine; dann suchen sie den Genuß und das Sinnliche, sie suchen Befriedigung ihres Hasses und Neides gegen den Nachbar, in ihrer Kunst wird das Einseitige geschildert das nur von einem Standpunkte Gültige, dann das Zerfahrene Unstimmende Abenteuerliche, endlich das Sinnenreizende Aufregende und zuletzt die Unsitte und das Laster. (15 f.)

Auch für Stifer bleibt das Erzählen ein remedium mortis. Erzählen heißt aber nicht: den Tod zerreden, sondern ihn überwinden, »weil das Gute größer ist als der Tod«; (14) die Lust des Lesers ist daher kein Laster, sondern ein »Jauchzen und Entzüken«. (14) In Stifters Sammlung gibt es den natürlichen Tod, wie ihn der Pfarrherr in *Kalkstein* stirbt. Vor allem aber eröffnet er seine Sammlung mit einer Erzählung, *Granit*, in der die Pest geschildert wird, deren Beschreibung Boccaccio noch vor den Rahmen des gesamten *Decameron* hinaus und in eine Art Vorwort verlegt hatte. Mit seiner Erzählung von der Pest will der Großvater dem Enkel zeigen, wie der Tod durch die Pflege der Kranken zu bewältigen und durch Demut zu ertragen sei. Stifter entwickelt gegen die Dramatik der alteuropäischen Novelle Maximen der Langsamkeit, der Sorge, des sachten Wachstums. Der Titel seiner Sammlung, der die ungeeignetsten Objekte ankündigt, die es für Erzählungen nur geben kann, Steine, faßt seine Absicht ins Bild. Die Erzählungen sind selbst »Kleinodien« und beschreiben, wie diese sich in unendlicher Langsamkeit und Stille um einen Kern herum kristallisieren und an Wert gewinnen, »wie jeder Menschen ein Kleinod für alle andern Menschen ist«. (13) Freilich sind es dann gar nicht die bunten und die glitzernden Edelsteine, von denen Stifter erzählt, sondern die unscheinbaren Urgesteine, Sedimentgesteine und Halbedelsteine, deren Farben zwischen unbestimmtem Dunkel, zwischen Grau und Weiß, zwischen Durchsichtigkeit und Nicht-Farbe changieren.

Für alles Geschehen, das von nun an in Stifters Geschichten erzählt wird, ist nicht die Niedrigkeit, sondern die Erhabenheit die Folie, auf die ihre Alltäglichkeit aufgezeichnet wird. Stifter sieht hinter der Oberfläche des menschlichen Tuns nicht Lug und Trug, sondern »nur Wirkungen viel höherer Geseze«. (10) Eine reife Menschheit braucht keine unerhörten Ereignisse, um staunen zu können: »Die Wunderbarkeiten hörten auf, das Wunder nahm zu.«(12)

Stifter hat in den *Bunten Steinen* als einer der ersten Autoren Kindernovellen veröffentlicht, und das Christuskind ist das Modell all dieser Kleinen, die er – aus Opposition zu Boccaccios durchtriebenen Erwachsenen – zu Hauptfiguren macht. Mit ihnen stellt er dem Laster die Unschuld entgegen. Auch wenn das Laster, wenn also die Novelle, wie in *Turmalin*, noch in die Erzählung hineinwirkt, so sind es doch immer die Kinder in ihrer Unschuld, die die Folgen der kleinen Verfehlungen leichtsinniger Erwachsener, die nie wirkliche Bösewichte sind, zu büßen und zu sühnen haben.

Domestikation

Nicht allein die natürliche Unschuld, die vom Laster noch nichts ahnt, macht die Kinder zu Gegenfiguren der Sünder in den Novellen. Wachstum vielmehr ist außerdem ihr eigentliches Wesen, und diese Eigenschaft entspricht am ehesten dem Muster dieser Anti-Novelle der Langsamkeit. Der Spaziergang von Ahn und Enkel durch die Gemarkung am Anfang der Erzählung *Granit* ist eine für die Sammlung typische peripatetische Lehrstunde – sie wiederholt sich in *Katzensilber*, *Bergkristall* und in *Bergmilch* –, in der der Großvater das Kind mit der Welt vertraut macht, indem er Berg, Wald, Tal beim Namen nennt. [4]

Der Unschuld der Kinder entspricht die Abgeklärtheit der Greise und Greisinnen, die sie hüten. Die Lebenserfahrung macht die alteuropäische Novellenfigur gerissen, die der Anti-Novelle weise. In der bäuerlichen Welt waltet die ewige Wiederkehr der Generationen, das Personal der Anti-Novelle sind Kinder und erwachsene Menschen, Eltern und Großeltern, Figuren also, die diesseits oder jenseits der Erotik stehen. Die Familie, nicht die Ehe ist der Ort dieser Novelle; diesmal werden fast nur glückliche Ehen geschildert; die Anti-Novelle bestätigt den Zusammenhalt der Familienmitglieder.

Wie in der alteuropäischen Novelle so konzentriert sich auch in der Anti-Novelle das Geschehen auf einen möglichst kleinen Punkt. Die Kinder bewegen sich meist vom Haus aus in eine Höhle, in ein schützendes Gebüsch. Der Ort ihres Rückzugs aber erweitert sich konzentrisch in die Landschaft hinaus: »In den hohen Gebirgen unseres Vaterlandes steht ein Dörfchen [...]. Das Dörfchen liegt gerade mitten in einem ziemlich weiten Thale, das fast wie ein länglicher Kreis gestaltet ist.« (185) Ähnlich wohnen in einer Mulde, die das Haus schützend umgibt, der Pfarrherr in *Kalkstein* oder die Familie in *Katzensilber*: »In einem abgelegenen, aber sehr schönen Theile unseres Vaterlandes steht ein stattlicher Hof. [...] Um das Haus liegen [...] in nähern und fernern Kreisen Hügel.« (243 f.)

Das Haus selbst gefährden, anders als in der früheren Novelle, nie impertinente Eindringlinge. Die Gefahr droht aus dem Jenseits der Zivilisation durch die Unberechenbarkeit der Natur. Das novellistische Überschreiten der Schwelle vollzieht sich daher in umgekehrter Richtung: nicht der Eindringling stört die Häuslichkeit, sondern die Bewohner riskieren den Schritt hinaus. Der Sattel, über den in *Bergkristall* die Kinder gehen, ist die novellistische Schwelle, deren Überschreiten ins Verhängnis führt.

Das Haus jedenfalls ist weder der Ort des schrecklichen Pesttodes, noch des Ehebruchs, sondern, wie das friedliche Sterben des Pfarrers in *Kalkstein* zeigt, ein schützender Raum, wo die Figuren in Frieden sterben dürfen. Es beherbergt den Körper – anders als im pestverseuchten Florenz, wo die toten Körper geradezu von den Häuser ausgespieen werden –, der, sauber gekleidet und gebettet, dort in Sicherheit ruht: »Die Wäsche ist nach dem Silber das erste Gut in einem Hause [...]. Sie gibt unser vornehmstes und nächstes Kleid.« (115) Dies Kleid umschließt den Körper enger noch als das Haus; schließlich wird der Pfarrer damit zu Grabe getragen, in sein letztes Haus also gebracht.

Stifters Figuren fliehen nicht aus dem Haus und vor dem Grab. Sie akzeptieren den Tod, und haben gerade deshalb die Chance, ihm ein bißchen Lebenszeit abzubetteln. Durch Sorge und Pflege, die es von Kindheit an zu üben gilt, vermag der Mensch diesem endgültigen Sieger zu widerstehen. Das Thema dieser Kindergeschichten ist die Erziehung, ja geradezu die Domestikation. Die Kinder lernen, sich die schützenden Funktionen des Hauses gegen die möglichen Gefahren der Natur zunutze zu machen. Den exemplarischen Fall einer

Domestikation erzählt *Katzensilber*, wo zunächst drei Kinder auf Spaziergängen mit der Großmutter die Natur beobachten, die das Haus umgibt, und lernen, wie man aus den Naturgegenständen nützliche Dinge machen kann:

> An der Hand trugen sie ein Körblein, in der andern eine weiße Ruthe mit einem Haken, daß sie die Haselzweige herabbeugen konnten. Die Ruthe war selber von einem Haselstrauche genommen, und war abgeschält worden. Sie gingen unter den Obstbäumen hin, sie gingen hinter den Glashäusern in der Sandlehne empor, sie hielten sich mit den Händchen an dem Geländer, und sie rasteten auf den Sizen. Wenn sie in den Felsen hinauf gekommen waren, sassen sie auf einem Bänklein oder auf einem Stüke Stein, nahmen eine Stecknadel aus den Bändern ihres Hutes, oder bathen die Großmutter um ein spizes Messerlein, das sie in ihrer Armtasche hatte, und gruben die kleinen feinen Blättchen und Flinserchen aus den Steinen, die da staken, und so funkelten und glänzten. Sie thaten dieselben in ein Papierchen und hoben sie im Schürzensäkchen oder in der Armtasche der Großmutter auf. [...] Wenn sie noch höher hinauf kamen, da war wieder die Erde, und auf ihr war das Haidekraut und die Gräser und Kräuter, und da stand auch ein Wacholderstrauch oder der Strunk einer Birke oder eine Distel. Und bei denselben sassen sie wieder nieder, und ruhten wieder. (246f.)

Ein Spaziergang wie dieser ist identisch mit der Bewegung der Erzählungen überhaupt, die sich – eine für die punktuelle Novellenzeit undenkbare Dimension – ausdrücklich über Jahre hinweg wiederholt. Domestikation ist ein langer Prozeß. Um die Vorsicht zu zeigen, die es zur Domestikation braucht, wird das braune Mädchen, eine Replik von Goethes Mignon, den Bauernkindern zugesellt, die schon eine Erziehung genossen haben. Wie ein Tier zeigt es sich zunächst zwischen den Haselnußbüschen, nähert sich langsam, bis es endlich eine körperliche Berührung mit ihnen wagt: es ergreift Blondköpfchens blonde Locken, was bei dem scheuen Fremdling mehr bedeutet als eine Liebeserklärung, und läßt sich schließlich von den Kindern ins Haus locken. Immer, wenn diese von einer Naturkatastrophe heimgesucht werden, wenn Hagelschlag die spazierenden Kinder und eine Feuersbrunst den Hof des Vaters bedrohen, weiß es sie zu schützen aus einem vorkulturellen Instinkt heraus. Die einfachsten Formen der Kultivierung der Natur kennt es immerhin: Hüttenbauen, Wände und Hindernisse überwinden, Türen aufschließen. Das Kind ist der Rousseausche Wilde, eine Gegenfigur zum *Verbrecher aus verlorener Ehre*, das immer Gutes tut, auch wenn die Natur, aus der es kommt, böse und schrecklich zu sein scheint. Freilich stellt das braune Mädchen schließlich durch seine Flucht zurück in die Natur den Prozeß der Domestikation in Frage, gerade weil er an ihm mit einer Intensität wie an keiner anderen Figur der Novellensammlung vorgenommen worden ist. [5]

Aussparung des novellistischen Ereignisses

Stifter setzt an die Stelle des unerhörten Ereignisses die Allmählichkeit des Lernens. Die Erzählung *Der keusche Liebhaber*, die letzte der *Hundert neuen Novellen*, ist ein frühes, wohlbekanntes Beispiel dieser Art von Anti-Novelle, deren Struktur ein Erziehungsmodell ist. Goethe hat sie in die *Unterhaltungen deutscher Ausgewanderten* aufgenommen und in Deutschland bekannt gemacht. In der altfranzösischen Sammlung steht die Novelle am Schluß und hat im Zusammenhang mit allen anderen Erzählungen die Funktion eines Kontraposts. Die abschließende Novelle dieser Art hat aber immer, sei sie nun parodistisch oder ernst gemeint, Prüfung und Erziehung zu ihrem Thema. Die Einübung der verliebten Kaufmannsfrau in die Entsagung von der Liebe erscheint in der altfranzösischen Sammlung so unglaubwürdig, daß sie sich wie eine Parodie ihrer selbst liest. Goethe betont die Langsamkeit des Erziehungsvorgangs, der dadurch einer Abrichtung gleichtkommt. Die Naturgewalt der Liebe, die die Kaufmannsfrau übermannt hat, kann nur durch langwierige Anstrengungen überwunden und durch vorsichtige Gegenmaßnahmen überlistet werden. Der Kampf gegen die Leidenschaft ist immer einer der Ausdauer und Askese.

Enthaltsamkeit ist die anti-novellistische Kardinaltugend, die im 19. Jahrhundert zur Bildung kultiviert wird. Schon Frau Regel Amrain hatte durch vorsichtige Lenkung den Sohn vor der Novellensituation einer sündigen Liebe zu retten versucht. Keller hat mit dieser Erzählung, ähnlich wie Stifter, die auf ein Ereignis hindrängende Tendenz der Novelle durch Erziehung hinausgeschoben, ja aufgehoben. Goethe geht diesen Autoren noch voraus in der Absicht, die Abstinenz zum Motiv seiner Erzählung zu machen. Nicht nur in der Prokurator-Novelle, sondern auch in der *Novelle* – deren Titel, eine Gattungsbezeichnung ohne Artikel, ebensogut den Idealtypus ankündigen, wie er die Verachtung dagegen ausdrücken kann – stellt er die für die Novelle ungewöhnliche Situation eines glücklichen Ehepaares und die organisierte Ökonomie eines friedlichen Fürstentums dar, wo sogar das Verhältnis zwischen der Gräfin und dem jungen Honorio von den Lesern als erhebendes Beispiel der Entsagung genossen werden darf. Das Vergnügen des fürstlichen Paares ist, ähnlich wie später bei Stifter, die Einrichtung der Landschaft zum Spaziergang; und Honorio ist so wohlerzogen, dieses Gesellschaftsspiel nicht durch Leidenschaft zu stören. Das einzige Indiz einer solchen und seiner Gefährdung ist seine Bitte, sich aus dem Kreis der Glücklichen entfernen zu dürfen.

Die Liebe Honorios hat bereits den Charakter, den das novellistische Ereignis in der Anti-Novelle annimmt: es ist ein dunkler Punkt, ein Zustand, von dem nicht gesprochen wird. Mit einer Neugier, die an der alteuropäischen Novelle geschult ist, sucht der Leser, der auf die gewohnte Erregung nicht verzichten will, nach einem Indiz für sie. Gefälliger gegen den Leser als Goethe, der nicht das mindeste Zeichen von einer in seinen Figuren lauernden Untugend gibt, erweist sich Stifter, der immerhin das Unerhörte und Ungeheuerliche in einem Nebensatz andeutet oder, wie in *Brigitta*, in der Kleinigkeit eines einzigen Kusses der Untreue und eines einzigen Satzes hervortreten läßt, der die Reaktion darauf ausdrückt: »Aber endlich nahm sie das aufgequollne schreiende Herz gleichsam in ihre Hand, und zerdrückte es.« (459) Die Erzählung bewegt sich bei Stifter, hier wie etwa auch in *Turmalin*, um das Ereignis herum; nicht das ursächliche Ereignis, das das tragische Schicksal des Rentherrn bewirkt hat, wird erzählt, sondern das, was vor oder hinter diesem liegt. In *Kalkstein* wiederum kommt die novellistische Situation nur im Lebensrückblick zur Sprache, ihre Dramatik ist durch die Abgeklärtheit des erzählenden Pfarrherrn gedämpft.

Purgatorium

Unerhörte Ereignisse sind in Stifters Erzählungen nicht selten, doch sind sie, als Naturkatastrophen – zumindest im Falle der *Bunten Steine* –, keine novellistischen Ereignisse mehr. Wolkenbruch, Hagelschlag, Feuersbrunst, Schneetreiben, Krieg sind unerwartete Katastrophen, die drohen, die gehütete Ordnung des Alltags zunichte zu machen. Die Eröffnung dieser Reihe von Katastrophen durch die Pest (in *Granit*) zeigt, daß sie nicht, wie Naturerscheinungen sonst, Substitute des novellistischen Ereignisses sind, sondern Strafen dafür. Im Unterschied zur Pest im *Decameron*, vor der die Figuren in gedankenloser Hast entfliehen, sind die Katastrophen bei Stifter Prüfungen, aus denen die Figuren lernen und gegen die sich Vorkehrungen treffen lassen. Sie sind Strafen, die es abzubüßen gilt, nicht Verdammnisse. An die Stelle der Hölle, die auf die Figuren bei Boccaccio wartet, erdulden die Stifters ein Purgatorium.

Der Pfarrer aus *Kalkstein* ist der Inbegriff einer Duldsamkeit, die aber eigentlich von allen Figuren der *Bunten Steine* gefordert wird. Unwetter, die über ihn hereinbrechen, und Krankheiten, die er erleidet, nimmt er am bewußtesten von allen als göttliche Prüfungen an. Beim Gewitter, dessen Gewalt an einen dies irae erinnert, zieht er sich in sein Haus zurück und bezeugt seine Bußfertigkeit durch Stillehalten:

> Der Pfarrer sagte, daß es seine Gewohnheit sei, bei nächtlichen Gewittern ein Kerzenlicht auf den Tisch zu stellen, und bei dem Lichte ruhig sizen zu bleiben, so lange das Gewitter dauere. Bei Tage size er ohne Licht bei dem Tische. (76)

Auch Krankheiten übersteht er nicht mit ärztlicher Hilfe, sondern durch eigene Kraft und Duldsamkeit:

> Er lag ruhig dahin, und war auch jezt nicht zu bewegen gewesen, einen Arzt oder eine Arznei anzunehmen, selbst nicht die einfachsten Mittel zuzulassen, die man ihm in sein Zimmer brachte. Er hatte den seltsamen Grund, daß es eher eine Versuchung Gottes sei, eingreifen zu wollen, da Gott die Krankheit sende, da Gott sie entferne, oder den beschlossenen Tod folgen lasse. Endlich glaubte er auch nicht so sehr an die gute Wirkung der Arzneien und an das Geschik der Ärzte. (97)

Sein Leiden versteht der Pfarrer als imitatio Christi. Das große Gewitter ist sein Golgatha, dessen Beendigung er mit den Worten Christi bestätigt: »Es ist vorüber«. (78) Auch wenn er nur seine eigenen und nicht die Sünden der Welt büßt, so erteilt ihm der Erzähler doch die Absolution, indem er ihm ein friedliches Sterben vergönnt, das wieder die biblischen Worte besiegeln: »und es war vorüber.« (126)

Die Sünde freilich des Pfarrers ist so winzig wie seine Bußfertigkeit groß. Auch in anderen Erzählungen Stifters sind die Anlässe für eine Prüfung kaum ausfindig zu machen. In *Bergkristall* scheinen die Kinder für einen gewissen Stolz der Eltern büßen zu müssen, und doch werden sie in der kristallnen Höhle zugleich belohnt durch den Anblick einer geradezu absoluten Schönheit, die die kindliche Hanna wie eine Vision des Jenseits erfährt. In *Katzensilber* läßt sich höchstens jener Anflug von Leidenschaft, die das braune Mädchen für Blondköpfchens Haare zeigt, als freilich zweifelhafter Anlaß für die Notwendigkeit zur Buße nehmen. Schließlich will der Autor die christliche Einsicht zur Geltung bringen, daß Gottes Wege unerforschlich sind, womit sich denn auch der Leser zu trösten hat. Der Pfarrer immerhin meint, eine Versuchung bekennen zu müssen. Die zweite Prüfung, die ihn heimsucht, die Krankheit, löst seine Zunge; die Erzählung wird zur Beichte angeblicher Sünden, einer Unwilligkeit zu lernen nämlich, die aber nur Unfähigkeit war, einer Leidenschaft für die Wäscheträgerin, die aber kindliche Ahnung geblieben ist. Als der Arme im Geiste ist der Pfarrer das Gegenteil von Ciappelletto, jenes Allgotts des Lasters, mit dem die Novellengeschichte begann.

Das novellistische Purgatorium, vor dem sich Stifters Figuren hüten und das sie willig erdulden, siedelt das Gottesgericht in der irdischen Vergänglichkeit an und ist selbst vergänglich und vorübergehend. Über die Mühen des Alltags immerhin müssen die Katastrophen als Heimsuchungen dennoch hinausführen. Das Un-Erhörte, das Menschen sich zu Gehör bringen, weil es sie amüsiert, ist vom Un-Faßlichen überboten, das in stummes Staunen versetzt. Nicht der Witz, mit dem sich selbst Gott noch übers Ohr hauen läßt, sondern die Erhabenheit, in der er sich den Menschen zu erkennen gibt, ist der Stil der Anti-Novelle und ihrer unerhörten Ereignisse.

Das menschliche Auge gelangt an die Grenze seines Wahrnehmungsvermögens, wenn es dem Erhabenen gegenübersteht, das in allem Schrecken verborgen ist. Dem von der Pest bedrohten Knaben ebenso wie den Kindern in *Bergkristall* eröffnet sich ein Blick ins Unendliche:

> Er ging auf die höchste Stelle des Berges, er kletterte auf einen Baum, und spähte, aber er sah nichts als Wald und lauter Wald. Er gedachte nun zu immer höhern und höhern Stellen des Waldes zu gehen, bis er einmal hinaus sähe, und das Ende des Waldes erblikte. (51)

Aufstieg und Erhebung, die die Figuren in den *Bunten Steine* fast alle suchen, ist auch an der Symbolik der Steine selbst abzulesen, die vom tiefsten Urgestein bis zum klarsten Kristall reichen. Sie liegen in der Sammlung so achtlos durcheinander, wie man sie etwa in einem Gebirgsbach finden würde, doch kommen sie als Schotter immer von oben herab, sind Zeichen der Höhe und des Höchsten und kümmern sich in ihrem göttlichen Durcheinander nicht mehr um solch eine künstliche Ordnung wie die serielle Opposition, nach der sonst Novellen-Sammlungen geordnet waren.

Legende und gemischte Form

Abstinenz ist das selbstgewählte Purgatorium, das die Figuren der Anti-Novelle sich auferlegen, um als Heilige aus der Geschichte hervorzugehen. Die Anti-Novelle tendiert zum Legendenschluß, wenn nicht sogar schon im Laufe der Handlung Elemente dieser Gattung auftauchen sollten. Enthaltsamkeit ist der Anfang vom verklärten Ende eines Heiligen. In der Anti-Novelle wird das Motiv des Sich-Verzehrens-vor-Liebe, wie es für die Novelle typisch ist, etwa bei Titus in Boccaccios Freundschaftsnovelle (»bis ihn endlich, weil er nicht mehr essen und schlafen konnte, seine Schwäche zwang, liegen zu bleiben«, 886) oder bei Nanda in Thomas Manns *Die vertauschten Köpfe*, zum eigentlichen Thema erweitert. Die Selbstzerstörung für eine Geliebte wird übersetzt in die für die Sitte, für Gott. Der von Boccaccio verdrängte spiritus rector des ganzen sündigen Weltlaufs wird wieder in sein Recht eingesetzt.

Den engen Zusammenhang von Abstinenz und Heiligkeit stellt wiederum Stifters Erzählung *Kalkstein* her. Die durch harte Entbehrungen gesammelten Ersparnisse des Pfarrers, der hofft, daß damit seinen Schützlingen eine vor dem Hochwasser gesicherte Schule gebaut werden könne, bestätigen seine legendäre Heiligkeit, indem sie nach seinem Tod sich auf geradezu wunderbare Weise vermehren. Die Gemeinde versammelt sich in seinem Geiste und stiftet das restliche Geld für das neue Gebäude, nachdem sie sich als sichtbare Zeichen ihrer imitatio Reliquien von dem Verehrten gesichert hat.

> Es hatten sich viele Menschen eingefunden, und die Versteigerung war in Hinsicht des Testamentes eine merkwürdige geworden. Es trugen sich auffallende Begebenheiten bei derselben zu. Ein Pfarrer kaufte einen unter den Kleidern des Verstorbenen gefundenen Rok, der das Schlechteste war, was man unter nicht zerrissenen Kleidern finden kann, um einen ansehn-

> lichen Kaufschilling. Die Gemeinde des Kar erstand die Bibel, um sie in ihre Kirche zu stiften. Selbst die hölzerne Bank, die man nicht einmal eingesperrt hatte, fand einen Käufer. (130f.)

Der Erzähler selbst bewahrt die Wäsche des Pfarrers »als ein Denkmal auf«, sie wird wie eine Reliquie »in den Schrein gelegt.« (131)

Schon seit dem späten 18. Jahrhundert verbindet sich in Deutschland mit der Übernahme der alteuropäischen Gattung eine gewisse Reserve gegen sie. Die Tendenz, den Reiz der novellistischen Verruchtheit durch die Bekehrung des Bösewichts abzubüßen, beginnt mit Schillers *Verbrecher aus verlorener Ehre*. Der Epoche entsprechend hatte Diderot, aus dessen *Zwei Freunden von Bourbonne* Schiller einen Teil herausgenommen und zur eigenen Erzählung gemacht hat, auch in Frankreich schon seinen Helden zum guten Wilden verklärt. [6] Aber erst Schiller gibt dem Thema eine religiöse Aura und macht aus dem guten Wilden den reumütigen Verbrecher. Die Spannung zwischen Himmel und Hölle, zwischen denen sich die vita seines Heiligen bewegt, hat erst er in das Motiv eingeführt. Sehr schnell verstummt daher in Schillers Erzählung die aufgeklärte, empirisch-psychologische Reflexion über den sonderbaren Fall. Die Darstellung der Ereignisse überläßt nun der Autor seiner vom Teufel besessenen und endlich zu Gott bekehrten Figur. Die Erzählung der Figur wird zum Bekenntnis, zur Beichte, in der der gerichtete Bösewicht sehr wohl zu sagen weiß, wofür er büßt und was seine Mission ist. »Ich betrachtete mich als den Märtyrer des natürlichen Rechts und als ein Schlachtopfer der Gesetze.« (12) Schiller liegt es näher, die Höllenfahrt seines Helden zu beschreiben als seine Himmelfahrt. Die Beichte bietet dabei die Möglichkeit, das Böse auch in dem vorzuführen, der als guter Mensch dargestellt werden soll. Seinen tiefsten Fall und Abfall von Gott erzählt daher Christian Wolf selbst, weil er den Rückblick auf seine Tat zur eigenen Absolution stilisieren kann; die Beichte ist die Umkehrung und Umdeutung des novellistischen Vergehens in eine Prüfung. Nach dem ersten Mord, den Christian Wolf an seinem Rivalen vollbracht hat, schafft ein Gedächtnisschwund die Lücke, durch die später das Gute wieder in sein Herz eintreten kann.

> Gottes Gerichte fielen mir nicht ein – wohl aber eine, ich weiß nicht welche? verwirrte Erinnerung an Strang und Schwert und die Exekution einer Kindsmörderin, die ich als Schuljunge mitangesehen hatte. Etwas ganz besonders Schreckbares lag für mich in dem Gedanken, daß von jetzt

an mein Leben verwirkt sei. Auf mehreres besinne ich mich nicht mehr. Ich wünschte gleich darauf, daß er noch lebte. Ich tat mir Gewalt an, mich lebhaft an alles Böse zu erinnern, das mir der Tote im Leben zugefügt hatte, aber sonderbar! mein Gedächtnis war wie ausgestorben. Ich konnte nichts mehr von alle dem hervorrufen, was mich vor einer Viertelstunde zum Rasen gebracht hatte. Ich begriff gar nicht, wie ich zu dieser Mordtat gekommen war. (16)

Der Autor kommentiert diese Rede, die zwischen psychologischer Selbstanalyse und Sündenbekenntnis schwankt, als den Übertritt in den Zustand der Reue, wie er eines Heiligen würdig ist. Der »natürliche gute Verstand«, den der rousseauistische Wilde hat, siegt über die Depravation, die er durch die Zivilisation erfuhr. »Auf dem höchsten Gipfel seiner Verschlimmerung« (24) wird er bekehrt.

Schiller hat mit seiner Figur den reumütigen Sünder in die Novelle eingeführt, mit dem ihre Revision gelingen konnte, ohne daß sie ganz aufgegeben werden mußte; als Lebensrückblick, als Trotzphase, als Epoche in einer Biographie, die höheren Weisungen folgt, bleibt sie gerechtfertigt. Kleist hat von Schiller die Figur des großen Sünders übernommen, ohne ihr die Absolution zu erteilen. Michael Kohlhaas ist ein Verbrecher aus verlorener Ehre, der blasphemisch eine Beziehung zwischen sich und dem Erzengel Michael herstellt und sich vor einem Bündnis mit dem Bösen nicht scheut. Dies alles sind unerhörte Verfehlungen, die auch die Legende braucht, um umso eindrucksvoller die Wandlung des Bösen zum Heiligen vorzuführen. Kleist hält seine Novelle vor dieser Wende zum Guten an.

Ein letzter Vertreter dieses Paradoxes eines novellistischen Büßers ist Flauberts Julian in der *Legende von Sankt Julian, dem Gastgeber*. Flauberts Geschichte ist die Nacherzählung der vita des Eustachius. Nicht allein aber, daß die Massaker, die Julian im Tierreich anrichtet, an die Brutalität erinnern, die seit den Novellen der Margarete von Navarra in Frankreich häufig vorkommen (die freilich selbst eine Perversion legendärer Martern gewesen waren). Auch Ähnlichkeiten der Motivwahl binden den heiligen Julian an die Tradition der Novelle an, die er schon ganz hinter sich gelassen zu haben scheint. Das Wildern in den Wäldern ist ein Teil auch von Diderots Freundschafts-Novelle; Schiller hat dieses Motiv einer sinnlosen Zerstörung der schönen Natur geradezu zur Sucht seines Verbrechers gesteigert. Wie Julian, so zieht auch Christian Wolf rasend und wütend durch die Wälder. »Ich erlegte alles Wild, das mir aufstieß, nur weniges machte ich auf der Grenze zu Gelde, das meiste ließ ich verwesen.« (15) Flaubert wählt dasselbe Motiv, doch läßt er sich zu seiner Ausschmückung mehr Zeit. Er entwirft ein Paradies, in das Julian als der Tod eindringt.

> Dann drang er durch eine Allee hoher Bäume vor, die mit ihren Wipfeln am Eingang eines Waldes gleichsam einen Triumphbogen bildeten. Ein Rehbock sprang aus dem Dickicht, ein Damhirsch erschien an einer Wegkreuzung, ein Dachs schlüpfte aus einem Loch, auf dem Rasen schlug ein Pfau sein Rad; – und als er sie alle niedergemetzelt hatte, stellten sich andere Rehböcke, andere Damhirsche, andere Dachse, andere Pfauen ein, dazu Amseln, Häher, Iltisse, Füchse, Igel und Luchse, eine Unzahl von Tieren, die bei jedem Schritt zahlreicher wurden. Sie umkreisten ihn, zitternd, mit Blicken voller Sanftmut und Flehen. Doch Julian wurde nicht müde zu töten; abwechselnd spannte er seine Armbrust, zog er das Schwert, stach mit dem Hirschfänger zu und dachte an nichts, hatte keinerlei Erinnerung, an was es auch sei. (117f.)

Solche Nähe von Christian Wolf und Sankt Julian zeigt die Vermischung der Formen, die Legende dient der Besänftigung der Novelle, die Novelle der Dramatisierung der Legende. [7]

Das Ineinanderfließen dieser beiden Formen kennzeichnet historisch die Erzählsituation des 19. Jahrhunderts und die für diese Epoche charakteristische Anti-Novelle. Sie ist eine eigene Form innerhalb der erzählerischen Gattungen jener Zeit geworden, die als einzige sich *bewußt* auf die Zerstörung der Novelle richtet. Diese Tendenz ist nicht zu verwechseln mit der im 19. Jahrhundert üblichen Gattungsmischung, die wie gelegentlich und zufällig novellistische Motive und Sujets in Verbindung bringt mit denen anderer Erzählformen, dem Märchen (wie in der Geschichte *Vom braven Kasperl und dem schönen Annerl*, im *Goldenen Topf*, in *Peter Schlemihl*, in Eichendorffs *Marmorbild*, das man eine Märchennovelle nennen könnte) oder der sentimentalischen Lebensbeschreibung (wie etwa im *Taugenichts*), die es freilich schwermachen, in dieser Epoche den Begriff der Novelle noch zu halten. Doch wenn auch diese Erzählungen die Gattungen mischen, so sind sie nie bewußt zur Überwindung der Novelle eingesetzt worden. Sie zersetzt sich durch den Einfluß anderer Formen und Stoffe unversehens, sie wird nicht zerstört. [8]

Abstinenz jedoch ist der Tod der Novellenfigur. Wie immer, so sind die Vorformen auch für dieses Schema bei Boccaccio schon zu finden. In der achten Erzählung des vierten Tages, einer Parodie des

Romeo-und-Julia-Sujets, führt Boccaccio mit der Bündigkeit, die seinen Erzählungen eigen ist, den Zusammenhang von Askese und Tod vor. Der verschmähte Liebhaber macht mit sich kurzen Prozeß. Bei der Geliebten, die ihn nicht erhören will, liegt er im Bett, als er die unfreiwillige Askese, die sie ihm verordnet hat, kurzerhand als selbstgewählten Tod konkretisiert, der sich unglaublich genug ausnimmt:

> So legte sich denn der Jüngling neben sie, ohne sie zu berühren; und indem er die Liebe, die er so lange zu ihr gehegt hatte, mit ihrer jetzigen Härte und seiner verlorenen Hoffnung in einen Gedanken zusammenfaßte, beschloß er, nicht mehr länger zu leben: ohne noch ein Wort zu sagen, hielt er den Atem an, schloß die Fäuste und starb an ihrer Seite. (412)

Die Standhaftigkeit, das Mitgefühl der Geliebten, die aus Schmerz über seinen Tod selbst stirbt, und der Liebestod des Helden bewegen die Stadt zu Wallfahrten zu ihrem gemeinsamen Grab.

Bei Boccaccio sind im übrigen die Legendenmotive meist Inszenierungen der Mönche und als solche gar nicht selten. Die Satire über die Fratres aber als den Vertretern einer heruntergekommenen Institution läßt an der Funktion dieser Legenden keinen Zweifel. So verspricht Bruder Cipolla seiner Gemeinde das Blaue vom Himmel herunter und die Federn aus den Flügeln des Erzengels Gabriel und tröstet sie dann mit der Kohle, die er auf ihren Äckern findet (VI 10), so leitet Don Felice Bruder Puccio zur Askese an, während er seine Frau verführt(III 4) und der Mönch Rustico betreibt an Alibech eine Art von Teufelsaustreibung, die ihm und ihr die höchste Lust bereitet (III 10).

Solch blasphemischer Umgang mit theologischen Modellen und Motiven reicht bis zu Goethe. Auch seine *Novelle*, deren Ereignisse nur Gemälde oder Schauspiel sind, endet mit einer biblischen Szene. Freilich hat hier keine der Figuren zu büßen, die Figuren führen nur eines der altbekannten Wunder – das von Daniel in der Löwengrube – vor. Der parodistische Charakter der legendären und biblischen Motive ist bei Goethe – übrigens auch im wohlbekannten Falle des Legendentodes von Ottilie in den *Wahlverwandtschaften*, einer zum Roman ausgeuferten Novelle – immer präsent. Der Knabe der Schauspieltruppe in der *Novelle* ist kein David, er spielt ihn nur und singt von ihm:

Aus den Gruben, hier im Graben
Hör' ich des Propheten Sang
[...]
Ja, die sanften frommen Lieder
Haben's ihnen [den Löwen] angetan! (511f.)

Mit einer Reflexion über die Legenden und Predigtmärlein der Mönche schließt auch das *Decameron.* Spöttisch und im Bewußtsein, nicht erhört zu werden, bittet Boccaccio seine Damen, zur Läuterung für die Sünde, die das Lesen seiner Novellen ist, die Legende von der »Buße der heiligen Magdalena« (496) zu lesen. Die Novelle ist sich des Sieges über die Legende sicher. Im 19. Jahrhundert, in dem so viele Novellen wie in keinem Jahrhundert zuvor geschrieben und gelesen werden, erinnern sich einige Autoren doch der Legende wieder, um mit diesem altertümlichen Erzählmodell der »niedrigsten der Gattungen« ein Ende zu bereiten.

Anmerkungen

Teil I: Die Form und ihre Tradition

Die Niederste der Gattungen – istilo umilissimo

1 Clemens Brentano an Achim von Arnim, 10.12.1811. In: *Briefe.* Hsg. von Friedrich Seebaß. Bd. 2. Nürnberg 1951. S. 84.

2 A.W. Schlegel: *Vorlesungen über schöne Literatur und Kunst.* III. Teil: *Geschichte der romantischen Literatur.* In: *Deutsche Litteraturdenkmale des 18. und 19. Jahrhunderts.* Bd. 19. Hsg. von Jakob Minor. Heilbronn 1884. S. 247.

3 Ludwig Tieck: *Vorbericht zur 3. Lieferung der Schriften.* In: L.T.: *Schriften.* Bd. 11. Berlin 1829. p. LXXXIV.

4 Gottfried Keller an Paul Heyse, 7.9.1884. In: *Gesammelte Briefe.* Hsg. von C. Helbling. Bd. 3. 1. Hälfte. Bern 1952. S. 108.

5 August Wilhelm Schlegel: *Vorlesungen.* A.a.O. S. 247.

6 Friedrich Schlegel: *Nachrichten von den poetischen Werken des Johannes Boccaccio.* In: *Kritische Friedrich-Schlegel-Ausgabe.* Hsg. von E. Behler. Bd. 2: *Charakteristiken und Kritiken* I. München, Paderborn, Wien 1967. S. 390–396. Und August Wilhelm Schlegel: *Vorlesungen über schöne Literatur und Kunst.* A.a.O. S. 241–250.

7 Ludwig Tieck: *Gespräche.* In: Rudolf Köpke: L.T.: *Erinnerungen aus dem Leben des Dichters.* II. Teil. Leipzig 1855. S. 234.

8 Vittore Branca zeigt in seinem Kommentar zum *Decameron* und in seinem Buch *Boccaccio medievale* (Firenze 1970) den Reichtum der Tradition, in der Boccaccios Werk gründet: »Il Boccaccio apre così audacemente, nella storia della novellistica, le porte al mondo contemporaneo: con quello stesso acuto senso della continuità dei valori umani e culturali che permette a lui [...] di avvertire la non interrotta tradizione che lega la cultura dell'antichità classica e della Grecia stessa, a quella del secolo di Dante. E una apertura ardita, che acquista alla narrativa uno spazio tanto più ricco di prospettive e di possibilità quanto più intimamente fatto

giocare sugli stesse piani delle rapresentazioni tradizionali o del passato: uno spazio in cui la nostra narrativa, dal Sacchetti alle aneddotica del secolo seguente [...] sembrerà inebriarsi e chiudersi e fatalmente esaurirsi«. (S. 174f.) Notwendig muß Boccaccios Herkunft zum Verständnis des Werkes herangezogen werden. Doch ist diese Forschung für dieses Buch eher die Voraussetzung, denn es interessiert sich vor allem für die Wirkungen Boccaccios. – Zur Entstehung der Gattung Novelle aus mündlichen literarischen Formen siehe auch Walter Pabst: *Novellentheorie und Novellendichtung in den romanischen Literaturen.* Heidelberg 1967.

9 Erst danach konnte Keller Storm den Rat geben, die obligate Vorrede mit den Hinweisen auf die Grundsätze der Machart wegzulassen: »Ich glaube auch, daß es besser ist, wenn Sie Ihre Vorrede an der geplanten Stelle weglassen, da die Küchenrezepte nicht zu den Gastgerichten auf die Tafel gehören.« (Brief an Theodor Storm vom 14./16.8.1881. In G. K.: *Gesammelte Briefe.* Hsg. von C. Helbling. III. Bd. 1. Hälfte. Bern 1952. S. 464.)

10 »Sembra quindi che anche questa frase alluda alla estrema varietà della materia che non consente un titolo unitario e forse anche a una diffusione delle novelle avanti che fosse compiuta l'opera, cui solo poteva spettare il titolo.« Branca: *Decameron.* Note. S.1197.

11 Walter Pabst a. a. O. übernimmt diese These von Erwin Rohde: *Der griechische Roman und seine Vorläufer. Zweite durch Zusätze aus dem Handexemplar des Verfassers und durch den Vortrag über griechische Novellistik vermehrte Auflage.* Leipzig 1900.

12 Ähnlich wie Boccaccio haben schon die antiken erotischen Dichter ihre Nichtigkeiten (nugae), Kindereien (paignia) und Scherze (ioci) gegen den Anspruch der hohen Literatur verteidigt. Hier mag eine Tradition des erotischen Arguments vorliegen.

Boccaccio: Die Elemente der Novelle

1 Aldo S. Bernardo hat in dem Aufsatz *The Plague as Key to Meaning in Boccaccio's 'Dekameron'* als erster die Struktur des gesamten Werkes von dieser Ausgangssituation her entschlüsselt. In: *The Black Death. The Impact of the Fourteenth-Century Plague.* Hsg. von Daniel Williman. New York 1982. S. 39–64.

2 Branca: *Decameron.* Note. S. 1006.

3 Bernardo: *The Plague* (A. a. O.) hat in etwa dieselbe Interpretation für die erste Erzählung: »Accepting Branca's three broad themes which underpin the *Decameron,* namely Fortune, Love and Wit, the first and last are certainly writ large in the tale of Ciappelletto. A disastrous undertaking on which Fortune seems to have turned her back is salvaged in the very

face of death through the diabolical use of wit. Even the theme of love assumes universal though negative proportions in Ciappelletto's sacrilegious display of charity. If the conclusion of the tale reflects an overflow of divine charity, Ciappelletto is a perfect exemplar of the Antichrist. When misused, Fortune, Wit and Love are but perversions of Faith, Hope an Charity. What we therefore have in the first tale is a summary statement of the whole work with a satanic figure, as in Dante, being as thoroughly duped as he thought he had duped his fellow men and his Creator.« (S. 53) – Bernardo bemerkt auch, daß Ciappellettos Infamie im Angesicht des Todes der der Rahmengesellschaft gleichkommt, die vor der Pest sich mit witzigen Erzählungen zu schützen sucht: »A moment's reflection would show that Ciappelletto's 'heroic' confession and demise are but the equivalent of the self-centered actions of the Florentines in the face of death during the plague, including the behavior of the brigata which, like Ciappelletto in the face of misfortune, tries so foolishly to create perfection out of chaos and misfortune through the use of wit and ingenuity«. (Ebd.)

4 Auch Tzvetan Todorov: *Grammaire du Décaméron* (Mouton 1969) geht bei seiner Beschreibung des *Decameron* vom Laster als der Grundstruktur des Werkes aus und bemerkt das Übergewicht sexueller Abenteuer: »Le méfait de loin le plus fréquent, longuement expliqué et illustré dans toute sa variété, est celui de l'acte sexuel sur lequel pèse une interdiction quelconque; le cas le plus courant ici est celui de la femme qui trompe son mari.« (S. 39)

5 Vgl. dazu Millicent Marcus: *The Accomodating Frate Alberto. A Gloss on Decameron IV, 2* (Italica 56, 1979), die so des Alberto Verwandlung interpretiert: »Such a materialistic construction of this event will of course transform the Annunciation into a story of carnal love.« (S. 14)

6 Vgl. Marcus (a. a. O.), die dem Sündenfall eine platonische Deutung gibt: »The rise of the Angel Gabriel is really the fall of Frate Alberto, and so the incarnation of the supposedly angelic spirit in human flesh is indeed a descent into ultimate carnality according to Plato's definition of sin.« (S. 16)

7 Man würde bei vielen Erzählungen dieses Tages das Muster des heliodorischen Romans zugrundeliegen sehen, wenn nicht Heliodors *Äthiopica* erst viel später wiederentdeckt worden wäre. Branca führt für die sechste Erzählung unter anderem als Vorlage die Legende des Heiligen Eustachius sowie weitere Legendenstoffe an, gesteht aber die Unsicherheit ein, eine Quelle ausfindigzumachen, und sieht dafür auch »e perfino i soliti romanzi greco-bizantini« vor. (*Decameron.* Note. S. 1083. Siehe auch die Anmerkungen Brancas zu II 5 und II 7). Eine Tradition des heliodorischen Romans wird auch vor der Wiederentdeckung des wichtigsten Werkes dieser Gattung in Italien lebendig gewesen sein.

8 Im Vorwort zum *Decameron* (Frankfurt 1972) schreibt André Jolles zur

Erzählung über das Schicksal der Alatiel: »Boccaccio läßt die Geschichte des Mannes überhaupt fallen und gibt nur die des Mädchens.« (LXXVI)

9 In der Nachfolge Boccaccios wird die Herrschaft der Frau ins Burleske gesteigert. Bei Sacchetti kehrt sich nicht nur die sexuelle Aktivität, sondern auch die Körperstärke um: »Als die Frau merkte, daß sie was abkriegte, begann sie, denn sie war viel kräftiger als Mino, es ihm zu geben, das ging hin und her, plötzlich war Mino am Boden und die Frau über ihm, und sie gerbte ihm munter das Fell.« (Franco Sacchetti. In: *50 Novellen der italienischen Renaissance*. 2. Bd. Hsg. von Christine Wolter. Berlin/Ost 1988. S. 21) Die burleske Übertreibung der Herrschaft der Frau reicht von den *Hundert neuen Novellen* bis zu Oskar Maria Grafs *Das bayrische Dekameron.*

10 Vgl. dazu André Jolles im Vorwort zum *Decameron*: »Wehe der Frau, die ihm zuwider handelt, sei es aus Hochmut, wie die Gequälte im Pinienwalde bei Chiassi (V, 8), sei es aus Eigensinn oder weil sie einen andern zu lieben glaubt, wie Elena (VIII, 7), sei es selbst aus Frömmigkeit, wie Madonna Ermelina (III, 7). In seinem [Amors] Namen ist dem Manne alles erlaubt, bis zum niederträchtigen Betrug, wie ihn Ricciardo (III, 6), bis zur Grausamkeit, wie sie der Scholar (VIII, 7) verübt. Groß und beredt werden die Frauen, die in Amors Namen sprechen.« (A.a.O., LXXXI) Jolles sieht zwar das Phänomen, daß nur die Frauen bestraft werden, die sich der Liebe entziehen. Doch erkennt er nicht, daß dabei die Männer das Gesetz gegen die Frauen anwenden, das diese selbst erlassen haben. Er nimmt das *Decameron* als eine antikische Reminiszenz, als ob alle Reaktionen der Personen von dem antiken Gott Amor geleitet seien. Dieser aber ist abgesetzt durch das Regiment der Frauen, die keine Götter mehr kennen. Sie haben sich selbst zu Göttinnen der Handlung erhoben und sind, wenn schon, wie bei der Interpretation des *Decameron* üblich, die antiken Götter eingeführt sein sollen, selbst Fortuna und Amor in einem.

11 Edith G. Kern: *The Gardens in the Decameron Cornice* (PMLA LXVI – 1951. S. 5o5–523) zeigt die Abhängigkeit dieser Liebesvorstellung von Andreas Capellanus, Bernardus Silverstris, Alain de Lille und der Schule von Chartres: »that prevades nearly all the stories of the *Decameron*, and that finds its strongest expression in the novella of Nastagio degli Onesti, in which a woman is punished in the hereafter because she refused to love and thus offended the laws of Nature.« (522) Bei Andreas Capellanus lautet ein Teil des 5. Dialogs *Warnung an hartherzige Frauen*. Allerdings soll diese Paraphrase nicht vor 1460 bekannt geworden sein. Vgl. dazu: Alfred Karnein: *De Amore deutsch. Der Tractatus des Andreas Capellanus in der Übersetzung Johann Hartliebs*. München 1970. Es ließen sich noch eine ganze Anzahl häufig parodistisch verwendeter Übernahmen aus Andreas Capellanus bei Boccaccio ausmachen, wie etwa die peregrinatio seiner Rahmenfiguren von Garten zu Garten. Erst Margarete von Navarra

weitete die Liebeskasuistik, die in Frankreich eine viel größere Wirkung hatte als in Italien, aus, indem sie sich noch einmal ihrer Verwendung im Werk des Boccaccio erinnert.

12 Dieser Punkt ist im allgemeinen der, den A. W. Schlegel als den Wendepunkt erkannt hat: »So viel ist gewiß: die Novelle bedarf entscheidender Wendepunkte, so daß die Hauptmassen der Geschichte deutlich in die Augen fallen.« (*Vorlesungen über schöne Literatur und Kunst.* III.Teil: *Geschichte der romantischen Literatur.* In: *Deutsche Litteraturdenkmale des 18. u. 19. Jahrhunderts.* Bd. 19. Hsg. von Jakob Minor. Heilbronn 1884. S. 245)

13 Die Lokalisierung im Haus gibt der Novelle den Anschein, als spiele sie in der realen Welt. Da der Schauplatz des bürgerlichen Ambientes bekannt ist, scheinen auch die Ereignisse den Charakter der Wirklichkeit zu haben. Durch die ganze Geschichte hindurch bleibt das Realitätspostulat für die Novellendichtung erhalten. Paul Heyse hat das Nebeneinander von Realität der Einrichtung und Unwahrscheinlichkeit des Geschehens erkannt: »Denn es bleibt ihr [der Novelle] von ihrem Ursprung her ein gewisses Schutzrecht für das bloß Thatsächliche, das schlechthin Erlebte, und für den oft nicht ganz reinlichen Erdenrest der Wirklichkeit kann sie vollauf entschädigen, theils durch die harmlose Lebendigkeit des Tons, indem sie Stoffe von geringerem dichterischem Gehalt auch in anspruchloserer Form, ohne den vollen Nachdruck ihrer Kunstmittel überliefert, theils durch die unerschöpfliche Bedeutsamkeit des Stoffes selbst, da der Mensch auch in seinen Unzulänglichkeiten dem Menschen doch immer das Interessanteste bleibt.« (Paul Heyse: Einleitung zu *Deutscher Novellenschatz.* In: *Deutscher Novellenschatz.* Hsg. von P.H. u. Hermann Kurz. 1. Bd. München, Oldenbourg o.J. [1871]. S. XV)

14 Aus dem Schauplatz der Novelle, der das Haus ist, hat Michail Bachtin gewissermaßen den geschichtsphilosophischen Ort der Novelle abgeleitet: »Die Antike hat für den privaten Menschen und dessen Leben überhaupt keine adäquate Form und Einheit hervorgebracht. Als das Leben privaten Charakter annahm [. . .] und als dieser private Inhalt mehr und mehr die Literatur ausfüllte, bildete dieser Inhalt ihm entsprechende Formen nur in den kleinen lyrisch-epischen Genres und in den kleinen Alltagsgenres (der alltagsbezogenen Komödie und Novelle) aus. In den großen Genres wurde das private Leben des isolierten Menschen in äußerliche, inadäquate – und demzufolge formalistisch-konventionelle – öffentlich-staatliche oder öffentlich-rhetorische Formen gekleidet.« (*Formen der Zeit im Roman. Untersuchungen zur historischen Poetik.* Frankfurt/Main 1989. S. 37)

15 Peter Brockmeier deutet den Zusammenhang von Weiblichkeit und Häuslichkeit literaturpsychologisch und literatursoziologisch: »Seine Darstellung der melancholischen Häuslichkeit, zu der die Frauen in einer

patriarchalischen Gesellschaft verurteilt werden, enthält die Einsicht, daß die Welt der Phantasie sich dem Zugriff der alltäglichen Wirklichkeit entziehen und sie negieren möchte. Für die Frauen und für sich selbst öffnet er das seelische Reich der Phantasie als eine dem Realitätsprinzip entzogene Schonung.« (*Lust und Herrschaft. Studien über gesellschaftliche Aspekte der Novellistik: Boccaccio, Sacchetti, Margarete von Navarra, Cervantes.* Stuttgart 1972. S. 22)

16 Ein Beispiel für die Spielkarte als Substitut der Leidenschaft gibt Lenz' Novelle *Zerbin*: »eine der originellsten Szenen war es, Zerbin mit Renatchen und Altheim Triset spielen zu sehen. Jede Karte hatte in des armen Liebessiechen Ideen eine Bedeutung, deren geheimer mystischer Sinn nur ihm, und bei seinem Abgott anschaulich war, und sie dachte gerade bei jeder Karte nicht. [...] Er soll einmal wirklich die ganze Nacht unter ihrem Fenster gestanden haben, weil sie ihm auf seine Invite in Koeur das Neapolit in Karo gebracht hat, das er, wegen seiner viereckigen Rautenfigur, für ein unfehlbares Zeichen eines Rendezvous unter dem Fenster hielt.« (22) Der Liebhaber beginnt hier das Verhalten der Geliebten zu deuten, was in der alteuropäischen Novelle ob der Eindeutigkeit der Absicht nicht nötig gewesen war. Bald aber sollte auch der Leser sich nicht mehr im Klaren darüber sein, was es denn mit dem Verhältnis der Personen auf sich habe, so daß er es dem Zerbin nachtun muß.

17 Tzvetan Todorov macht dieselbe Beobachtung, doch zeigt sich für ihn der Umschlag einer Situation in ihr Gegenteil in der Inversion der Bedeutung der Grundverben eines Textes: »Il y aura donc toujours une *situation* avant et après lui [...]. La modification se réduit à l'inversion du signe (du + au –, ou inversement) du même prédicat, c'est-à-dire à sa transformation négative ou oppositionelle.« (*Grammaire du Décaméron.* Mouton 1969. S. 34) – Ansätze zur Beschreibung einer geradezu mathematischen Organisation, nach der das Novellengeschehen abläuft, finden sich schon bei Friedrich Spielhagen: »So gleicht die Novelle einem Multiplikationsexempel, in welchem mit wenigen Faktoren rasch ein sicheres Produkt herausgerechnet wird.« (*Beiträge zur Theorie und Technik des Romans.* Leipzig 1883. S. 246)

18 Tzvetan Todorov: *Grammatik und Erzählgrammatik.* In: T. T.: *Poetik der Prosa.* Frankfurt 1972. S. 123.

Boccaccios Nachleben

1 Zit. nach Jonas Fränkel: Anhang zu *Das Sinngedicht.* In: Gottfried Keller: Sämtliche Werke. Hsg. von J. F. Bd. 11. S. 387.

2 So etwas wie eine Novellenmathematik hat auch Gerhard Kaiser an Kellers Werk beschrieben. Über die *Leute von Seldwyla* und *Frau Regel Am-*

rain bemerkt er: »Wie beim Schachspiel ergeben sich aus einer begrenzten Zahl von Figuren und Figurenbewegungen fast unbegrenzte Kombinationsmöglichkeiten. [...] Nicht der Entlarvungsgestus soll ihm gegenüber herrschen: so wenig Figuren, sondern der Überraschungsgestus: solcher Reichtum an Kombinationen! Nicht: Zurück zu den Materialien, sondern: Vorwärts zur Dichte und Variabilität ihrer Organisation!« (*Gottfried Keller. Das gedichtete Leben*. Frankfurt 1981. S. 315)

3 Kleist an Joseph von Collin. 8.12.1808. In: H.v.K.: Sämtliche Werke und Briefe. Hsg. von Helmut Sembdner. Bd. 2. S. 818.

4 Gegen die Gefahr der Endlosigkeit des Erzählens und der offenen Form entwickelt Heyse in seiner Poetik aus Boccaccio heraus die Forderung nach der Silhouette: »Eine starke Silhouette [...] dürfte dem, was wir im eigentlichen Sinne Novelle nennen, nicht fehlen, ja wir glauben, die Probe auf die Trefflichkeit eines novellistischen Motivs werde in den meisten Fällen darin bestehen, ob der Versuch gelingt, den Inhalt in wenige Zeilen zusammenzufassen, in der Weise, wie die alten Italiener ihren Novellen kurze Ueberschriften gaben.« (Paul Heyse: Einleitung zu *Deutscher Novellenschatz*. In: *Deutscher Novellenschatz*. Hsg. von P.H. u. Hermann Kurz. 1. Bd. München, Oldenbourg o.J. [1871]. S. XIX)

5 Vgl. dazu Paul Heyse: »Denn von einer Novelle, der wir einen künstlerischen Werth zuerkennen, verlangen wir wie von jeder wirklichen dichterischen Schöpfung, daß sie uns ein bedeutsames Menschenschicksal, einen seelischen, geistigen oder sittlichen Conflict vorführe, uns durch einen nicht alltäglichen Vorgang eine neue Seite der Menschen offenbare.« (*Meine Novellistik*. Einleitung zu: P.H.: *Bekenntnisse*. Teil II. Berlin 1900. S. 344) Paul Ernst, der allem Formalismus abhold ist, formuliert gleichwohl den Zusammenhang von Novellenstruktur und Figurenentwurf noch exakter: »Hier ist ein ganzes Menschenschicksal, insofern es an Charakter und Umstände geknüpft ist, in einem einzigen Punkt entschieden, welcher ein außergewöhnlicher Vorfall ist.« (*Zum Handwerk der Novelle*. In: *Der Weg zur Form. Abhandlungen über die Technik vornehmlich der Tragödie und Novelle*. München 1928. S. 71)

6 Ist das handlungsleitende Ereignis vorangestellt, so werden die Obsession der Figur und das Diktat der Novellenstruktur über sie deutlicher spürbar als in jenen Novellen, die die Handlung sukzessive vom Anfang her auf ein ungewöhnliches Ende zulaufen lassen, wie es in der alteuropäischen Novelle üblich war. Die französische Novelle, ohnehin dem italienischen Muster stärker verpflichtet als andere, wählt im allgemeinen diesen traditionellen Gang des Erzählens: Madame de Stasseville, in Barbey d'Aurevillys *Eine Whistpartie mit verdeckten Karten*, Rivalin ihrer Tochter, kommt erst ganz am Ende der Novelle dazu, das schwindsüchtige Mädchen zu beseitigen. Sie begräbt es – ein Motiv aus Boccaccios Erzählung IV 5 – im Blumenbeet, um so, eine »herbivore«, eine »Pflanzenfresserin«,

die Tochter zu zerkauen, zu zerstückeln, zu zerstören. Stendhals *Äbtissin von Castro*, die novellistische Fassung der Geschichte von Romeo und Julia, läuft über viele sonderbare Zufälle auf das eigentliche unerhörte Ereignis der Schwangerschaft durch den falschen Liebhaber zu, welches erst das Schicksal Hélènes entscheidet. Ähnlich braucht es eine Zeit, bis in der deutschen Novellenversion von Romeo und Julia (Keller) das Unerhörte, der Angriff des Liebhabers auf den Vater der Geliebten, durch den dieser verblödet, erfolgt. Die *Lady Macbeth aus dem Landkreis Mzensk* (Leskow) entfaltet ihre männermordenden Eigenschaften erst nach einer längeren Vorgeschichte als »gewöhnliche« novellistische Ehebrecherin.

7 Würde man ein Titelregister von Erzählungen erstellen, so wäre dieses ein Indizienkatalog, aus dem sich andere Prosatexte leicht als nicht-novellistische Formen ausschließen ließen. Eine der berühmtesten deutschen Erzählungen, Eichendorffs *Aus dem Leben eines Taugenichts* kann nicht im Sinne der in diesem Buch entworfenen Novellenstruktur zur Gattung gezählt werden. Die Ankündigung »Aus dem Leben ...« verspricht eine episodische Reihung von durchaus nicht zielstrebigen Taten und nur scheinbar schicksalhaften Ereignissen, wie sie nur in anderen Gattungen gefunden werden können. Der *Taugenichts* ist eine Mischung aus Pikaroroman und *Empfindsamer Reise*, aber keine Novelle.

Margarete von Navarra: Das novellistische Ereignis als gesellschaftlicher Skandal

1 Loretto di Francia: *Alla scoperta del vero Bandello*. Giornale storico della letteratura italiana 78 (1921). S. 291–324; 80 (1922). S. 1–94; 81 (1923). S. 1–17.

2 Auch bei Bandello ist solche Thematisierung von Sexualität und Erotik und ihre Steigerung ins Pornographische zu beobachten. Ulrich Schulz-Buschhaus begründet diese Entwicklung aus der »vortridentinischen Moralisierung [...], die eben im Sexuellen den zentralen Gegenstand und Anlaß ihrer Diskurse entdeckt.« (*Bandellos Realismus*. Romanistisches Jahrbuch 37 (1986). S. 108)

3 Volker Kapp, der die Schönheit der Liebeskasuistik im Rahmen des *Heptaméron* zu schätzen weiß, beschreibt die veränderte Bedeutung der – nicht nur im Vergleich zu Boccaccio extensiven – Diskussionen der devisants: »Die Funktion, die im *Decameron* das Rahmenthema der einzelnen Tage erfüllt, fällt im *Heptaméron* der Diskussion zu, die sich aus den einzelnen Novellen entspinnt. Boccaccio wollte diese Möglichkeit im *Decameron* offensichtlich nicht nutzen.« (*Der Wandel einer literarischen Form: Boccaccios Decameron und Marguerite de Navarres Heptaméron.* Poetica

14 (1982). S. 27) – Kapp fährt fort: »Dies ist aus der Art und Weise zu ersehen, wie er zwei Geschichten aus dem vierten Teil des *Filocolo* in den zehnten Tag des *Decameron* übernahm. In dem älteren Werk waren diese Geschichten in das literarische Schema einer *questione d'amore* eingebettet: Der Sprecher illustrierte mit ihr ein exemplum, das anschließend in einer Wechselrede zwischen ihm und der edlen Frau gedeutet wird [...]. Die Novellen des *Decameron* werden niemandem zur Diskussion vorgetragen. Sie beleuchten sich wechselseitig, indem ihre Erzähler Fall gegen Fall stellen. [...] Marguerite wäre nicht so verfahren. Ihr *Heptaméron* bettet alle Novellen in ausführliche Gespräche ein.« (S. 27)

4 Vergleiche dazu Walter Pabst: *Novellentheorie und Novellendichtung*. Heidelberg 1967 und Hans-Jörg Neuschäfer: *Boccaccio und der Beginn der Novelle. Strukturen der Kurzerzählung auf der Schwelle zwischen Mittelalter und Neuzeit.* München 1969.

5 Walter Haug, der von der Frage nach dem platonischen Konzept der Liebe im *Heptaméron* ausgeht, findet dieses Modell, das ohnehin nur gelegentlich den Tenor der Geschichte bestimmt, von der Gesellschaft zerredet und von anderen, oft geradezu unsittlichen Liebesvorstellung überboten. Die einzelnen Erzählungen, so stellt er fest, lassen sich daher nicht als Belege für bestimmte Liebesentwürfe lesen; vielmehr muß die gesamte Sammlung von den devisants her gesehen werden. Die Gesellschaft des Rahmens ist der aktive Teil auch der Erzählungen, indem diese für sie nur Vorlagen zu geselliger Unterhaltung sind: »Man macht seine Bemerkungen oft eher mit der Absicht, Gegenperspektiven ins Spiel zu bringen, als um ernsthafte Position zu beziehen. Die Diskussionen entwickeln eine gewisse argumentative Eigendynamik, bei der die einzelnen Beiträge den Charakter von bloßen Meinungsexperimenten annehmen können, die bezeichnenderweise nicht selten in persönlichen Neckereien enden. Das impliziert auch, daß man nur bedingt bereit ist, das, was man sagt, zu verantworten. [...] Es gibt kein einziges Gespräch, in dem ein Thema zureichend zuende beredet würde. Insbesondere scheut man vor philosophisch-theologischen Grundsatzfragen zurück.« (*Der Schatten des Kopfes der Kammerzofe. Der zwielichtige Platonismus im Heptaméron der Margarete von Navarra.* In: *Literatur, Artes und Philosophie.* Hsg. von W.H. und Burghart Wachinger. Tübingen 1992. S. 105)

6 Vgl. dazu Walter Haug, a.a.O.: »Es ist zunächst darauf hinzuweisen, daß gleichzeitig mit der Anerkennung des Amoralischen als einer Naturgegebenheit rigoros an den gesellschaftlichen Normen festgehalten wird. Dies jedoch zwangsläufig mit dem Bewußtsein, daß es sich um eine bloße Form handelt. So kommt es denn vor allem darauf an, den Schein der Moral zu wahren. Sogar die fromme alte Oisille[...] kann sagen, daß der Skandal oft schlimmer sei als die Sünde [...]. Es ist nicht zuletzt dieses Prinzip, das das höchste Raffinement in der Bewältigung, und das heißt

oft auch einfach: der Verheimlichung gesellschaftszerstörender Leidenschaft mobilisiert.« (S. 109)

7 Vgl. dazu Peter Brockmeier: »Das Liebesspiel der III. Novelle wird von einer psychologischen Struktur getragen, die der Gestaltung nahezu aller Erzählungen dieser Sammlung zugrunde liegt. Der gegenseitige Verdacht und die Verstellung, das Denken, Meinen, Ahnen, Sich-Versichern bestimmen das Verhalten der Figuren.« (*Lust und Herrschaft. Studien über gesellschaftliche Aspekte der Novellistik: Boccaccio, Sacchetti, Margarete von Navarra, Cervantes.* Stuttgart 1972. S. 57)

8 Don Correa in der gleichnamigen Erzählung des *Sinngedichts* weiß nicht, warum seine Frau errötet, als er ihr seine Abreise ankündigt: »Er teilte ihr daher lediglich mit, daß er eine Reise in notwendigen Geschäften vorhabe, und da sie hierüber feuerrot im Gesicht wurde, achtete er nicht sehr darauf.« (257f.) Wäre er Novellenleser gewesen, so hätte er aufmerken müssen, denn dieses Zeichen kündigt die Absicht der Frau auf Liebesabenteuer an, die sie sich in seiner Abwesenheit gestatten will. – Bei Boccaccio gibt es nur wenige psychosomatische Zeichen. Immerhin bestätigt auch Bernabò in der 9. Erzählung des 2. Tages seine sexuelle Niederlage durch Erblassen: so »war es ihm, als ob ihm ein Messer durchs Herz gefahren wäre, so groß war sein Schmerz; und die Blässe, die jäh sein ganzes Gesicht überzog, wäre, auch wenn er kein Wort gesagt hätte, ein offenkundiges Zeichen gewesen.« (206) In der Geschichte davor führt Boccaccio ein Motiv ein, das vom kranken Königssohn, der seine Liebe durch sein klopfendes Herz verrät: »Kaum sah er sie, so fühlte er, ohne daß er ein Wort geredet oder sich irgendwie bewegt hätte, die Liebesflamme in seinem Herzen höher lodern, so daß sein Puls schneller zu schlagen begann als sonst; der Arzt bemerkte es sogleich, verhielt sich aber trotz seinem Erstaunen still, um zu sehn, wie lange dieses Schlagen dauern werde.« (189)

Novellenliebe im 19. Jahrhundert

1 Ludwig Tieck: Vorbericht zur dritten Lieferung der *Schriften*. Bd. 11. Berlin 1829. S. LXXXV.

2 Paul Heyse: Vorwort zu *Novellenschatz des Auslandes.* Hsg. von P.H. Bd. 1. München 1872. S. Xf.

3 Dabei werden die Inhalte nicht in der Weise behandelt, wie es etwa beim Roman üblich ist, einer Gattung, die unter dem *einen* Namen mehrere inhaltlich voneinander unterschiedene Formen vereinigt: den Abenteuerroman, den Bildungsroman, den komischen Roman, deren Strukturen tatsächlich vom jeweiligen Stoff geprägt sind. In dieser Gattung sind Inhalte formkonstitutiv. Bei der Novelle hingegen sind neue Stoffe nur

Zutaten zur festgeprägten Form. Ihr Wandel vollzieht sich nicht durch die Stoffwahl, sondern durch die Umstrukturierung der grundsätzlichen Konstellation von Figur und Raum.

4 Erich Auerbach: *Zur Technik der Frührenaissancenovelle in Italien und Frankreich.* Heidelberg 1921. S. 22.

5 Ebd. S. 22.

6 Honoré de Balzac: *Tolldreiste Geschichten.* Hsg. von Herbert Kühn. Zürich 1989. S. 233.

7 Der genaue Titel lautet: *Zwischen Wahn und Wilhelm das ist: Die Geschichte von Wilhelm M***r und Karoline W*g.* In: Christian Heinrich Spieß: *Biographien der Wahnsinnigen.* Neuwied, Berlin 1966. S. 9–43.

8 Auch bei Boccaccio finden sich freilich verführte Frauen, doch ist diese Verführung eher eine Vorstufe der erotischen Situation: die Frauen wissen zunächst nicht, wieviel Vergnügen ihnen die Liebe bereiten wird. Sobald sie dafür gewonnen sind, dominieren sie wieder in dem Verhältnis. In der 6. Geschichte des 3. Tages etwa hintergeht Ricciardo Minutolo die Gattin eines Freundes, indem er vorgibt, der Ehegatte liebe eine andere Frau. Die Ehefrau spürt dem Gatten nach und gerät dabei, wie geplant, in die Arme des Verführers. Schließlich gefällt ihr die Liebe mit ihm um vieles besser als mit dem Ehegatten, denn sie hatte »erfahren [...], um wieviel würziger die Küsse des Geliebten als die des Gatten sind [...] und richtete es mit Vorsicht und Bedachtsamkeit so ein, daß sie sich noch zu often Malen ihrer Liebe erfreuten.« (284) – Auch in der 10. Erzählung dieses Tages wandelt sich Alibech, die der Mönch Rustico dazu bringt, ihn, wie er es nennt, vom Teufel zu befreien, von der Verführten zur aufdringlichen Verführerin: »Da sie also den jungen Rustico häufig einlud und zum Gottesdienste anhielt, zupfte sie ihm mit der Zeit so viel Wolle aus seinem Kamisol, daß ihn fror, wenn ein anderer geschwitzt hätte; darum begann er anders zu reden und sagte ihr, der Teufel brauche nur dann gezüchtigt und in die Hölle heimgeschickt zu werden, wann er sein Haupt in Hoffart erhebe.« (331) Die Verführung der Frau ist bei Boccaccio eher ein Nachhilfeunterricht, denn eine Gewaltsamkeit gegen sie. Zu dergleichen wird sie erst im 19. Jahrhundert.

9 Die Tendenz, die weibliche Dominanz abzuschaffen, ist in dieser Zeit auch bei anderen Autoren zu bemerken, nur war sie bei Margarete von Navarra eindeutiger zu zeigen und seither für die Novellenproduktion verbindlich geworden. Schon in der unmittelbaren Nachfolge Boccaccios in Italien ändert sich das Verhalten der weiblichen Figur. So zeigt Winfried Menninghaus, wie sich im 16. Jahrhundert das Verhalten Julias von der Verführerin zur Verführten wandelt: »Da Portos und Bandellos Giuliettas verfügten über eine souveräne Meisterschaft im ungehemmten Anbändeln und im Finden von Mitteln und Wegen für die Liebe; die spanische Julia Lope de Vegas [...] darf diesen Zug sogar virtuos ins Extrem stei-

gern.« (*Zwischen Bandello und Shakespeare: Pierre Boaistuaus Romeo und Julia-Version.* Poetica 19 (1987). S. 8). Dagegen beobachtet Menninghaus bei Brook, der den Stoff an Shakespeare weitergibt, ebenso wie bei diesem selbst das Verstummen der Julia, die unter dem Angriff der Liebe Romeos sprachlos geworden ist.

10 Storms Novelle *Viola tricolor* ist eine Replik auf Kleists Erzählung *Der Findling.* Storm übernimmt von Kleist das Motiv der Namensverwechslung. Nicolo, der verbrecherische Adoptivsohn Piachis und inzestuöse Liebhaber seiner Stiefmutter, ist das Anagramm oder, wie Kleist es nennt, das Logogryph von Colino, dem in stillem Gedächtnis geliebten Retter der Elvire. Ines ist das Anagramm von Nesi, der Tochter, die Storms Professor so innig an die Mutter erinnert. Elvire verehrt tagtäglich das Bildnis des Colino, während Nesi, das lebendige Abbild der Mutter, das Gedächtnis des Vaters an die Mutter belebt. Zwar haben sich vom Anfang bis ans Ende des Jahrhunderts die Geschlechter der Ehebrecher vertauscht, doch lieben bei Kleist wie bei Storm die Hauptfiguren, Elvire und Rudolf, in sträflicher Übertreibung das Gemälde und damit die Imagination von einem Verstorbenen auf Kosten des lebenden Ehepartners. Bei Kleist freilich konkretisiert Nicolo, die teuflische Reinkarnation des engelgleichen Colino, den Ehebruch als Vergewaltigung Elvires. Ines hingegen hat zwar ihre Wiedergeburt in Nesi, doch der Weg des Helden von einer Frau zur anderen ist der sanfte Übergang von Gedächtnis in Vergessen. Es kann als Symptom genommen werden, daß ein imaginärer Ehebruch am Anfang und am Ende einer Epoche in der Geschichte der Novelle steht, in der die Autoren mit der Verlegenheit beschäftigt sind, das traditionelle Gattungsmerkmal des sexuellen Faktums zu cachieren.

11 Gerhard Kaiser räumt den Einwand aus dem Wege, daß ein männliches Tier keine weibliche Figur ersetzen könne: »Doch ist der Löwe nicht ein männliches Exemplar? Auch im *Schlimmheiligen Vitalis* der *Sieben Legenden* trägt die große Hure 'ein rötliches Haar in reichen wilden Wellen gleich einer Lowenmähne [...] und wird als wilde rote Löwin' in die Wüste geschickt. Eben weil der Greuel der verbotenen Frau auch der Greuel des auf sie gerichteten männlichen Triebes ist, herrscht hier Austauschbarkeit. [...] das Zeichen der Frau kann männlich und weiblich sein – Löwe und Löwin.« (*Gottfried Keller. Das gedichtete Leben.* Frankfurt 1981. S. 291)

Die zweite Lesart

1 Die Verschleierung durch das Symbol ist eine spezifisch novellistische Praxis im 19. Jahrhundert, sie ist nicht durch das Sujet geboten, das Kleist hier wählt. Vergleicht man die *Marquise von O...* mit dem *Amphitryon*, der komödiantischen Fassung desselben Stoffes, so wird das offenbar. Das

eine Symbol im Drama, das Diadem mit der falschen Initiale, schafft keine Unsicherheit der Deutung; eine Verunsicherung der Figuren entsteht überhaupt erst durch die Summierung von Symbolen, denn erst die Kombination eines Zeichens mit anderen eröffnet Assoziationen, die jedem Zeichen eine Vielfalt von Bedeutungen geben. Das einzelne Symbol wird in handlungsoriertierten Gattungen wie dem Drama zum direkten Stellvertreter des Agenten. Das Diadem ist daher der Gegenstand von Alkmenes Mißtrauen so gut wie Jupiter selbst, den es ersetzt. Ihren Schrecken bestätigt das Symbol als Substitut des Gottes, sobald sie das »J« darauf erkannt hat. Das Ziel der Handlung ist die Bestätigung des Ereignisses, nicht, wie in der *Marquise von O ...*, seine Verschlüsselung durch viele Zeichen. Das Drama geht analytisch mit dem Symbol um, die Novelle erstellt aus einer Synthese von Symbolen einen Sinnzusammenhang.

2 Das Symbol als Agens ist im Automaten zur Allegorie geworden. E. T. A. Hoffmann hat im *Sandmann* die Puppe Olimpia, die für die Geliebte Nathanaels eintritt, selbst zum Zeichen einer Frau gemacht, die sich bewegt, handelt, ja die in der Lage ist, den Helden zu verführen, wie es sich für die traditionelle Novellenfrau gehört. Als Spalanzanis Versuch, seine Puppe bei Teegesellschaften vorzuführen, entdeckt wird, ist nur der »Professor der Poesie und Beredsamkeit« nicht von der allgemeinen Aufregung über den Betrug betroffen. Als ironischer Kenner der poetischen Praxis weiß er, daß nur durch ein Substitut die Novelle zu retten gewesen war, und daß die Form von ihrer Zeichenhaftigkeit her verstanden werden muß: Er »nahm ein Prise, klappte die Dose zu, räusperte sich und sprach feierlich: 'Hochzuverehrende Herren und Damen! merken Sie denn nicht, wo der Hase im Pfeffer liegt? Das Ganze ist eine Allegorie – eine fortgeführte Metapher! Sie verstehen mich! – Sapienti sat!'« (360)

3 Paul Heyse: Einleitung zu *Deutscher Novellenschatz*. Hsg. von Paul Heyse und Hermann Kurz. Bd. 1. München o.J. [1871] S. XX.

4 Paul Heyse: *Meine Novellistik*. In: P. H.: *Jugenderinnerungen und Bekenntnisse*. Berlin 1901. S. 348.

5 Friedrich Spielhagen: *Novelle oder Roman?*. In: F. S.: *Beiträge zur Theorie und Technik des Romans*. Leipzig 1883. S. 246.

6 Paul Ernst: *Zum Handwerk der Novelle*. In: P. E.: *Der Weg zur Form. Abhandlungen über die Technik vornehmlich der Tragödie und Novelle*. München 1928. S. 72.

7 Ebd.

8 Friedrich Spielhagen. A. a. O. S. 247.

9 Paul Bourget: *Mérimée novelliste*. In: *Die romantische Novelle*. Hsg. von Wolfgang Eitel. Darmstadt 1977. S. 235.

10 Die Unterscheidung von Novelle und Roman hat sich das 19. Jahrhundert ebenso ernsthaft vorgesetzt wie die von Novelle und Drama. »Der Unterschied zwischen Novelle und Roman«, so heißt es bei Spielhagen, »hat den

Aesthetikern schon viel Kopfzerbrechen verursacht.« Über die Länge und die stofflichen Unterschiede, den Weltentwurf und den Werdegang des Helden als evidentesten Unterscheidungsmerkmalen geht Spielhagen hinaus und versucht, die Differenz der Strukturen beider Formen auszumachen. »Die Novelle hat es mit fertigen Charakteren zu thun, die, durch eine besondere Verkettung der Umstände und Verhältnisse, in einen interessanten Konflikt gebracht werden, wodurch sie gezwungen sind, sich in ihrer allereigensten Natur zu offenbaren, also, daß der Konflikt, der sonst Gott weiß wie hätte verlaufen können, gerade diesen, durch die Eigentümlichkeit der engagierten Charaktere bedingten und schlechterdings keinen andern Ausgang nehmen kann und muß. Fügen wir noch hinzu, daß in der älteren Novelle die besondere Verkettung der Umstände und Verhältnisse präponderiert, in der neueren dagegen, der modernen Empfindung gemäß, der Hauptaccent auf die Eigentümlichkeit der engagierten Charaktere fällt, so haben wir, glaube ich, so ziemlich beisammen, was die Novelle hinreichend scharf von dem Romane scheidet.« (A.a.O. S. 245) Mit dem »*engagierten* Charakter« geht Spielhagen auf den Hintergrund ein, aus dem heraus die Figur agiert. Er meint damit nicht die Verwicklung in jene Peinlichkeit, in die sie in der alteuropäischen Novelle gerät, sondern die von innen her strukturierte Beteiligung des Charakters am Geschehen. Freilich beschreibt er nicht, wie dies Engagement im Laufe der Novellenhandlung sichtbar und wirkungsvoll wird. Nach außen hin zeigt es sich durch die Symbole, die der Figur zugeordnet sind.

11 Die »Reife« des Charakters ist schon immer als Voraussetzung für die Figur der Novelle beschrieben worden: »Die Hauptpersonen sind [...] reif«, stellt Friedrich Theodor Vischer fest. (*Aesthetik* 2. Aufl. Bd. 6. München 1923. § 883. S. 193f.) Sie ist aber nichts anderes als die Festlegung auf eine einsinnige Aktivität, die durch die Verdinglichung durch das Symbol ausgedrückt wird. »Die Novelle verhält sich zum Romane wie ein Strahl zu einer Lichtmasse. Sie gibt nicht das umfassende Bild der Weltzustände, aber einen Ausschnitt daraus, der mit intensiver, momentaner Stärke auf das größere Ganze als Perspektive hinausweist, nicht die vollständige Entwicklung einer Persönlichkeit, aber ein Stück aus einem Menschenleben, das eine Spannung, eine Krise hat und uns durch eine Gemüts- und Schicksalwendung mit scharfem Akzente zeigt, was Menschenleben überhaupt ist. Man hat sie einfach und richtig als eine Situation im Unterschied von der Entwicklung durch eine Reihe von Situationen im Romane bezeichnet.« (A.a.O. S. 192f.)

Brutalismus

1 Vgl. dazu Jean-Pierre Dubost: *Eros und Vernunft. Literatur und Libertinage.* Frankfurt 1988, der die Geschichte der erotischen Qual in die Epoche zwischen Margarete von Navarra und de Sade einspannt: »Hier wie immer ist der Text von Sade [*Les Cent vingt journées de Sodome*] das letzte Glied einer möglichen Reihe« (S. 309), die für Dubost in Europa mit dem *Decameron* und dem *Heptaméron* beginnt. – Michel Bideaux zeigt die Zunahme der Brutalität bei Margarete von Navarra durch die Untersuchung eines einzigen Motivs, des Schwerts. Dieses werde kaum mehr als das Symbol des hochgestellten Adeligen eingeführt, sondern nur noch als Mordinstrument. (*Figures, thèmes, motifs et configurations: propositions pour une sémantique narrative de 'L'Heptameron'.* In: *La Nouvelle. Définitions, Transformations.* Textes recueillis par Bernard Alluin et François Suard. Collection UL 3. Lille 1990. S. 388)

2 Eine solch einfache Form unmenschlicher Bestrafung kommt auch bei den unmittelbaren Nachfolgern Boccaccios, bei Bandello und Sacchetti, vor. Bei ihnen entsteht die Gewalt aus dem Mißtrauen gegen den Affekt. Peter Brockmeier zeigt einen solchen Fall an der Novelle CXVI der *Trecentonovelle* des Sacchetti (S. 368) und analysiert ihren historischen Stellenwert in der Geschichte der Verdrängung der Affekte. (*Vernunft und Leidenschaft, individuelles Glück und soziale Norm. Bemerkungen zu einer thematischen Struktur der Novellistik Boccaccios.* In: *Erzählforschung.* Hsg. von Eberhard Lämmert. Stuttgart 1982. S. 367–383.) Auf dieser Stufe einer unmittelbaren Angst vor dem Trieb hält sich auch der deutsche Edelmann in der Novelle der Margarete von Navarra auf, wenn er meint, die Triebhaftigkeit der Frau durch Bestrafung brechen zu können.

3 André Jolles: Einleitung zu: Giovanni di Boccaccio: *Das Dekameron.* Frankfurt 1972. S. XVf.: »Schon aus diesem kurzen Vergleich [bedeutender Erzählzyklen der Weltliteratur] ergibt sich [...], daß in allen vieren von einem Termin die Rede ist. [...] In drei von den Erzählungen entscheidet der Termin über Leben und Tod [...]. Wer sich in Folklore etwas umgesehen hat, wird die Bedeutung solcher Termine verstehen. Wir befinden uns damit in der Nähe des sogenannten Halsrätsels.« Daraus leitet Jolles den Typus der »Halserzählung« ab, eben einer, in der der Termin auf die Hinrichtung, den Tod verweist, und wo durch das Erzählen dieser Tod verhindert werden soll, und folgert: »Eine Rahmenerzählung ist also, außer einer Reihe Illustrationen zur Lebensweisheit und Moral, meistens auch noch eine Halserzählung.« (S. XVI)

4 Volker Klotz: *Erzählen als Enttöten. Vorläufige Notizen zu zyklischem, instrumentalem und praktischem Erzählen.* In: *Erzählforschung.* Hsg. von Eberhard Lämmert. Stuttgart 1982. S. 332.

5 Freilich ließe sich auch ein leiserer Sadismus ausmachen, wie etwa bei

Keller in der *Armen Baronin.* Dort ergötzt sich Brandolf geradezu am Heißhunger der Baronin, die er allmorgendlich mit einem Brötchen, das er von seinem Frühstück übrigläßt, abspeist (wobei übrigens das Ereignis das schöne Exemplum von der Katzenprobe kopiert, das Neuschäfer in seinem Buch über Boccaccio als eine Vorform der Novelle aufführt. *Boccaccio und der Beginn der Novelle. Strukturen der Kurzerzählung auf der Schwelle zwischen Mittelalter und Neuzeit.* München 1969. S. 52). »Mit einer gewissen Grausamkeit setzte er nun seine Beobachtung fort; er steckte das eine Mal die übrig bleibende Semmel in die Tasche und nahm sie mit fort; das andere Mal ließ er ein halbes Brötchen liegen, und ein drittes Mal alle beide, und stets glaubte er an dem Auf- und Niederschlagen der Augen, an dem raschern oder langsamern Gang die nämliche Wirkung wahrzunehmen und überzeugte sich endlich, daß die arme Frau kaum viel anderes genoß als was von seinem Frühstücke übrigblieb, ein paar Schälchen Milch und eine halbe oder ganze Semmel.« (156)

6 Den verruchten und schäbigen Toden der Novelle stehen freilich so romantische gegenüber, wie der Liebestod von Vrenchen und Sali in Kellers *Romeo und Julia auf dem Dorfe.* Keller hat den alten Novellenstoff, der von Luigi da Porto (1485–1529) ins Repertoire der Motive aufgenommen worden ist, so sehr auf das tragische Verhältnis des Paares konzentriert, daß der sonst dominante Kampf zwischen Liebhaber und Familie, der die Situation der stets gestörten novellistischen Liebe wahrt, dahinter zurücktritt. Der eigentliche Verführer in der Novelle ist der schwarze Geiger, der dem kindlichen Paar auf der Pyramide, jenem Totendenkmal, das die Väter aus den Steinen ihrer Felder zusammengetragen haben, erscheint und von nun an leitmovitisch die Stationen ihrer Liebe begleitet. Vrenchen treibt ein doppeltes Spiel. Mit den lockenden Blicken, die durch die Erinnerung an den schwarzen Geiger über ihr Gesicht huschen, verführt sie – ganz zweideutige Novellenfrau – zugleich auch Sali: »Da erinnerte sich Vrenchen unversehens der wunderlichen Gestalt und der Nase des Geigers, es mußte plötzlich hell auflachen und rief: 'Der arme Kerl sieht gar zu spaßhaft aus! Was für eine Nase!' und eine allerliebste sonnenhelle Lustigkeit verbreitete sich über des Mädchens Gesicht, als ob sie nur geharrt hätte, bis des Geigers Nase die trüben Wolken wegstieße. Sali sah Vrenchen an und sah diese Fröhlichkeit. [...] 'Bei Gott, Vreeli! wie schön bist du!' Vrenchen lachte ihn nur noch mehr an und hauchte dazu aus klangvoller Kehle einige kurze mutwillige Lachtöne, welche dem armen Sali nicht anders dünkten als der Gesang einer Nachtigall. 'O du Hexe!' rief er, 'wo hast du das gelernt?' (132)

7 Balzacs Novelle *Oberst Chabert* thematisiert die Unmöglichkeit der Gattung zum Heldentod. Der Oberst wird erst und gerade dadurch zur Novellenfigur, daß er seinen Heldentod rückgängig zu machen sucht: das novellistisch unerhörte Ereignis besteht eben darin, daß ein Held

seinen Heldentod nicht gestorben sein will. »Zu meinem Unglück«, so erzählt der Oberst seinem Anwalt, »ist mein Tod eine historische Tatsache, die als solche in den amtlichen Berichten, 'Siege und Eroberungen', verzeichnet steht.« (18) Tatsächlich aber starb der Oberst gar nicht in der Schlacht fürs Vaterland, sondern wurde irrtümlicherweise mit andern Soldaten zusammen lebendig begraben. Es gelang ihm, sich unter einem Haufen von Leichen hervorzuwühlen: »Als ich wieder zu mir kam, befand ich mich in einer Lage und in einer Atmosphäre, von denen ich Ihnen keine Vorstellung geben könnte, und wollte ich auch bis morgen weiterreden. Die spärliche Luft, die ich atmen konnte, war verpestet. Ich wollte mich bewegen, und fand keinen Raum. Ich schlug die Augen auf, und sah nichts. Das Bedrohlichste war der Mangel an Luft, und er klärte mich auch am deutlichsten über meine Lage auf. Ich begriff, daß die Luft sich da, wo ich war, nicht erneuerte und daß ich sterben mußte. Dieser Gedanke benahm mir die Empfindung des unaussprechlichen Schmerzes, der mich geweckt hatte. Die Ohren klangen mir heftig. Ich hörte [...] ein Stöhnen, das die Menge der Leichen ausstieß, unter denen ich lag. [...] Aber eins war schlimmer als selbst jedes Geschrei: eine Stille, wie ich sie nie wieder gefunden habe [...]Es scheint, daß, dank der Gleichgültigkeit oder der Eile, mit der man uns durcheinander hinuntergeworfen hatte, über mir zwei Tote kreuzweise in einem Winkel gegeneinander zu stehen gekommen waren [...] Bei meinem schnellen Umherspüren, denn Zeit vertrödeln durfte ich nicht, fand ich zu meinem Glück einen Arm, der mit keinem Leib zusammenhing, einen Herkulesarm, einen festen Knochen, dem ich meine Rettung verdanke. Ohne dieses unverhoffte Werkzeug wäre ich umgekommen! Und ich begann mit einer Wut, die Sie sich vorstellen können, an den Leichen zu heben, die mich von der zweifellos über uns geworfenen Erdschicht trennten. [...] Ich habe dort nach Kräften gearbeitet, denn ich sitze hier! Aber ich weiß heute nicht mehr, wie es mir hat gelingen können, die Fleischdecke zu durchdringen, die eine Schranke zwischen mich und das Leben schob.« (20f.) So wunderbar ins Leben zurückgekehrt, aber heruntergekommen nicht nur in seinem Heldentum, sondern auch in seinem Ansehen, will keiner dem Oberst Chabert glauben, daß er er selbst ist und nicht als Held gestorben sein soll. Er verwandelt sich von einem epischen in einen novellistischen Helden und gerät in die Konkurrenz mit dem neuen Ehemann seiner Frau, die ihn wie den gattungstypischen Hahnrei aus guter, alter Zeit behandelt. In Geschichtswerken nur kann sich Chabert seine ruhmreichen Taten vergegenwärtigen: »Der berühmte Reitrock hing an einem Nagel. In einem Winkel lagen zwei elende Stiefelpaare. [...] Auf dem wurmstichigen Tisch lagen offen in dem Neudruck von Plancher die 'Bulletins de la Grande Armée'; sie waren offenbar die Lektüre des Obersten, dessen Züge mitten in diesem Elend ruhig und heiter waren.« (39)

Der Franziskaner

1 Weitere Beispiel der Mönchsschelte finden sich bei Boccaccio im 3. Buch. In der 7. Geschichte etwa heißt es: »Einst waren ja die Mönche fromme, treffliche Leute; aber die, welche heute Mönche heißen und für Mönche gelten wollen, haben von ihnen nichts als die Kutte, und auch die ist keine Mönchskutte mehr« (291); oder in der 3. Erzählung: »diese Mönche, die ja größtenteils ausgemachte Tröpfe sind und sich aberwitzig betragen, alles besser zu tun und zu wissen glauben als die andern, denen sie doch bei weitem nachstehen müßten, weil sie bei der Niedrigkeit ihrer Sinnesart nicht einmal imstande sind, sich ihren Unterhalt zu erwerben, sondern wie die Schweine überall unterkriechen, wo es für sie etwas zu essen gibt.« (249f.)

2 Walter Pabst: *Novellentheorie und Novellendichtung*. Heidelberg 1967.

3 Mag sein, daß Diderot der Vermittler dieses bei Margarete von Navarra schon angelegten Sujets an die Nachwelt ist. In seinem biographischen Roman *Die Nonne* verbindet er die Klostersatire mit der pornographischen Darstellung von Sadismus und Lüsternheit, wie sie schon bei Margarete von Navarra zu finden ist. Ohnehin nimmt sich Diderots Werk wie die Realisierung jener biographischen Beichte aus, die im *Heptaméron* die Nonne Marie Heroet ihrem Bruder überreicht. (II 2–302)

4 Wenn Keller, wie in *Don Correa*, den Spielplatz der Novelle ins katholische Spanien verlegt, fällt es schwer, den Katholizismus selbst zu kritisieren, da sonst keine positive Figur in seiner Erzählung mehr zu entwerfen wäre und die Novelle sich zur Satire wandelte. In diesem Fall erfindet Keller mit den Jesuiten eine Überbietung der katholischen Kirche. Die Geschichte Don Correas zerfällt in zwei Teile: zunächst gerät er, der selbst zu erobern meint, in die Fänge der herrschsüchtigen Donna Feniza Mayor de Cercal. Diese schöne und stolze Spanierin unterwirft ihn sich und lehrt ihn regelrecht das Fürchten vor jenem weiblichen Typus, den die Novelle privilegiert: »Denn da sie nur an sich selbst, an ihren Reichtum und an die Kirche, sonst aber an nichts in der Welt glaubte, so schien es ihr ganz undenkbar, daß der eigene Mann, den sie eine Zeitlang als ihre Puppe angesehen, etwas Rechtes sein könnte.« (266) – Als Don Correa, der trotzdem ein ganzer Mann bleibt, ihre Machenschaften durchschaut und ihre Liebschaften entdeckt, zieht er als Admiral übers Meer, erobert die Welt und läßt sich eine willenlose Sklavin schenken, die er hofft, katholisch erziehen zu können. Da erweist es sich aber, daß die Jesuiten solche Schönheit als Lockspeise für ihre Gläubigen brauchen könnten und sie ihm abjagen wollen. Eine protestantische Französin, die es in die katholischen Kolonien verschlagen hat, verrät ihm schließlich das Versteck seiner Geliebten: « Luis [sein Diener] hinterbrachte ihm nun, als er so von ungefähr in der Straße geschlendert sei, habe ihn die Frau des Nachbars, eines

alten französischen Schiffsherrn, die für eine heimliche Protestantin gelte, herbei gewinkt und ihm hinter der Haustüre zugeflüstert, er solle seinem Don sagen, sie könne ihm den Ort nennen, wo Se. Exzellenz finde, was sie suche; man möge nur, sobald es dunkel sei, einen Augenblick in die Veranda hinter ihrem Haus kommen. Don Correa verfehlte den Gang nicht und vernahm von der munteren Alten, nachdem er ihr Verschwiegenheit und Schutz zugesichert, daß seine Zambo vor unlanger Zeit auf einem nach Marseille gehenden Schiffe ihres Mannes in ein Kloster zu Cadix gebracht worden sei. Überdies wußte sie, daß es sich darum handle, das Mädchen zu einer Art von Wundertäterin und Heiligen zu machen, daß es widerstanden hatte, mit Blutrünstigkeiten Stirn und Hände verzieren zu lassen und eine heilige Blutschwitzerin zu werden. [...] Einen Teil dieser Dinge hatte sie auf ganz geheimem Wege durch eine Flamänderin erfahren, die in dem Kloster als Bäckerin angestellt war.« (299) Der katholische Don Correa wendet sich nach diesen Erfahrungen endgültig gegen Kloster und Jesuitentum: »Ein stiller Grimm erfüllte ihn trotz seiner katholischen Gesinnung gegen die Jesuiten, die offenbar von Afrika aus über seinen Kopf hinweg die Hand im Spiele hatten, und nicht minder erwachte sein Zorn gegen die verlogene Prälatin, seine Muhme.« (299)

Das 10. Buch des Decameron

1 Zit. nach Branca: *Boccaccio medievale.* Siehe dort das Kapitel: *Origine e fortuna europea delle Griselda.* S. 308ff. (Hier S. 309)

2 R. Kohler: *Die Griseldis Novelle als Volksmärchen.* In: R. K.: *Kleinere Schriften.* Berlin 1900. – Eduard Castle: *Die Quelle von Boccaccio's Griselda.* Archivum Romanicum. VIII (1924).

3 André Jolles: Einleitung zu: Giovanni di Boccaccio: *Das Decameron.* Frankfurt 1972. S. LXXXVI.

4 Ebd.

5 A.a.O. S. LXXXVII.

6 Victoria Kirkham, die die Figuren des Cornice, des Rahmens, als Allegorien von Tugenden und Untugenden sieht, bezieht die Magnituditas des 10. Buches auf die Nikomachische Ethik des Aristoteles und auf Thomas von Aquin. Vgl. Victoria Kirkham: *An Allegorically Tempered Decameron.* Italica 62 (1985). S. 6f. Das parodistische Element im 10. Buch sieht Kirkham nicht. Auch die Thematisierung der Zahlenkombination 3 und 7, in die sich die Damen und Herren teilen, führt sie zu der im *Decameron* nicht belegbaren Behauptung, daß die Frauen die Tugenden, die Männer die Untugenden vertreten. Wenn man überhaupt annehmen wollte, daß

das 10. Buch ernst zu nehmen sei, so wäre diese Zuordnung zumindest umzukehren.

7 Viktor Sklovskij erkennt den parodistischen Charakter von Boccaccio, allerdings beobachtet er diese Stilmittel im gesamten Werk: »Doch die Richtigkeit unserer Auslegung, diese Novelle [II 7] sei eine Parodie, wird dadurch untermauert, daß es bei Boccaccio noch einige Novellen gibt, die literarische Parodien sind. Zwei von ihnen möchte ich anführen: Die 8. Novelle des 5. Tages – 'Nastagio degli Onesti liebt eine Traversari und vergeudet für sie alle seine Reichtümer, findet jedoch keine Gegenliebe. Auf Veranlassung der Verwandten begibt er sich nach Chiassi und sieht dort einen Reiter, der ein Mädchen verfolgt, sie tötet und den Hunden zum Fraß vorwirft. Danach lädt er seine Verwandten und die von ihm geliebte Frau zum Essen ein. Sie sieht, wie die Hunde des Unholds das Mädchen zerfleischen, und aus Furcht vor einem ähnlichen Ausgang heiratet sie Nastagio. Dieser furchtbare Anblick erzeugte nicht nur diese guten Folgen, nein, alle Frauen von Ravenna gerieten so sehr in Angst, daß sie seit der Zeit nachgiebiger gegenüber den Wünschen der Männer wurden als zuvor.' Hier beruht der Effekt darauf, daß bei Boccaccio die Dame so schrecklich für ihre Unnachgiebigkeit bestraft wird. In der Legende aber, die Protoyp der Novelle ist, wurde eine solche Strafe für Ehebruch verhängt. [...] Wir dagegen können mit um so größerem Recht annehmen, daß Boccaccio hier die Schaffung eines Werks im Auge hatte, das auf dem Widerspruch zwischen der neuen und alten Aufassung von Moral und Strafe beruht, als es bei ihm noch eine weitere Novelle mit beruhigenden Versicherungen hinsichtlich der Strafen im Jenseits gibt. Ich meine die 10. Novelle des 7. Tages.« (*Der Zusammenhang zwischen den Verfahren der Sujetfügung und den allgemeinen Stilverfahren*. In: Jurij Striedter: *Der russische Formalismus*. München 1971. S. 91f.) Die von Sklovskij beschriebene Novelle ist nicht nur eine Parodie der Legende, sondern auch eine Parodie der berühmten Falkennovelle. Diesmal siegt nicht die Frau, sondern der Mann rächt sich an ihr. Damit wiederum gerät die Novelle in die Nähe der Racheaktion von Rinieri, der die Frau bestraft, die ihm ihre Liebe verweigert hat. Im Kontext der seriellen Opposition, in der der Zyklus angelegt ist, ließe sich dies Muster fortstricken. Jedenfalls zeigt sich daran, daß Boccaccios Werk aus der Selbstparodie so gut wie aus der Parodie hoher literarischer Formen lebt. – Wenn in diesem Kapitel die Erzählungen des 10. Tages besonders hervorgehoben werden, so deshalb, weil in ihnen die Figurenkonstellation und die Arrangements der Orte spezifisch sind, vor allem aber auch, weil der parodistische Charakter der Figuren vom hämischen Autor verborgen gehalten wurde.

8 Von der Freundschaftsnovelle gibt es freilich im 19. Jahrhundert eine Anzahl von Variationen. Die Freunde können durch Brüder ersetzt werden oder durch Vater und Sohn, wie in *Hans und Heinz Kirch*. Das Verhältnis

kann sich auch ins Negative kehren, wie in Kellers *Geisterseher*, wo die Freunde sich nun die Frau nicht mehr gegenseitig aufdrängen, sondern, ein psychologisch zwar normaler Fall, der jedoch von Keller mit schrulligen Anekdoten versehen wird, als Rivalen auftreten und um sie konkurrieren. Auch Hermann Kurz' Novelle *Die beiden Tubus* gehört zum Typus der Freundschaftsnovelle. Hier verschauen sich zwei dilettierende Naturforscher, die ihr Fernrohr ausprobieren, im wörtlichen Sinne ineinander, als sie sich gegenseitig durch das Instrument in großer Ferne vom Fenster aus erblicken. Als es endlich zu einem Treffen der beiden »Optiker« kommt, geraten sie sich freilich sogleich in die Haare, während ihre Söhne die Freundschaft neu begründen und unter der neuen Feindschaft der alten Freunde zu leiden haben. – Auch ließe sich diesem Motiv eine Erzählung wie Stevensons *Sonderbare Geschichte von Dr. Jekyll and Mr. Hyde* zuordnen. Der Doppelgänger ist der in einer Figur vereinigte Freund. – Eine Ähnlichkeit der short story mit dem Typus der hochherzigen Novelle läßt sich nicht übersehen, wenn man allein vom Motiv ausgeht. Die short story behandelt im allgemeinen und vor allem in ihren frühen Exemplaren, bei Thomas Hardy etwa in *Die drei Fremden*, eine Männerangelegenheit. Im Unterschied aber zur hochherzigen Novelle sind die Männer der Natur gegenübergestellt und ihr ausgesetzt, sie sind Kampfgenossen, sie beweisen sich nicht gegenseitig ihren Edelmut, vielmehr verbindet sie die Tapferkeit, mit der sie sich füreinander einsetzen.

9 Hans-Jörg Neuschäfer stellt in seinem Buch *Boccaccio und der Beginn der Novelle* (München 1969) den »Schritt vom einpoligen Typ zur doppelpoligen Person« (15) fest, der sich beim Übergang von der einfachen Form zur Novelle des Boccaccio ereignet. Auch den fragwürdigen und zwiespältigen Charakter beschreibt er: »Großzügigkeit und Schlauheit miteinander verbindend, ist Saladin [in X 9] aber kein einseitiger Typ mehr, der eine überpersönliche Eigenschaft – etwa die Schlauheit – nur repräsentiert, sondern eine doppelpolige und selbständige Person, die in sich selbst problematisch und interessant und eben deshalb auch durch einen partikularisierenden Namen ('Saladin' statt 'der Sultan') ausgezeichnet ist. Wie sehr sich die Auffassung der Person in der Novelle kompliziert, zeigt sich weiterhin daran, daß nun auch ihr Handeln, das listige und verschlagene Zur-Rede-Stellen des andern, jene fraglose Selbstverständlichkeit verliert, die ihm im *Novellino* eigen war, und daß es problematisch wird.« (S. 14) Mit der Problematik, die Neuschäfer an den Charakteren Boccaccios feststellt, führt er freilich eine moralische Kategorie in seine Abhandlung ein, die hier bei der Definition des dubiosen Charakters nicht ins Blickfeld gerückt werden soll. Der dubiose Charakter ist zwar »doppelpolig«, doch wird diese Eigenschaft nur als Bedingung für einen bestimmten Handlungsverlauf, also strukturell, genommen.

Die Novelle der Hochherzigkeit im 19. Jahrhundert

1 Paul Ernst: *Zum Handwerk der Novelle.* In: P. E.: *Der Weg zur Form. Abhandlungen über die Technik vornehmlich der Tragödie und Novelle.* München 1928. S. 72.

2 Friedrich Spielhagen: *Novelle oder Roman?* In: F. S.: *Beiträge zur Theorie und Technik des Romans.* Leipzig 1883. S. 246.

3 Paul Heyse: *Meine Novellistik.* In: P. H.: *Jugenderinnerungen und Bekenntnisse.* Berlin 1901. S. 348.

4 Gegen das 18. Jahrhundert, das vom »gemischten Charakter« gesprochen hat (Lessing, Blanckenburg), soll hier am Terminus »dubioser Charakter« festgehalten werden. Er beschreibt eine Charaktermischung von spezifischer Art, wie sie vor allem in der Novelle vorkommt. Der dubiose Charakter erinnert noch an die List, den Egoismus, die Unrechtmäßigkeit der alten Novellenfigur. Ihre zweite, positive Eigenschaft, die unerwartet edle, kann im Kontext der Novelle allemal ebensogut als listiges Versteck verstanden werden wie als tatsächlich unerhörte Größe.

5 Erkennt man in der Umkehrung der Freundschaft in ihr Gegenteil, die Feindschaft, ein und dasselbe Motiv, so gehören in die Tradition der Freundschaftsnovelle auch Erzählungen wie die von Storms *Hans und Heinz Kirch.* Das Motiv des verlorenen Sohnes, das diese Erzählung verwendet, ist eine Variation des Motivs vom Verbrecher aus verlorener Ehre. Der heimgekehrte Sohn verteidigt seinem Vater gegenüber die Ehrenhaftigkeit seiner Kameraden: »Piraten? rief er. Glaubt nur, Hans Kirch, es sind auch dabei brave Kerle!« (204) Der Grund für die Trennung von Vater und Sohn in dieser Novelle ist minimal. Nur eine abendliche Kahnfahrt von Heinz Kirch bewirkt endgültig die Verstoßung durch den Vater, die das Leben des Sohnes ebenso zerstört wie die Wilddiebereien von Schillers Christian Wolf.

6 Der Rechtsbruch, der Michael Kohlhaas zum Feind der ganzen Welt macht, ist zu schwerwiegend, als daß er deutlich machen könnte, wie unscheinbar die Ursache für diesen Wandel sein kann. Eine Abschweifung zu Puschkins *Dubrowskij,* einer Novelle, die sich die Kleinlichkeit des dubiosen Charakters zum Thema gemacht hat, zeigt die Harmlosigkeit der Ursache, die den Stimmungswandel heraufbeschwört. Der erste Teil der Novelle – und dieser nur interessiert; der zweite Teil setzt mit einem gänzlich neuen Thema ein – erzählt die Freundschaft zwischen dem reichen, aber barbarischen Gutsbesitzer Trojekurow und dem armen, aber stolzen Dubrowskij. Durch die Beleidigung, die Dubrowskij vom Diener seines Freundes erfährt, wird er zu dessen Feind: »Dubrowskij war und blieb der einzige, der [bei dem unfreundlichen Trojekurow] außerhalb des allgemeinen Gesetzes stand. Jedoch ein unverhoffter Vorfall änderte das und brachte alles aus dem Gleichgewicht.« (93) Der Trotz, mit dem Du-

browskij Genugtuung fordert, stellt ihn in die Tradition des Verbrechers aus verlorener Ehre. Puschkin macht den Fall zwischen den beiden Freunden ab, die nun Feinde geworden sind. Dubrowskij hat zwar den Stolz des Michael Kohlhaas, nicht aber dessen Rechtsgefühl. Daher erleidet Dubrowskij sein Schicksal, läßt sich von dem feindlichen Freund sein Gut durch gutsherrliche Rechtsmanipulationen abjagen und stirbt in Verzweiflung.

7 Friedrich Spielhagen: *Novelle oder Roman?* In: F. S.: *Beiträge zur Theorie und Technik des Romans.* Leipzig 1883. S. 245.

8 A.a.O. S.245 f.

9 Zit. nach Hans-Jörg Neuschäfer: *Boccaccio und der Beginn der Novelle.* München 1969. S. 52.

10 Ein anderes Beispiel für die schicksalhafte Verstrickung in den Sippenverband liefert Balzacs Novelle *Der Henker* (*El Verdugo*). Im Aufstand Spaniens gegen Napoleon sieht sich der Marquis Legañes in der Stadt Menda belagert. Er versucht, sich durch ein Bündnis mit den Engländern zu retten. Der Aufstand wird entdeckt, die Verräter werden hingerichtet. Der Bitte des Marquis, einen seiner Söhne zu verschonen, damit sein Geschlecht nicht aussterbe, kommt der französische Kommandant unter der Bedingung nach, daß dieser Sohn die übrigen Familienmitglieder eigenhändig hinrichte. Für alle Mitglieder dieser Familie von wahrhaft spanischem Stolz steht es außer Frage, daß der Sohn sich diesem Amt zu unterziehen, und daß sich die übrigen Mitglieder für den Fortbestand ihres Geschlechts zum Opfer zu bringen haben. – Auch in Novellen, die dem Typus der erotischen Novelle angehören, kann der Archaismus des 10. Buches zur Betonung der Tragik eingeführt werden. Das Schicksalsdrama in *Aquis submersus* ist ein Geschlechterdrama. Eine jahrhundertealte Bosheit beherrscht den Bruder der Katharina, der die Ehe zwischen dem Liebespaar verhindert. Der Maler entdeckt die Züge dieses Bruders und damit sein eigenes Schicksal in der Ahnengalerie der Familie: »Katharinens Antlitz fand ich in dem der beiden Eltern wieder [...] wo aber war hier der harte Mundwinkel, das kleine Auge des Junker Wulf? – Das mußte tiefer aus der Vergangenheit heraufgekommen sein! Langsam ging ich die Reihe der älteren Bildnisse entlang, bis über hundert Jahre weiter hinab. Und siehe, da hing im schwarzen, von den Würmern schon zerfressenen Holzrahmen ein Bild, vor dem ich schon als Knabe [...] stillgestanden war. Es stellte eine Edelfrau von etwa vierzig Jahren vor; die kleinen grauen Augen sahen kalt und stechend aus dem harten Antlitz [...]: 'Hier, diese ist's! [...] vor dieser hier und ihres Blutes nachgeborenem Sprößling soll ich Katharinen schützen.'« (965 f.)

11 August Wilhelm Schlegel: *Vorlesungen über schöne Literatur und Kunst.* III. Teil. In: *Deutsche Litteraturdenkmale des 18. und 19. Jahrhunderts.* Bd. 19. Hsg. von Jakob Minor. Heilbronn 1884. S. 248. Ähnlich äußert

sich auch Ludwig Tieck, wenn er erwartet, daß in der Novelle geschehe, »was sich vor dem Auge des Geistes und Gewissens, noch weniger vor der Satzung der Moral und des Staates nicht ausgleichen läßt, Schicksal genannt, um die Streitfrage vermittelst der Phantasie und der religiösen Weihe in einen höhern Standpunkt hinauszurücken.« (Ludwig Tieck: Vorbericht zur dritten Lieferung der *Schriften.* In: L.T.: *Schriften.* Bd. 11. Berlin 1829. S. LXXXVIII f.) Peter Brockmeier bemerkt schon bei Boccaccio die Lokalisierung des Novellenmilieus im altertümlichen Ambiente: »Aus der Perspektive der idealen Stadtgesellschaft, in der Vernunft und anständig kaschierter Betrug einen Ausgleich der Interessen herbeiführen, entwirft Boccaccio ein Bild der außerstädtischen signori oder nobili cavalieri, die Burgen und Vasallen unter sich haben (Dec. IV, 9). Vom Standpunkt des gesunden Menschenverstandes, der Konflikte durch listige Überredung und nutzbringende Höflichkeit lösen möchte, erscheinen die Magnaten als sonderbare Gestalten aus einer fernen Vergangenheit: heftige Leidenschaft, widersprüchliche Emotionen brechen in unbedachten blutigen Taten aus.« (*Lust und Herrschaft.* S. 23) Dem steht die Behauptung Neuschäfers entgegen, daß die Entwicklung von Boccaccios Novellen »mit dem Aufkommen einer der Version des *Novellino* unbekannten Problematik verbunden ist.« (*Boccaccio und der Beginn der Novelle.* S. 15) Neuschäfer wertet diese Problematik in der Novelle des Boccaccio als einen Gewinn an Modernität. Tatsächlich beschreibt er die Komplizierung des Erzählmodells, wenn er mit Lugowski von der Entstehung der Individualität spricht. Dabei übersieht er, daß sich die Novelle schon bei Boccaccio an der Exotik der Rechtslage erfreut. Der Kasus ist auch hier schon eine phantastische Vorlage für ein geistreiches Redespiel.

Teil II: Die Auflösung der Form in neuen Stoffen

Einleitung

1 Die Auflösung der Gattung setzt die Reflexion auf traditionelle Strukturen frei, die nun von einem Teil der Dichter bewußt wieder eingesetzt werden. Ausdrücklich wendet sich Hebbel gegen die Zerstückelung der alteuropäischen Novelle: »Wenn ich übrigens Novellen im alten Stil bringe, solche, die durchaus nur auf die neue, unerhörte Begebenheit und das aus dieser entspringende neue, unerhörte Verhältnis des Menschen zu Leben und Welt gebaut sind, statt auf Herzens- und Geistes-Zerfaserungen, so sehe man hierin die tatsächliche Darlegung meiner Überzeugung, daß die Novelle keinen Fortschritt machte, als sie, sich scheinbar erweiternd, den geschlossenen Ring ihrer Form durchbrach und sich wieder in

ihre Elemente auflöste.« (Friedrich Hebbel: Vorwort zu *Novellen und Erzählungen.* In: F. H.: *Sämtliche Werke.* Historisch-kritische Ausgabe von R. M.Werner. Bd. 8. Berlin 1902. S. 420f.)

Die Schauergeschichte

1 In diesem Punkt freilich treffen sich Novelle und Gothic novel. Zu ihr gehört es, daß die Angst der Figur aus ihrer Gefangenschaft in einen engen Raum entsteht. Der Raum ist dabei aktiv wie eine Figur und hält diese fest. Vgl. dazu etwa Frederick S. Frank: »From *Otranto* to the modern Gothic, we find frantic characters in claustrophobic predicaments; they are Gothically contained by some version of a mighty and mysterious building whose terrible potency seems out of all proportion to its feeble, crazed, or helpless human owners. In fact, from the very first stage of Gothic, the building possesses the occupants or holds them in bondage. » (*The Gothic Romance: 1762–1820.* In: *Horror Literature.* Ed. by Marshall B. Tymn. New York, London 1981. S. 14)

2 Gerhard Kaiser interpretiert die Liebe des Paares als den Versuch, in ein Paradies zurückzukehren, das sich die Väter verschlossen haben: »In dieser Innerlichkeit stellt sich das Paradies erst wahrhaft her, das außen scheinbar blieb. In der paradiesischen Verinnerung treten die Liebenden aber auch noch viel härter in Gegensatz zu Welt und Gesellschaft als die Randexistenzen um den schwarzen Geiger. Denn diese entsprechen [...] der Gesellschaft und können deshalb neben ihr, wenn auch in Opposition, bestehen.« (Gerhard Kaiser: *Gottfried Keller. Das gedichtete Leben.* Frankfurt 1981, S. 300f.)

3 Richard Alewyn verlegt zwar die Kulisse des Schauer*romans* in eine exotische, irreale Szenerie: »Die Welt, in die der Leser des Schauerromans eingeführt wird, ist niemals die ihm bekannte und vertraute des bürgerlichen Alltags. In der Regel wird er entführt in das Mittelalter oder einen phantastischen Orient, ein pittoreskes Spanien oder Italien.« (*Die Lust an der Angst.* In: R. A.: *Probleme und Gestalten.* Frankfurt 1974. S. 321) Aber schon Wieland beschreibt im Unterschied dazu ausdrücklich das Ambiente der Novelle als eine Einrichtung, die eine Illusion von Realität erweckt: »Bey einer Novelle [...] werde vorausgesetzt, daß sie sich weder im Dschinnistan der Perser, noch im Arkadien der Gräfin Pembroke [...] noch in einem andern idealischen oder utopischen Lande, sondern in unserer wirklichen Welt begeben habe, wo alles natürlich und begreiflich zugeht, und die Begebenheiten zwar nicht alltäglich sind, aber sich doch unter denselben Umständen, alle Tage allenthalben zutragen könnten.« (*Vorbemerkungen zur Novelle ohne Titel.* In: *Wielands Gesammelte Schriften.* Hsg. von der Deutschen Kommission der Preußischen Akademie der

Wissenschaften. I. Abt. Bd. 20. Hsg. von Friedrich Beißner. Berlin 1939. S. 60f.) So ließe sich der realistische Raum als Kennzeichen der Novelle ausmachen, durch den sie vom Schauerroman zu unterscheiden wäre. Das Ereignis, das die Novelle braucht, wird gerade erst durch die Alltäglichkeit, die es umgibt, zum unerhörten Ereignis. Ein Beispiel dafür ist die Reflexion Theodors, des Erzählers von E. T. A. Hoffmanns *Das öde Haus*, der nur »die Erinnerung eines unlängst erlebten Abenteuers« (460) zum Besten gibt, um damit die Besonderheit des Ereignisses gerade aus seiner Alltäglichkeit heraus zu erklären. Von Anfang an ist die Gesellschaft, die die Geschichte zu hören bekommt, der Meinung, daß mit ihr der Beweis zu führen sei, daß in der Wirklichkeit die wahren Wunder verborgen liegen. Ausdrücklich wird das Erzählte als Erlebnis und Erfahrung von den phantastischen Fiktionen der Romanliteratur unterschieden: »Man war darüber einig, daß die wirklichen Erscheinungen im Leben oft viel wunderbarer sich gestalten, als alles, was die regste Fantasie zu erfinden trachtet. 'Ich meine', sprach Lelio, 'daß die Geschichte davon hinlänglichen Beweis gibt und daß eben deshalb die sogenannten historischen Romane, worin der Verfasser, in seinem müßigen Gehirn bei ärmlichem Feuer ausgebrütete Kindereien, den Taten der ewigen, im Universum waltenden Macht beizugesellen sich unterfängt, so abgeschmackt und widerlich sind.'« (459) – E. T. A. Hoffmanns Figur argumentiert nun wieder ganz im Sinne einer Forderung nach dem Realismus des Ambientes, wie sie A. W. Schlegel gegeben hat: »Um eine Novelle gut zu erzählen, muß man das alltägliche, was in die Geschichte mit eintritt, so kurz als möglich abfertigen, und nicht unternehmen es auf ungehörige Art aufstutzen zu wollen, nur bey dem Außerordentlichen und Einzigen verweilen, aber auch dieses nicht motivirend zergliedern, sondern es eben positiv hinstellen, und Glauben dafür fodern. Das Unwahrscheinlichste darf dabey nicht vermieden werden, vielmehr ist es oft gerade das Wahrste, und also ganz an seiner Stelle. An die materielle Wahrscheinlichkeit d.h. die Bedingungen der Wirklichkeit eines Vorfalls, muß sich der Erzähler durchaus binden, hier erfordert sein Zweck die größte Genauigkeit.« (*Vorlesungen über schöne Litteratur und Kunst.* Hsg. von Jakob Minor. Heilbronn 1884. S. 247)

4 Siehe dazu die genauere Interpretation S. 117–121.

5 Bei Maupassant ist das Wetter gleichzeitig ein Substitut des Todes und der Frau. In der Novelle *Himalayafinsternisse* von Max Dauthendey hingegen agiert der Nebel nur als Ersatz für die weibliche Figur. Die Frau, die in das Hotelzimmer des Reisenden einzudringen versucht, bedient sich des Nebels, um ungesehen zu bleiben: »Nach einer Stunde war mir, als verbreite sich ein durchdringender Blumengeruch im Zimmer. Ich schloß die Augen, lehnte meinen Kopf im Ledersessel zurück und überlegte, ob die Nachtnebel, die aus den Himalayateegärten und aus der indischen Tief-

ebene heraufsteigen, solch einen betäubenden Blütengeruch mit sich führen könnten. Durch das zerbrochene Fenster schien der Geruch mit dem Nebelrauch hereinzuziehen, denn ich sah einen feinen bläulichen Dampf, der vom zerbrochenen Fenster her das Zimmer erfüllt. Ich wollte aufstehen, ein Handtuch oder einen Reiseschal nehmen und die zerbrochene Scheibenecke zustopfen, um den betäubenden Nebel abzuwehren.« (13f.) Auch bei Stifter finden sich viele solcher Situationen, in denen das Wetter der Mitspieler wird, der die Mauer, die den Raum der Novelle konstituiert, erst erbaut. In *Kalkstein* etwa zwingt das Unwetter den Pfarrer im Kar in seine Hütte und zur Lebensbeichte, in *Bergkristall* haben die Kinder durch den immer dichter fallenden Schnee ihren Weg in eine Eisgrotte zu suchen, die sie einschließt.

Psychologie und Novelle

1 Karl Philipp Moritz, *Gnothi Sauton oder Magazin zur Erfahrungsseelenkunde als ein Lesebuch für Gelehrte und Ungelehrte.* 10 Bde. Berlin 1783–1793.

2 Den Zusammenhang von empirischer Psychologie und Poesie, die fiktionale Umgestaltung wirklich beobachteter Fälle von Wahnsinn beschreibt Theodore Ziolkowski: *Das Amt der Poeten. Die deutsche Romantik und ihre Institutionen.* Stuttgart 1990; hier vor allem in dem Kapitel: *Das Irrenhaus: Asyl der Phantasie.* S. 173–276.

3 Jakob Friedrich Abel: *Sammlung und Erklärung merkwürdiger Erscheinungen aus dem menschlichen Leben.* 3 Theile. Frankfurt und Leipzig 1784–1791. – Ders. *Ueber die Quellen der menschlichen Vorstellungen.* Stuttgart 1786. – In diesen Zeitraum fällt auch Ludwig Heinrich von Jakobs *Grundriß der Erfahrungsseelenlehre* (Halle 1791) mit theoretischen Reflexionen und praktischen Beispielen. Am Vorbild der Sammlungen von Moritz und Abel hat sich das um einige Jahre später publizierte *Psychologische Magazin* von Karl Christian Erhard Schmid (2 Bde. Jena 1796/97) orientiert. Immanuel David Mauchart, Schüler Abels an der Stuttgarter Karlsschule, ist an der Herausgabe der letzten beiden Bände von Moritz' *Magazin* beteiligt. 1789 publiziert er eine eigene Materialiensammlung unter dem Titel *Phänomene der menschlichen Seele.* Sein *Allgemeines Repertorium für empirische Psychologie und verwandte Wissenschaften*, eine Kopie und Fortsetzung von Moritz' Zeitschrift, 1792 bis 1801 erschienen, versucht mit wenig Erfolg dem zunehmenden Desinteresse an der Erfahrungsseelenkunde entgegenzuwirken. (*Phänomene der menschlichen Seele. Eine Materialien-Sammlung zur künftigen Aufklärung in der Erfahrungs-Seelenlehre.* Stuttgart 1789. – Ders.: *Allgemeines Repertorium für empirische Psychologie.* Bd. 1–6. Nürnberg, später Tübingen 1792–1801).

4 A.a.O. 8. Bd. S. 16. – Ausführlicher jedoch wird der Bericht über den beruhigteren Zustand, in den dieser Kranke endlich zurückfindet: »Er macht periodenweise bald den Held, indem er sich dann ordentlich bewafnet, als ein Krieger in der ganzen Gegend herumwandert, sich selbst alle Tage ein neu Quartier macht, welches ihm dann auch niemand leicht versagt, und vor demselben dann eine Fahne aufsteckt, welche er mit allerlei Farben und Bändern verziert hat, und womit er anzeigen will, daß hier das Hauptquartier sey. Dann macht er mahl wieder nach einer ruhigen Periode den Mönch [...]. Er ist gut mit den biblischen Geschichten bekannt, [...] so daß er sich bald für den Täufer Johannes bald für den Apostel Petrus ausgiebt. [...] im erstern Falle trägt er einen großen Tornüster mit Büchern [...]. Im andern Falle aber behängt er sich mit Schlüsseln, wodurch er öfters die Leute in Verlegenheit setzt, indem sie dann ihre Schlüssel vermissen«. (A.a.O. S. 17f.)

5 Vgl. zur empirischen Psychologie des 18. Jahrhunderts: Werner Obermeit: *Das unsichtbare Ding, das Seele heißt. Die Entdeckung der Psyche im bürgerlichen Zeitalter.* Frankfurt 1980. – Jutta Osinski: *Über Vernunft und Wahnsinn. Studien zur literarischen Aufklärung in der Gegenwart und im 18. Jahrhundert.* Bonn 1983.

6 Moritz: *Magazin.* 1.Bd. 1.Stück. S. 8.

7 Jakob Friedrich Abel: *Lebens-Geschichte Fridrich Schwans* in: *Merkwürdige Erscheinungen.* Bd. 2. Stuttgart 1787. S. 2–86. – Erstdruck: Friedrich Schiller: *Der Verbrecher aus Infamie, eine wahre Geschichte.* In: Thalia. 2. Heft. 1786. S. 20–58. Zweiter Abdruck: Schiller: *Kleinere prosaische Schriften.* 1. Theil. Leipzig 1792. S. 291–345. – 1794 wurde die Erzählung Schillers in einem anonymen Trauerspiel mit dem Titel *Der Sonnenwirt* bearbeitet. – Eine spätere, sozialpsychologisch-verstehende Bearbeitung des Stoffes liegt in Hermann Kurz' Roman *Der Sonnenwirt* (Frankfurt 1855) vor.

8 Matthias Claudius: *Der Besuch im St. Hiob zu ....* In: M.C.: *Sämtliche Werke.* Hsg. von Hannsludwig Geiger. Berlin u.a. 1961. S. 261–265.

9 Wulf Segebrecht: *Krankheit und Gesellschaft. Zu E.T. A. Hoffmanns Rezeption der Bamberger Medizin.* In: *Romantik in Deutschland.* Hsg. von Richard Brinkmann. DVjS, Sonderband. Stuttgart 1978. S. 267–290. – Friedhelm Auhuber: *In einem fernen dunklen Spiegel. E.T.A. Hoffmanns Poetisierung der Medizin.* Opladen 1986.

10 Hoffmann zitiert aus: Johann Christian Reil: *Rhapsodien über die Anwendung der psychischen Curmethode auf Geisteszerrüttungen.* Halle 1803; und: Mauchart: *Repertorium.* Bd 1. S. 109ff. die Anekdote über den *Verlust der Personalität in der Trunkenheit.*

11 Vgl. dagegen Ingrid Oesterle: *Verbale Präsenz und poetische Rücknahme des Schauers. Nachweise zur ästhetischen Vermitteltheit des Fatalismusproblems in Georg Büchners »Woyzek«.* In: Georg-Büchner-Jahrbuch 3 (1983). S. 168–199, die zeigt, wie auch im Schauerroman psychologische Effekte

eingesetzt werden. Hier jedoch werden sie als Taktik des Erzählers beschrieben, nicht als Zuständlichkeit der Figur.

12 Immanuel Kant: *Träume eines Geistersehers, erläutert durch Träume der Metaphysik.* In: I. K.: *Werke.* Hsg. von Wilhelm Weischedel. Bd. 2. Darmstadt 1968. S. 931.

Cervantes: Die heliodorische und die komödiantische Novelle

1 Cervantes' Auseinandersetzung mit Boccaccio behandeln in diesem Sinne: Emilio Alarcos García: *Cervantes y Boccaccio.* In: *Mediterráneo. Special Issue on Cervantes.* Valencia 1950. – González de Amezúa y Mayo: *Cervantes. Creador de la novela corta española.* 2 vols. Madrid 1956–1958.

2 Nicolas Spadaccini und Jenaro Talens weisen auf die Vielfalt der Formen hin, die von Cervantes kompiliert wurden, doch behaupten sie, daß diese fugenlos zu einer Erzählung zusammengefügt wurden: »Against this manierist model, the Baroque structure – of which Cervantes's *Novelas ejemplares* and *Don Quijote* are paradigmatic examples – integrates and confers unity to what is dispersed.« *(Cervantes and the Dialogic World.* In: *Cervantes's Exemplary Novels and the Adventure of Writing.* Hsg. von Michael Nerlich und Nicolas Spadaccini. Folwell Hall 1989. S. 215.) Diese Behauptung geht von dem Vorurteil aus, die Größe eines Dichters sei identisch mit seiner kompositorischen Fähigkeit. So muß denn auch Cervantes, um seine Bedeutung zu unterstreichen, diese Fähigkeit bestätigt werden. Er wird zum Klassizisten gemacht; der eigentliche Reiz seiner Dichtung, der in der sprunghaften Erzählung und offenen Form liegt, bleibt dabei unbeachtet.

3 Spadaccini und Talens charakterisieren den Unterschied der beiden Novellentypen treffend: »While the Italian *novelieri* strove for the final *dénouement*, Cervantes's ending needed to be simultaneously a place to stop, a place to rest, and a point of arrival [...]. The structure of the *Novelas ejemplares* is thus undermined by the pull between the anxiety and restlessness of the route and the world of order to which that route leads.« (*Cervantes and the Dialogic World.* S. 218). Eine wesentliche Tendenz der Handlung sei »the restauration of order« (S. 219), was vor allem für den hier außer Acht gelassenen heliodorischen Erzähltypus gilt.

Die physiologische Novelle

1 Im allgemeinen hat sich der Typus der toscanischen Novelle durchgesetzt, wie ihn André Jolles beschreibt: »Die toscanische Novelle versucht, eine Begebenheit oder ein Ereignis von eindringlicher Bedeutung in einer

Weise zu erzählen, die uns den Eindruck eines tatsächlichen Geschehens gibt und zwar so, daß uns dieses Ereignis selbst wichtiger erscheint, als die Personen, die es erleben.« (*Einfache Formen.* Darmstadt 1958. S. 228.)

2 *Physiologie des Alltagslebens. Unveröffentlichte Aufsätze von Honoré de Balzac.* Hsg. von W. Fred. München 1912. S. 17.

3 A.a.O. S. 17f.

4 Die Entfaltung der Geschichte eines ungewöhnlichen Charakters wird schon in der Theorie des 19. Jahrhunderts als Kennzeichen der Novelle angeführt. Spielhagen etwa unterscheidet die Novelle als die Schicksalstragödie einer Figur vom Roman, der ohne besondere Charaktere und Ereignisse auskommt. »Die Novelle hat es mit fertigen Charakteren zu thun, die, durch eine besondere Verkettung der Umstände und Verhältnisse, in einen interessanten Konflikt gebracht werden, wodurch sie gezwungen sind, sich in ihrer allereigensten Natur zu offenbaren, also, daß der Konflikt, der sonst Gott weiß wie hätte verlaufen können, gerade diesen, durch die Eigentümlichkeit der engagierten Charaktere bedingten und schlechterdings keinen anderen Ausgang nehmen kann und muß. Fügen wir noch hinzu, daß in der älteren Novelle die besondere Verkettung der Umstände und Verhältnisse präponderiert, in der neueren dagegen, der modernen Empfindung gemäß, der Hauptaccent auf die Eigentümlichkeit der engagierten Charaktere fällt, so haben wir, glaube ich, so ziemlich beisammen, was die Novelle hinreichend scharf von dem Romane scheidet.« (*Novelle oder Roman?.* In: F. S.: *Beiträge zur Theorie und Technik des Romans.* Leipzig 1883. S. 245)

5 Hermann Kurz' Erzählung *Die beiden Tubus,* selbst eine physiologische Novelle, die nicht nur einen Typus vorstellt, sondern zwei, die sich ineinander spiegeln, setzt die in diesem Genre häufige Flanierszene in die Mitte seiner Erzählung, wo einer der beiden Tubus mit dem Sohn, der ein Examen zu absolvieren hat, die Stadt besucht: »Auf den Abend wandelte der glückliche Vater in einem öffentlichen Garten, [...] Die Chargen des Militärs vom Leutnant aufwärts bis zum General, höhere Kanzleibeamte, alte und junge Richter, Lehrer der Künste und Wissenschaften und endlich schwere Bürger, welche mehr Geld in der Tasche hatten als jene alle miteinander, das waren die allabendlichen Stammgäste. Hinzu kamen aber noch die vielen, die das Landexamen in die Stadt geführt hatte, und die nicht wenigen, welche diese Wimmelzeit zum Stelldichein benützten. Besonders waren es die verschiedenen Altersklassen der Geistlichkeit.« (62) – Nicht nur auf öffentlichen Plätzen treffen sich zur »Wimmelzeit« die Repräsentanten aller Schichten. Maupassant macht in *Fettklößchen* die Kutsche, in der die französische Gesellschaft vor den deutschen Soldaten flieht, zu einer Arche Noah, in der aus jeder Schicht ein Exemplar sich zu retten versucht, und Gogol den *Newskij Prospekt* in Petersburg.

6 Tzvetan Todorov: *Grammaire du Décaméron.* Den Haag 1969. S. 27. S. 31

heißt es weiter: »Les substantifs dans le Décaméron se réduisent presque toujours à un adjectif: ainsi *gentilhomme* (II,6; II,8; III,9), *roi* (X,6; X,7), *ange* (IV, 2) reflètent tous une seule propriété qui est *être de bonne naissance.*«

7 Das Spurenlesen nähert die physiologische Novelle der Detektivgeschichte an. Der Vetter, der sich den Kopf über den vermeintlichen Zeichenlehrer zerbricht, ist der erste Detektiv. Es ist kein Zufall, daß E. T. A. Hoffmann mit dem *Fräulein von Scuderi* die erste Kriminalerzählung geschrieben hat. Auch hier müssen geheimnisvolle Zeichen entschlüsselt werden. Die Erzählung beginnt mit den ungeheuerlichen Morden, deren Motiv gefunden werden muß. Die Detektivgeschichte ist eine vom Ende her erzählte Novelle, eine Erzählung, die rückwärts entwickelt wird. Die Hypothesen des Detektivs über den Fall sind identisch mit den Motivationen, die der Dichter einzusetzen hat, um eine Handlung logisch zu begründen, nur daß in der Kriminal- und Detektivgeschichte der Detektiv seine Überlegungen offen ausspricht. Der Detektiv ist der Erzähler, der den Prozeß der Verknüpfung einer Handlung nachträglich verrät.

8 Ähnlich beschreibt Gerhard Kaiser Seldwyla als den typischen Novellenort: »Das bekundet sich am deutlichsten in der Schrumpfung des herkömmlichen Erzählrahmens zum Vorwort, in der Metamorphose der novellistischen Erzählgesellschaft zur erzählten Gesellschaft der *Leute von Seldwyla* – statt einer Gesprächsrunde ein gesellschaftlicher Handlungshintergrund. Ihm ist nicht, wie der Erzählgesellschaft der Novellenüberlieferung von Boccaccio bis E. T. A. Hoffmann, die Herausarbeitung und Bewahrung von Normen aufgegeben. Die Seldwyler sind vielmehr eine Gesellschaft von Außenseitern wie die deutschen Schildbürger und die antiken Abderiten, und die Helden der Novellen sind die Außenseiter der Außenseiter.« (*Gottfried Keller. Das gedichtete Leben.* Frankfurt 1981. S. 274)

Anti-Novelle

1 Vgl. dazu Rolf Schröder: *Novelle und Novellentheorie der Biedermeierzeit.* Tübingen 1970.

2 Paul Heyse: *Meine Novellistik.* In: P. H.: *Jugenderinnerungen und Bekenntnisse.* Berlin 1901. S. 356.

3 Eine Unterscheidung von Novelle und Erzählung scheint nur sinnvoll zu sein, sofern mit Novelle die schriftliche und durch Jahrhunderte hindurch tradierte Gattung gefaßt wird, mit Erzählung die Elemente mündlichen Erzählens, die jede Novelle aufnimmt, einmal also die Gattung selbst, einandermal ein Stilelement, mit dem sie arbeitet. Gerade im 19. Jahr-

hundert wird Mündlichkeit als Stilgestus bevorzugt; der Erzähler erhält ein bislang ungewöhnliches Gewicht. – Daraus entwickelt der russische Formalismus eine Theorie der Prosa, des »skaz«, die ganz von der mündlichen Rede ausgeht. (Vgl. dazu Boris Ejchenbaum: *Wie Gogols Mantel gemacht ist* und ders.: *Die Illusion des skaz.* In: *Russischer Formalismus* Hsg. von Jurij Striedter. München 1988. S. 123–159 und 160–167)

4 Vgl. zur Interpretation der Erzählung *Granit* Verf.: Nachwort zu Adalbart Stifter: *Bunte Steine.* Hsg. von H. S. München 1991. S. 273–279.

5 Nicht alle Kindernovellen sind, wie es bei ihrem Personal naheliegt, Anti-Novellen. In Klaus Manns *Kindernovelle* hat es die Psychologie der frühkindlichen Erfahrung dahingebracht, daß selbst die Kinder zu erotischen Sündern werden können. Seine Erzählung erfüllt ganz das Schema der alteuropäischen Novelle, indem sie die Liebesgeschichte eines nicht zusammenpassenden Paares schildert, die Verführung des Jünglings Till durch die ältere Frau Christiane. Motive der *Marquise von O . . .* sind hier leicht wiederzuerkennen: so ist Christiane eine Witwe, die nicht wieder heiraten möchte: »Eine wünderschöne und geheimnisvolle Bürgersdame, wohnte sie in tiefster Einsamkeit auf dem Lande, nur mit der Erziehung ihrer vier Kinder und dem verehrungsvollen Andenken ihres Gemahls beschäftigt.« (23f.) Die Beobachtung, daß die Opposition der Kindlichkeit, die einmal gegen die Novellenliebe entworfen worden ist, sich nun so leicht wieder ihrem Muster anpassen läßt, veranlaßt zu der Vermutung, daß nicht die Psychologie in die Literatur eingekehrt, sondern daß umgekehrt diese aus ihr abgeleitet worden sei. Vielleicht hat Freud zu viele Novellen gelesen. Ein großer Teil seiner Fallbeschreibungen folgt diesem literarischen Modell.

6 Freilich ist es ein langer und langsamer Prozeß, in dessen Fortgang sich die Novelle zur sittlichen Erzählung wandelt. Es ist der Weg von der exemplarischen zur moralischen Novelle, Marmontels *Moralische Erzählungen* sind ebenso wie Diderots Novelle als Vorläufer von Schillers psychologischem Fall und als Stationen dieses verkürzt dargestellten Werdegangs der Gattung anzusehen. Die Moralisierung und Sentimentalisierung der Gattung tritt an jenem Punkt der Entwicklung auf, wo der Erzähler an der Geschichte seines Helden beteiligt wird. Solange, wie etwa bei Margarete von Navarra, eine Gesellschaft das Ereignis zergliedert, die Sitte und Ordnung kalkuliert, interessiert nicht die moralische Qualität der Protagonisten, sondern ihr Talent, die Gesellschaft mit einem Skandal zu beschäftigen. – Nicht nur an Schiller, sondern auch an Kleist, der zunächst in der Tradition Marmontels seine Sammlung *Moralische Erzählungen* nennen wollte, ließe sich zeigen, wie die Moralisierung der Novellensujets stets durch die Einführung legendärer Muster geschieht – womit sie grundsätzlich zur Auflösung der Novelle tendiert.

7 Flauberts *Drei Erzählungen* sind eine Trilogie der Anti-Novelle, deren

Mittelteil nicht zufällig die *Legende von Sankt Julian* ist. Die Erzählung des kleinen Lebens der Félicité in *Ein schlichtes Herz* zieht die christliche Form ins Alltagsleben herab, die archaische Blutrünstigkeit von *Herodias* führt sie auf ihre biblische Vorlage zurück. Die *Drei Erzählungen* jedenfalls setzen nur Stilmittel ein, die gegen die Novelle gerichtet sind.

8 Freilich sind auch Mischungen von Legendensujets und anderen Formen mit der konventionellen Form der Novelle möglich. In Thomas Manns Novelle *Die vertauschten Köpfe* etwa, die ganz einem Novellensujet des 10. Tages folgt, sind gleichzeitig Mythen, Legenden und Stoffe aus dem Abenteuerroman zu finden. Zum Beispiel spielt Sita eine »liebreizende Pilgerin« (326), um den geliebten Nanda wieder zu finden, wird von anderen Einsiedlerinnen aufgenommen, die ihr den Weg zum Büßer Nanda im Stil des heliodorischen Romans beschreiben: »Was den Weg zu ihm betreffe, so sei er ohne besondere Beschwerden und Anstände, ausgenommen den Engpaß der Räuber, die Tigerschlucht und das Schlangental, wo man allerdings achtgeben und sein Herz in beide Hände nehmen müsse.« (327f.)

Verzeichnis der Quellen

Die Novellen werden mit Seitenzahlen nach den hier aufgeführten Ausgaben zitiert. Werden Erzählungen eines Autors aus verschiedenen Ausgaben herangezogen, so wird nach der Bibliographie der Ausgabe in Klammern vermerkt, welche Erzählungen in ihr zu finden sind.

50 Novellen der italienischen Renaissance. 2 Bde. Hsg. von Christine Wolter. Berlin 1988. (darin: Sacchetti; Bandello)

Arnim, Achim von: Sämtliche Werke. Neue Ausgabe. Hsg. von Wilhelm Grimm. Bd. 2: Novellen. T. 2. Berlin 1857.

Balzac, Honoré de: Menschliche Komödie. Bd. 2. Übers. von Felix Paul Greve. Leipzig 1908.

Bandello, Matteo: [siehe: 50 Novellen der italienischen Renaissance].

Barbey d'Aurevilly, Jules: Die Teuflischen. Übers. von Fritz Dorn. Olten u.a. 1967.

Boccaccio, Giovanni: Das Decameron. Übers. von Albert Wesselski. 2 Bde. Frankfurt 1972.

Boccaccio, Giovanni: Decameron. Tutte le opere di G.B. a cura di Vittore Branca. Bd. 4. Mailand 1976.

Cervantes Saavedra, Miguel de: Novellen. Übers. von Adalbert Keller und Friedrich Notter. München 1958.

Dauthendey, Max: Exotische Novellen. Hsg. von Hermann Gerstner. Stuttgart 1958.

Diderot, Denis: Das erzählerische Werk. Hsg. von Hans Hinterhäuser. Bd. 4. Berlin 1967. S. 129–167.

Flaubert, Gustave: Drei Erzählungen. Übers. von Cora von Kleffens und André Stoll. Frankfurt 1982.

Goethe, Johann Wolfgang: Werke. Hamburger Ausgabe. Hsg. von Erich Trunz. Bd. 6. München 1981.

Gogol, Nikolai: Gesammelte Werke. Übers. von Korfiz Holm und Johannes von Guenther. Bd. 3. Berlin 1952. S. 197–248.

Graf, Oskar Maria: Das bayrische Dekameron. München 1977.
Grillparzer, Franz: Sämtliche Werke. Historisch-Kritische Ausgabe. Hsg. von August Sauer. Bd. 13. Hsg. von R. Backmann. Wien 1930.
Hoffmann, E. T. A.: Fantasie- und Nachtstücke. Hsg. von Walter Müller-Seidel. München 1964. (darin: Das öde Haus; Der Sandmann)
Hoffmann, E. T. A.: Die Serapionsbrüder. Hsg. von Wulf Segebrecht. München 1963.
Hoffmann, E. T. A.: Späte Werke. Hsg. von Walter Müller-Seidel. München 1965. (darin: Des Vetters Eckfenster; Prinzessin Brambilla)
Hofmannsthal, Hugo von: Die Erzählungen. Hsg. von Herbert Steiner. Frankfurt 1953.
Karamsin, Nikolaj: Die arme Lisa. Übers. von Martin und Monika Schneider. Stuttgart 1982.
Keller, Gottfried: Sämtliche Werke. Hsg. von Jonas Fränkel. Bd. 7 und 8. (Die Leute von Seldwyla) Erlenbach-Zürich und München 1927. Bd. 11. (Das Sinngedicht) Bern und Leipzig 1934.
Kleist, Heinrich von: Sämtliche Werke und Briefe. Hsg. von Helmut Sembdner. Bd. 2. München 1965.
Kurz, Hermann: Die beiden Tubus. Hsg. von Konrad Nussbächer. Stuttgart 1975.
La Fayette, Marie Madeleine Gräfin von: Die Prinzessin von Clèves. Übers. von Eva und Gerhard Hess. Stuttgart 1983.
Lenz, Jakob Michael Reinhold: Erzählungen. Hsg. von F. Voit. Stuttgart 1988.
Leskow, Nikolai: Gesammelte Werke in Einzelbänden: Liebe in Bastschuhen. Übers. von Günter Dalitz und Michael Pfeiffer. Berlin 1976.
Mann, Thomas: Späte Erzählungen. (= Gesammelte Werke in Einzelausgaben. Frankfurter Ausgabe. Hsg. von Peter de Mendelssohn). Frankfurt 1981.
Margarete von Navarra: Das Heptameron. Übers. von Walter Widmer. München 1960.
Marguerite de Navarre: Heptaméron. Hsg. von Michel François. Paris 1960.
Maupassant, Guy de: Novellen. Übers. von Helmut Bartuschek und Karl Friese. München 1990.
Mérimée, Prosper: Meisternovellen. Übers. von Ferdinand Hardekopf. Zürich 1985.
Meyer, Conrad Ferdinand: Sämtliche Werke. Historisch-Kritische Ausgabe. Hsg. von Hans Zeller und Alfred Zäch. Bd. 11: Novellen I. Bern 1959.
Novelline, Il: Das Buch der hundert alten Novellen. Übers. von János Riesz. Stuttgart 1988.
Poe, Edgar Allan: Werke. Übers. von Arno Schmidt und Hans Wollschläger. Bd. 1. Olten und Freiburg 1966 (darin: Die Maske des roten Todes; Die längliche Kiste; Der Mord in der Rue Morgue; Der Fall des Hauses Ascher; Der goldene Käfer) Bd. 2 (darin: Vorzeitiges Begräbnis)

Puschkin, Alexander: Erzählungen und Anekdoten. Übers. von Johannes von Guenther. München 1964.

Sacchetti, Franco: [siehe: 50 Novellen der italienischen Renaissance].

Schiller, Friedrich: Werke. Nationalausgabe. Bd. 16: Erzählungen. Hsg. von Heinrich Borcherdt. Weimar 1954.

Spieß, Christian Heinrich: Biographien der Wahnsinnigen. Hsg. von Wolfgang Promies. Neuwied, Berlin 1966.

Stendhal (Henri Beyle): Chroniken und Novellen. Hsg. von Carsten Peter Thiede. Frankfurt u.a. 1981.

Stifter, Adalbert: Werke und Briefe. Historisch-Kritische Gesamtausgabe. Hsg. von Alfred Doppler und Wolfgang Frühwald. Stuttgart 1982. Bd. 1,5: Studien (darin: Brigitta). Bd. 2,2: Bunte Steine.

Storm, Theodor: Sämtliche Werke. Hsg. von Johannes Klein. München 1967. Bd. 1 (darin: Aquis submersus; Viola Tricolor). Bd. 2 (darin: Hans und Heinz Kirch; Der Schimmelreiter).

Register